매스커레이드
MASQUERADE
GAME
게임

히가시노 게이고 장편소설 | 양윤옥 옮김

H
현대문학

1

별 기대도 없이 주문한 국산 레드와인이 의외로 맛있어서 놀랐다. 아니, 그렇게 느낀 것은 요리가 맛있기 때문일까.

닛타 고스케는 오목한 그릇에 젓가락을 내밀었다. 말고기 육회를 낫토에 버무린 것이었다. 입에 넣자 생고기와 낫토 향이 절묘하게 어우러지며 코끝으로 빠져나갔다. 부드럽게 씹히는 고기와 낫토의 끈끈함이 혀에 감기는 느낌이 적당히 야성적이어서 지나치게 고상한 척하는 게 없다. 거기서 저절로 와인 잔으로 손이 나갔다. 레드와인을 한 모금 마시고는 역시 요리의 힘이구나, 확신했다.

카운터 너머에서 흰색 반소매 셰프복을 입은 남자가 능숙하게 말고기를 썰고 있는 참이었다. 하얀 지방을 잘 드는 칼로 깔끔하게 제거해 나간다. 남은 살코기는 단백질 덩어리로 보였다. 고단백 저칼로리라는 말도 이해가 되었다.

다음 요리는 메인인 고기구이였다. 카운터에 소형화로가 나오고 자그마한 징기스칸 냄비를 얹었다. 젊은 여종업원이 굽는 방법을 알려줬지만 그리 어려울 것 같지는 않았다.

구운 고기에 특제 소금 소스를 찍어 입에 넣자 육즙과 함께 고소함이 입안 가득 퍼졌다. 또다시 와인 잔으로 손이 나갔지만 벌써 비어 있었다. 죄책감을 느끼며 한 잔 더 주문했다. 이 잔이 마지막이야······.

고기를 구워가며 이따금 등 뒤의 상황을 관찰했다. 식당 안에는 4인용 테이블 8개가 있고 그 반절쯤이 차 있었다. 손님층은 제각각이다. 커플도 있고 일을 끝내고 집에 가는 길인 듯한 그룹도 있었다. 가족 손님이 눈에 띄지 않는 것은 아무래도 아이에게 생고기 먹이는 것을 주저하는 부모가 많기 때문인지도 모른다.

닛타는 벽 선반에 늘어선 술병으로 시선을 던졌다. 손님들이 킵해둔 술인 것 같았다. 스무 병이 넘는 걸 보면 단골이 많은 것이리라.

종업원은 두 명으로, 홀 담당 여자와 주방 보조 남자였다. 말고기를 손질하던 남자가 식당 주인이고 긴 앞치마 차림으로 손님을 응대하는 게 그의 아내라는 것은 사전에 이곳을 찾아온 수사관에게서 얘기를 들어 알고 있었다.

오후 10시가 지나자 슬슬 손님이 줄어들었다. 닛타도 코스 마지막 요리를 입에 넣었다. 말고기 국물 맛을 살린 우동으로, 이 또한 더할 나위 없었다. 가늘게 뽑은 면은 고토 우동*인 모양이다.

식사를 마친 닛타는 여종업원을 불러 계산을 부탁했다. 신용카드로 결제한 뒤에 카운터 안에서 내내 요리 중인 식당 주인에게 죄송합니다만, 하고 인사를 건넸다.

남자가 손을 멈추고 얼굴을 들었다. 닛타는 자리에서 일어나 상의 안주머니에서 상대에게만 보이도록 조심스럽게 경찰 수첩을 꺼내보였다.

"부인께 잠깐 여쭤볼 게 있습니다."

카운터석에서 혼자 묵묵히 저녁을 먹던 손님이 설마 그런 사람일 줄은 몰랐는지 식당 주인은 어리둥절한 얼굴이었다. 하지만 그렇게 뜻밖의 일도 아닌 듯한 것은 내심 짐작하는 바가 있기 때문이리라. 그는 짧게 고개를 끄덕이더니 "어이"라고 닛타의 등 뒤를 보며 말했다. 그것만으로도 그의 아내는 자신을 부른 것을 알았는지 곧바로 다가왔다.

식당 주인이 카운터 너머로 앞치마 차림의 아내에게 뭔가 귀엣말을 했다. 그녀는 온순한 얼굴을 닛타에게로 향했다.

---

* 나가사키 고토(五島) 열도의 특산품. 반죽에 동백기름을 넣어 숙성시켜 가늘면서도 쫄깃한 식감이 특징이다. 일본 3대 우동의 하나.

"이리에 유토에 관한 것 때문이지요?" 부인이 작은 소리로 물었다.

네, 라고 대답하고 닛타도 한껏 목소리를 낮춰 뒤를 이었다.

"이미 수사관이 다녀간 것으로 알고 있지만, 추가로 여쭤볼 게 있어서요. 바쁘신 참에 죄송한데 잠깐 시간 좀 내주시겠어요? 되도록 짧게 끝낼 테니까요."

"알았어요."

닛타는 옆의 의자를 부인에게 권했다. 실례합니다, 라면서 그녀는 자리를 잡았다.

"방금 이리에 유토라고 하셨는데 역시 단골이었던 모양이지요?"

"그렇죠. 자주 올 때는 한 달에 두세 번 정도였나? 이리에 군은 말고기 갈비를 좋아해서 항상 최소한 2인분은 먹었어요. 아무튼 젊은 사람이라 잘 먹고 잘 마셨죠. 소주 한 병을 그냥 눈 깜짝할 사이에 비워버리기도 하고." 그렇게 말하고 그녀는 거북스러운 얼굴을 했다. "젊은 사람이 아니라 젊었던 사람이라고 해야 맞겠네요."

그 정정에 닛타는 굳이 반응하지 않고 넘어가기로 했다.

"주로 직장 동료들과 함께 왔다고 들었는데요."

"맞아요. 항상 서너 명이 함께 왔어요. 아마 대부분 비슷한 또래들이었을 거예요. 여자애가 함께 올 때도 있었고."

"아주머님이 보시기에 이리에 씨는 어떤 청년이었습니까?"

막연한 질문으로 들렸는지 부인은 고개를 갸우뚱했다.

"글쎄요, 어떤 청년인지는……."

"단순한 인상만이라도 좋습니다. 명랑했다든가 거꾸로 우울해 보였다든가."

"제가 보기에는 아주 명랑하고 건강한 청년이었어요, 얘기도 잘하고. 술이 들어가면 목소리가 커지는 게 좀 문제였지만."

"어떤 얘기들을 했어요?"

글쎄요, 하면서 부인은 다시 고개를 갸웃거렸다.

"목소리는 커도 일일이 듣고 있었던 건 아니니까요. 거기 말고도 손님이 워낙 많아서. 회사 얘기를 했던 것 같은데? 상사 뒷담화라든가."

"취미나 운동 같은 얘기는 없었습니까?"

취미요, 라고 혼잣말처럼 중얼거리는 부인의 표정은 애매했다.

"운동이라면 복싱 얘기를 한 적이 있네요."

"이리에 씨가 하신 얘기인가요?"

"네, 복싱이라면 제법 잘 아는지 왕년의 유명한 선수 얘기를 자주 했어요. 다른 사람들은 별로 관심이 없는 것 같았지만."

"취미에 대해서는 어떻습니까?"

"애니메이션 얘기는 곧잘 했죠. 요즘 사람들은 다들 애니메이션 좋아하잖아요. 하지만 게임은 별로 좋아하지 않는다고 이리에 군이 말했던 게 기억나네요. 어렸을 때 게임기를 안 사쳤나봐요. 친구들 얘기에 낄 수가 없어 싫었다나요."

"휴일에는 어떻게 지낸다든가 평소 습관이라든가, 그런 얘기는 안 하던가요?"

"휴일? 그런 것까지는 좀……." 부인은 고개를 저었다. "기억이 안 나네요. 그런 얘기를 들었을 수도 있는데 저도 일하면서 들은 거라서."

"네, 그러시겠지요." 닛타는 쓴웃음을 지었다. "알겠습니다. 바쁘신데 죄송했습니다."

"아뇨, 별 도움도 못 되고, 제가 죄송하네요."

"천만에요, 크게 참고가 됐는데요. 그리고 저녁 잘 먹었습니다. 진짜 맛있었어요."

"고맙습니다." 부인이 말했다. 카운터 안의 주인도 꾸벅 인사를 건넸다.

식당을 나서자 공기가 차갑게 느껴졌다. 지구온난화라고는 해도 벌써 12월이니 당연한가. 코트 깃을 단단히 여미고 걸음을 옮겼다.

곧게 뻗은 도로는 아스팔트가 아니라 블록을 촘촘히 끼워넣은 것이었다. 블록은 붉은색이지만 도로 한가운데서 좌우로 색의 농도가 전혀 달랐다. 색깔이 선명한 쪽은 공사로 다시 파내 새 블록을 깐 것이리라.

도로 양측에는 인도 대신 갓길을 가리키는 흰색 선이 그어졌을 뿐이다. 하지만 이 흰색 선 안쪽으로 걸어가기가 여간 힘든 게 아니었다. 가게 간판이며 자전거 등이 서 있기 때문이다. 낮 시간대의 과일 가게는 도로를 점포의 일부인 것처럼 다양한 과일이며 채소를 바깥에 진열해놓았다. 행인들은 갓길 표시의 흰색 선 따위는 무시하고 당당히 차도를 걷고 있었다.

이리에 유토는 날마다 이 길을 오가며 직장에 다녔다. 그건 남겨진 스마트폰의 위치 정보를 통해 판명되었다. 여기서는 그가 살던 원룸도 직장도 도보로 약 10분 거리다. 즉 출퇴근에 걸리는 시간은 약 20분이라는 얘기가 된다.

이리에가 근무하던 곳은 생산 기계의 특수 사양화와 개조를 청부 제작하는 공장이었다. 이리에는 용접 부문을 담당했고 특히 티그 용접이 특기였다는데 그게 어떤 기술인지는 탐문수사를 다녀온 수사관도 잘 알지 못했다.

지금부터 4일 전인 12월 2일, 이리에 유토는 평일인데도 직장에 나타나지 않았다. 상사가 몇 번이나 스마트폰에 연락했지만 전혀 받지 않았다. 그래서 동료 한 명이 자전거를 타고 점심 식사 후에 그의 원룸으로 찾아갔다.

집 출입문은 잠기지 않은 채였다. 문을 열어본 동료의 눈에 뛰어든 것은 웅크리듯 쓰러져 있는 이리에의 모습이었다. 추리닝 바지에 티셔츠 차림이었지만 가슴팍이 검붉게 물들어 있었다. 게다가 옆에 피 묻은 칼이 나뒹구는 것을 보고 동료는 상황을 이해했다.

통신지령센터에 신고가 들어온 것은 밤 12시 35분이었다.

관할 경찰서와 기동수사대가 원룸 부근 일대를 수사했지만 도움이 될 만한 목격 증언은 얻어내지 못했다. 굳이 부검 결과를 기다릴 것도 없이 사후 12시간 이상이 경과한 게 명백해서 범행은 그 전날 저녁 8시부터 12시 사이일 것으로 추정되었다. 이리에 유토의 원룸은 양옆으로 이웃집이 있었지만 양쪽 다 특이한 소음은 듣지 못했다고 말했다. 애초에 두 사람 다 귀가 시간이 한밤중이었다.

사체가 발견된 날 밤, 닛타는 현장인 원룸으로 나갔다. 특별 수사본부 개설이 결정되면서 경시청 수사 1과에서는 닛타가 인솔하는 팀이 차출되었기 때문이다.

원룸은 2층짜리 건물이었다. 지은 지 10년째라고 하니까 비교적 새 건물이다. 문을 열면 바로 앞 왼편에 싱크대가 있고 아래쪽에는 냉장고가 들어가 있었다. 오른편은 조립식 욕실 겸 화장실이고, 방 크기는 약 9제곱미터에 다락이 딸린 복층 구조였다. 이리에는 다락을 침상으로 쓴 모양이었다. 다락 밑에 의류 행거와 공간 박스를 쌓아 속옷이며 일상용품을 넣어 두고 있었다.

살풍경한 방이었다. 텔레비전도 없고 만화나 잡지 같은 것도 없었다. 사체가 발견되었을 때, 싸구려 낮은 탁자 위에는 레몬사와 캔과 먹던 어육소시지, 그리고 스마트폰이 놓여 있을 뿐이었다.

이리에 유토의 프로필에 관해서는 대부분 밝혀졌다.

지바 현 후나바시 시 출신으로 초등학생 때 부모가 이혼하면서 이리에는 아버지 쪽에서 데려갔다. 아버지는 건축 현장 등에서 일하며 생계를 이어갔지만 아들의 교육에는 전혀 관심이 없었다.

열일곱 살 때, 이리에는 사건을 일으켰다. 금지된 장소에 자전거를 세우려는 참에 곁을 지나가던 대학생이 나무라자 불끈해서 상대를 때렸던 것이다. 게다가 한두 방이 아니라 이리에 본인도 기억하지 못할 만큼 거친 폭행을 가했다. 쓰러진 상대는 병원에 실려 갔지만 의식불명 상태였다.

이리에는 도주하지 않았기 때문에 그 자리에서 현행범으로 체포되었다. 이윽고 가정법원으로 넘어가 보호처분을 받고 소년원 송치가 결정되었다.

소년원에서 지낸 기간은 1년 3개월이었다. 그사이에 직업교육을 통해 용접과 절삭 기술을 배웠다. 재능이 있었는지 단번에 자격증을 취득했다.

드디어 소년원에서 나오는 날이 다가왔지만 아버지는 행방불명으로 연락이 닿지 않았다. 어머니 역시 이미 다른 가정을 꾸린 상태라서 거둬줄 수 없었다. 그러자 이리에는 갱생보호시설에 입소해 우선 지내면서 취업 활동에 나섰다.

다행히 곧바로 일자리가 나왔다. 그게 지금 회사였다. 용접 기술이 뛰어난 점을 높이 평가해 입사시켰다고 한다. 다만 회사 인사부에서는 이번 사건으로 수사관에게서 얘기를 듣기 전까지 이리에가 소년원 출신이라는 것을 알지 못했다. 이력서에는 고교 중퇴라고 적혀 있었지만 그 이유에 대해서는 "기술직을 목표로 아르바이트를 하면서 현장에서 배웠다"라는 이리에의 설명을 그대로 믿었다고 한다.

무사히 일자리를 찾은 이리에는 거처도 확보하고 새 생활을 시작했다. 열아홉 살 봄이었다. 그리고 그로부터 4년 반이 지난 이번 초겨울, 누군가에 의해 목숨을 잃었다.

피해자와 가까운 인간관계를 탐문하던 수사팀에 따르면 트러블에 휘말렸다는 얘기도 없었고 적대관계였던 인물도 없다고 한다.

그렇다면 동기는 무엇인가.

금품이 목적일 리는 없다. 실제로 도둑맞은 물건은 없는 것으로 판단되었다. 지갑도 방 안에 있었고 누군가 손을 댄 흔적도 없었다.

이리에 유토의 죽음으로 어떤 식으로든 이득을 보는 사람이 있을까. 다양한 방면을 훑어봤지만 그런 가능성도 한없이 제로에 가깝다고 할 수밖에 없었다.

그러자 역시 그와 연관된 주변 인물들에 대한 수사로 얘기가 되돌아갔다. 이리에를 죽일 만큼 미워한 사람은 없었는가.

그의 이력을 되짚어보니 한 명이 있었다. 열일곱 살 때 일어난 사건의 피해자. 아니, 정확히 말하면 피해자의 가족이었다.

피해자의 이름은 가미야 후미카즈라고 했다. 당시 대학 2학년이었다. 가나가와 현 후지사와 시에서 어머니와 단둘이 살았고 도쿄의 대학까지 편도 한 시간 반을 들여 통학하고 있었다. 어머니 가미야 요시미는 병원에서 사무직으로 일했다. 남편과는 그 몇 년 전에 사별했다.

이리에 유토에게 폭행을 당한 뒤, 가미야 후미카즈는 식물인간 상태가 되었고 사건 후 1년여 만에 사망했다. 그래서 이리에의 죄목은 상해가 아니라 상해치사일 가능성이 높았지만 판결이 수정되는 일은 없었다. 사망과 인과관계를 증명하기가 어려웠기 때문인 것으로 짐작되었다.

닛타는 수사관을 가미야 요시미의 거주지로 보냈다. 어찌됐든 우선 그쪽의 알리바이를 확인하지 않을 수 없다. 이리에 유토에 대해 현재 어떻게 생각하는지도 궁금했다.

수사관의 보고에 의하면 가미야 요시미는 알리바이가 확실했다. 그날 저녁에 친구와 요코하마에 뮤지컬을 보러 갔고, 뮤지컬이 끝난 뒤에는 역시 요코하마의 레스토랑에서 함께 식사를 했다는 것이다. 그 뒤에 바에도 들렀기 때문에 밤 12시 가까운 시각에 택시를 타고 귀가했다. 스마트폰 위치 정보와도 일치했고 친구의 증언도 따두었다. 거짓은 아닐 것이다.

다만 수사관의 얘기를 듣고 마음에 걸리는 게 있었다.

가미야 요시미는 이리에 유토가 살해된 사건을 알고 있었다는 것이다. 뉴스를 보고 어쩌면 자기에게도 경찰이 찾아올지 모른다고 예상했다고 한다.

실은 닛타가 수사관에게 미리 넌지시 지시해둔 게 있었다. 만일 가미야 요시미가 이리에 유토를 아들을 죽인 범인으로 인식하고 있다면 어떻게 그 이름을 알았는지 자세히 물어보라는 것이었다. 소년 범죄로 보호처분을 받았기 때문에 이름은 발표하지 않았고 피해자 측에도 개인정보는 공개하지 않았을 터였기 때문이다.

가미야 요시미의 대답은 "따로 알아봤다"는 것이었다.

"아들이 사망한 뒤에 민사 소송을 하려고 알아봤어요. 상대 이름을 모르고서는 소송할 방도가 없으니까요."

하지만 결국 그 소송은 단념했다고 한다. 시간 낭비라고 주위에서 다들 설득한 모양이었다.

닛타는 가미야 요시미가 아들을 죽게 한 장본인의 신원을 파악했다는 점을 그대로 흘려넘길 수 없었다. 알리바이가 없다면 가장 의심스러운 인물이다. 그 알리바이만 해도 가미야 요시미 쪽에서 일부러 친구를 불러서 데려갔다. 뮤지컬을 보러 가자고 한 것은 처음이라서 좀 놀랐다고 그 친구라는 이가 말했다고 한다.

또 한 가지, 마음에 걸리는 것이 있었다.

이리에 유토의 스마트폰은 다양한 정보를 제공해주었다. 말고기 식당에 자주 갔다는 것도 스마트폰 덕분에 밝혀졌다. 출퇴근 코스만 해도 그렇다.

그 위치 정보에 따르면 이리에 유토는 매주 토요일 저녁마다 기묘한 행동을 취했다. 원룸을 나와 거의 두 시간 가까이 동네를 돌아다닌 것이다. 어딘가 가게에 들어간 것도 아니다. 오로지 길거리를 여기저기 걷다가 다시 자신의 원룸으로 돌아왔다. 시간 경과를 고려해보면 조깅을 한 것도 아니었다. 워킹이라고 하기에도 속도가 너무 느린 거 아닌가. 그렇다면 산책인가. 스물네 살의 젊은이가 매주 토요일 저녁에 두 시간이나 산책을 할까.

코스는 어느 정도 일정한 패턴을 보였지만 항상 똑같은 것은 아니었다. 거의 비슷한 여정이었으나 미묘하게 달라지기도 하고 처음부터 전혀 다른 방향으로 가기도 했다.

이 습관은 최소한 작년 가을에 스마트폰을 바꾼 이후로 거의 매주 이어졌다. 어쩌다 나가지 않은 날을 조사해보니 비가 온 날이었다.

사건과 관계가 있는지 어떤지는 알 수 없었다. 하지만 닛타는 이 의문을 해결하지 않고서는 넘어갈 수 없었다. 그래서 저녁 식사를 핑계로 특별수사본부를 빠져나와 일부러 이리에가 단골로 다니던 식당에 찾아갔던 것이다. 별다른 수확은 없었지만.

닛타는 발을 멈췄다. 이런저런 생각을 하며 걸어가는 사이에 이리에가 살던 원룸 근처까지 와버렸다.

바깥 계단이 달린 무미건조한 2층짜리 원룸이었다. 큰길과는 한참 떨어진 곳이라서 접근하기 위해서는 포장이 어설픈

좁은 길을 지나야만 한다. 이리에의 원룸은 1층으로, 해가 잘 들지 않아 임대료가 조금 저렴했다.

살인자는 일부러 그런 집에까지 찾아가 그곳에 사는 무명의 젊은이를 칼로 살해했다.

그 목적은 대체 무엇인가.

2

관리관 이나가키가 닛타를 경시청 본부 회의실로 호출한 것은 이리에 유토 살해 사건으로부터 3주째가 되는 날이었다. 수사 자료를 반드시 지참하고 오라는 지시였다.

회의실을 향해 복도를 지나가는데 양복 안주머니에서 스마트폰이 부르르 진동했다. 걸음을 멈추고 벽 쪽으로 붙어 서서 스마트폰을 꺼냈다. 연락해온 것은 가미야 요시미의 감시를 맡은 휘하 수사관 중 한 명이었다. 화면 위쪽의 시각을 확인해보니 오후 1시를 넘어선 참이었다.

"응, 닛타야. 움직임이 있었나?"

"방금 전에 가미야 요시미가 맨션에서 나왔습니다. 분명 평소하고 차림새가 달라요. 들고 있는 가방도 꽤 큽니다. 여행을 떠나는 것 같습니다."

"미행해. 여럿이서 움직여. 절대 놓치지 말고."

"알겠습니다."

스마트폰을 다시 집어넣으면서 닛타는 생각에 잠겼다. 가미야 요시미는 어디에 가려는 것인가. 아들을 죽게 한 자가 살해되었다는 소식을 듣고 기분전환이라도 하려는 건가.

이리에 유토의 인간관계에 대해서는 철저할 만큼 샅샅이 조사하고 점검했다. 스마트폰에 남겨진 정보도 거의 다 분석했다. 하지만 이번 범행과 연결될 만한 것은 하나도 발견되지 않았다.

그렇게 되니 이제 남은 건 가미야 요시미에 대한 의혹뿐이었다. 그래서 그쪽의 행동을 감시하도록 했던 것인데 지금까지는 아무런 움직임도 없었다.

회의실에 가보니 먼저 온 손님이 있었다. 잠깐 멈칫했지만 잘 아는 얼굴이라서 금세 긴장이 풀렸다.

"수고가 많으십니다."

"자네도 호출을 받았어?" 변함없이 우락부락한 얼굴로 그렇게 물은 것은 예전에 한 팀이었던 선배 형사 모토미야였다. 이나가키가 팀장이던 시절에 그의 오른팔이 되어 활동했고 덕분에 닛타도 발에서 땀이 나도록 뛰어다녀야 했다. 그 뒤로 각자 몇 군데 전근을 경험했지만 이제는 둘 다 수사 1과의 팀장이 되었다.

"예, 수사 자료를 갖고 오라고 하시던데요?"

"나도 마찬가지야. 그렇다면 관리관이 얘기한 중요한 일이라는 게 뭔지 대략 예상이 되네." 모토미야는 책상 위에 놓인 파일에 시선을 던지며 말했다.

그의 팀이 떠안고 있는 것은 일주일 전에 일어난 살인 사건이었다. 고마에 시의 어린이공원에서 40세의 고사카 요시히로라는 남자가 살해되었다. 고사카는 근처 산업 폐기물 공장에 다니고 있었다. 일을 마치고 식당에서 맥주를 마시며 저녁 식사를 하고 집에 돌아가던 중에 습격을 당한 것으로 보였다. 평소의 정해진 패턴에 따른 동선이었기 때문에 그것을 미리 파악한 범인이 잠복하고 있었을 가능성이 높았다. 현장은 밤이 되면 사람의 통행이 거의 없는 곳이었다.

닛타가 그 사건의 내용을 알고 있는 것은 첫 수사회의에 참석했기 때문이었다. 예리한 칼로 정면에서 흉부를 찔렀다는 점이 이리에 유토 살인 사건과 동일했기 때문에 대략 개요만이라도 알아두라는 이나가키의 지시가 있었던 것이다. 물론 그건 모토미야도 잘 알고 있었다.

하지만 현재로서는 두 가지 사건의 연결점은 전혀 발견되지 않았다. 그래서 우선 별개의 사건으로 각자 수사를 진행하기로 했다.

닛타는 모토미야 옆의 의자에 앉았다. "기치조지 쪽 사건, 얘기 들으셨습니까?"

들었지, 라고 모토미야는 대답했다. "칼이었다면서?"

"네……."

사태는 새로운 국면을 맞이했는지도 모른다. 그런 냄새를 풍기는 얘기가 닛타의 귀에도 들어왔다. 3일 전 밤, 기치조지의 노상에서 한 남자가 습격을 당한 사건이 일어났다. 흉기는 칼이었고 이 또한 정면에서 흉부를 찔렸다고 한다.

노크 소리가 들렸다. 네, 라고 닛타가 답했다.

달칵 소리와 함께 문이 열렸다. 회의실에 들어선 사람은 검은 바지정장 차림의 여성이었다. 실례합니다, 라고 그녀는 말했다. 허스키한 목소리였다.

머리는 숏컷에 달걀형 얼굴이 유난히 작아 보였다. 결코 작은 몸집이 아닌데도 전체적인 균형이 잘 잡혀 있어서 그렇게 보이는 건가.

닛타도 아는 인물이었다. 같은 수사 1과의 강력범 수사를 담당하는 팀장이다. 다들 아즈사 경감이라고 불렀지만 아직 이름까지는 알지 못했다.

"늦어서 죄송합니다. 7팀의 아즈사라고 합니다." 그녀가 머리를 숙이며 말했다. "모토미야 경감과 닛타 경감이시지요? 잘 부탁드립니다."

저야말로, 라고 말하고 닛타는 옆의 의자를 권했다.

하지만 아즈사는 앉기 전에 문 쪽을 향해 고개를 끄덕였다. 그러자 후덕한 몸집의 남자가 스윽 나타났다. 그 얼굴을 보고 닛타는 목소리를 높였다. "엇, 노세 씨!"

안녕하십니까, 라고 수줍은 듯이 남자는 빙긋이 웃으며 말했다.

"뭐야, 노세 씨도 호출을 받았어?" 모토미야도 친근하게 말했다.

그런 모습을 아즈사는 의아하다는 듯 바라보다가 이윽고 억양 없는 어조로 말했다. "이나가키 관리관에게서 이쪽으로 오라는 연락을 받았는데 그때 노세 씨도 함께 데려오라고 하셨어요. 이유는 못 들었는데 아무래도 노세 씨가 두 분과 상당히 인연이 깊은 모양이네요."

"그렇죠, 이래저래." 닛타는 말끝을 흐렸다.

노세와는 소속은 달라도 빙긋이 웃으며 함께 일한 적이 있었다. 관할 경찰서에서 밑바닥부터 올라온 형사지만 그 혜안에 닛타는 존경심을 품고 있었다. 그가 아즈사 팀으로 이동했다는 건 알지 못했다.

아즈사와 노세가 자리에 앉기를 기다려 닛타는 물어보았다.

"기치조지 사건은 아즈사 경감 팀에서 수사 중입니까?"

네, 라고 아즈사는 밋밋한 가면처럼 무표정한 얼굴을 이쪽으로 향했다.

"저희 팀이 그 사건 맡을 때, 관리관의 지시가 있었어요. 경우에 따라서는 이미 설치한 특별수사본부와 합동수사에 들어갈 테니까 그렇게 알고 있으라고. 아무래도 그게 현실이 된 모양이네요."

이나가키가 노세를 데려오라고 아즈사에게 지시한 것은 그러는 게 닛타나 모토미야와 연대하기가 수월하다고 판단했기 때문일 것이다.

닛타가 아즈사 팀이 맡은 수사의 진척상황을 물어보려고 했을 때, 문이 열리는 소리가 났다. 입구 쪽을 돌아보고 닛타는 반사적으로 자리에서 일어섰다. 다른 사람도 마찬가지였다. 먼저 들어온 건 수사 1과 과장 오자키였다. 그 뒤를 이어 이나가키가 나타났다.

오자키는 여전히 자세가 반듯해서 녹록지 않은 관록을 뒷받침해주고 있었다. 올백으로 넘긴 머리는 새까맣지만 아마도 염색을 한 것인가.

오자키는 모두에게 착석하라는 듯 손바닥을 위아래로 흔들면서 걸음을 옮겨 회의실 안쪽 자리에 앉았다. 그 옆에 이나가키가 앉는 것을 보고 닛타 일행도 일제히 착석했다.

"갑작스럽게 호출해서 미안하다." 이나가키가 딱딱한 어조로 운을 뗐다. "서로 얼굴 정도는 알고 있겠지만, 자기소개는 이미 끝났나?"

다들 서로 얼굴을 쳐다본 뒤에 네, 라고 대답했다.

"그렇다면 인사는 생략한다. 모두 모이라고 것은 다름이 아니라 현재 자네들이 각각 담당한 사건들이 서로 관련되었을 가능성이 높다고 판단했기 때문이야. 그래서 앞으로의 수사 방침을 정해두려고 한다."

"동일범……이라는 말씀입니까?" 모토미야가 신중한 어조로 물었다.

"단언할 수는 없어. 하지만 가능성은 높아 보여."

"살해 방법 말씀이군요." 닛타는 말했다. "세 건 모두 피해자가 정면에서 칼에 찔린 상태였지요?"

이나가키는 고개를 끄덕이고 전원을 둘러보았다. "흉기 사진을 지금 볼 수 있나?"

저마다 지참한 파일에서 흉기 이미지를 출력한 서류를 꺼내 책상에 나란히 펼쳐놓았다.

세 개의 사진 모두가 가느다란 칼이었지만 완전히 똑같은 것은 아니었다.

"미묘하게 서로 다른데?" 모토미야가 중얼거렸다.

"하지만 타입은 비슷합니다." 닛타가 말했다. "칼날 크기가 모두 15센티미터 남짓이에요. 손잡이의 굵기나 길이도 전부 흡사합니다."

"범인이 동일 인물이라면 완전히 똑같은 칼이 아니라도 자신이 쓰기 편한 크기나 형태를 선택하겠죠." 그렇게 말한 것은 아즈사였다.

"나도 그렇게 생각해." 이나가키가 말했다. "매장에서 직접 샀든 인터넷에서 샀든 똑같은 칼을 동시에 여러 개 구입하면 아무래도 기억에 남게 돼. 각각 다른 매장에서 동일한 타입의 칼을 구입했던 게 아닐까?"

"예, 그럴 가능성이 높지요." 모토미야가 동의를 표했다.

닛타는 재빨리 스마트폰을 검색했다.

"저희 팀 사건의 범인은 피해자의 체격과 칼의 진입 각도로 봐서 키 170센티미터 전후로 추정됩니다. 좀 더 키가 큰 인물이 허리를 숙였을 가능성도 전혀 없는 건 아니지만, 상대의 빈틈을 노려 정면에서 찌르려면 상당히 민첩하게 움직여야 하고, 그런 자세를 고려하면 160센티미터 이하나 180센티미터 이상일 가능성은 낮다고 보고 있습니다."

"우리 팀도 비슷해." 모토미야가 말했다. "하지만 170센티미터 전후라고 하면 국내 남성 평균 키에 가까워. 요즘에는 여성들도 그 정도 키가 꽤 많잖아. 그것만으로 동일범이라고 결론을 내릴 수는 없겠지."

관리관님, 하고 아즈사가 슬쩍 손을 들었다.

"세 개의 칼을 과학수사연구소에 보내 감정을 받아보면 어떨까요?" 그녀는 오자키와 이나가키를 번갈아 바라보며 제안했다. "저희 쪽 감식 결과에 따르면 흉기로 쓰인 칼에 갈았던 흔적이 있다고 합니다. 동일범이라면 모토미야 경감과 닛타 경감 쪽 사건에서 사용된 칼도 마찬가지로 갈았을 가능성이 있습니다. 칼날 부분을 분석해보면 칼을 갈아낸 방법이나 숫돌이 똑같은지도 알 수 있지 않을까요?"

"흠, 그렇군." 이나가키는 오자키 쪽을 보았다. 오자키가 말없이 고개를 끄덕이는 것을 확인하고 이나가키는 아즈사에게 시선을 되돌렸다. "좋아, 그렇게 진행해. 그건 자네에게 부탁해도 되겠나?"

"다른 두 분께서 이의가 없으시다면."

없습니다, 라고 닛타는 대답했다. 모토미야도 잘 부탁한다고 말했다. 둘 다 목소리에 힘이 실리지 않았다. 여성 경감이 괜찮은 아이디어로 선수를 쳤으니 내심 유쾌할 리가 없다.

"좋은 착안이야, 아즈사 경감." 지금까지 부하들의 대화를 듣고 있던 오자키가 목소리를 냈다.

"감사합니다." 아즈사가 머리를 숙였다. 무표정이었던 얼굴이 조금 누그러든 것 같았다.

"이나가키 경정, 이제 슬슬 그 얘기를 들려주는 게 좋지 않나?" 오자키가 이나가키에게 뭔가를 재촉했다.

네, 하고 이나가키는 새삼 모두를 둘러보았다.

"세 건의 사건에서 살해 방법 이외에 또 다른 공통점을 감지한 사람, 있나?"

그 질문에 대답한 사람은 없었다. 서로의 사건에 대해 아직 자세히 들여다본 적이 없었기 때문에 그건 당연한 일이었다.

이나가키가 모토미야에게로 눈을 돌렸다.

"그쪽 팀 사건에서 살해된 피해자 말인데, 전과가 있다고 했지?"

"그렇습니다." 모토미야가 파일을 펼치며 대답했다. "피해자 이름은 고사카 요시히로, 20여 년 전에 강도 살인을 저질러 징역 18년의 실형 판결을 받았습니다. 지바 교도소에서 출소한 게 작년입니다."

그 얘기라면 닛타도 들었다. 피해자의 경력은 맨 처음 수사 회의에서 밝혔기 때문이다. 강도 살인인데도 징역 18년으로 끝난 것은 어째서인가라는 의문에 대해 범행 당시에 20세였기 때문에 그 점을 고려한 것 같다는 설명을 들었다.

"아즈사 경감." 이나가키가 말했다. "그쪽 팀 피해자에 대한 얘기를 두 사람에게 해주겠나?"

"알겠습니다. 노세 경위, 자료를……." 아즈사가 말을 끝내기도 전에 노세는 해당 파일을 상사 앞으로 내밀었다. 아즈사가 그 서류를 들여다보며 말했다. "피해자의 이름은 무라야마 신지, 34세, 음식점 근무. 6년 전에 공표죄 및 공표목적 제공죄로 유죄 판결을 받은 적이 있습니다. 징역 3년에 집행유예 5년이었습니다."

"그쪽도 전과자야?" 모토미야가 가느다란 눈썹 사이에 주름을 잡았다. "그러면 닛타 쪽 피해자도?"

"우리 팀의 피해자는 전과는 없습니다. 다만 체포된 적은 있었어요. 열일곱 살 때, 상해 사건을 일으켰습니다. 길거리에서 시비가 붙었는데 상대가 의식불명이 될 만큼 심하게 구타했습니다. 소년원에 1년쯤 있었어요. 당시 피해자는 식물인간 상태로 1년을 지내다가 사망했습니다."

"아이구, 살해한 거나 마찬가지잖아." 모토미야가 내뱉듯이 말했다.

"유족 측의 느낌으로는 그렇겠지요."

"그런 점은 우리 쪽도 마찬가지예요." 아즈사가 말했다.

닛타는 여성 경감의 옆얼굴을 보았다. "공표죄라고 했지요?"

"공표죄 및 공표목적 제공죄예요. 사적인 성적 동영상 기록의 제공 등에 의한 피해 방지에 관한 법률, 약칭 리벤지 포르노 방지법 위반이었어요. 무라야마 신지는 헤어진 전 연인의 나체 동영상 등을 인터넷에 공개했습니다. 피해를 당한 중학교 3학년 소녀는 1년 동안 학교를 휴학한 끝에 자살했어요. 유족은 그걸 어떻게 받아들였겠습니까."

"나이 서른이 다 된 남자가 여중생과 교제를 하고, 게다가 리벤지 포르노? 허 참, 그것도 살인이나 다름없네." 모토미야가 중얼거렸다.

"이제 알겠지?" 오자키가 입을 열었다. "자네들이 현재 수사 중인 사건의 피해자는 하나같이 과거에 사건을 저지른 전과자들이었어. 게다가 단순한 사건이 아니야. 사람이 죽어나갔어. 이걸 단순한 우연이라고 보는 건 지나치게 낙관적이라는 게 나와 이나가키 경정의 공통된 의견이다. 그래서 이렇게 각 사건의 지휘관들을 소집하게 된 거야."

"과장님은 이걸 연속살인 사건이라고 생각하시는 건가요?" 닛타가 물었다.

오자키가 입 끝을 미묘하게 틀었다.

"지난 3주 사이에 세 명이 살해됐어. 그 유명한 잭 더 리퍼

못지않은 빠른 페이스야. 전혀 아무 관계도 없는 세 명의 살인자가 우연히 이 기간에 집중적으로 나타났다고 할 수 있겠나?"

냉철하다고 할 만한 설명에 닛타는 반론을 할 수 없었다.

"우선의 방침은 단 한 가지, 피해자 유족에 대해 철저히 조사해본다는 거야." 이나가키가 말했다. "이 경우 피해자라는 건 이번 사건의 피해자가 아니야. 그들이 과거에 일으킨 사건의 피해자들이야. 각각의 유족들의 움직임을 확인하고 인간관계를 샅샅이 조사할 것. 반드시 어딘가에서 세 건의 사건이 연결될 거야. 당분간 특별수사본부는 현재 체제로 가겠지만, 뭐든 관련된 점을 포착하면 정식으로 합동수사에 들어갈 예정이다. 그때부터는 터널의 출구가 바로 코앞에 보일 것이다."

네, 라고 닛타는 동료들과 목소리를 합해 힘차게 대답했다.

"나도 한 가지 당부할 게 있어." 오자키가 다시 입을 열었다. "단독범인지 여러 명인지는 확실치 않지만, 만일 범인 혹은 범인들이 이번 일련의 범행을 정당한 행위라는 식으로 생각하는 것이라면 매우 오만한 착각이자 형사사법 시스템에 대한 모독이야. 그런 짓은 결코 용납해서는 안 돼. 반드시 체포해서 상응하는 대가를 치르게 해야 한다. 자네들은 이번 일이 경찰에 대한 도전이라는 점을 특히 명심하고 수사에 임해주기를 바란다. 이상."

수사 1과 과장의 한마디 한마디에 회의실 안의 공기가 무겁게 가라앉았다. 목소리를 내어 대답할 만한 분위기가 아니어서 다들 말없이 머리를 숙였다.

"그럼 잘 부탁한다." 이나가키가 말했다.

이나가키와 오자키가 자리에서 일어섰기 때문에 전원이 기립했다. 두 사람이 나가는 것을 머리 숙여 배웅했다.

문이 닫히는 것을 지켜보고 모두 다시 자리에 앉았다.

"놀랍네. 전혀 예상하지 못한 전개야." 모토미야가 말했다. "설마 연속살인 사건이었다니. 그렇다면 대체 범인의 목적은 뭐지?"

"과장님 생각이 맞는다는 느낌이 드는데요." 닛타가 말했다. "범인은 이걸 정당한 행위라고 생각하는 겁니다. 마땅히 죽여야 할 사람을 죽였을 뿐이라는 거겠죠."

"복수라는 얘기지? 실은 우리 팀 쪽 사건에 관해서라면 그럴 가능성이 충분해." 모토미야가 동의했다. "고사카 요시히로가 20년 전에 저지른 사건의 재판에서 피해자 유족 전원이 사형을 원했더라고. 유족의 심정을 생각하면 당연한 일이지. 강도살인은 대부분 최저 무기징역이야. 근데 판결은 겨우 징역 18년이 나왔어. 애초에 검찰의 구형 단계에서부터 사형이 아니었거든. 사람을 죽였는데 겨우 18년 만에 사회에 나올 수 있다는 건 이상하지 않느냐고 억울해하는 것도 당연하잖아? 나라에서 사형에 처해주지 않는다면 교도소에서 나온 뒤에 내 손으로 죽이자고 마음먹었다고 해도 이상할 건 없겠지. 그야 물론 우리 팀도 피해자의 전과를 파악하고 그런 가능성을 가장 먼저 의심했어. 하지만 과거 사건의 피해자 유족에게는 모두 다 알리바이가 있더라고."

"그건 우리 쪽 사건도 마찬가집니다." 닛타가 말했다. "이번 피해자 이리에 유토에게 폭행을 당해 사망한 대학생의 혈육은 어머니뿐이에요. 그래서 철저히 지켜보려고 오늘도 미행 중입니다. 다만 사건 당일의 알리바이는 확실했어요."

그렇군, 하고 고개를 끄덕이며 모토미야는 아즈사 쪽을 돌아보았다. 덩달아 닛타도 그녀에게로 시선을 향했다.

아즈사는 짧게 한숨을 내쉬고 노세 경위, 라고 말했다. "두 분에게 설명 좀 해주세요."

네, 라고 답하며 노세는 파일을 앞으로 끌어당겼다. 어느새 노안경도 쓰고 있었다.

"무라야마 신지가 6년 전 리벤지 포르노 방지법 위반으로 유죄 판결을 받았고, 피해를 당한 소녀가 자살했다는 것은 조금 전에 아즈사 경감이 설명했지요? 거기에 원한을 품고 보복한 게 아닌가 하고 우리도 소녀의 유족, 구체적으로는 부모에 대해 조사했어요. 수사관의 보고에 따르면 소녀가 자살한 뒤로 어머니는 우울증에 걸렸고 그게 해마다 심해져서 현재는 혼자 아무것도 못 하는 상태라는군요. 부모가 지금도 가해자를 원망한다는 건 뭐, 틀림이 없지요. 그런데 이번 사건 발생 때, 아버지 쪽은 자신이 경영하는 식당에 있었다는 게 확인됐어요. 어머니는 자택에 있었고, 그건 증명까지는 못 했지만 병세를 고려하면 범행은 도저히 불가능하다는 게 수사진의 의견입니다."

이상입니다, 하고 노세는 안경을 벗었다.

"모든 유족들이 알리바이가 아주 확실한 게 도리어 마음에 걸리는데……." 모토미야가 턱을 슬슬 문지르면서 말했다.

"실은 저도 실행범이 따로 있었을 가능성을 찾아보던 중이었어요." 닛타가 말했다. "유족인 어머니를 대신해 복수해준 사람, 그 어머니와 똑같을 만큼 사망한 대학생을 소중히 여겼던 사람이 혹시 주위에 있지 않을까 하고요. 하지만 오늘 여기서 얘기를 들어보니 그건 완전히 잘못 짚은 것인지도 모른다는 생각이 드는데요."

"무슨 소리야?"

"네, 잘못 짚으셨어요." 닛타가 대답하기도 전에 아즈사가 입을 열었다. "한 사건뿐이라면 그럴 가능성도 있겠지만, 비슷한 사건이 세 건이나 이어졌다면 얘기가 달라지죠. 유족을 딱하게 여겨 대신 복수해준 사람이 각 사건마다 따로 있었다는 건 비현실적이다, 닛타 경감은 그런 얘기를 하려는 것이죠?"

닛타는 자신이 할 말을 가로채인 느낌이었다. "네, 뭐, 그렇죠"라고 코 옆을 긁적거릴 수밖에 없었다.

"각각 따로 있었던 게 아니라면, 세 사건의 범인이 혹시 동일인물인가?" 모토미야가 눈을 둥그렇게 떴다. "그자가 모든 유족들을 대신해 복수를 해줬다?"

아, 그렇지, 라면서 책상을 친 것은 노세였다.

"예전에 인기를 끌던 드라마가 있었어요, 〈필살 시리즈〉라는 사극. 극악무도한 자에게 끔찍한 일을 당한 불쌍한 서민의 원한을 풀어주기 위해 전문 살인 청부업자가 차례차례 악인을 처단한다는 스토리였어요. 근데 살해 방법이 한 건 한 건 아주 기발해서……."

"노세 경위." 아즈사가 옆에서 차가운 얼굴로 연상의 부하를 쏘아보며 잠자코 있으라는 듯이 입에 검지를 댔다.

신이 나서 이야기하던 노세는 "아차, 죄송합니다"라고 목을 움츠렸다.

"유족들에게서 수고비 등을 받고 차례차례 복수를 대신해주는 사람이 있었다……." 모토미야는 아무래도 믿기 어렵다는 얼굴이었다.

"가능성이 전혀 없는 건 아니에요." 닛타가 말했다. "실제로 인터넷에 그런 은밀한 비즈니스가 넘쳐나잖아요. 어떻게 생각해요, 아즈사 경감은?"

"그럴 가능성이 있죠." 아즈사는 무표정한 얼굴을 짧게 위아래로 끄덕였다.

닛타의 안주머니에서 스마트폰이 부르르 진동했다. 잠깐 실례, 라고 양해를 구하고 꺼내서 화면을 보니 가미야 요시미를 미행하던 수사관에게서 온 것이었다.

"그래, 무슨 일이지? 가미야 요시미의 행선지는 알아냈어?"

"알아냈습니다. 저희 지금 도쿄에 있어요."

"도쿄라고? 어딘데?"

"팀장님이 아주 잘 아시는 곳이에요." 그는 의미심장하게 말하고 뒤를 이었다. "호텔 코르테시아도쿄의 로비에 와 있습니다. 조금 전 오후 3시에 가미야 요시미가 체크인을 했어요."

3

경시청 본부 건물을 나서자 때마침 빈 택시가 달려왔다. 급히 불러세우고 뒷좌석에 올랐다. 뒤를 이어 노세도 탔다. 하코자키의 호텔 코르테시아도쿄, 라고 닛타가 행선지를 말하자 운전기사는 즉각 알아들은 모양이었다.

가미야 요시미가 무엇 때문에 도쿄의 호텔에 숙박하는지는 아직 밝혀지지 않았다. 사건과는 전혀 관계가 없는지도 모른다. 하지만 수사관이 알아본 바에 따르면 가미야는 근무처인 병원에 휴가까지 신청했다. 일을 쉴 만큼의 사정이란 대체 무엇인가. 그걸 정확히 파악하려고 닛타는 직접 호텔에 가보기로 한 것이다. 모토미야, 아즈사와의 회의도 일단락되었기 때문에 먼저 회의실을 나왔다.

그러자 노세가 달려와 동행해도 되겠느냐고 물었다. 거절할 이유도 없었기 때문에 승낙했다.

"아즈사 경감의 지시예요?" 택시가 출발한 뒤에 닛타는 물었다. "같이 가서 정보를 캐오라고 한 거 아닙니까?"

노세는 하하, 웃는 소리를 냈다. "뭐, 꼭 그렇다기보다……."

"자세한 것까지는 모르지만, 아즈사 경감이 아주 실력 있는 형사라고 소문이 났던데요?"

"우수한 사람이지. 야심도 있고. 그 나이에 수사 1과 팀장이 됐잖아. 닛타 씨에 필적할 만한 엘리트야. 여자로서 핸디캡이 없지 않았을 텐데 그걸 힘들어하는 기색을 전혀 보이지 않아. 대단한 인물이야."

상사를 칭찬하면서도 얘기 상대를 추켜세우는 것 또한 잊지 않는다. 능숙한 말솜씨는 여전히 건재한 것 같았다.

이윽고 택시가 호텔 코르테시아도쿄 정문 앞에 도착했다. 제복을 입은 도어맨이 어서 오십시오, 라고 인사를 건넸다.

"와아, 오랜만이네." 노세가 반가운 듯 입구를 올려다보았다. "이제 여기 올 일은 없을 거라고 생각했는데 말이야. 적어도 업무로는."

"저도 그렇습니다."

이 호텔에서는 과거에 두 번이나 살인 미수 사건이 있었다. 두 가지 사건에 서로 관련은 없었고 시기도 달랐지만 양쪽 다 이나가키 휘하의 수사팀이 담당했다. 첫 번째 사건이 특별한 수사 방법에 의해 보기 좋게 해결되었기 때문에 두 번째 사건 때도 그 방법에 정통한 멤버들이 동원되었던 것이다. 닛타도 그중 한 사람으로, 가장 중요한 임무를 맡았다.

특별한 방법이라는 것은 잠입 수사였다. 진범을 밝혀내기 위해 닛타는 호텔 프런트 클러크로 위장했던 것이다. 당시에는 제법 길게 자란 머리도 깔끔하게 잘라야 했다. 벌써 몇 년 전 얘기다.

오랜만에 들어선 로비는 닛타가 기억하는 것보다 널찍하게 보였다. 2층까지 시원하게 툭 트인 천장도 한층 더 높게 느껴졌다.

거대한 크리스마스트리 장식을 보고 오늘이 12월 23일 금요일, 즉 내일은 크리스마스이브인 데다 토요일이라는 게 새삼 생각났다. 호텔이 한창 붐비는 시기이고 실제로 로비는 벌써부터 수많은 사람들로 북적거렸다.

닛타는 저절로 프런트 카운터 옆으로 눈길이 갔다. 그곳에 있었던 컨시어지 데스크가 지금은 사라지고 없었다. 예전에 그 자리에 있었던 여성 스태프에게 큰 신세를 졌던 것을 닛타는 다시 떠올렸다. 그녀의 도움 없이는 사건이 해결되는 일도 없었을 것이다.

정장 차림의 남자가 이쪽으로 다가왔다. 가미야 요시미를 감시 중인 닛타 팀의 도미나가 수사관이었다.

"가미야는 체크인 후에 방으로 올라갔는데 아직 나오지 않고 있습니다."

"어디를 감시하고 있지? 아까 전화로 말했지만, 이 호텔에는 지하에도 출입구가 있어."

"네, 파악했습니다. 그래서 지하에도 감시를 붙였습니다."

"호텔 측에는 아직 어떤 얘기도 안 했지?"

"네, 전혀."

"응, 좋아."

시선을 프런트 카운터로 옮겼다. 다행히 상담 중인 손님이 없어서 남녀 두 명의 프런트 클러크는 손이 비는 것 같았다. 둘 다 젊고, 닛타가 알지 못하는 직원들이었다.

"노세 씨는 여기서 잠시만 기다려주십쇼. 그리고 도미나가는 감시를 계속해줘." 그렇게 지시하고 닛타는 카운터로 다가갔다.

여성 프런트 클러크가 닛타를 보고 웃는 얼굴로 맞이했다. "숙박이십니까?"

"아니, 실은 이런 사람입니다." 닛타는 상의 안주머니에서 경찰수첩을 꺼내 보이고 상대의 표정이 바뀌는 것을 확인한 뒤에 다시 챙겨넣었다. "구가 씨 계십니까?"

"구가…… 숙박부장님 말씀이십니까?"

"아, 그새 바뀌었나요? 예전에 프런트 오피스 매니저였던 분인데. 닛타라는 자가 왔다고 전해주시겠습니까? 경시청의 닛타라고 하면 아실 겁니다."

"닛타 님이시라고요. 네, 잠시만 기다려주세요." 여성 클러크가 자신의 스마트폰을 꺼냈다. 내선 전화를 쓰는 것보다 더 간

편하고 빠른 것이리라.

전화에 대고 한두 마디 얘기하더니 스마트폰을 입에서 떼면서 닛타를 보았다. "구가 부장님은 현재 사무동 쪽에 계십니다. 그쪽으로 와줘실 수 있는지 여쭤보라고 하시는데요."

사무동은 인사부와 영업부 등의 호텔 사무 부문이 들어 있는 건물이다.

"네, 괜찮아요. 지금 바로 가도 될까요?"

여성 클러크는 스마트폰에 문의한 뒤에 고개를 끄덕였다. "네, 가셔도 되겠습니다."

"고마워요."

"사무동이 어디인지 알고 계십니까?"

"알고 있어요."

지겨울 만큼 잘 알고 있다, 라고 마음속으로 중얼거렸다.

노세가 기다리는 곳으로 돌아가 상황을 설명했다.

"내가 같이 가도 될까?"

"물론이죠."

사무동은 도로를 끼고 호텔 건물 옆에 있다. 과거에 사건이 일어났을 때는 닛타를 비롯한 형사들의 현지 대책본부로 그곳을 빌려 쓴 적도 있었다.

"이 건물도 오랜만이네." 노세가 빌딩을 올려다보며 말했다.

숙박부의 사무 부문으로 찾아가자 창을 등진 자리에서 구가가 전화를 하는 참이었다. 닛타를 보자 그는 스마트폰을 귀에 댄 채 인사를 건넸다. 닛타도 잠깐 머리를 숙였다.

용건이 끝났는지 구가는 스마트폰을 안주머니에 넣고 자리에서 일어섰다.

"오랜만입니다, 닛타 씨."

"네, 오랜만에 뵙네요. 그때는 정말 감사했습니다." 닛타는 새삼 머리를 숙였다.

"그건 제가 할 얘기지요. 여러분 덕분에 큰 사건으로 번지지 않고 끝났으니까요."

각자 명함을 교환했다. 노세와 구가는 뜻밖에도 면식이 없었다. 노세가 과거 사건에서도 수사에 참여했다는 것을 알고 구가는 조금 놀란 기색이었다.

"그나저나 닛타 씨, 그새 높은 사람이 되었군요." 명함을 들여다보며 구가는 말했다.

"구가 씨도 아주 높은 분이 되셨는데요."

구가는 입가를 풀며 웃음을 지은 채 얼굴을 찌푸렸다.

"호텔리어라는 건 웬만큼 큰 실수만 없으면 그럭저럭 올라가게 마련이에요."

"겸손한 말씀을. 그럴 리가 있습니까."

"언제라도 겸손해야 하는 게 호텔리어죠." 구가는 우스갯소리를 하듯이 눈썹을 쓰윽 올리며 말했다. "아무튼 우선 여기로 앉으십시오."

회의 테이블로 가서 닛타와 노세는 구가와 마주앉았다.

"로비를 둘러보고 왔는데, 컨시어지 데스크가 없어졌더라고요."

닛타의 질문에 구가는 슬쩍 턱을 당겼다.

"프런트 클러크가 겸하는 게 좋겠다고 얘기가 됐습니다. 실제로 해보면 배우는 게 많을 테니까요."

"그렇군요."

"실은 그건 공식적인 이유일 뿐이고, 한마디로 경비 절감 때문이에요."

아, 하고 닛타는 고개를 끄덕였다. "무슨 말씀이신지 알겠네요."

"요즘은 호텔 업계도 이래저래 힘들어요. 그나저나 닛타 씨, 여간 마음에 걸리는 게 아닌데요? 오늘은 대체 어떤 볼일로 나오셨습니까." 구가가 눈치를 살피는 듯한 표정으로 물었다.

"그렇게 경계하실 건 없고요." 닛타는 빙긋이 웃고는 곧바로 진지한 얼굴로 돌아왔다. "실은 현재 수사 중인 사건에서 저희가 점찍은 참고인이 조금 전에 이 호텔에 체크인했습니다."

"이 호텔에……." 구가의 얼굴에 불안한 빛이 떠올랐다.

"참고인은 후지사와 시에 사는 여성인데 혼자 도쿄의 시티호텔에 와서 숙박한다는 게 아무래도 부자연스러워서요. 사건과 뭔가 관계가 있는 건 아닌지, 의심하고 있습니다. 어쩌면 여기서 누군가를 만날 예정인지도 모르겠어요. 그래서 부탁드리려고 하는데, 숙박자와 예약자 목록을 좀 보여주실 수 있을까요?"

"그런 일이었군요……." 구가의 얼굴에서 웃음기가 완전히 사라졌다.

"외부에 유출될 일은 절대로 없습니다. 뭔가 결정적인 근거가 없는 한, 수사관이 숙박객에게 접근하지도 않을 것이고, 혹시 그럴 경우에는 당연히 사전에 연락을 드리겠습니다. 무리한 일인 줄은 알지만, 꼭 부탁드립니다."

닛타가 머리를 숙이자 옆에서 노세도 따라 했다.

구가는 큰 한숨을 내쉬더니 알겠습니다, 라고 말했다.

"닛타 씨를 비롯한 수사팀이 몇 번씩 우리를 구해주셨잖습니까. 믿을 만한 분이라는 건 잘 알지요. 그러니 오늘은 호텔의 공식적인 대응이 아니라 저의 개인적 판단에 따라 보여드리는 걸로 하면 어떻겠습니까. 법적 증거로 필요할 때는 정식으로 신청해주시는 것으로 하고."

"네, 그거면 충분합니다. 고맙습니다."

구가는 자리에서 일어나 책상으로 가더니 노트북을 들고 돌아왔다. 그리고 닛타와 노세 앞에서 키보드를 두드려 화면을 이쪽으로 돌려주었다.

"현재의 숙박자, 그리고 오늘 이후의 예약자 목록입니다."

줄줄이 적힌 이름 옆에 연락처와 메일 주소, 숙박 일정 등의 정보가 기록되어 있었다. 닛타는 재빨리 시선을 내달려 '가미야 요시미'라는 이름을 찾았다. 싱글룸, 오늘부터 2박이었다.

이 호텔에 숙박하는 건 처음인 모양이다. 재방문객이라면 따로 표시해둔다는 것을 닛타는 알고 있었다.

도쿄에서 2박, 대체 뭘 하려는 것인가…….

닛타가 생각을 더듬는 참에 옆에서 노세가 엇, 하고 목소리를 높였다.

"왜 그러시죠?"

닛타가 묻자 노세는 검지를 화면으로 향했다. 그가 가리킨 곳은 내일 예약자 목록 중에 '마에지마 다카아키'라는 이름이었다.

"이 이름이 왜요?" 닛타가 재차 물었다.

노세는 닛타 쪽을 향해 몇 번 눈을 끔벅거린 뒤에 말했다.

"리벤지 포르노 피해로 자살한 여중생의 아버지야."

4

경시청 회의실, 오후 4시 20분이었다.

"글씨가 개발새발이네. 조금 더 잘 써줄 수 없어?" 화이트보드를 마주하고 있는데 등 뒤에서 나무라는 소리가 날아왔다.

닛타는 고개를 돌려 뒤를 보았다. "마음에 안 들면 모토미야 씨가 직접 쓰시든지요."

"이런, 내가 썼다가는 훨씬 더 알아먹기 힘들지."

"그러면 잔소리를 하지 마시든가요."

"닛타 씨, 역시 내가 써야겠네." 노세가 미안한 듯 몸을 일으켰다.

"아뇨, 괜찮습니다, 제가 쓸게요. 다른 팀의 주임님을 부려먹으면 아즈사 경감에게 미안해서 안 돼요."

"뭐야, 다른 팀의 팀장을 부려먹는 건 괜찮고?" 모토미야가 으르대듯이 말했다.

"그야 사람에 따라 다르죠."

"이런, 망할."

"쓸데없는 말씨름하지 말고 얼른 적기나 해." 이나가키가 답답한 듯한 목소리를 냈다. "글씨가 어떻든 상관없어. 알아보기만 하면 돼."

네, 라고 대답하고 닛타는 다시 화이트보드를 향해 메모해 온 내용을 쓱쓱 적어 내려갔다.

이리에 유토―상해죄(소년원 송치). 피해자 가미야 후미카즈, 유족 가미야 요시미(모친)

고사카 요시히로―강도 살인죄(징역18년). 피해자 모리모토 도시에, 유족 모리모토 마사시(장남)

무라야마 신지―리벤지 포르노(징역3년 집행유예 5년). 피해자 마에지마 유카, 유족 마에지마 다카아키(부친)

닛타가 필기를 끝낸 참에 회의실 문이 열리고 아즈사가 나타났다.

"늦어서 죄송합니다." 급하게 왔는지 숨이 약간 거칠었다.

"응, 아즈사 경감, 몇 번이나 오라 가라 해서 미안하네." 이나가키가 사과했다.

"아뇨, 천만에요."

"사정은 파악했나?"

"파악했습니다. 노세 경위에게 보고를 받았습니다." 아즈사는 자리를 잡고 화이트보드로 시선을 향했다. "이건 예상 밖의 상황인데요?"

"누가 아니래. 닛타에게 처음 얘기 들었을 때는 내 귀를 의심했어."

"저도 설마설마했죠." 닛타는 말했다. "하지만 피해자 유족 세 명이 한자리에 모이다니, 이건 우연이라고 할 수 없잖습니까."

이나가키는 콧잔등에 주름을 잡았다. "그건 그렇지."

호텔 숙박 예약자 목록에 이름이 오른 마에지마 다카아키가 어떤 인물인지 노세에게서 설명을 듣고 닛타는 불길한 예감을 품은 채 서둘러 모토미야에게도 그 목록을 보냈다. 회답은 예상대로였다. 고사카 요시히로가 20여 년 전에 저지른 강도 살인 사건의 피해자 유족 이름이 있다는 것이다. 바로 모리모토 마사시였다. 당시 살해된 여성의 아들이다. 오늘부터 2박으로 예약했다. 내일이 토요일이니까 식당 일은 쉬려는 것이리라.

일단 해산했는데 또 다시 경시청 본부 회의실에 같은 면면이 모이게 된 데는 그런 사정이 있었다.

"대체 어떻게 된 거야." 이나가키가 화이트보드를 올려다보며 말했다. "과거에 사람을 죽인 자들이 연달아 살해됐다. 그리고 그 과거 사건의 피해자 유족 세 명이 오늘 똑같은 호텔에 숙박하기로 했다……?"

"우연일 가능성은 전혀 없다고 봐야겠지요." 닛타가 말했다. "세 명이 서로 연결되어 있고 뭔가 특별한 목적이 있어서 한 장소에 모인 것으로 볼 수밖에 없습니다. 즉 앞으로 그 세 사람이 접촉할 가능성이 높습니다. 마에지마는 내일 체크인할 예정이라니까 본격적인 행동에 나서는 것은 그때부터인지도 모르지만요."

"세 명 모두, 행동을 감시하라는 지시는 내렸지?"

관리관의 질문에 팀장 셋이 동시에 고개를 끄덕였다. 모토미야에 의하면 모리모토 마사시는 신주쿠 소재의 보험회사에 다니는데 아직 회사에서 나오지 않았다. 아즈사 팀에서 감시 중인 마에지마 다카아키는 지유가오카에서 식당을 경영하고 있었다. 오늘도 평소와 다름없이 식당 문을 열었고 마에지마는 주방에서 일하는 중이라고 했다.

"어쩌면 전부 공범이 아닐까요?" 아즈사가 의견을 제시했다.

전원의 시선이 아즈사에게로 향했다.

"공범이라……. 왜지?" 이나가키가 물었다.

"그 세 명에게는 각자 증오의 대상이 있습니다. 사랑하는 가족의 목숨을 앗아갔는데도 범인은 사형에 처해지지도 않았고 아무 일 없다는 듯이 잘 살고 있죠. 그걸 도저히 참을 수 없어서 언젠가는 내 손으로 심판하겠다고 마음먹고 있었다, 하지만 그걸 실행에 옮겼다가는 가장 먼저 의심을 받을 거예요. 증오하는 자를 심판하는 대신 자신이 잡혀가서는 말이 안 되잖습니까. 그래서 같은 고민을 안고 있는 사람들이 모여서 원팀이 되기로 했다……."

"그래, 그거야!" 모토미야가 손가락을 따악 튕겼다. "교환 살인!"

"맞습니다. 내가 죽이고 싶은 상대를 다른 사람이 대신 죽여주고, 나도 누군가를 대신해 살인을 한다, 그렇게 하면 완벽한 알리바이를 만들 수 있죠."

"흠, 그럴듯하군." 이나가키가 짧게 고개를 끄덕였다. "닛타, 자네는 어떻게 생각해?"

"네, 충분히 그럴 수 있습니다. 모토미야 씨는 교환 살인이라고 하셨는데 이건 이른바 로테이션 살인입니다. 게다가 세 명이 원팀이니까 범행은 다른 두 사람이 함께할 수도 있겠죠. 살인을 행동에 옮길 때, 한 명인 것과 두 명인 것에는 큰 차이가 있으니까요."

"만일 그렇다면 세 명이 호텔에 모인 이유는 뭘까?"

"앞으로의 계획에 대한 작전 회의?" 모토미야가 말했다.

"회의라면 굳이 직접 만날 필요는 없겠죠." 아즈사가 그 즉시 반론을 던졌다.

"얼굴 보면서 대화하고 싶다면 화상 회의라는 방법도 있으니까요." 노세가 직속 상사의 의견에 동조했다.

닛타는 화이트보드에 시선을 던졌다. 그 순간, 번쩍 뇌리를 스치는 게 있었다. "혹시……."

"응? 뭔데?" 이나가키가 물었다.

"네 번째가 있을지도……."

"네 번째?"

"아, 그렇군!" 노세가 무릎을 탁 쳤다. "원팀이 반드시 세 명이라고는 할 수 없다는 얘기예요."

"그렇습니다." 대답하면서 닛타는 이나가키를 보았다.

"실은 4인조여서 알리바이를 만들어야 하는 한 명을 제외하고 다른 세 명이 협력해 살인을 실행한다는 식으로 계획을 짠 건 아닐까요?"

"설마 그럴 리가." 이나가키가 얼굴을 찌푸렸다. "그 가설이 맞는다면 앞으로 그 호텔에서 네 번째 살인이 일어날 수 있다는 얘기잖아."

닛타는 말없이 이나가키의 얼굴을 바라보았다. 설마가 아니라 오히려 그것 외에는 답이 없다는 예감까지 들었다. 아즈사와 모토미야, 노세가 입을 꾹 다문 것도 똑같은 생각을 했기 때문인 게 틀림없다.

"하필이면 그 호텔에서 또……. 이번이 세 번째야. 어떻게 이런 일이." 이나가키가 신음하듯이 중얼거렸다.

그 의문에는 닛타도 동감이었다. 두 번이라면 단순한 우연으로 넘겨버릴 수 있고 실제로도 그랬다. 하지만 세 번째라고 하면 그렇게 간단한 문제가 아닌 것이다.

"우선 오자키 과장님께 보고하고 올게. 그동안에 자네들끼리 대책을 강구해봐." 이나가키가 자리에서 일어나 급한 걸음으로 회의실을 나갔다.

"대책을 강구하라니, 말이 쉽지 그게 술술 나오겠냐고." 모토미야가 잔뜩 찌푸린 얼굴로 투덜거렸다.

"이건 일단 사이버범죄 전문가와 상의해야 할 일입니다." 아즈사가 말했다. "범인들이 서로 연결된 것은 아마 인터넷을 통해서겠죠. 피해자 모임, 혹은 피해자 유족 모임 같은 교류 사이트나 SNS가 계기였을 거예요. 그런 곳에 이 세 사람이 글을 올린 적이 있는지, 우선 그것부터 조사해볼 필요가 있습니다."

"나도 같은 생각이지만, 그게 보통 어려운 일이 아니에요. 글을 올렸다고 해도 익명이었을 테니까."

닛타의 의견에 아즈사가 "맞는 말씀이에요"라고 차가운 표정으로 대답했다.

"투고자의 이름은 물론이고 글 속에도 실명을 밝히지는 않았겠죠. 그러니까 유사한 사건을 다룬 글들을 중점적으로 찾아봐야 해요. 그 세 명이 올린 글을 찾아내면 거기가 바로 그들이 만난 곳이니까요. 즉 네 번째 사람도 거기에 글을 올렸을 가능성이 높아요. 투고한 글을 모조리 정밀 조사해서 실제 사건을 찾아나갈 겁니다. 찾아내기만 하면 피해자 유족도 특정할 수 있어요. 그 이름이 호텔 예약자 목록에 있다면 제대로 짚은 거죠."

아즈사가 빠른 말투로 얘기하는 내용을 이해하는 데 닛타에게는 약간의 시간이 필요했다. 이 여성 경감은 아무래도 상당히 머리 회전이 빠른 것 같다.

"무슨 얘긴지는 알겠는데, 그건 너무 힘든 작업이에요."

"그러니까 전문가에게 부탁해야죠. 염려 마세요, 그쪽으로 인맥이 있으니까." 아즈사는 자신만만한 얼굴로 말했다.

"잠깐 나도 한마디 할까." 둘의 대화를 말없이 듣고 있던 모토미야가 입을 열었다. "그자들이 그런 사이트나 SNS에서 서로 알게 됐다고 해도 이번 살인 계획 얘기를 그런 데서 주고받았을까?"

"아뇨, 그건 아니에요." 아즈사는 즉시 부정했다. "우리가 간단히 검열 가능한 사이트나 SNS라면 최근에는 운영자 측에서 항상 눈을 번뜩이며 문제가 되는 글은 삭제해버립니다. 그러니까 불법 비즈니스를 하는 자들은 대부분 특수한 앱을 쓰고 있어요. 메시지를 주고받거나 채팅을 해도 그 기록이 일정 시간 후에는 스마트폰 등의 모바일에서 사라지고 복원도 불가능한 그런 앱이죠. 이른바 사라지는 SNS라는 건데, 들어본 적 없으세요?"

모토미야는 머리를 갸웃거리며 닛타에게로 화살을 돌렸다. "들어봤어?"

"일단 알고는 있죠. 텔레그램이라든가."

"네, 그런 거예요." 아즈사는 코끝을 바짝 치켜들며 말했다.

"안 되겠네, 나는 그런 쪽은 도통 따라갈 수가 없어." 모토미야가 탄식했다.

"하지만 대화를 나눈 곳은 그런 특수한 인터넷 공간이었더라도 그들이 만나게 된 계기는 일반적인 인터넷상의 어딘가에 분명히 있을 거예요." 여전히 자신에 찬 어조로 아즈사는 말했다. "어떻게든 그걸 알아내야 합니다."

"그렇다면 그런 어려운 얘기는 아즈사 경감 팀이 맡아요. 우리는 실제 무대를 맡을 테니까."

모토미야의 말에 아즈사는 "실제 무대?"라고 의아한 듯 미간을 좁혔다.

"각자 특기 종목이 다르잖아요. 안 그래, 닛타?" 모토미야가 닛타의 어깨를 짚으며 말했다.

이 선배 팀장이 무슨 얘기를 하는지 닛타는 금세 알아들었다. 말없이 화이트보드를 응시했다.

또다시 그 호텔인가…….

5

A4지 서류를 손에 든 후지키의 표정은 온화했다. 흰머리가 그새 부쩍 많아졌지만 초일류 호텔 관리자로서의 관록은 전혀 쇠퇴한 기미가 없었다.

오후 6시 반, 닛타는 이나가키와 함께 호텔 코르테시아도쿄의 총지배인실에 와 있었다. 테이블을 끼고 총지배인 후지키, 숙박부장 구가와 마주 앉았다. 총지배인실도 지난번 사건 이후로 처음이다.

후지키가 얼굴을 들고 노안경을 벗으며 서류를 내려놓았다. "어떤 사정인지는 잘 알겠습니다."

서류는 숙박 예약자 목록의 복사본이다. 가미야 요시미, 모리모토 마사시, 마에지마 다카아키의 이름에 노란색 실선이 그어져 있었다.

"매우 긴박한 상황이라는 점을 이해해주셨으면 합니다."

이나가키의 말에 후지키는 고개를 끄덕였다.

"그런 것 같군요. 여러분의 추리가 맞는다면 또 다시 저희 호텔에서 참혹한 사건이 일어나려 한다는 얘기입니다. 세 명이 합세해 한 사람을 죽이려고 하다니……. 참 무서운 세상이지 뭡니까."

"사건은 반드시 저지하겠습니다." 닛타는 잘라 말했다. "지난번 두 건의 경우와 마찬가지로 미연에 막을 겁니다. 제가 약속드립니다."

후지키가 온화한 웃음을 던졌다. "누구보다 닛타 씨가 그렇게 말해주시니 든든하군요."

"과분한 말씀이십니다." 닛타는 머리를 숙였다.

"그런데 대체 어떻게 된 걸까요. 왜 자꾸 우리 호텔만 노리는 건지……."

"그 점에 관해서는 저희도 의아해하고 있습니다. 어쩌면 단순한 우연이 아닌지도 모르겠어요."

닛타의 말에 후지키는 표정이 흐려졌다. "그건 무슨 말씀이신지?"

"범인들이 과거의 사건을 알고 일부러 이 호텔을 선택했을 가능성도 있다는 것이죠. 다만 그 목적은 확실치 않습니다. 그래서 여쭤보고 싶은데, 예전 사건에 대해 고객들에게서 뭔가 불만이 들어왔거나 외부에서 문의가 들어온 적은 없습니까?"

후지키는 옆에 있는 구가 쪽을 바라보았다. "그런 얘기는 들은 적이 없는데? 그렇지?"

구가는 고개를 가로저었다.

"네, 그렇죠, 없을 겁니다. 그때 그 사건을 아는 직원들에게는 일절 발설해서는 안 된다고 단단히 당부했으니까요. 혹시 누가 물어보더라도 우리는 모르는 일이라고 대답하도록 지시했습니다."

"과거 사건 때는 해결된 뒤에 약속을 하셨지요?" 후지키가 이나가키를 보며 말했다. "사건을 발표할 때도 호텔 이름이나 잠입 수사에 대해서는 밝히지 않겠다고."

"그 약속은 지켰습니다." 이나가키가 단언했다. "재판 기록에서도 호텔 이름은 덮어두기로 했으니까요."

"그 말씀을 들으니 마음이 놓이는군요."

"다만 사람 입에 자물쇠를 채울 수는 없다는 말도 있지요. 어딘가에서 말이 새어나갔을지도 모르겠어요. 호텔 스태프들에게 다시 한번 확인해주실 수 있을까요?"

닛타가 말하자 후지키는 알겠습니다, 라고 답했다.

"그러면 수사에 협조해주시는 것으로 생각해도 되겠습니까?" 이나가키가 확인했다.

"그건 물론입니다만, 구체적으로 어떤 것을 원하시는지요."

후지키의 질문을 받고 이나가키가 닛타에게 눈짓으로 답을 재촉했다.

"우선 이 세 사람의 동향을 감시하게 해주십시오." 닛타는 조금 전의 복사본을 가리키며 말했다. "방범카메라로 감시하는 것뿐만 아니라 손님으로 위장한 수사관을 로비 등에 배치할 예정입니다. 하지만 그것만으로는 아무래도 불안하고, 역시 어떤 식으로든 이 세 사람과 접촉해 정보를 캐낼 필요가 있습니다. 그래서……." 한 호흡 틈을 둔 뒤에 말을 이어갔다. "과거두 번의 경우와 마찬가지로 잠입 수사를 허락해주셨으면 합니다. 수사관 몇 명을 호텔 스태프로 위장해 각 부서에 배치할 계획이니까요."

당연한 일이지만 후지키의 표정은 흐려졌다. "역시 얘기가 그렇게 되는 건가요."

옆에 앉은 구가도 입은 다물었지만 심각한 표정이었다.

부탁드립니다, 라고 이나가키가 머리를 숙였다.

"이게 수사의 가장 중요한 부분입니다. 과거의 경험으로 총 지배인도 잘 아시잖습니까."

"네, 과거 두 번의 경우에는 그렇지요. 하지만 얘기를 들어보니 이번에는 용의자들이 누구인지 이미 밝혀진 일이고, 따라서 그들의 행동만 감시하면 충분하지 않을까 싶은데요."

이나가키가 닛타에게 설명하라는 듯이 눈짓을 건넸다.

"실은 그렇게 간단한 얘기가 아닐 수 있습니다." 닛타는 말했다.

"무슨 말씀이시지요? 각자 원한을 품은 상대가 있는 사람이 네 명이고, 그중 한 명이 알리바이를 만드는 사이에 다른 세 명이 그 사람 대신 복수를 한다, 조금 전에 그렇게 얘기하셨던 것 같은데?"

"용의자로 우선 밝혀진 게 세 명이기 때문에 알기 쉽게 설명 하려고 그렇게 말씀드렸습니다. 하지만 그들이 꼭 네 명이라 고는 할 수 없는 상황이에요. 어쩌면 다섯 명이나 여섯 명, 혹 은 그 이상일 수도 있습니다."

"설마⋯⋯." 후지키는 아연실색한 채 구가와 얼굴을 마주보왔다. 놀라는 것도 당연하다.

"재판 결과에 승복하지 못해 교도소에서 출소한 자를 자신의 손으로 심판하려는 사람이 한둘이 아닙니다. 그런 사람들이 인터넷 등을 통해 서로 연결되어 이번 계획을 세운 게 아닌가, 추측하고 있습니다. 그렇다면 거기에 참가한 사람이 꼭 네 명이라고는 할 수 없겠지요. 이 호텔에서의 범행조차 계획의 극히 일부이거나 중간 단계에 지나지 않을 수도 있습니다. 즉 그 세 명 이외의 이용객도 의심해볼 필요가 있습니다."

"우리 호텔뿐만 아니라 다른 곳에서도 사람이 줄줄이 살해될 우려가 있다는 말씀입니까?"

"그렇습니다. 따라서 어떻게든 지금 이 단계에서 가로막아야 합니다."

후지키의 미간에 깊은 주름이 새겨졌다. 그는 관자놀이에 손끝을 짚고 숙고에 들어갔다.

닛타는 손목시계를 흘끔 들여다보았다. 오후 7시가 되어가고 있었다. 조금 전, 도미나가에게서 연락이 왔다. 가미야 요시미가 호텔방에서 나왔다는 보고였다. 최상층의 레스토랑에 갔다고 했지만 그 뒤에 어떻게 됐는지 알 수 없었다. 또한 모리모토 마사시가 신주쿠의 회사에서 나왔다는 보고가 모토미야 쪽에 들어왔다. 잠시 뒤에는 체크인을 하러 나타날지도 모른다. 어찌됐든 한시바삐 본격적인 잠입 수사를 시작할 필요가 있었다.

드디어 후지키가 얼굴을 들었다.

"구체적으로는 어떤 수사관이 어떤 스태프로 위장할 예정입니까?"

아무래도 결론을 내린 모양이다. 한 걸음 전진이다. 옆자리의 이나가키가 안도의 한숨을 내쉬는 기척이었다.

닛타는 옆에 둔 파일에서 다시 서류를 꺼냈다.

"대략 이 정도 규모입니다. 프런트 한 명, 벨 데스크 두 명, 하우스키퍼 두 명, 그밖에 예비 스태프로 네 명쯤을 생각하고 있습니다. 하우스키퍼는 일반 고객과 직접 마주치기 때문에 호텔 유니폼을 착용하지만 실제 작업을 하는 건 아니고 용의자들의 객실을 청소할 때 입회하는 것뿐입니다. 예전 사건 때도 그건 허가해주셨지요? 용의자 이외의 다른 객실에 들어갈 예정은 현재로서는 없습니다. 벨보이도 마찬가지여서 기본적으로 용의자 세 명 이외에는 다른 고객에게 접근하지 않도록 할 계획입니다."

"하우스키퍼 역할의 형사가 고객의 짐에 손을 대는 일은?" 후지키가 질문을 던졌다.

"절대로 없다고 약속드립니다." 닛타는 즉각 답했다. "짐을 수색했다가 자칫 용의자들이 눈치라도 채버리면 모든 게 끝이니까요."

후지키는 고개를 끄덕이더니 일단 읽어보겠다면서 서류를 받아들었다. 잠입 예정인 수사관들의 이름과 계급이 적힌 서류다. 구가도 옆에서 들여다보았다.

"어떻겠나." 후지키가 구가에게 물었다.

"프런트 클러크 한 명⋯⋯." 구가가 중얼거리듯이 말했다. "세키네 경사라고 적혀 있군요."

"지난번 사건 때 벨보이로 위장했던 수사관이에요. 구가 부장님도 기억하실 것 같은데요? 호텔 사정도 잘 알고 있으니까 나름대로 그럴듯할 겁니다. 영어도 좀 할 줄 알고요. 오늘밤 안으로 훈련을 받으면 충분히 가능할 것 같습니다."

"하지만 벨보이와 프런트 클러크는 하는 일이 전혀 다릅니다. 짧은 영어로는 프런트 클러크를 담당하기가 어려울 텐데요." 구가는 역시나 전 프런트 오피스 매니저인 만큼 신중하게 응할 수밖에 없는 모양이다.

"네, 알고 있습니다. 그래서 호텔 업무는 실제 스태프들에게 맡기고 세키네는 되도록 관여하지 않도록 할 생각입니다."

"하지만 당장 내일이 크리스마스이브예요. 평소보다 더 붐비는 데다 다양한 고객님이 찾아오시죠. 어떤 돌발 변수가 생길지 알 수 없어요. 솔직히 말하면, 불안한 점이 많은데⋯⋯." 구가는 의견을 청하듯이 후지키 쪽을 돌아보았다.

후지키는 심각한 표정 그대로 짧게 고개를 끄덕였다.

"구가 부장의 말처럼 프런트에 서는 이상, 여차할 때 최소한의 대응이 가능한 분이 아니면 곤란합니다. 고객님 입장에서는 호텔리어 중 한 명으로만 보일 테니까요. 그건 닛타 씨가 누구보다 잘 알지 않습니까."

"그건 그렇지만……."

닛타, 라고 이나가키가 옆에서 말했다. "자네가 맡아."

"예?"

"프런트 클러크 말이야. 자네가 하면 돼. 총지배인, 구가 부장, 어떻습니까?"

흠, 하고 후지키는 턱을 당겼다. "그렇게 해주시면 저희도 안심이 되기는 하지요."

"저도 동감입니다." 구가도 수긍했다.

"아니, 잠깐만요." 얘기가 척척 진행되는 바람에 닛타는 급하게 손을 저으며 이나가키에게 말했다. "저는 사무동 대책본부에서 지휘를 해야 하는데요."

"그건 모토미야가 맡으면 돼. 후방 지원과 정보 분석은 아즈사 경감이 담당할 거야. 그쪽 팀에는 노세 경위도 있잖아. 지금 비상사태야. 이러니저러니 할 것 없이 그렇게 하도록 해."

"그래도……."

이나가키가 날카롭게 스윽 쏘아보았다. 아직도 할 말이 있나, 라는 눈빛이었다.

"서로 간에 그게 가장 좋겠지요." 후지키가 부드러운 표정으로, 하지만 단호하게 밀어붙이듯이 말했다.

6

시계를 확인해보니 오후 10시 가까운 시각이었다. 호텔 로비에는 레스토랑에서 디너를 마친 손님들이 드문드문 나와 있을 것이다. 지방에서 출장 온 비즈니스맨들이 돌아올 때쯤이기도 하다. 호텔 스태프들은 대부분 근무를 마쳤고, 원래는 지금부터 아침까지 호텔로서는 조용한 시간이 흘러갈 터였다.

하지만 2층 연회장에서는 전혀 다른 광경이 펼쳐졌다. 호텔 스태프로 위장한 수사관들이 저마다 붙여준 교육 담당자에게 세세한 교육을 받고 있는 것이다. 남성 수사관들은 이미 전원이 머리를 단정하게 손질했다.

닛타도 그중 한 명이었다. 말투와 매너뿐만 아니라 걸음걸이와 행동거지까지 세심하게 지도를 받았다. 담당자는 낮에 닛타에게 말을 건넸던 젊은 여성 프런트 클러크였다. 태도도 말씨도 부드러웠지만 지시에는 일절 타협이 없었다. 손님에게 머리를 숙일 때의 허리 각도에서 합격이 나올 때까지 몇 번이나 되풀이해야 했다.

그래도 닛타는 일단 경험이 있어서 얼마 안 가 트레이닝에서 풀려났다. 하지만 다른 형사들은 자정까지 길게 이어질 모양이다. 가르치는 쪽도 여간 힘든 게 아닐 것이다.

닛타는 구석에 자리를 잡고 나카조라는 프런트 오피스 매니저와 앞으로의 일에 대해 상의하기로 했다. 나카조는 40대 중반에 보통 키의 남자로, 하얀 피부와 높은 콧날이 인상적이었다. 예전 사건 때는 서로 얼굴을 마주했던 기억이 없다.

"몇 가지 부탁드릴 게 있어요." 닛타는 말했다. "체크인 때, 고객님 중에 무리한 요구를 하는 사람들도 있다는 건 지금까지 경험으로 알고 있습니다. 제가 프런트에 있을 때는 괜찮지만 자리를 비웠을 때 만일 특이한 요구를 하는 고객이 있다면 저한테 하나도 빠짐없이 알려주셨으면 합니다. 어떤 사소한 일이라도 괜찮으니까요." 닛타는 자신의 스마트폰 번호를 적은 메모를 내밀었다.

나카조는 불안한 표정으로 메모를 받더니 몇 차례 눈을 깜작거린 뒤 닛타를 보았다.

"저희 스태프가 직접 닛타 씨에게 전화하면 될까요?"

"아뇨, 연락 담당은 한 사람으로 정해두는 게 좋아요. 가능하면 나카조 씨가 맡아주셨으면 하는데요."

"그렇군요. 알겠습니다……." 나카조는 아무래도 자신이 없다는 표정이었다.

"내일 프런트 담당 스태프는 정해졌어요?"

"예, 교대 순번은 정해졌는데, 뭔가 원하시는 것이라도 있습니까?"

"상황이 이러니까 경험이 적은 신입은 되도록 피해주시는 게 좋겠어요. 가능하면 예전 사건 때 함께 근무했던 스태프로 배정해주시면 고맙겠습니다."

"아, 그런 얘기시군요."

"무슨 문제라도?"

"실은 제가 그 예전 사건이라는 걸 잘 모릅니다. 그때 다른 계열사 호텔로 출장을 갔거든요. 일단 당시의 일을 잘 아는 직원과 상의해보겠습니다."

"잘 부탁드립니다."

아참, 이라고 닛타는 뒤를 이었다.

"로비에 손님으로 위장한 수사관 몇 명이 배치될 거예요. 실제 고객과 구분하기 어려운 불편함이 있을 테니까 어디에 어떤 수사관이 있는지, 최대한 전달할 겁니다. 하지만 그게 신속하게 이루어지지 않을 때도 있을 거예요. 갑작스럽게 배치 지시가 내려오는 경우에도 임기응변으로 대응해달라고 스태프들께 미리 얘기해주십시오."

"임기응변이라면 예를 들어 어떤 식으로?"

"그건 임기응변이라는 말밖에는 설명할 방법이 없군요. 어떤 일이 일어날지 예측할 수 없으니까요."

"그렇군요." 나카조는 점점 더 불안한 표정이었다. 양쪽 눈썹 끝이 축 처졌다.

"힘들겠지만 잘 부탁드립니다."

"네, 어떻게든 잘해야 할 텐데……." 나카조는 석연치 않은 말투였다.

"왜 그러시죠?"

"미안합니다. 아까도 말했지만 제가 이런 일은 처음이라서 어떻게 해야 할지, 솔직히 당황스럽습니다."

"당연히 그렇겠죠." 닛타는 천천히 고개를 끄덕였다. "이런 일에 익숙한 사람은 아무도 없어요. 그렇기 때문에 더더욱 아주 작은 이변이라도 놓치지 말아야지요. 모레 아침까지만 견디면 됩니다. 저희도 전력을 다해 범행을 막겠지만, 중요한 열쇠는 고객과 직접 대면하는 호텔 스태프 여러분이 쥐고 있어요."

"네……. 노력하겠습니다." 나카조의 얼굴은 여전히 바짝 굳어 있었다.

다시 몇 가지를 상의한 뒤에 닛타는 나카조를 풀어주었다. 프런트 오피스 매니저는 마지막까지 여유 있는 표정은 보여주지 않았다. 열쇠를 쥐고 있다는 말은 안 하는 게 나았겠다고 닛타는 후회했다. 오히려 더욱 긴장하게 했는지도 모른다.

연회장을 나왔을 때, 유니폼 안주머니에 넣어둔 스마트폰이 울렸다. 도미나가에게서 온 것이었다. 그는 가미야 요시미의 감시를 맡고 있었다. 가미야가 레스토랑에서 식사를 마친 뒤 방으로 돌아간 것까지는 보고를 받았다.

"응, 나야. 무슨 일이지?"

"가미야 요시미가 방을 나왔어요. 지하의 메인 바에 갈 것 같습니다."

"알았어. 바 입구에서 보자."

닛타는 스마트폰을 챙겨 넣고 1층으로 내려가는 에스컬레이터로 향했다.

1층 로비에서 이번에는 지하로 가는 에스컬레이터를 탔다. 도미나가가 스마트폰을 손에 들고 벽 쪽에 붙어 서 있는 게 보였다.

에스컬레이터에서 내려 도미나가에게 다가갔다. 그의 시선은 이쪽을 향하고 있었지만 곧바로 닛타를 알아보지 못했는지 한 박자 늦게야 놀란 표정을 지었다.

"팀장님? 와아, 소문에 듣던 대로네요."

"소문이라니?"

"아니, 형사보다 호텔리어 쪽이 더 잘 어울린다고⋯⋯."

닛타는 미간을 찌푸렸다. "참 나, 어이가 없네. 그보다, 어떻게 됐어?"

"가미야 요시미는 오른편 안쪽 자리에 앉았어요. 아직까지는 혼자예요."

"뭘 마시고 있지?"

"예?"

"음료 말이야. 가미야 요시미가 주문한 게 뭐였어?"

"그것까지는⋯⋯."

"알았어."

닛타는 발길을 돌려 바를 향해 걸음을 옮겼다.

안으로 들어서자 계산 카운터에 있던 남자 스태프가 흠칫 놀라는 표정을 보였다. 낯선 사람이 호텔 유니폼을 입었기 때문일 것이다. 하지만 닛타가 슬쩍 고개를 끄덕이자 스태프는 눈치를 챈 모양이었다. 잠입 수사관이 활동을 시작했다는 건 이미 전 스태프에게 알려졌을 터였다.

닛타는 스마트폰에 가미야 요시미의 얼굴 사진을 띄웠다. 운전면허증 데이터베이스에서 슬쩍 가져온 것이다. 수수하지만 단정한 용모였다.

바로 들어가 천천히 통로를 건너갔다. 자리를 채운 손님이 40퍼센트쯤이나 될까. 대부분이 커플이었다.

오른편 안쪽 창가에 중년 여성이 혼자 앉아 있었다. 벽을 등지고 이쪽을 향하고 있어서 간단히 얼굴을 확인할 수 있었다. 가미야 요시미가 틀림없었다. 운전면허증으로 보면 나이는 50대, 자그마한 얼굴의 상당한 미인이다. 좀 더 젊었다면 말을 건네는 남자가 있었을지도 모른다.

닛타는 자연스럽게 다가갔다. 호텔 유니폼을 입은 직원이 주변을 오락가락해도 수상하게 생각하는 손님은 없다. 잠입 수사는 역시 비교할 수 없을 만큼 장점이 많다.

가미야 요시미는 손에 스마트폰을 들고 있었다. 테이블에 놓인 건 셰리주 잔이었다. 반쯤 남은 게 반드시 셰리주인지는 알 수 없지만 술이라는 건 분명했다. 무알코올 칵테일을 저런 잔에 내놓지는 않는다.

가미야 요시미가 술이 센 편인지도 모르지만, 적어도 오늘 밤은 특이 행동을 취할 가능성이 낮아졌다. 뭔가 저지를 생각이라면 술을 마실 리 없는 것이다.

닛타는 바에서 나와 도미나가를 가까이로 불렀다.

"지금 안에 들어가서 최대한 가까운 곳에 자리를 잡아. 가미야 요시미가 뭘 하는지 자세히 메모해서 보고해줘."

알겠습니다, 라고 답하고 도미나가는 안으로 들어갔다.

닛타는 1층 사무동으로 갔다. 사무동 2층 회의실에는 현지대책본부가 꾸려져 수사관들이 작업을 하고 있었다. 이나가키의 지시대로 모토미야가 지휘를 맡았다. 닛타가 유니폼 차림으로 얼굴을 내밀자 그는 흐뭇하다는 듯이 실눈을 뜨고 웃었다.

"오, 멋있네. 닛타는 역시 허름한 형사 옷보다 그쪽이 더 잘 어울린다니까." 도미나가와 똑같은 소리를 했다.

"두 번 다시 이 옷은 안 입을 생각이었는데요." 닛타는 7대 3으로 반듯하게 빗어 넘긴 머리를 매만지며 말했다.

"어쩔 수 없잖아. 총지배인 측에서 하는 말도 이해가 돼. 아마추어 티가 팍팍 나는 호텔리어가 프런트에 서 있으면 손님들도 수상하게 여기지. 자칫하면 호텔 평판에도 금이 가게 돼. 범인들이 의심할 우려도 있고. 수사를 위해서는 우리한테도 이게 최선책이야."

닛타는 칫 하고 혀를 찼다. "남의 일이라고 참 쉽게 말씀하시네요."

"어허, 그런 태도는 일류 호텔리어에게는 전혀 어울리지 않아요." 모토미야가 느물느물 웃으며 지적질을 했다.

"자리를 벗어났을 때는 괜찮거든요? 아, 그보다 그쪽은 좀 어때요?"

"모든 숙박객 정보를 죽을 둥 살 둥 훑어보는 참이야. 양이 너무 많아서 진짜 힘들다."

"우선 전과부터 조사해보면 되잖아요. 우리의 추리가 맞는다면 알아내야 하는 건 네 번째 표적이 된 인물입니다. 이전의 세 건과 마찬가지로 천벌을 받아도 마땅할 만한 인간이라면 반드시 전과가 있겠죠."

"그거야 자네가 말하지 않아도 알지. 지금 그걸 조사하고 있어. 오늘 밤 숙박객과 내일부터 예약한 손님 중에도 전과자가 있었어. 근데 대부분 교통 위반이나 경범죄야. 그런 걸로 천벌을 받는다는 건 이상하지."

"과거의 살인 사건에 관련된 자는 한 명도 없었어요?"

아니, 라고 모토미야가 냉랭한 얼굴이 되었다.

"지금까지 본 바로는 딱 한 명뿐이야." 모토미야가 서류 한 장을 집어들었다. "7년 전에 과실운전치사상으로 유죄판결을 받았던 자야. 고속도로 주행 중에 졸음운전으로 전방 차량과 충돌, 상대 운전자에게 부상을 입혔어. 게다가 운수 사납게도 조수석에 앉았던 지인 여성이 차 밖으로 튕겨져 나가 대향차선에서 달려온 자동차에 치여 사망했어. 금고 3년에 집행유예

5년이야."

모토미야는 서류를 닛타 쪽으로 내밀었다. 얼굴 사진만 봐서는 평범한 회사원 같은 인상이었다. 생년월일을 보니 정확히 40세였다. 그렇다면 사고를 낸 것은 33세 때인가.

"5년…… 즉 집행유예 기간이 끝났군요."

"유족 입장에서는 납득하기 힘들 수도 있겠지. 사람이 목숨을 잃었는데 교도소에도 안 가고 끝났으니까. 하지만 교통사고의 경우에는 피해자도 마음이 복잡하기 마련이야. 무턱대고 비난할 수 없는 경우가 많거든. 졸음운전 같은 게 전형적이지. 음주운전과는 달리 일부러 사고를 낸 게 아니잖아."

분명 천벌을 받을 만하다, 라는 개념과는 거리가 멀었다.

"하지만 그 건도 좀 더 자세히 알아보는 게 좋겠습니다."

"물론이지. 나도 그럴 생각이야."

"그밖에는 또 없었어요?"

"더 있을지도 모르지만 아직 찾지 못했어. 애초에 본인 확인부터 애를 먹고 있어. 운전면허증 데이터베이스를 조회해 일치하는 이름이 있는지 체크 중인데, 얼굴 사진과 비교해보지 않고서는 본인이라고 단정할 수 없거든. 반대로 데이터베이스에 없다고 반드시 가짜 이름이라고 할 수도 없어. 요즘에는 운전면허를 따지 않는 사람도 많으니까."

"신용카드로 결제한 고객이라면 체크인 때 호텔 측에서 카드를 복사해뒀을 거예요. 그리고 인터넷 결제를 했다면 사전에 카드 번호나 명의가 밝혀질 텐데요."

"그거야 알지. 호텔 측에서 정보를 제공했어. 현재까지는 숙박자 이름과 카드 명의가 다른 경우는 없었어. 하지만 닛타, 그런 경우도 가짜 이름이 아니라고는 할 수 없어."

"그렇죠. 타인 명의의 신용카드를 쓰고 그 이름을 사칭할 수도 있으니까."

"맞아, 바로 그거야."

"전화번호 쪽은 어떻게 됐습니까?"

"일단 통신사에 임의로 정보 제공을 요청했어. 뭐, 항상 그렇지만 영장 없이도 협조는 해줄 것 같아. 근데 한두 건이 아니라 수백 건에 달하잖아. 과연 곧바로 답이 올지는 모르겠다." 모토미야는 입술을 깨물며 연신 고개를 갸웃거렸다.

예약 때 가짜 이름을 썼다고 해도 전화번호는 실재할 가능성이 높다. 호텔 측에 숙박에 관한 문제가 발생했을 때, 연락이 안 되면 난처하기 때문이다. 그래서 통신사에 계약자 정보의 개시를 의뢰하기로 했다. 그걸 입수하기만 하면 전화 명의인은 판명된다.

하지만 그것도 수백 명분이라면 통신사로서도 보통일이 아니다. 모토미야의 말처럼 요청에 응해준다고 해도 사건 발생 전까지 자료가 들어올지는 아무래도 미심쩍었다.

"게다가 또 한 가지 문제가 있어." 모토미야가 씁쓸한 표정으로 말했다.

"뭔데요?"

"모든 손님이 혼자 숙박하는 게 아니라는 점이야."

아하, 하고 닛타는 금세 알아들었다.

"여러 명이 숙박할 경우, 대표자 이름만 기입하지요?"

"그렇지."

"그런 경우가 몇 팀이나 돼요?"

"대략 200팀이야. 대부분 트윈이지만 엑스트라 베드를 이용해 세 명이 이용하는 경우도 있어. 아마 가족 손님이 많을 텐데, 그렇다고 사건과 무관하다고는 할 수 없지."

"그러네요."

표적이 된 자가 반드시 혼자 온다고 단정할 수는 없다. 그럴 경우, 그 세 명은 어떻게 복수를 실행에 옮길 작정일까. 아니, 네 명 혹은 다섯 명일 수도 있다.

"그쪽은 뭘 하고 있을까요?"

"그쪽이라니?"

"아즈사 경감 팀 말입니다. 사이버범죄 전문가와 상의한다고 했었는데."

글쎄, 라고 모토미야가 고개를 갸우뚱했다.

"IT 쪽 얘기라면 나는 완전 먹통이야. 말이 나온 김에 말인데……." 모토미야가 주위를 둘러보며 목소리를 낮췄다. "그 아즈사 경감이 나는 영 어렵더라고."

"그래요?"

"지나치게 자신만만한 것도 그렇고, 자기주장이 너무 강해. 아, 결혼은 했는지 모르겠네."

"결혼반지는 안 끼었던데요."

모토미야가 찬찬히 닛타의 얼굴을 들여다보았다. "잘도 봤네. 관심 있는 거야?"

"허 참, 말이 되는 소릴 하세요."

잠시 그런 시답잖은 얘기를 주고받는데 입구 쪽에서 수고하십니다, 라는 소리가 들렸다. 노세가 들어오는 참이었다. 뒤따르는 두 명의 젊은 형사는 양손에 편의점 봉투를 들고 있었다. 삼각 김밥이며 샌드위치 등을 사온 모양이었다. 회의실에 있던 자들에게서 환성이 나왔다.

"오늘은 꼬박 밤을 새는 분도 많을 텐데 든든하게 먹어둬야지요." 그렇게 말하면서 노세가 닛타 쪽으로 다가왔다. 그도 편의점 봉투를 들고 있었다. 하나 고르라고 안을 보여주었다. 여러 종류의 음료가 들어 있었다.

"잘 먹겠습니다." 닛타는 캔커피를 골랐다. 모토미야는 녹차 페트병에 손을 내밀었다.

"잠입 수사 준비가 얼추 끝난 것 같네." 닛타의 모습을 바라보며 노세가 빙긋이 웃었다.

"설마 이런 짓을 세 번씩이나 하게 될 줄은 몰랐어요." 닛타가 어깨를 움츠렸다. "그쪽 팀은 좀 어떻습니까. 뭔가 성과가 있었어요?"

아니, 하고 노세가 고개를 저었다.

"좋은 소식을 가져오고 싶었는데 뜻대로 안 되네. 결론부터 말하자면 가미야 요시미, 모리모토 마사시, 마에지마 다카아키, 그 세 사람의 연결고리가 하나도 잡히지 않고 있어."

"역시 그렇습니까."

"직장의 거래처, 출신 학교, 지금까지의 거주지 등등 갖가지로 조사해봤지만 연결점이 전혀 없었어. 세 명 중 두 명만이라도 뭐든 나왔으면 했는데 물리적인 접점은 못 찾았어."

"물리적인 접점이 없었다는 건 역시 인터넷 쪽일까요?"

"그럴 가능성이 높겠지? 우리 팀장이 지금 사이버범죄 대책반 사람과 상의 중이야. 끝나는 대로 달려오겠다고 했어."

"아이구, 이 시간에 달려와서 뭘 어쩌려고?" 모토미야가 옆에서 말했다. "오늘 밤은 아무 일도 없을 테니까 좀 쉬셔도 되는데."

"그럴 수야 있나요." 노세가 벙글벙글 웃으며 말했다. "다른 팀장님들이 이렇게 일하고 계시는데."

"나야 인터넷이니 사이버니 하는 건 하나도 모르니까 몸으로 때우는 수밖에 없지. 아, 잠깐 실례." 스마트폰에 연락이 왔는지 모토미야가 자리를 떴다.

닛타는 캔커피를 한 모금 마셨다. 차가운 쌉쌀함이 마른 목을 상쾌하게 적셨다. 내내 긴장했다는 것을 새삼 자각했다.

"세 명이 체크아웃하는 건 늦어도 모레 정오……." 노세가 옆에 놓인 화이트보드를 올려다보며 중얼거렸다. 가미야 요시미, 모리모토 마사시, 마에지마 다카아키의 운전면허증 사진이 나란히 붙어 있었다. "그때까지의 싸움이네."

"표적이 된 인물이 언제 체크아웃할지는 아직 밝혀지지 않았어요. 저 세 명이 호텔 안에서 범행을 실행할 계획이라면 제한 시간은 모레 새벽이 되겠지요."

같은 생각인지 노세는 진지한 표정으로 고개를 끄덕이더니 곧바로 표정을 누그러뜨렸다.

"닛타 씨와 이렇게 세 번씩이나 함께 일할 줄은 생각도 못 했어."

"앞으로도 함께할 일이 많을걸요. 호텔이 무대가 되는 일은 설마 없겠지만."

아니, 라고 노세는 짧게 고개를 가로저었다.

"나는 이번 사건이 마지막 임무가 될 거야. 내년 3월 말에 퇴직할 테니까."

그의 말에 닛타는 멈칫 놀랐다.

"노세 씨, 벌써 나이가……."

"얼마 전에 환갑이었어. 우리 딸이 인터넷 쇼핑으로 빨간 잔찬코*를 샀더라고. 게다가 빨간 모자까지. 그걸 입고 기념사진

---

* 소매 없는 빨간색 겉옷으로, 원래 아기용이지만 환갑을 맞이해 인생의 새 출발과 함께 장수를 기원하는 뜻으로 입는다.

을 찍었지 뭐야."

"그러셨군요……. 뭐랄까, 참으로 오랫동안……."

수고하셨습니다, 라고 닛타가 말을 마치기도 전에 노세는 만류하듯이 손을 내저었다. "아니, 그런 인사는 나중에 해줘. 우선 사건부터 해결해야지."

맞는 말이었다. 네, 라고 힘주어 대답했다.

모토미야가 급한 걸음으로 돌아왔다.

"모리모토 마사시가 곧 도착할 것 같아. 오후에 신주쿠 보험 회사를 나와서 여태까지 상사와 함께 신주쿠 역 근처 이자카야에 있었던 모양이야. 상사와 헤어지자마자 택시를 탔어. 이쪽 방향으로 달리고 있다는 보고야."

닛타는 손목시계를 확인하며 자리에서 일어섰다. 이제 곧 밤 11시다. "제가 프런트에서 확인하겠습니다."

프런트로 나가자 야스오카라는 남성 프런트 클러크가 나와 있었다. 이미 서로 인사를 나눴기 때문에 그쪽도 닛타를 알고 있었다.

"곧 남자 손님 한 분이 올 거예요." 닛타는 말했다. "그 사람은 내가 대응하죠. 얼굴은 파악했으니까."

"괜찮겠습니까?" 야스오카는 불안한 기색이었다.

"걱정 마시라고 하고 싶지만……. 다시 한번 단말기 사용법 같은 걸 복습해도 될까요?"

"물론입니다."

야스오카가 가르쳐주는 체크인 절차를 다시금 머릿속에 저장했다. 오랜만이라서 역시 바짝 긴장했다.

미리 객실도 정하고 카드키도 준비해두기로 했다. 야스오카의 조언에 따라 0911호실을 선택했다. 방범카메라로 입구를 감시하기 편리한 위치였기 때문이다.

정면 현관 유리문을 지나 정장 차림의 남자가 나타났다. 모리모토 마사시가 틀림없었다. 예상했던 것보다 작은 몸집이다. 비즈니스 백팩을 등에 메고 있었다.

모리모토는 곧장 프런트로 다가왔다. 닛타는 야스오카에게 슬쩍 고개를 끄덕인 뒤, 어서 오십시오, 라고 모리모토를 향해 미소를 지었다. "숙박이십니까?"

"네, 모리모토라고 합니다."

닛타는 단말기를 들여다봤지만 실은 조금 전에 연습하면서 예약 내용은 이미 확인했다.

"모리모토 고객님, 오늘부터 스탠더드 트윈, 1인 2박으로, 괜찮으실까요."

네, 라고 모리모토는 표정 없는 얼굴로 고개를 끄덕였다.

"그러면 숙박표 작성을 부탁드립니다." 닛타는 표를 모리모토 앞에 내밀었다.

카드키를 준비하는 척하면서 볼펜으로 내용을 적고 있는 모리모토를 관찰했다. 금테 안경을 쓴 갸름한 얼굴은 신경질적으로 보였다. 자료에 의하면 나이는 34세, 아들이 한 명 있다.

모친이 강도 살인 사건의 피해자로 사망했을 당시, 모리모토는 아직 중학생이었다. 한창 부모에게 반항하는 사춘기였을 텐데 그 어머니가 살해되었으니 당연히 범인을 증오할 만도 했다. 재판에서는 피해자 유족 전원이 사형을 희망했다는 모토미야의 얘기가 생각났다.

정면 현관으로 또 다른 인물이 나타났다. 닛타는 그쪽을 쳐다보고 내심 흠칫했다. 아즈사였다. 함께 온 두 명의 남자는 같은 팀의 수사관들인 모양이다. 로비 중앙에서 일제히 발을 멈추고 이쪽을 쳐다보고 있었다.

저런 곳에 뻣뻣이 서 있으면 안 되는데, 하고 닛타는 혀를 차고 싶은 심정이었다. 모리모토가 눈치채기라도 하면 어쩌려는 건가.

"여기, 다 썼어요." 모리모토가 말했다.

"감사합니다. 고객님, 결제는 현금, 아니면 카드로 하시겠습니까."

"아뇨, 신용카드로."

"알겠습니다. 잠시 카드를 복사해도 될까요?"

모리모토가 신용카드를 내주었다. 닛타는 복사를 하면서 새겨진 글씨를 확인했다. 'MASASHI MORIMOTO'라고 찍혀 있었다.

"오래 기다리셨습니다. 카드부터 돌려드립니다. 그리고 이쪽이 방 키입니다." 신용카드와 카드키가 담긴 폴더를 내밀었다.

"즐거운 시간 되시기 바랍니다."

모리모토는 폴더를 들고 걸음을 옮겼지만 금세 몸을 돌려 다시 돌아왔다. "여기, 바는 있나요?"

"네, 있습니다." 표정이 바뀌지 않게 조심하면서 대답했다. "메인 바는 지하 1층입니다."

"지하에……." 모리모토는 주위를 둘러보았다.

"모리모토 고객님, 괜찮으시면 제가 안내해드릴까요?"

"아, 그러면 부탁 좀 할까요."

알겠습니다, 라고 말하고 닛타는 카운터를 나왔다. "짐은 제가 들겠습니다."

"아니, 괜찮아요."

"네, 여기 이쪽입니다."

닛타는 모리모토를 지하로 내려가는 에스컬레이터로 안내했다. 아즈사 일행은 소파에 앉아 있었다. 하나같이 눈매가 날카롭다. 잠복 중인 형사 그 자체였다.

그나저나 이 시간에 모리모토는 왜 바에 가려는 것인가. 가미야 요시미와 미리 약속이라도 한 것일까.

지하 1층으로 내려가자 모리모토를 메인 바로 데려갔다. 바의 스태프가 모리모토를 자리로 안내해주었다. 가미야 요시미의 테이블과는 떨어진 자리였다.

가미야의 두 개 건너 테이블에는 도미나가가 앉아 있다. 도미나가는 모리모토가 들어온 것을 아직 모르는 기색이었다.

메시지로 알려주려고 닛타가 스마트폰을 꺼냈을 때, 바깥에서 두 명의 남녀가 들어왔다. 아즈사 팀의 수사관들이다. 닛타쪽은 돌아볼 것도 없이 바 안으로 들어갔다. 스태프가 불러 세우더니 자리를 정해주었다. 일단 손님인 척할 모양이다.

바 앞에 아즈사가 서 있는 게 보여서 닛타는 밖으로 나왔다.

"아즈사 경감, 지금 안에 우리 수사관이 있으니까 감시는 그쪽에 맡기시죠."

"아뇨, 우리는 우리대로 생각한 게 있어서요." 그렇게 말하더니 아즈사는 숄더백에서 잽싸게 태블릿을 꺼냈다. "자리 잡았어? ……카메라는? ……아, 잠깐." 귀에는 마이크 달린 이어폰을 끼고 있었다. 아무래도 바 안의 그쪽 팀 수사관과 대화 중인 모양이었다.

아즈사는 태블릿의 키를 두드렸다.

"오케이, 영상 떴어. 양쪽 다 잘 보여. 그대로 계속해."

닛타는 고개를 길게 빼고 옆에서 모니터를 들여다보았다. 두 개의 화면이 떠 있었다. 양쪽 다 바의 내부 영상이다. 한쪽에는 가미야 요시미, 또 한쪽에는 모리모토 마사시가 찍혀 있었다.

"아즈사 경감, 이건……."

네, 라고 아즈사가 고개를 끄덕였다. "우리 팀에서 카메라를 들고 갔어요."

"아니, 이건 문제가 될 수 있어요. 아직 호텔 측에 허가도 안 받았잖아요."

"허가가 필요합니까?"

"당연하죠. 바의 내부를 몰래 촬영하다니, 호텔 측에 알려졌다가는 소송이 들어와요."

"괜찮아요, 아무도 카메라인 줄 모를 테니까. 테이블 위에 볼펜이나 자동차 키가 놓여 있는 걸 수상하게 생각할 사람이 있겠어요?"

이른바 스파이 카메라라는 기기를 이용한 모양이다.

"이건 그런 문제가 아니죠."

"촬영한 동영상을 외부에 유출하면 문제가 되겠지만 수사에 쓰는 것뿐이에요. 보고서에도 남지 않는다니까요. 그보다 닛타 경감께 부탁할 게 있어요."

"뭡니까."

"가미야 요시미의 방은 0707호실이라고 했죠? 모리모토 마사시는 몇 호실이에요?"

"0911실인데요."

"좋아요. 그 두 개 방의 카드키 좀 챙겨주세요."

"예?"

"프런트 클러크라면 쉽게 가져올 수 있죠? 부탁할게요. 그게 아니면 마스터키라도 좋아요."

"키를 받아서 뭘 하려고요?"

그러자 아즈사는 이상하다는 듯한 얼굴로 닛타를 올려다보았다.

"뭘 하다니, 당연히 짐을 조사해봐야죠. 모리모토 마사시는 아직 입실 전이니까 우선 가미야 요시미의 방만이라도 괜찮아요."

"지금 무슨 소리를 하는 겁니까? 호텔 측에서 그런 걸 허락해줄 리가 없잖아요."

다시금 이해가 안 된다는 듯이 아즈사는 어깨를 으쓱 쳐들었다. "왜요?"

"왜냐니, 아무리 용의자라도 영장도 없이 마음대로 방에 들어갈 수는 없어요."

"하지만 하우스키퍼로 위장한 수사관도 있다면서요. 그쪽은 원하면 언제든 객실에 들어갈 수 있잖아요. 그거하고 똑같은 거 아닌가요?"

"아니, 전혀 다르죠." 닛타는 손을 가로저었다. "실제 하우스키퍼가 청소 때 외에는 객실에 드나들지 않는 것처럼 하우스키퍼로 위장한 잠입 수사관도 무단 입실은 절대 금지예요. 그래서 마스터키는 우리 쪽에 내주지도 않았고 가져올 수도 없습니다. 호텔 측과 협의 끝에 그렇게 정한 거예요."

"그걸 곧이곧대로 지키겠다고요?"

"당연하죠."

"객실에 들어간 거, 호텔 측에 발설하지 않으면 되잖아요."

"발설하지 않아도 분명히 들킵니다. 룸 인디케이터라는 걸로 전체 객실 상태를 모니터링하고 있어요. 가미야 요시미 일행의 행동을 감시하는 건 경찰뿐만이 아닙니다. 호텔 측도 그들을 중요 인물로 인식하고 각각의 객실을 24시간 체크할 거라고요. 고객이 바에 있는데 그 방의 문이 열리거나 불이 켜지면 이상하다고 생각할 게 틀림없죠. 참고로 말하자면, 언제 키를 사용했는지 모조리 로그 기록으로 남아요. 불법 침입에 대한 증거로 재판에서 충분히 통용되는 기록입니다."

역시나 아즈사는 반론도 못 하고 답답하다는 듯 입술을 깨물었다. 하지만 후우 한숨을 흘리더니 턱을 치켜들었다.

"닛타 경감, 진짜 잘 아시네요. 완전히 호텔 측 사람 같아요."

닛타는 일단 아즈사에게서 시선을 돌렸다가 다시 똑바로 그녀의 얼굴을 보며 말했다. "천만에요, 라고 말했지요?"

"제가요?"

"아까 저녁때 관리관에게 그렇게 대답하던데요? 천만에요, 라고. 호텔 스태프는 그렇게 대답해서는 안 됩니다. 정확하게 천만의 말씀이십니다, 라고 해야죠."

아즈사가 불쾌하다는 듯 미간을 좁혔다. 닛타는 그녀의 뾰족한 턱을 가리키며 말을 이었다.

"한 가지 말해두겠는데요, 경찰이 아무리 잠입 수사를 요청해봤자 원래 호텔 측은 절대로 허가해주지 않아요. 좀 더 시간을 두고 사전 준비를 해야 한다고 하겠죠. 이번에 호텔 측에서 허가해준 건 지금까지 함께해오면서 신뢰 관계를 쌓았기 때문입니다. 그건 간단한 일이 아니었어요. 전에는 우리도 범인을 체포하자는 생각 하나로 이런저런 규칙을 위반하면서 호텔 측과 충돌했죠. 그때마다 서로 상의하고 교섭하면서 조금씩 신뢰를 쌓아갔어요. 지금 그게 무너지면 모든 게 엉망이 되고 수사 뭐고 할 수도 없어요. 새겨두시는 게 좋을 겁니다."

아즈사의 눈에 분노의 빛이 서리는 것을 보고 닛타는 발을 돌려 에스컬레이터를 향해 성큼성큼 걸음을 옮겼다.

7

오전 0시 정각까지 프런트를 지켰지만 더 이상 체크인 손님은 없을 것 같았다. 닛타는 사무동으로 돌아가기로 했다. 예약 손님은 캔슬한 경우를 빼고는 전원, 체크인을 마쳤다. 워크인, 즉 예약 없이 찾아오는 손님이 있을지 모르지만, 살인 계획을 세운 자들이 그럴 리는 없다.

사무동으로 향하기 전에 지하로 가는 에스컬레이터를 흘끗 살펴보았다. 아즈사 팀의 형사들은 아직도 가미야 요시미와 모리모토 마사시를 스파이 카메라로 몰래 찍고 있을까. 아즈사 본인이 사무동으로 돌아가는 모습은 한참 전에 확인했다. 프런트에 닛타가 있다는 걸 잘 알 텐데도 전혀 눈길을 주지 않았다. 어깨를 씩씩거리며 걸어가는 뒷모습은 분노의 불길이

활활 타는 것 같았다.

아무리 그래도 그런 짓을 하다니…….

바는 공공장소라서 만일 몰래 촬영하는 것을 호텔 측에 들키더라도 어떻게든 둘러댈 수는 있다. 하지만 객실에 무단으로 들어가 고객의 짐을 수색한다는 건 말이 안 된다. 예전 사건에서도 하우스키퍼와 함께 객실에 들어갔던 형사가 마음대로 손님의 가방을 뒤져보는 바람에 후지키에게서 엄중한 항의를 받았다.

아즈사 경감은 특히 주의해서 지켜봐야겠다고 닛타는 다짐했다. 자기 마음대로 폭주해 호텔을 적으로 돌렸다가는 돌이킬 수 없는 사태가 벌어진다.

사무동 회의실로 가자 모토미야가 컵라면을 먹고 있었다. 멀찌감치 떨어진 자리에서 아즈사는 노트북을 들여다보고 수사관 세 명은 각자 사무 일을 하는 중이었다.

닛타는 모토미야 옆으로 가서 앉았다. "수고 많으십니다."

"어떤 상황이야, 그쪽은?"

"모리모토 마사시가 체크인을 했고, 지금 바에 가 있어요."

모토미야가 젓가락을 멈췄다. "가미야 요시미를 만난 거야?"

"우리 팀 형사가 감시 중인데 아직 접촉했다는 보고는 없었어요. 아즈사 경감 쪽 형사 두 명도 그 바에 가 있습니다."

"그래?" 모토미야는 흘끗 아즈사 쪽을 쳐다볼 뿐이었다. 아무래도 아직 아무 말 안 한 모양이다.

"모토미야 씨 팀은 어때요? 뭔가 알아냈습니까?"

"딱 한 건 있었어." 모토미야는 라면 국물을 후루룩 마시고 컵과 나무젓가락은 쓰레기통 대신 놓아둔 종이 박스에 던졌다. "7년 전에 과실운전치사상죄로 유죄판결을 받은 남자가 있다는 거, 아까 얘기했지?"

"졸음운전 말이죠?"

"맞아. 금고 3년에 집행유예 5년을 받은 자야. 조사해보니 서로 합의로 끝난 일이었어, 배상금도 지불했고. 돈까지 받았는데 이제 새삼 복수에 나설 리는 없잖아. 이번 사건과는 무관하다고 봐야겠지."

"그렇겠네요."

"그밖에 눈에 띄는 전과자 숙박객은 없더라고. 누군가를 죽인 자들은 본명을 숨기는 경우가 많아. 카드로 결제했다고 반드시 본인이라고 할 수도 없고."

"예, 그렇죠."

특히 뒷골목 세계 인간이라면 불법 루트를 통해 타인의 카드를 입수하는 것도 어렵지 않을 것이다.

입구에서 뭔가 소리가 들리더니 문이 열리고 가미야 요시미와 모리모토 마사시를 감시하던 아즈사 팀의 형사들이 돌아왔다. 도미나가도 그 뒤를 따라 닛타 쪽으로 다가왔다.

닛타는 수고했어, 라고 도미나가를 위로했다. "어때, 뭔가 움직임이 있었어?"

"딱히 특이한 움직임은 없었어요. 두 사람은 얘기를 나누기는커녕 양쪽 다 바를 나갈 때까지 자리에서 일어나지도 않았습니다. 12시 반이 마지막 오더인데 가미야가 먼저 나갔고 그 뒤로 10분쯤 지나 모리모토가 나갔습니다."

"두 사람은 술을 얼마나 마셨지?"

그건, 이라면서 도미나가가 수첩을 펼쳤다. "제가 거기 들어간 뒤로 가미야는 칵테일 두 잔을 추가로 주문했고, 모리모토는 하이볼을 세 잔 마셨습니다."

"꽤 많이 마셨네? 역시 아침까지는 별다른 움직임이 없을 것 같다. 수고했어, 피곤하겠네. 수면실에 가서 쉬도록 해."

네, 라고 대답하고 도미나가는 안도한 표정으로 회의실을 나갔다.

닛타는 아즈사 쪽을 보았다. 그녀는 부하 형사들에게서 받은 SD카드를 노트북에 꽂고 동영상을 보려는 참이었다. 닛타의 시선을 눈치챘는지 아즈사가 이쪽을 향했다.

"괜찮으시면 닛타 경감도 같이 보실래요?"

"그래도 돼요?"

"물론이죠. 몰래 촬영에 저항감이 없으시다면 얼마든지."

"그 문제는 일단 접어두기로 하죠." 닛타는 자리에서 일어섰다. 그런 식으로 일하는 것에는 찬성할 수 없지만, 봐둬서 손해 날 것은 없다.

노트북 모니터에는 두 개의 화면이 표시되었다. 아까 아즈사의 태블릿으로 확인한 것과 똑같은 동영상이었다. 한쪽은 가미야 요시미, 또 한쪽에는 모리모토 마사시의 모습이 찍혔다. 어두워서 화질은 그리 좋지 않지만 표정이나 동작은 알아볼 수 있었다.

"엇, 뭐야, 이건?" 닛타의 등 뒤에서 소리가 났다. 모토미야였다. 그도 어깨 너머로 모니터를 들여다보았다.

남자 형사가 노트북을 터치하자 두 개의 영상이 동시에 움직였다.

"두 개의 카메라가 같은 타이밍에 촬영했어요." 아즈사가 말했다. "즉 두 개의 동영상은 완전히 동일한 순간을 포착했다고 보셔도 됩니다."

아닌 게 아니라 그런 것 같았다. 모리모토 옆을 통과한 웨이터의 모습이 그다음에는 가미야를 비추는 화면에 나타났다.

닛타는 두 개의 화면을 번갈아 응시했다. 가미야는 스마트폰을 터치하면서 이따금 고개를 들었다. 모리모토도 하이볼을 마시며 테이블에 놓인 스마트폰을 들여다보는 것 같았다.

"현재까지만 봐서는 두 사람이 시선을 마주치는 순간은 없는데요?" 닛타는 말했다.

"나도 주의해서 지켜봤는데 그런 건 없는 것 같아요." 아즈사가 동의했다. "시야에 넣고 있지만 서로 눈을 마주치지 않게 조심하는 것일 수도 있어요."

"바에서 만나기로 약속했으면서 접촉하지 않는다, 게다가 눈도 마주치지 않는다? 이건 대체 어쩌자는 거야?" 모토미야가 답답한 듯이 말했다.

"목적은 서로의 존재를 확인하는 거 아닐까요?" 닛타는 두 개의 동영상을 가리켰다. "원팀 멤버가 약속대로 이 호텔에 왔는지, 자기 눈으로 확인한 거예요. 만일 오지 않았다면 계획이 틀어지니까."

"아, 그렇겠네."

"단지 그것만은 아닐걸요. 완전히 타인인 척하면서 안 보이는 곳에서 접촉하는지도 모르니까요."

"안 보이는 곳에서?"

"저거예요." 닛타는 가미야의 손 부분을 가리켰다. "스마트폰. 아까부터 유난히 만지작거리는데 어쩌면 모리모토와 메시지를 주고받는 것일 수도 있어요."

"그렇군. 그런 방법이 있었어."

그러고는 한참 동안 다들 화면을 지켜보았다. 가미야와 모리모토는 여전히 별다른 움직임이 없었다. 둘 다 술을 추가로 주문한 정도다.

"잠깐 스톱." 아즈사가 부하 형사에게 동영상 정지를 지시했다. "되감아봐요, 5분쯤 뒤로. 좋아, 거기서부터 재생해볼까요."

화면에서는 가미야가 스마트폰을 터치하고 있었다. 모리모토도 변함없이 자신의 스마트폰을 멍하니 들여다보고 있다.

"가미야의 손을 잘 보세요. 지금 저 동작은 메일이나 SNS 등을 입력할 때예요. 이제 그걸 송신하네요. 그러고는 스마트폰을 내려놨어요."

가미야는 아즈사의 설명대로 손끝을 움직였다. 스마트폰을 테이블에 내려놓은 뒤에는 칵테일 잔을 집어들었다.

그 뒤로 눈에 띄는 움직임은 없었지만 가미야가 다시 스마트폰을 들었다. 화면을 들여다본 뒤 메일인지 메시지인지를 누르는 동작을 했다.

여기예요, 라고 아즈사가 말했다.

"다들 아셨겠지요? 가미야 요시미는 누군가에게 메시지를 보냈고 그에 대한 답장이 왔기 때문에 다시 뭔가를 입력해 송신한 것으로 보입니다. 그런데 그동안에 모리모토 쪽은 움직임이 전혀 없어요. 그냥 스마트폰을 들여다볼 뿐이죠. 그리고 그의 안경을 자세히 보세요. 뭔가 빛이 렌즈에 반사되고 있어요. 게다가 색깔이 계속 바뀝니다. 스마트폰 화면이 비친 것 같죠? 빛의 색깔이 획획 바뀌는 것은 동영상이기 때문이에요. 즉 모리모토는 동영상을 보는 중이죠. 따라서 가미야 요시미가 메시지를 주고받는 상대는 모리모토는 아닙니다. 안타깝지만 닛타 경감의 추리는 빗나간 것 같군요." 그렇게 말하고 아즈사는 닛타에게 의기양양한 웃음을 던졌다.

화가 났지만 반론은 할 수 없었다. 닛타는 콧잔등에 주름을 잡았다.

"모리모토가 아니라면 메시지 상대는 누구지?" 모토미야가 물었다.

모르겠어요, 라고 아즈사는 대답했다.

"또 한 명의 멤버로 추정되는 마에지마 다카아키일 수도 있고 우리가 아직 파악하지 못한 또 다른 멤버일 수도 있겠죠. 혹은 사건과는 전혀 관계가 없는 사람일 가능성도 물론 있습니다."

"어떤 경우가 됐든 가미야 요시미와 모리모토 마사시가 바에 간 것은 역시 서로에 대한 존재 확인이었을까?"

"그 두 사람뿐이라고는 할 수 없어요." 아즈사는 말했다. "방금 얘기한 대로 마에지마 다카아키 이외에도 또 다른 멤버가 존재할 가능성이 있습니다. 만일 그렇다면 그 바에서 마찬가지로 확인을 했겠죠."

"다른 손님들 중에 멤버가 있었다고?" 모토미야는 눈이 둥그레진 채 물었다.

"걱정 마세요, 바에 있던 손님 모두 촬영했으니까." 아즈사가 태연히 말했다. "숙박객이라면 방으로 올라갔을 테니까 방범 카메라 영상과 조합해보면 어느 방인지 객실 번호를 알 수 있겠죠. 신원이 판명되면 알려드릴게요." 노트북을 덮더니 가볍게 집어들었다. "촬영한 동영상이 필요하면 언제든지 말씀하세요, 닛타 경감. 기꺼이 빌려드릴 테니까."

닛타는 어금니를 악물었다. 뭔가 대꾸하고 싶었지만 할 말이 생각나지 않았다.

"그럼 저희는 할 일이 있어서 이만." 아즈사는 문 쪽으로 가다가 금세 발을 멈추며 돌아보았다. "깜빡 말씀드리지 못했는데 저는 이 호텔에 방을 잡았어요. 물론 자비로. 1406호실이니까 무슨 일 있으면 내선 전화를 이용해주세요."

그럼 잘 부탁한다는 말을 남기고 다시 걸음을 옮겼다. 같은 팀의 형사들이 그 뒤를 따랐다.

"왜 저래?" 모토미야가 얼굴을 찌푸렸다. "아무튼 머리 회전은 엄청 빠른데 말이야."

"빠르긴 하죠." 그 점은 인정하지 않을 수 없었다.

"벌써 시간이 이렇게 됐나? 난 수면실에서 잠깐 눈 좀 붙여야겠어. 자비로 호텔 방 잡을 여유도 없는 신세니까. 닛타도 좀 쉬는 게 좋아, 내일은 힘든 하루가 될 테니까."

"알겠습니다."

모토미야가 자리를 뜨자 회의실에는 닛타 말고는 아무도 없었다. 넥타이를 느슨하게 풀면서 새삼 화이트보드를 올려다보았다. 마그넷으로 붙여둔 숙박 예약자 목록을 떼어냈다. 전과 없음으로 확인된 자의 이름은 선이 죽죽 그어졌다. 하지만 아직 반절 가까이나 남아 있었다.

입구 쪽에서 덜컹하는 소리가 들렸다. 돌아보니 조심스럽게 문이 열리고 노세가 얼굴을 내밀었다.

"엇, 경찰서로 안 가셨어요?"

호텔 수면실은 수용 인원이 한정되어서 대부분의 수사관은 관할서에 돌아가기로 했던 것이다.

"분명 닛타 씨는 잠도 못 잘 거라고 생각하니 가만 있을 수가 있어야지." 노세가 다가왔다. 이번에도 편의점 봉투를 손에 들고 있었다. "아까는 캔커피였지만 지금은 이런 게 딱 좋을 것 같아서." 봉투에서 꺼낸 것은 캔에 든 하이볼이었다.

"너무 좋죠." 닛타는 냉큼 받아들었다. 캔을 따자마자 꿀꺽꿀꺽 마셨다. 탄산의 자극이 온몸의 세포를 다시 살아나게 해주는 것 같았다.

"나도 하나, 실례." 노세는 캔맥주를 마셨다. "캬아, 기가 막히네."

"그나저나 그쪽 팀장에게 한 방 먹었습니다."

노세는 빙긋이 웃었다. "바에서 몰래 촬영한 거 말이지?"

"벌써 얘기 들었어요? 빠르네요."

"지시도 보고도 신속하게, 라는 게 우리 팀의 모토야. 성가실 만큼 메시지가 자꾸 들어온다니까."

"노세 씨가 말했던 대로예요. 분명 우수한 사람이던데요. 그런 식으로 아슬아슬하게 규칙을 위반하는 것에는 찬성할 수 없지만."

"앞으로도 찬성할 수 없는 일이 이래저래 많이 생기지 않을까 싶네."

의미심장한 노세의 말이 마음에 걸렸다.

"이를테면 어떤?"

"글쎄 모르지. 우리 팀장 머릿속은 예측 불가능이야." 노세는 편의점 봉투에서 어육소시지 두 개를 꺼냈다. "어때?"

"아, 저도 하나……. 노세 씨가 그렇게 얘기하시는 걸 보니 저는 도저히 감당 못 하겠네요." 소시지의 비닐을 벗기면서 닛타는 말했다.

"그보다 생각지도 못하게 일이 커졌어." 노세가 화이트보드를 쳐다보며 한숨을 내쉬었다.

"누가 아니랍니까. 12시간 전만 해도 일이 이렇게 커질 줄은 상상도 못 했어요."

12시간 전에는 이나가키의 호출을 받고 경시청 본부 회의실로 향하고 있었다.

"원한을 가진 사람 여러 명이 협력해 당사자 대신 차례차례 복수를 해준다. 그 사이에 당사자는 완벽한 알리바이를 만들어둔다……. 참 생각도 잘 했지 뭐야." 노세가 소시지를 한 손에 들고 말했다. "이번 일련의 사건에 이름을 붙인다면 어떤 게 될까. 상부상조 복수 살인? 합동 천벌 살인? 아니, 아니, 그도 저도 신통치 않네. 역시 닛타 씨가 말했던 로테이션 살인이라는 게 가장 근사해."

"상부상조, 합동, 로테이션……." 그렇게 중얼거린 뒤, 닛타는 고개를 갸우뚱했다.

노세가 그런 그의 얼굴을 들여다보았다. "뭔가 마음에 걸리는 거라도?"

"아뇨, 정말로 우리가 추리한 게 맞는 건가 싶어서요."

"타당한 추리 같은데? 어디가 마음에 안 드는 거지?"

닛타는 화이트보드를 새삼 찬찬히 바라보았다.

"왜 저 세 사람은 가명을 쓰지 않았을까요? 범죄를 계획했다면 호텔 측의 기록에 본명이 남는 건 피하려고 했을 텐데 말이에요."

"맞아, 그 점은 나도 의아했어. 어쩌면 가명을 쓰는 게 도리어 리스크라고 생각했던 건가……."

"무슨 말씀이에요?"

"만약 이 호텔에서 살인 사건이 일어났을 경우, 경찰은 당연히 숙박자 전원의 신원을 조사하겠지. 가명을 쓴 사람이 있다면 그 인물의 정체를 온갖 방법을 동원해 밝혀낼 거야. 방범카메라 영상을 조사해보면 최소한 얼굴은 확인할 수 있어. 그런 점을 감안해서 어설프게 가명 같은 건 쓰지 않는 게 좋다고 판단한 게 아닐까?"

"담당 경찰은 지금까지 일어났던 사건을 조사한 수사진과는 다른 팀일 테니까 가미야 요시미나 모리모토 마사시, 마에지마 다카아키의 이름이 숙박자 목록에 올라도 피해자와 관계가 없다고 판명되면 더 이상 깊이 조사할 일은 없다……. 그렇게 생각했다는 거군요."

"아닐까?"

"저도 그런 가능성을 생각하긴 했는데……." 닛타는 팔짱을

졌다. "그 사람들이 경찰에서 아무 눈치도 못 챘다고 생각할까요? 이렇게 단기간에 연속으로 살인 사건이 일어나면 각각의 수사본부가 정보를 교환할 거다, 관계자 리스트도 공유할 거다, 그런 것쯤은 당연히 예상할 것 같은데요."

"말하자면 닛타 씨는 범인들이 로테이션 살인을 경찰에 들킬 거라고 예상하지 못했다는 게 이상하다는 얘기지? 그 점에 대해서는 이렇게 대답할 수밖에 없을 것 같아. 예상하지 못했기 때문에 범행을 저지르고 있다……."

"살해 방법을 일치시키면 경찰에서는 동일범에 의한 연속살인으로 단정할 게 틀림없다……. 범인들이 만일 그렇게 생각했다면 그야말로 경찰을 너무 만만하게 본 거잖아요."

"그건 로테이션 살인이라는 것을 알았으니까 그런 생각이 드는 것뿐이야. 퍼즐의 답을 아는 사람은 그 난이도를 올바르게 평가할 수 없어."

"그런 거라면 좋겠지만, 실은 또 한 가지 마음에 걸리는 게 있거든요."

"뭔데?"

"로테이션 살인은 이론적으로는 얼마든지 가능합니다. 단지 실제로 로테이션이 제대로 작동할지 의문이 들더라고요. 예를 들어 맨 처음 살해된 건 이리에 유토였고, 그에게 원한을 품은 가미야 요시미는 알리바이가 있었습니다. 즉 그녀 대신 모리모토나 마에지마 등이 복수를 해줬다는 얘기가 되겠죠. 그다음에는 모리모토가 증오했던 고사카 요시히로가 살해되었는데, 그 범행 때는 가미야 요시미가 가담했다는 건가요?"

"그렇지, 로테이션이니까. 상부상조하는 거지."

"마음에 걸리는 게 바로 그거예요. 가미야 요시미는 이리에 유토에 대한 복수라는 목적을 이미 이뤘으니까 그다음에는 이 일에서 내빼버리는 방법도 있잖습니까. 이러니저러니 이유를 둘러대 범행에 가담하지 않을 방법을 찾으려고 하지 않겠어요?"

"에이, 그건 안 되지." 노세가 말했다. "다들 힘을 합쳐 자신을 위해 원수를 갚아줬잖아. 그걸 배신한다는 건 아무리 그래도 못할 짓이겠지."

"네, 그건 알죠. 그래서 가미야 요시미가 배신하지 않은 게 이상하다는 건 아니에요. 다만 배신이라는 선택지도 있다는 겁니다. 멤버 모두가 성실히 약속을 지킨다는 보증은 없다는 얘기예요. 자신의 목적이 달성되면 냉큼 관계를 끊고 행방을 감춰버릴 수도 있잖아요. 다른 멤버들은 그런 걱정을 전혀 안 했을까요?"

노세는 팔짱을 끼고 끄응 신음했다.

"분명 아주 두터운 신뢰 관계가 있어야 비로소 이 범죄 계획이 성립되겠네. 그렇다면 배신하지 못할 어떤 시스템을 구축했는지도 모르겠다."

"배신하지 못할 시스템…… 그건 이를테면 어떤 것이죠?"

"배신했다가는 보복이 뒤따른다든가?"

닛타는 미간을 좁혔다. "조폭이나 폭주족 출신이라면 또 모르지만, 다들 일반인이에요."

"그러게. 그렇다면 역시 유대감인가? 그들은 사랑하는 가족을 앗아간 장본인에게 정당한 심판이 내려지지 않았다는 공통된 억울함이 있어. 그게 강한 유대감이 되어 하나로 똘똘 뭉쳤다. 그렇게 생각할 수밖에 없지 않을까?"

"유대감이라……."

정말로 그런 것뿐일까. 그것만으로 이런 엄청난 계획이 성립될 수 있을까.

"가미야 요시미가 두 번째와 세 번째 범행에 관여했다면 그녀는 해당 사건이 일어난 이틀 동안에는 알리바이가 없어야겠지요?"

"그건 그렇지. 하지만 닛타 씨, 지금 가미야 본인에게 그날의 알리바이를 추궁하는 건 좋지 않을 텐데?"

"물론입니다. 그랬다가는 공범 관계를 경찰에서 눈치챘다고 알려주는 셈이나 마찬가지죠."

"응, 알고 있다면 됐고. 실례했네." 노세는 납득했다는 듯 고개를 끄덕이고 다시 캔맥주를 입에 옮겼다.

닛타는, 마음도 여리고 허약해 보이는 가미야 요시미의 모습을 머릿속에 떠올렸다. 그런 여성이 칼을 움켜쥐고 큼직한 몸집의 남자에게 덤벼드는 모습은 역시 상상하기 어렵다. 범행에 관여했더라도 분명 실행범은 아닐 것이다.

다만 가미야 요시미의 복수심에 대해서라면 쉽게 짐작할 수 있었다. 지금까지의 수사에서 그녀가 식물인간 상태가 된 아들을 얼마나 헌신적으로 간호했는지는 명백히 밝혀졌다. 재택 근무를 계속하면서 24시간 아들 곁에서 몸 상태를 관리하고 배변과 영양 보급까지 손수 돌봤다고 한다. 같은 자세로 계속 누워 있으면 욕창이 생기기 때문에 이따금 이리저리 몸을 뒤집어줘야만 한다. 그런 작업 하나하나가 그녀 혼자 감당하기에는 너무도 힘들었을 것이다.

하지만 가미야 요시미를 아는 사람들은 그녀가 어떤 하소연도 늘어놓는 모습을 본 적이 없다고 이구동성으로 말했다. 오히려 아들을 돌보는 게 삶의 유일한 보람이라는 말까지 했다는 것이다. 열심히 간병을 하다 보면 언젠가는 분명 깨어나는 날이 온다고 믿고 있었다고 한다.

그러나 그 소원은 끝내 이뤄지지 않았다. 사건 후 1년여 만에 그녀의 아들은 폐렴 합병증으로 사망했다.

그때의 슬픔은 얼마나 큰 것이었을까.

가미야 요시미에게서 범인 소년에 대해 증오하는 말을 들은 사람은 현재까지는 찾지 못했다. 하지만 아무 감정도 없었을 리는 없다. 딴판으로 변해버린 아들을 돌보면서 범인에 대해 온갖 생각을 다 했으리라. 그걸 터뜨리지 않고 지냈던 것은 어찌 됐든 아들이 살아 있었기 때문이 아니었을까.

하지만 그 아들의 목숨마저 사라졌다. 그 일로 다시금 증오의 불길이 타올랐으리라는 것은 충분히 짐작할 수 있었다. 민사 소송을 하려고 했던 것도 그 일환이 아니었을까.

소송은 단념했지만 그 과정에서 범인의 신원을 알아냈다. 이름은 이리에 유토, 소년원에 송치되어 있었다.

그런 정도로 가미야 요시미는 만족했을까. 순순히 납득할 수 있었을까. 나라면 어땠을까. 닛타는 생각해보았다. 그 입장이 되지 않고서는 모르겠지만 모두 다 훌훌 털고 마음을 돌릴 수 있을 것이라는 생각은 들지 않았다. 그건 아마도 몇 년, 몇십 년이 지나도 달라지지 않을 것이다.

이리에가 소년원을 나와 아무렇지 않게 직장에 다닌다는 것을 알았을 때, 그녀는 과연 어떤 심정이었을까. 사랑하는 아들의 비극과 비교하며 이건 말이 안 된다고 분노에 휩싸이는 것도 당연한 일일 것이다.

그런 때에 로테이션 살인에 초대를 받았다면 어땠을까.

가미야 요시미에게는 분명 때맞춰 나타난 구조선 같은 계획이라는 건 분명하다. 젊고 힘이 센 이리에 유토를 살해한다는 건 그녀 혼자만의 힘으로는 도저히 감당하기 어려운 일이기 때문이다.

조금 전에 노세가 말했던 유대감이라는 단어를 새삼 되짚어보았다.

모두가 힘을 합쳐 나 대신 복수를 해주었으니 나도 힘닿는 대로 도와야 한다……. 가미야 요시미의 지금 심경은 그런 것일까.

가슴속에 생겨난 석연치 않은 느낌은 하이볼의 힘을 빌려도 사라지지 않았다.

8

스마트폰 알람이 요란하게 울리는 소리를 듣고 고장 난 거 아닌가, 라고 닛타는 생각했다. 잠자기 전에 맞춰둔 것은 틀림없지만 아직 시간이 그만큼 지났을 리 없다. 침대에 몸을 눕히고 눈을 감은 게 바로 방금 전인 것이다.

하지만 스마트폰 알람에는 설정한 그대로 시각이 표시되어 있었다. 오전 6시 30분. 눈 깜짝할 사이에 네 시간 넘게 흘러간 모양인데 잠을 잤다는 실감은 전혀 없었다.

샤워실에 가보니 모토미야가 막 나오는 참이었다. 러닝셔츠에 양복바지 차림이었다. 머리는 젖어 있고 목에는 수건을 둘렀다. 안녕히 주무셨습니까, 라고 닛타가 인사하자 그는 응응, 하고 대답했다.

"수면실 침대, 너무 딱딱해. 등짝이 결린다."

"저는 그런 걸 느낄 새도 없었습니다."

"뭐야, 아직 팔팔하게 젊다는 얘기를 하고 싶은 거야?"

"그럴 리가 있나요, 저도 이제 아저씨가 다 됐어요."

"흥, 하나도 안 그렇게 생각하면서, 얄미운 놈 같으니."

"왜 꼭두새벽부터 이렇게 신경질을 내실까."

그러자 모토미야는 한쪽 눈썹을 치켜들며 닛타를 보았다. "아직 메일 확인 안 했어?"

"메일요?"

"아즈사가 보낸 거 말이야. 자네한테도 와 있을걸."

"엇, 몰랐어요."

"진짜 짜증 나는 여자라니까." 툴툴거리면서 모토미야는 멀어져갔다.

샤워를 하고 이를 닦은 뒤 수면실로 돌아와 스마트폰을 확인했다. 역시 아즈사에게서 메일이 와 있었다. 다음과 같은 내용이었다.

'어젯밤 바에 있었던 손님들의 성명이 모두 밝혀졌습니다. 가미야 요시미와 모리모토 마사시 이외의 숙박객은 전원 오늘 체크아웃 예정입니다. 따라서 이번 사건과 관계없을 가능성이 높습니다. 우선 알려드립니다. 7팀 아즈사.'

메일 수신 시각이 새벽 2시 25분으로 찍혀 있었다. 아즈사와 7팀 형사들은 그 뒤에도 방범카메라 영상과 몰래 촬영한 동영상을 일일이 비교해 숙박객을 특정해나갔던 것이다. 모토미야가 부루퉁했던 이유를 알았다. 아즈사 경감이 빠른 일처리를 일부러 과시한다는 느낌이 들었을 것이다. 닛타 역시 그리 유쾌하지만은 않았다.

상의와 넥타이를 손에 들고 회의실로 갔다. 벌써 수사관 몇 명이 나와 컴퓨터와 서류를 들여다보고 있었다. 아침을 먹는 사람도 있었다. 책상 위에 놓인 종이 박스에 도시락이며 샌드위치 등을 준비해두었다. 누군가 사온 모양이다.

좋은 아침입니다, 라고 부하 세키네가 인사를 건넸다. 그새 벨보이 유니폼으로 갈아입고 있었다. "관리관에게서 전화 연락이 왔어요. 오전 9시쯤에 오신답니다. 도착하면 우선 보고를 받고 싶다고 하셨습니다."

"그래? 왜 자네한테 전화를 하셨지?"

"팀장들은 고단해서 아직 자고 있을 거라고 하시던데요. 특히 닛타 경감은 오늘 밤샘을 하게 될 테니까 아침까지 푹 자게 해주라고 하셨어요."

닛타는 얼굴을 찌푸렸다. 농담으로는 들리지 않았다.

"제발 그렇게 되지 않기를 기도할 수밖에 없네." 샌드위치와 우유를 박스에서 꺼내 들고 빈 의자에 자리를 잡았다.

"팀장님은 몇 시쯤에 프런트에 나가실 겁니까?" 세키네가 물었다.

"오전 중에는 안 나갈 거야. 체크아웃하는 손님은 사건과 무관할 테니까. 근데 점심때부터는 프런트에 서 있어야 할 것 같아. 체크인은 오후 2시부터지만 범인과 한 팀들이 일찌감치 도착해 레스토랑이나 로비에서 시간을 때울 가능성이 있어."

"그러면 저도 그때 나가면 될까요?"

"응, 그때쯤에도 괜찮은데 언제든지 나갈 수 있게 준비는 해 둬. 가미야 요시미나 모리모토 마사시가 벨 데스크에 뭔가 부탁할 수도 있어. 그렇게 되면 자네가 나설 차례야. 그 둘의 객실에 들어갈 기회는 웬만해서는 없을 테니까."

"알겠습니다."

"절대로 형사라는 거 들키면 안 돼. 게다가 자네 나이의 벨보이가 신입인 경우는 없어."

"그렇다면 저보다 젊은 친구한테 맡기셨어야죠."

"벨보이는 아무나 못 해. 교육할 시간도 없고. 투덜거리지 말고, 잘 좀 해줘."

스마트폰에 전화가 걸려왔다. 도미나가였다. 즉각 연결했다.

"가미야 요시미가 1층에 내려왔습니다. 레스토랑으로 가는 중이에요."

"자네는 지금 어디 있지?"

"로비예요. 레스토랑 안이 잘 보이는 자리입니다."

"감시하는 건 자네뿐이야?"

"우리 팀에서는 그렇습니다."

그 말투로 상황이 이해가 되었다. "7팀 친구들이 와 있어?"

"네, 남녀 수사관이 커플로 위장해 레스토랑으로 따라 들어갔어요."

아마도 어젯밤 바에 갔던 두 명의 수사관이리라. 또다시 몰래 촬영할 작정인 모양이다.

"알았어. 그 자리에서 기다려." 닛타는 일단 전화를 끊고 모
토미야에게 달려갔다. "가미야 요시미가 조식을 먹으러 내려
왔답니다. 1층 레스토랑이에요. 모리모토는 별다른 움직임이
없습니까?"

"아직은 없어. 하지만 룸서비스를 주문한 것도 아니니까 이
제 곧 조식을…… 아니, 잠깐만." 전화가 왔는지 이번에는 모토
미야가 스마트폰을 귀에 댔다. "모토미야다, 무슨 일이지?
……4층이라고? ……알았어, 누구든 따라붙도록 해. ……뭐
야? ……이런 바보, 아무거나 먹고 싶은 거 먹으라고 해." 전화
를 끊고 닛타를 보았다. "모리모토가 방을 나왔어. 4층 일식당
에 들어갔대."

"4층? 왜 오늘 아침은 따로따로일까요?"

그러는데 다시 닛타의 스마트폰이 울렸다. 역시 도미나가
였다.

"7팀 수사관 한 명이 레스토랑을 나왔습니다. 남자 형사 쪽
이에요. 뭔가 허둥거리는 기색입니다."

알았어, 라고 말하고 닛타는 전화를 끊었다. 아마 아즈사에
게서 지시가 내려와 한 명은 급히 4층 일식당으로 향한 것이
리라. 모리모토를 몰래 촬영하기 위해서인 게 틀림없다.

"이 호텔에 왔다는 것은 어젯밤에 바에서 서로 확인했으니
까 오늘 아침은 굳이 같은 식당에 갈 필요가 없었던 거 아닌

가?" 모토미야가 말했지만 그리 자신 있는 기색은 아니었다.

닛타는 넥타이와 상의를 집어들었다. "혹시 모르니까 가미야 요시미 쪽의 상황을 살펴보고 오겠습니다."

로비로 올라가자 기둥 옆에 도미나가가 서 있었다. 오픈 스페이스의 레스토랑을 지그시 지켜보는 중이다. 닛타는 걸음걸이를 바꾸지 않고 도미나가 옆까지 다가가 발을 멈췄다. "어떤 거 같아?" 도미나가의 얼굴은 쳐다보지 않고 주위를 둘러보는 척하면서 물었다.

"가미야는 안쪽 테이블에서 모닝 세트를 먹고 있어요."

"계속 혼자였어?"

"네."

"전화를 한다거나 어디선가 걸려오는 기척은?"

"여기서 지켜본 한에서는 없었어요. 다만 테이블에 올려둔 스마트폰은 이따금 만지작거리고 있습니다."

"7팀 수사관은?"

"가미야의 두 자리 옆 테이블에 있는 여자예요."

몰래 촬영하기에 가장 좋은 자리를 잡은 모양이다.

"알았어. 자네는 이제 교대하고 경비실에 가서 방범카메라를 감시하도록 해. 용의자들의 위치와 움직임을 확인하고 뭔가 변화가 생기면 그때마다 즉시 연락해줘."

"네, 알겠습니다."

도미나가가 스마트폰으로 교대할 동료와 연락하는 것을 곁

눈으로 보면서 닛타는 레스토랑 안을 확인했다. 분명 이 위치에서라면 안쪽에 자리 잡은 가미야 요시미의 모습이 잘 보인다. 그녀는 식사를 하면서 빈번하게 여기저기로 시선을 내달리고 있었다. 누군가를 찾고 있는 것 같기도 했다.

두 자리 옆 테이블에 앉아 있는 여자는 역시 어젯밤 바에서도 몰래 촬영을 했던 7팀 수사관이었다. 커피 잔 옆에는 검은색의 작은 물건이 있었다. 거리가 멀어서 정확히 뭔지는 알 수 없지만 아마도 스파이 카메라일 것이다. 다른 손님은 물론이고 진짜 호텔 스태프에게 자칫 들키기라도 하면 그야말로 큰일이다.

저절로 한숨을 내쉬면서 무심코 로비 안으로 시선을 옮기다가 흠칫했다. 어느새 아즈사가 와 있었다. 소파에 앉아 태블릿을 들여다보는 중이다. 놀란 것은 그 차림새였다. 호텔 유니폼을 입고 있었다.

닛타는 빠른 걸음으로 그녀의 대각선 뒤쪽으로 다가갔다. 예상대로 태블릿에는 두 개의 동영상이 떠 있었다. 한쪽은 가미야 요시미, 또 한쪽은 모리모토 마사시가 리얼 타임으로 찍히고 있었다. 양쪽을 비교하며 서로 연락하는 기척이 보이는지 확인하는 게 틀림없다.

아즈사의 등 뒤에 바짝 붙어 귀에 대고 작은 소리로 "고객님"이라고 말을 건넸다.

아즈사는 흠칫 고개를 돌리더니 눈을 치켜떴다. 그 얼굴을 향해 닛타는 말을 이어갔다.

"그 옷은 어디서 조달하셨습니까. 저희 호텔 유니폼과 매우 비슷합니다만."

아즈사는 불쾌한 듯 미간에 주름을 잡았다. "호텔 직원으로 안 보인다는 건가요?"

"호텔 직원? 말도 안 돼." 닛타는 몸을 크게 젖힌 뒤, 진지한 표정으로 돌아와 다시 얼굴을 가까이 댔다. "세상 어디에 로비 소파에 버티고 앉아 태블릿이나 들여다보는 호텔 스태프가 있습니까. 게다가 근무 중에. 코스프레를 하고 싶다면 당장 일어나세요."

아즈사는 닛타의 얼굴을 노려보며 자리에서 일어섰다. "이제 만족하세요?"

"잠깐 이쪽으로 오시죠."

"어디 가는데요? 나는 여기서……."

"글쎄 됐으니까 따라와요!"

닛타는 빠른 걸음으로 로비를 지나 스태프 전용 출입문을 열었다. 아즈사가 못마땅한 얼굴로 그 문을 넘어서자 닛타는 뒤따라 복도로 나섰다. 벽 쪽으로 호텔 비품이 차곡차곡 쌓여 있었다.

닛타는 정면으로 아즈사를 노려보았다.

"다시 한번 묻겠습니다. 그 유니폼은 어떻게 된 겁니까?"

"당연한 걸 왜 묻죠? 닛타 경감과 똑같이 잠입 수사용으로 호텔에서 지급해줬어요."

"그건 이상하죠. 7팀에서 잠입 수사에 동원된 건 여성 수사관 한 명뿐일 텐데요."

"맞아요. 하지만 그 친구는 따로 중요한 임무가 생겨서 유니폼은 내가 대신 입기로 했어요. 다행히 사이즈도 딱 맞던데요."

"중요한 임무라는 건?"

"손님으로 위장해 가미야 요시미를 감시하는 일입니다."

레스토랑에서 몰래 촬영을 하고 있는 여성 수사관 얘기인 모양이다.

"아즈사 경감은 호텔 측의 교육에 참가하지 않았잖아요."

"교육?"

"어젯밤 연회장에서 실제 스태프가 해준 교육 말입니다. 말투와 행동거지, 고객을 대할 때의 중요한 점 등을 배우는 시간이었어요."

"아, 그거요? 대략적인 건 우리 팀 형사한테서 들었어요. 한마디로 기품 있게 행동하라는 거잖아요. 괜찮습니다, 그 정도는 교육받지 않아도 할 수 있어요, 성인이니까요."

"호텔 업무를 허투루 생각하면 안 되죠. 고객들은 다 지켜봅니다. 아즈사 경감 한 사람 때문에 호텔에 대한 평판이 별 다섯 개에서 별 한 개로 떨어지면 어떻게 책임질 겁니까?"

"또 선배 행세를 하시려고요, 닛타 경감? 그렇게 호텔 업무가 중요하다면 이참에 직업을 바꾸시는 게 좋겠네요."

"수사를 위해서 하는 말입니다. 잘 들어요, 수사관이 호텔 스태프로 위장한 것을 눈치채면 범인들은 틀림없이 계획을 수정할 겁니다. 하지만 단념하는 게 아니라 뒤로 미룰 뿐이겠죠. 그럴 경우, 그다음 움직임을 알아낼 수 있다는 보증이 없어요."

"그런 건 굳이 말씀하시지 않아도 잘 알아요. 걱정 마세요, 차림새는 이렇지만 일반 고객에게는 절대로 접근하지 않을 거니까. 수상쩍은 손님이 있을 때만 되도록 가까이에서 감시하려는 것뿐이에요."

닛타는 '손님이 아니라 고객님'이라는 말이 머릿속에 떠올랐지만 차마 입밖에 내지는 못했다.

"하실 말씀은 이상입니까? 그러시다면 저는 다시 일하러 가봐야겠네요. 관리관도 곧 오신다고 하고, 보고 준비를 해야 하거든요."

또 한 가지, 라고 말하고 닛타는 검지를 번쩍 들었다. "몰래 촬영은 앞으로도 계속할 작정입니까?"

"물론이에요." 아즈사는 주저하는 기색 따위, 털끝만큼도 보이지 않았다. "가장 효과적인 정보 입수 수단이잖아요. 호텔 측이 설치한 방범카메라만으로는 세세한 움직임을 체크할 수 없고 사각지대도 많아요. 메일로도 보내드렸지만, 어젯밤에 바에 있었던 손님 전원의 신원을 확인한 것도 우리 팀 형사들이 촬영한 동영상 덕분이었어요."

"그럴지도 모르지만 몰래 촬영은 명백한 위법이에요. 호텔 측에 무단으로 방범카메라를, 게다가 교묘히 숨겨서 설치하는 것도 마찬가지입니다."

"그렇다면 닛타 씨가 호텔 측과 협상해주시든가요."

"소용없어요. 허락해줄 리 없습니다."

"어째서요?"

"만일 고객에게 알려졌다가는 문제가 커지기 때문이죠. 몰래 촬영하는 호텔이라고 SNS에 퍼지기라도 하면 그 즉시 평판이 땅에 떨어져요."

"호텔 측은 알지 못했던 일로 하면 되잖아요."

"그걸 고객들이 믿어준다는 보증도 없고, 아시다시피 SNS에서 정보가 확산될 때는 반드시 허위 과장이 따라붙어요. 그게 어떤 것이든 호텔 측에 좋을 게 하나도 없습니다. 꼭 협상이 필요하다면 총지배인과 담판을 벌여도 좋겠죠. 근데 방금 말했던 이유로 총지배인은 결코 허락하지 않을 겁니다. 허락은 커녕 레스토랑이나 바의 스태프들에게 수상쩍은 행동을 취하는 자가 있다면 그게 설령 경찰이라도 주의를 줘서 못 하게 하라고 지시할 게 틀림없습니다. 자칫하면 앞으로 일절 협력을 거부할 수도 있어요."

아즈사는 입을 꾹 다물었다. 하지만 납득한 게 아니라는 것은 반격의 기미가 짙게 느껴지는 그 눈빛만 봐도 알 수 있었다.

"그렇게 알고, 이해해주시죠."

아즈사는 코끝을 쓱 올렸다. 그러더니 "생각해볼게요"라는 말을 던지고 로비로 돌아갔다.

9

세키네가 전했던 대로 관리관 이나가키는 오전 9시 정각에 나타났다. 사무동 회의실에서 수사 보고가 진행되었다. 하지만 두드러진 성과라고는 아무것도 없었다. 굳이 말하자면 가미야 요시미와 모리모토 마사시의 행동 확인이었지만, 어젯밤에 바에 갔던 것 이외에는 양쪽 다 눈에 띌 만한 움직임이 없었다.

"바에서 두 사람 어땠어?" 이나가키가 물었다. 목소리가 부루퉁하게 들리는 것은 수사에 진전이 없었기 때문일 것이다.

"그건 제가 보고드리겠습니다." 아즈사가 손을 들었다. "저희 팀 두 명을 바 안에 잠입시켜 가미야 요시미와 모리모토 마사시의 일거수일투족을 촬영했습니다. 나중에 분석해봤지만 둘이서 스마트폰 등으로 뭔가 연락을 주고받았다고 판단되지는 않습니다. 그리고 조금 전 두 사람이 조식을 위해 방을 나왔으나 각각 다른 식당으로 갔습니다. 두 군데 식당에 저희 팀 형사를 보내 어젯밤과 똑같이 동향을 촬영했습니다. 아직 분석은 못했지만, 제가 본 바로는 스마트폰을 터치하는 타이밍이 서로 맞지 않아서 역시 접촉은 없었던 것으로 보입니다. 제 보고는 이상입니다."

"두 사람이 바에 갔던 목적은 뭘까?" 이나가키가 닛타 쪽으로 얼굴을 향했다.

"솔직히 잘 모르겠습니다. 공범이 와 있는지 확인한 게 아닌가 싶기는 한데……."

"공범의 존재 확인이라……."

아즈사가 네, 라고 다시 손을 들었다.

"바에 있었던 다른 손님들의 신원은 판명되었습니다. 전원이 오늘 체크아웃 예정입니다."

"즉 그 바에는 두 사람 이외의 다른 공범은 없었다는 얘기로군."

"그렇습니다."

이나가키는 몇 번 고개를 끄덕이더니 회의실 안을 둘러보았다. "그밖에 보고할 일이 있나?"

발언하는 사람은 없었다.

"알았어. 그러면 나도 보고하도록 하지. 세 건의 살인에 사용된 흉기에 대한 분석 결과가 나왔다. 동일한 숫돌에 갈았을 가능성이 지극히 높다는 것이다. 즉 단독범인지 어떤지는 알 수 없지만 이건 틀림없는 연쇄살인이다. 그리고 네 번째 사건이 바로 이 호텔에서 일어나려 하고 있다. 그 점을 특히 명심하고 전원이 자신의 담당 구역에서 최선을 다해주기 바란다. 승부는 내일 아침까지다. 힘든 수사지만 긴장감을 갖고 임하도록 한다."

네, 라고 일제히 대답하는 소리가 회의실 안을 울렸다.

닛타는 아즈사와 모토미야가 나가는 것을 지켜본 뒤에 이나가키에게 말했다.

"잠깐 말씀드릴 게 있습니다."

"무슨 일이지?"

"아즈사 경감이 일하는 방식, 저는 찬성할 수 없습니다."

"몰래 촬영한 것 말인가?"

"네. 호텔 측에 알려졌다가는 곤란해집니다."

"아즈사 경감은 영리한 친구야. 들키지 않게 잘할 거야."

"본인은 그렇더라도 밑에 있는 수사관이 자칫 실수하면 큰일이잖습니까. 실제로 카메라를 다루는 건 그 사람들인데요."

"혹시라도 호텔 측에 들킨다면 일부 수사관이 임의로 한 일이라고 하면 돼."

"그런 말을 후지키 총지배인이 받아들일 리 없습니다. 앞으로 일절 수사에 협력하지 않겠다고 나오면 정말 난처해져요."

"이 호텔에서 사건이 터지면 난처해지는 건 후지키 씨도 마찬가지야. 협력하지 않겠다느니 하는 얘기는 못 할걸? 예전 사건 때도 그랬잖아. 이러니저러니 해도 의지할 곳은 경찰밖에 없다는 거, 그쪽도 잘 알아. 능구렁이야, 그 사람."

"호텔 고객이 몰래 촬영을 알아챌 위험성도 큽니다. 그 자리에서 따지고 들기라도 하면 범인들이 경찰의 개입을 알게 될 우려가 있어요."

"그럴 때는 자네들 잠입 수사관이 나서줘야지. 그런 고객은 즉각 격리해서 사정을 설명하고 입을 막도록 해. 이름과 연락처를 알아두면 수사를 방해하는 일은 없을 거야."

"우선 당장 수사를 방해하지는 않겠지만 사건이 해결된 뒤에라도 전말을 인터넷에 올리면 위법 수사라는 비난이 쏟아집니다."

"자네도 알겠지만 몰래 촬영을 금지하는 법률은 없어. 기껏해야 조례가 있을 뿐이지. 게다가 겉으로 드러나지 않으면 문제될 일도 없어. 그냥 무시하면 돼. 항상 그래 왔잖아."

"그래도……."

호텔 측에 민폐를 끼치게 된다, 라는 말을 하려다가 입을 다물었다. 자네는 누구 편에서 일하는 거냐고 나무랄 게 틀림없다.

"왜, 아직도 할 말이 있나?"

"아뇨, 아무것도 아닙니다. 이만 실례합니다." 경례를 하고 닛타는 그 자리를 나왔다.

도미나가에게 연락을 취했다. 용의자 감시가 우선이라서 그는 회의에 참석하지 않아도 된다고 미리 지시했다.

현재 상황을 물어보자 "저도 지금 팀장님께 연락하려던 참입니다"라고 말했다. "가미야는 조식 레스토랑을 나와 일단 방으로 올라갔습니다. 제가 경비실에서 모니터를 지켜봤는데 방금 전에 다시 방을 나와 이번에는 1층 티 라운지로 갔습니다.

니시자키가 로비에서 감시 중인데 현재로서는 딱히 눈에 띄는 움직임은 없다고 합니다."

니시자키도 닛타 휘하의 형사로, 가장 나이 어린 신입 형사다.

알겠다고 말하고 전화를 끊은 뒤 닛타는 넥타이를 단정하게 가다듬었다.

로비로 가자 니시자키가 티 라운지 옆의 기둥에 붙어 서서 스마트폰을 들여다보고 있었다. 정확하게는 들여다보는 척하고 있다고 해야 할까. 마운틴 파카에 면바지 차림이라서 대학생이라고 해도 충분히 통할 것 같았다.

닛타는 니시자키에게 슬쩍 눈짓만 보내고 한참 거리를 둔 채 티 라운지 쪽을 살펴보았다. 레스토랑과 마찬가지로 이쪽도 오픈 스페이스라서 밖에서 안을 볼 수 있었다.

가미야는 입구 근처에 앉아 있었다. 테이블에는 찻잔과 스마트폰이 나란히 놓였다. 하지만 스마트폰을 집어 드는 일 없이 자꾸 로비 쪽에 신경을 쓰는 몸짓을 보였다.

닛타는 로비로 시선을 옮겼다. 널찍한 공간에 다양한 사람들이 와 있었다. 그 속에는 손님으로 위장한 수사관도 섞여 있다. 조금 전까지 레스토랑에서 가미야를 몰래 촬영했던 7팀의 여성 수사관은 새침한 표정으로 소파에 앉아 있었다. 무릎에 얹은 가방에 스파이 카메라를 달아두었는지도 모른다.

스마트폰에 착신음이 떴다. 모토미야에게서 온 것이었다.

"닛타예요. 무슨 일이십니까."

"모리모토 마사시가 방을 나와 엘리베이터를 탔어. 아무래도 1층으로 내려갈 모양이야."

"알겠습니다. 확인하겠습니다." 닛타는 스마트폰을 귀에 댄 채 엘리베이터 홀이 보이는 위치로 이동했다.

이윽고 엘리베이터 홀에 양복 차림의 모리모토 마사시가 나타났다. 안에 와이셔츠를 입었지만 넥타이는 매지 않았다. 어딘가 외출하려는 건 아닌 것 같다. 하지만 비즈니스 백팩을 손에 들고 있었다.

모리모토는 멈춰 서서 잠시 로비를 둘러본 뒤 천천히 걸음을 옮겼다. 이윽고 자리를 잡은 곳은 한쪽 구석의 소파였다. 배낭에서 노트북을 꺼내 테이블에 올렸다. 하지만 모니터를 열었을 뿐, 작업을 시작할 기미는 없었다. 그의 눈은 프런트와 정면 현관을 향하고 있었다.

닛타는 가미야 요시미 쪽을 살펴보았다. 그런데 그녀는 모리모토 쪽에 신경을 쓰는 낌새가 없었다.

잠시 두 사람의 동향을 관찰한 뒤, 닛타는 사무동으로 향했다.

회의실에 돌아가 이나가키에게 상황을 보고했다.

"어떻게 된 거지? 대체 그 두 사람, 뭘 하고 있는 거야." 이나가키가 고개를 갸웃거렸다.

"표적을 찾고 있는 게 아닌가 싶습니다."

"표적? 즉 그자들이 살해하려는 상대 말인가?"

네, 라고 닛타는 고개를 끄덕였다.

"가미야도 모리모토도 스마트폰이나 노트북을 쓰는 척할 뿐, 시선은 빈번하게 주위를 둘러보고 있었어요. 누군가를 찾는다고 볼 수밖에 없는 행동이죠. 어젯밤에 두 사람이 바에 갔던 것도 그런 목적 때문이 아니겠습니까. 표적이 어제부터 이 호텔에서 숙박한다는 것을 알고 그걸 파악하려는 것으로 보입니다."

"그래, 그럴 가능성이 있겠군. ……이봐, 모토미야." 이나가키가 부하 형사와 얘기 중인 모토미야를 불렀다. "숙박객의 신원 확인은 어떻게 됐지?"

모토미야가 파일을 들고 다가왔다.

"호텔 예약자 이름으로 운전면허증 데이터베이스를 조회하는 건 동성동명이 유독 많은 경우를 제외하고는 거의 끝났습니다. 운전면허증과 일치한 자들 중에는 아직 중범죄 전과자는 없었어요. 다만 이건 어디까지나 예약자만 조회해본 거라서 동행한 사람의 신원은 알 수 없습니다. 여러 명이 숙박을 예약한 경우가 오늘 밤은 200팀이 넘어요."

"200팀?" 이나가키의 얼굴이 일그러졌다. "운전면허증이 특정되지 않은 건 몇 명이나 되지?"

"78명입니다. 좀 더 자세히 말하자면, 그 반절 이상이 동행 숙박입니다."

"그렇게나 많아?"

"오늘이 크리스마스이브니까 커플이나 가족끼리 오는 경우가 유독 많죠."

이나가키가 답답하다는 듯 손바닥으로 뺨을 짚었다.

"그러면 신원이 아직 확인되지 않은 사람이 총 몇 명이야?"

"대략 350명 정도예요." 닛타가 암산한 결과를 알려주었다.

이나가키는 짚었던 손을 내리며 고개를 떨궜다. "이것 참, 어떻게 해볼 방법이 없군. 헛웃음만 난다."

"통신사 쪽의 정보 제공은 아직 도착하지 않았습니까?"

"서둘러 달라고 얘기는 했는데, 방금 보고를 들어보니 그쪽에만 기댈 수는 없겠어. 숙박객의 신원을 알아낼 뭔가 다른 방법이 있으면 좋겠는데……."

그때 닛타의 스마트폰에 착신음이 떴다. 확인해보니 후지키 총지배인에게서 온 것이었다. 잠깐 실례합니다, 라고 이나가키에게 양해를 구하고 전화를 받았다.

"닛타입니다. 무슨 일이십니까?"

"아니, 별일은 아니고, 잠깐 얘기할 게 있어요. 지금 이쪽으로 와주실 수 있을까요?"

"이쪽이라면, 총지배인실 말씀이십니까?"

"그렇죠."

"알겠습니다. 지금 바로 가겠습니다."

전화를 끊고 이나가키에게 사정을 얘기했다.

"후지키 씨가? 무슨 일이지?"

"주의를 주려는 게 아닌지 모르겠네요. 손님인 척 계속 로비에 앉아 있는 수사관들의 눈초리가 너무 험상궂다든가."

"그런 얘기라면 우선 사과부터 해. 그쪽은 일단 주의를 주려는 것뿐이니까. 그런 얘기를 말없이 들어주는 것도 자네 같은 관리직의 업무 중 하나야."

중간 관리직의 업무겠죠, 라고 마음속으로 중얼거리며 닛타는 알겠습니다, 라고 대답했다.

사무동을 나와 호텔 쪽의 직원 전용 복도를 통해 총지배인실로 갔다. 문 앞에서 두 번 노크했다. "들어오세요"라는 목소리가 들렸다.

닛타는 문을 열자마자 실례합니다, 하고 머리부터 숙였다. 안쪽 책상에 총지배인이 앉았고 그 앞에 누군가 서 있었지만 뒷모습뿐이라서 누군지는 알 수 없었다. 우선 문부터 닫고 안으로 향했다.

등을 내보인 사람은 단발머리에 정장 차림의 여성이었다. 책상 너머에 앉아 있던 후지키가 미소를 지으며 자리에서 일어섰다.

"바쁠 텐데 여기까지 오시라고 해서 미안하군요. 하지만 기다리던 인물이 드디어 도착했어요. 한시바삐 알려주려고 마음이 급해서……."

의미심장한 그 말에 닛타는 당혹스러웠다. 무슨 일이냐고

매스커레이드 게임

되물으려 했을 때, 여자가 얼굴을 이쪽으로 돌렸다. 그 표정에도 환한 미소가 있었다.

닛타는 순간적으로 혼란에 빠져 할 말을 잃었다. 몇 번이나 눈을 깜빡거린 끝에 저도 모르게 "어, 어떻게 여기에?"라고 중얼거렸다.

"유령이라도 본 듯한 표정이시네요, 닛타 씨." 그녀가 재미있다는 듯이 말했다. "아니면 제가 누군지 까맣게 잊어버리셨나요?"

"만일 그렇다면 내가 다시 소개해드릴까?" 후지키가 입가를 풀고 빙그레 웃으며 말했다.

"아뇨, 물론 기억하죠." 닛타는 심호흡을 한차례 한 뒤에 그녀에게 다가가며 말했다. "어떻게 여기에?"

"실은 내가 불렀어요." 후지키가 진지한 눈빛으로 말했다. "그녀의 능력이 꼭 필요한 때라고 생각했으니까요."

닛타는 그녀, 야마기시 나오미의 얼굴을 멍하니 바라보았다. 길쭉한 눈에 승부욕 강한 빛이 서린 것은 몇 년 전에 만났을 때와 다름이 없었다. 하지만 우아한 미소를 머금은 표정에는 한층 기품이 더해졌다. 나이와 함께 경험도 쌓인 것이리라.

"잘 오셨습니다!" 닛타는 웬지 그런 말이 저절로 입 밖으로 튀어 나왔다.

10

난 볼일이 좀 있어서, 하고 후지키는 방을 나갔다. 아마 눈치 껏 빠져준 것이리라. 어렵게 자리를 마련해준 마음을 감사히 받기로 했다. 응접용 소파에서 닛타는 야마기시 나오미와 마주 앉았다.

"공항에서 곧장 여기로 온 거예요?" 벽 쪽에 캐리어가 있는 것을 보고 닛타가 물었다.

네, 라고 야마기시 나오미는 쾌활하게 대답했다.

"총지배인이 연락하신 게 정말 한밤중이었어요. 제 도움이 필요하다면서 즉시 돌아와라, 그쪽 관계자들에게는 내가 설명하겠다고 하시더군요. 자세한 사정은 메일을 보낼 테니 비행기 안에서 읽어보면 된다면서요."

"그래서 곧장 공항으로?"

"네, 뭐가 뭔지는 모르지만 굉장히 급한 일이구나 싶어서 그야말로 허둥지둥 준비를 했죠. 코르테시아 로스앤젤레스 호텔의 직원용 숙소에서 공항까지 약 10분 거리거든요. 결국 새벽 4시에 나리타행 비행기를 탔어요."

로스앤젤레스와의 시차가 17시간이니까 야마기시 나오미는 이쪽 시간으로는 어젯밤 9시에 출발한 셈이다. 닛타는 예전에 로스앤젤레스에 살았던 적이 있어서 비행시간이 약 11시간이라는 건 알고 있었다. 오늘 오전 8시경에 나리타에 도착했을 테니까 입국 수속을 끝내자마자 이쪽으로 달려온 모양이다.

"아, 맞다." 야마기시 나오미가 퍼뜩 생각난 듯 손목시계를 풀었다. 시계바늘을 돌리고 있었다. 시차를 수정하는 것이다.

"손목시계가 바뀌었는데요?" 닛타가 말했다. "전에는 할머님의 유품 시계를 찼는데."

"그걸 아직도 기억하시네요. 네, 그랬죠. 근데 결국 고장이 나서 로스앤젤레스에서 새 시계를 샀어요. 역시 정확한 게 좋더라고요. 덕분에 탑승 시각 직전까지 커피를 마실 수 있었어요."

"힘들었겠네요. 피곤하지 않아요?"

"전혀 피곤하지 않다면 거짓말이겠지만, 지금 그런 걸 따질 때가 아니잖아요." 야마기시 나오미의 입가에서는 미소가 사라지지 않았지만, 그 눈빛은 긴급 사태를 충분히 이해했다는 것을 보여주고 있었다.

"그래서 자세한 사정은 메일을 확인하고 알았어요?"

"네, 그렇죠. 솔직히 머리가 핑 도는 느낌이었어요. 또다시 살인 사건에 휘말리다니."

"두 번 벌어진 일은 세 번째도 있다고 하던가요? 뭐, 그나마 이 호텔이라서 다행이라고 생각하기로 했어요. 경찰과 공조하는 데는 익숙해졌을 테니까."

"그건 아니죠. 호텔은 직원이 들고나는 게 심한 곳이에요. 예전 사건을 경험했던 직원이 과연 몇 명이나 있을지 모르겠네요. 그래서 총지배인이 저를 부르셨을 거예요. 닛타 씨가 말한 대로 경찰과의 공조 담당으로."

"정말 감사한 일이죠. 아닌 게 아니라 대부분의 스태프가 낯선 얼굴이었어요. 매니저도 예전 사건은 모른다면서 불안해하는 기색이던데요. 그러니 저도 누구를 의지해야 할지, 당황스럽던 참입니다."

"제가 도움이 될지 모르겠네요."

"나오미 씨가 있고 없고는 큰 차이가 있죠. 잘 부탁드립니다." 닛타는 새삼 머리를 숙였다.

"그래서 이번에는 어떤 상황이에요? 일반인에게 밝혀도 되는 범위 안에서라도 알려주시면 좋겠어요."

"어디까지 알고 있어요?"

"제가 듣기로는 원한을 품은 사람들이 서로 협력해 당사자 이외의 사람이 대신 복수해주고 있다던데요. 지금까지 일어난 사건의 피해자 세 명이 모두 과거에 사람을 죽게 한 전력이 있었고, 그 사망한 사람의 유족은 사건 당일에 확실한 알리바이가 있다, 그리고 그 세 명의 유족이 오늘 밤 이 호텔에 숙박할 예정이다……."

닛타는 눈이 둥그레졌다. "여전히 대단하시네."

"뭐가요?"

"복잡한 내용을 이해하고 간략하게 설명해내는 능력 말이에요. 코르테시아 로스앤젤레스 호텔에서 일부러 호출해올 만합니다."

야마기시 나오미는 턱을 당기며 살펴보는 듯한 눈빛을 던졌다.

"닛타 씨, 그거 진심이에요? 놀리는 거 아니고?"

"물론 진심이죠. 저는 도저히 그렇게는 못 해요. 현재 상황을 거의 모자라거나 넘치는 것 없이 설명했다고 해도 과언이 아니에요. 조금 더 덧붙인다면 그 상황에서 우리 수사진이 어떻게 대응하느냐는 것이겠죠."

"네, 정말 궁금한 점이에요."

"밝혀야 할 포인트는 두 가지입니다." 닛타는 오른손 검지와 중지를 들었다. "첫 번째는 누구의 목숨을 노리는가 하는 점이에요. 분명 오늘 밤 이 호텔의 숙박객일 텐데, 과거에 사람을 죽게 한 전과자라는 것 말고는 현재까지 단서가 전혀 없어요. 그런 인물은 평소에 가명을 쓰는 경우가 많아서 특정하는 데 애를 먹고 있습니다."

"그렇겠네요. 두 번째 포인트는?"

"그들이 협력하게 된 계기는 무엇인가, 어디서 서로 알게 됐는가 하는 점입니다. 물리적인 인간관계에 관해서는 이미 철저히 조사했지만 현재로서는 연결점이 하나도 발견되지 않았어요. 그렇다면 분명 인터넷 쪽일 것으로 판단하고 관련 사이트와 SNS 등을 조사 중입니다."

야마기시 나오미는 미간을 좁히며 고개를 끄덕였다.

"이미 아시겠지만 미국에서도 거의 대부분의 범죄에 인터넷이 얽혀 있더라고요. 수사 당국이 온갖 방법을 동원해 단속해도 금세 그걸 뛰어넘는 고도의 기술이 등장하는 바람에 서로가 다람쥐 쳇바퀴 돌듯이 끝없이 대치하는 상황이라고 들었어요."

"그런 안 좋은 기술이 국내에도 흘러들었고 그걸 악용하는 자들이 너무 많은데 유감스럽게도 우리 경찰은 그에 대항할 만한 능력이 한참 모자라요. 고민스러운 문제죠. 그렇다고 고민만 해서는 아무것도 안 되고, 최대한 감시하려는 노력은 하고 있어요."

"그렇군요. 저야 열심히 해주십사는 응원밖에 못 하지만, 일단 중요한 두 가지 포인트는 충분히 알겠네요."

"아뇨, 나오미 씨, 두 번째 얘기는 아직 끝난 게 아니에요. 유족들이 어디서 서로 알게 됐는지를 밝혀내는 것과 동시에 분명하게 파악해야 할 게 또 있거든요. 바로 유족 멤버가 몇 명이나 되느냐는 점입니다. 세 명의 유족이 복수에 성공한 셈이니까 그 멤버는 최소한 네 명이라는 얘기예요. 이번에 표적이 된 인물에게 사랑하는 가족의 목숨을 빼앗긴 유족입니다. 단그 인물은 오늘 이 호텔에는 나타나지 않을 겁니다."

"그렇겠네요, 알리바이를 만들어둘 필요가 있으니까요."

"게다가 멤버가 이번 유족을 포함해 반드시 네 명이라고 단정할 수 없다는 게 큰 문제예요. 다섯 명이나 여섯 명, 어쩌면 더 많을 수도 있습니다. 즉 이름이 판명된 세 명 외에도 숙박객 중에 또 다른 멤버가 있을 가능성이 높아요."

야마기시 나오미는 심각한 표정으로 시선을 떨구었다. "세 명 말고도 또⋯⋯."

"그건 후지키 씨에게도 얘기했습니다."

"메일에 그런 내용은 없었어요. 그렇군요, 제가 상상했던 것보다 상황이 훨씬 더 복잡한 것 같네요. 실은 메일을 봤을 때는 과거 사건보다 대책을 강구하기 쉬울 거라고 생각했어요. 용의자 세 명이 밝혀졌으니 어쨌든 그 사람들의 동향만 감시하면 되겠구나, 살해 대상이 누군지 아직 모르더라도 충분히 대처할 수 있겠다, 생각했는데⋯⋯."

"후지키 씨도 처음에는 그렇게 알고 계셨어요. 하지만 그 정도로 끝날 일이라면 제가 이 옷까지 차려입고 나서지는 않았겠지요." 닛타는 상의 옷자락을 잡으며 말했다.

"정말 그러네요. 여전히 너무 잘 어울리시지만."

또다시 똑같은 말을 들었지만 닛타는 그냥 흘려듣기로 했다.

"공모한 것으로 보이는 세 사람의 이름은 파악하셨지요?"

"네, 하지만 아직 자세한 것까지는 알지 못해요."

닛타는 수첩에 세 명의 이름을 적고 그 페이지를 뜯어 야마기시 나오미에게 건네주었다. 나아가 그 세 명이 과거에 어떤 사건으로 사랑하는 가족을 잃었는지 간단히 설명했다. 가엾은 마음이 들었는지 야마기시 나오미의 얼굴에 고심하는 기색이 번져갔다.

"가미야 요시미와 모리모토 마사시, 이 두 명에 대해서는 어제부터 감시 중이에요. 현재까지 눈에 띌 만한 움직임은 없었습니다. 표적이 된 인물이 아직 호텔에 도착하지 않았기 때문인 것으로 판단하고 있어요. 일단 마에지마 다카아키가 나타나야 그때부터 활동을 시작하겠죠."

"그리고 어쩌면 다른 공범들도 나타날지 모른다는 거네요."

"맞습니다."

야마기시 나오미는 두통을 막으려는 듯이 오른손 손끝으로 관자놀이를 지그시 누르고 닛타를 보며 고개를 끄덕였다.

"상황은 잘 알았습니다. 체크인 타임인 오후 2시까지 아직 시간이 좀 남았지만 저도 곧바로 준비할게요. 현재 스태프들과 인사도 하고 변경된 시스템을 알아둘 필요가 있으니까요."

야마기시 나오미가 자리에서 일어났기 때문에 닛타도 따라 일어섰다. 다시 한번 잘 부탁드린다고 말하고 깊숙이 머리를 숙였다.

그녀는 놀란 듯 눈이 둥그레지더니 이내 빙긋이 웃으면서 "저야말로 잘 부탁드립니다"라고 공손히 마주 인사를 건넸다. 세련된 진짜 호텔리어의 풍모였다.

11

나오미는 사무동에서 유니폼으로 갈아입고 구가에게 인사를 하러 갔다. 구가는 환하게 웃으며 일어나 악수를 청했다.

"잘 왔어. 덕분에 살았네."

"제가 도움이 될지 어떨지 조심스럽지만, 몇 번 안 되는 경험이나마 살릴 수 있었으면 합니다."

아니, 아니, 라고 구가는 의미심장한 웃음을 지었다.

"몇 번 아니었어도 자네는 아주 진하게 경험했잖아."

부장님, 이라고 나오미는 구가를 흘겨보았다.

"그 말씀은 약간 무신경하신 거 아니에요? 두 번이나 죽을 뻔했는데요."

"그래, 그래, 실례했네." 웃으며 말한 구가는 진지한 얼굴로 돌아왔다. "프런트 오피스에는 이미 인사를 했던가?"

"아뇨, 이제 가려고요."

"그렇다면 나하고 같이 가자."

둘이 사무동을 나와 호텔로 향했다. 구가는 로스앤젤레스에서 어떻게 지냈는지 등을 물었다. 나오미는 코로나 바이러스가 창궐하던 무렵에는 무척 힘들었다는 이야기를 풀어놓았다.

"처음에는 마스크 쓰는 방법을 모르는 사람이 많아서 일일이 설명하느라 정말 힘들었어요. 심한 경우에는 끼리끼리 서로 돌려가며 쓰더라니까요."

"뭐야? 마스크 쓰는 법도 모르다니, 진짜 놀랍네."

직원 전용 통로를 지나 호텔로 들어갔다. 프런트에 닛타의 모습은 보이지 않았다. 체크인이 시작되기 전에는 나올 필요가 없는 것이리라.

로비를 건너가면서 북적거리는 사람들을 살펴보았다. 주간지를 들여다보는 중년 남자가 있었다. 분명 수사관일 것이다. 그밖에도 그럴 법한 인물들이 여기저기서 눈에 띄었다. 꼭 집어 설명하기는 어렵지만 예전 경험을 통해 분위기만 봐도 알 수 있었다.

프런트에 서 있는 야스오카는 나오미도 잘 아는 스태프였다. 당시에는 신입이었는데 이제는 침착함이 느껴졌다. 야스오카는 나오미를 보자 빙긋이 웃음을 건넸다. 그녀가 돌아온 것과 그 이유에 대한 얘기를 이미 들은 모양이다.

프런트 사무실에 들어가자 반가움이 왈칵 밀려왔다. 얼핏 봐서는 깔끔하게 정리된 것 같지만 책상 위가 약간 어질러진 게 이곳의 황망함을 말해주고 있었다. 모든 것이 마지막에 봤을 때와 별반 달라지지 않았다.

한 남자가 이쪽으로 뛰어왔다. 이 또한 나오미가 잘 아는 인물이었다. 몇 년 동안 같은 부서에서 일했던 나카조라는 선배다. 구가의 소개에 따르면 지금은 프런트 오피스 매니저를 맡고 있다.

"잘 왔어요, 나오미 씨. 아, 다행이다." 나카조는 진심으로 안

도했다는 듯이 가슴을 쓸어내렸다. "형사 사건으로 경찰과 공조해야 하다니, 난생 처음 겪는 일이라서 우왕좌왕하던 참이었어."

"당황하시는 것도 당연해요."

닛타의 말이 생각났다. 매니저가 불안해 보였다고 말한 건 나카조 얘기였던 모양이다.

"나오미 씨가 와주니까 백만 대군을 얻은 느낌이야. 닛타 경감은 나한테 그쪽과의 연락을 맡아달라고 하던데 나는 나대로 처리할 업무가 너무 많잖아. 변명으로 들릴지도 모르지만."

변명 반, 본심 반일 것이다.

"그러실 거예요. 닛타 경감과는 서로 속내를 잘 아니까 앞으로는 제가 맡을게요."

"말만 들어도 마음이 턱 놓이네. 그보다 지금 일하는 스태프들부터 소개할게."

나카조는 사무실에 있던 스태프들을 불러 나오미에게 한 명 한 명 알려주었다. 아는 얼굴도 적지 않았다. 남성 프런트 클러크 가와모토는 예전 사건 때도 이 자리에 있었다. 그쪽도 기억하고 있는지 이번에도 잘 부탁드립니다, 라고 머리를 숙였다.

"나오미 씨, 지금 바로 현장 투입, 괜찮을까?" 각자 소개가 끝난 뒤에 나카조가 물었다.

"네, 물론이죠. 고맙습니다."

다시 한번 다행이라고 말하고 나카조는 구가에게 목례를 건

넨 뒤에 자기 자리로 돌아갔다. 그 걸음걸이가 가벼워보였다. 번거로운 일에서 풀려나 안도한 것이리라. 뭔가 큰일이 생겨도 책임 추궁을 당할 걱정이 없으니 당연하다고 하면 당연한 일이다.

어쩌면 이걸 노렸는지도 모른다고 나오미는 생각했다. 혹시라도 문제가 발생했을 때는 호텔 측에도 책임 추궁이 날아온다. 그런 경우에 경찰과 공조했던 담당자는 원래 이곳에서 일하던 스태프가 아니라 외부에서 초빙해온 사람이라고 하면 사회적 비난이 조금쯤은 누그러들 거라고 계산했던 게 아닐까.

설마, 하고 고개를 저으면서도 그 인물은 그런 면에서 역시 만만치 않은 사람이라고 나오미는 후지키의 얼굴을 머릿속에 떠올렸다.

"왜 그래?" 갑작스레 입을 다물었기 때문인지 옆에서 구가가 물었다.

"아뇨, 아무것도 아니에요."

"어쨌든 잘 부탁해. 뭐든 필요하면 나한테 얘기하고. 오늘 밤은 나도 최대한 늦게까지 남아 있을 생각이니까."

"알겠습니다. 잘 부탁드립니다."

그럼 이만, 이라면서 구가는 사무실을 나갔다.

그와 자리를 바꾸듯이 스태프 두 명이 들어왔다. 한쪽은 야스오카, 또 한쪽은 나오미가 알지 못하는 여성이었다. 가슴팍에 붙은 이름표에는 '다나카'라고 적혀 있었다.

"나오미 씨, 도착하시자마자 죄송하지만 상의드릴 일이 생겼습니다." 야스오카는 도움을 청하는 눈빛이었다.

"무슨 일이지?"

"그게, 이쪽은 경찰에서 나오신 분인데 객실을 보여줬으면 좋겠다고 하시네요." 야스오카는 옆의 여성을 손바닥으로 가리키며 말했다.

나오미는 새삼 그 여성을 바라보았다. 아무래도 잠입 수사관 중 한 명인 모양이다. 어딘지 모르게 여우를 떠올리게 하는 생김새지만 일단 미인 축에 속한다고 할까. 나이는 나오미보다 많아 보였다.

"객실이라면, 어떤 방을?" 나오미가 물었다.

"마에지마 다카아키가 예약한 방이에요." 여성 수사관이 말했다. 울림이 있는 허스키 보이스였다.

"마에지마 다카아키 고객님……."

나오미는 호주머니에서 메모지를 꺼냈다. 닛타에게서 받은 것이다. 세 명의 용의자 중 한 명이 '마에지마 다카아키'라는 이름이었다.

나오미는 메모를 다시 호주머니에 넣으면서 야스오카를 보았다. "방은 이미 정해졌어?"

"아뇨, 아직 정하지 않았어요. 스탠더드 트윈, 1인이라는 것만 예약하셔서……."

"그래서 얼른 정해줬으면 합니다." 여성 수사관은 날카로운 눈빛을 나오미에게 던지며 말했다. "수사를 위해서예요. 지금 바로 부탁드립니다."

"방을 정하고, 그다음에는 어떻게 하시려는 건가요?"

여성 수사관은 의아하다는 눈초리로 나오미의 얼굴과 이름표에 바라보았다. "당신, 누구죠?"

"소개가 늦었군요. 야마기시 나오미라고 합니다. 현재 코르테시아 로스앤젤레스 호텔에서 근무하고 있지만, 전에 이 호텔에서 사건이 났을 때 경찰과 공조 역할을 맡은 경험이 있어서 급한 호출을 받고 온 참입니다."

"아, 당신이? 그렇군요. 이 호텔에서 전에 사건이 있었다는 얘기는 들었어요. 나는 경시청 수사 1과의 아즈사라고 합니다." 그렇게 말하고 경찰수첩을 꺼내 슬쩍 내보이더니 금세 챙겨 넣었다. 아즈사라는 이름만 얼핏 확인할 수 있었다.

"아즈사 씨군요, 다나카 씨가 아니라." 나오미는 상대의 이름표를 보며 말했다.

"이건 우리 팀 형사가 입기로 한 유니폼이라서 이름표도 그대로 달아뒀어요. 근데 그런 것보다 얼른 마에지마 다카아키의 방을 정해서 우리가 조사할 수 있게 해주실래요? 용의자가 어떤 방에 머물게 될지, 미리 살펴볼 필요가 있어요."

나오미는 손목시계의 시각을 확인했다. 이미 체크아웃 타임인 12시는 지났다.

"그러시면 지금부터 하우스키퍼가 청소를 시작할 테니까 그때 살펴보시는 게 좋을 것 같군요." 나오미는 아즈사에게 미소를 건네며 말했다. "스탠더드 트윈은 어떤 방이나 구조가 거의 똑같으니까요."

"청소가 끝난 방은 없나요?"

"오늘 청소는 이제부터 시작이에요. 어젯밤에 쓰지 않았던 방이라면 괜찮겠지만……."

"그렇다면 마에지마 다카아키에게 그런 방을 내주시면 되겠네요."

알겠습니다, 라고 말하고 나오미는 야스오카에게 시선을 옮겼다. "방을 정해서 알려줘요."

"되도록 높은 층으로." 옆에서 아즈사가 주문을 덧붙였다.

네, 라고 대답하고 야스오카는 자리를 떴다.

"왜 높은 층을?" 나오미가 물었다.

"용의자가 움직였을 때, 조금이라도 시간적 여유를 확보하기 위해서예요. 높은 층이면 이동에도 시간이 걸리잖아요."

"아, 그렇군요……."

나오미는 슬쩍 나카조 쪽을 보았다. 소심한 프런트 오피스 매니저는 노트북만 들여다보고 있었다. 이쪽을 돌아볼 기미는 전혀 없었다. 끼어들지 말자, 라고 결심이라도 한 듯한 모습이었다.

아즈사는 팔짱을 끼고 몸을 슬슬 흔들며 가느다란 눈을 나오미에게로 향했다. "로스앤젤레스 호텔에서는 어떤 일을 하셨죠?"

"저 말씀입니까?"

"그쪽 말고 여기 또 누가 있나요? 그쪽 호텔에서도 프런트 업무를?"

"주로 프런트였지만, 컨시어지 업무도 겸하고 있습니다."

컨시어지, 라고 아즈사는 중얼거렸다. "우수한 분이시구나."

"그렇지도 않습니다."

"마음속으로는 그렇게 생각하지 않죠? 자신만만이라고 얼굴에 적혀 있는데."

나오미는 웃음을 지었다. "호텔리어가 자신 없는 얼굴이어서는 고객님이 불안하게 느끼시겠지요."

"아, 그래요?" 아즈사는 시큰둥하게 고개를 돌렸다가 다시 빤히 쳐다보았다. "차별은? 어때요, 당하지 않았나요?"

"인종차별 말인가요? 전혀 없다고는 할 수 없겠죠. 그걸 잘 받아넘기면서……." 아즈사가 고개를 가로젓는 바람에 나오미는 말을 멈췄다.

"인종차별이 아니라 남녀차별 말이에요. 여자라는 것 때문에 힘든 적은 없었어요?"

"아……. 그것도 전혀 없는 건 아니에요. 하지만 일본에 비하면 사람들의 인식이 상당히 다르다는 느낌은 많이 받았죠."

"그렇구나. 혜택 받은 환경에서 일할 수 있어서 좋으시겠어요."

"네, 덕분에 쾌적한 직장에서 근무하고 있습니다." 뭐야, 이 사람, 이라고 생각하면서 나오미는 대답했다. 왜 이런 식으로 조곤조곤 시비를 거는 걸까.

문이 열리고 야스오카가 돌아왔다. "이 방으로 하면 어떨까요? 11층입니다." 메모를 내밀었다. 볼펜으로 '1105'라고 적혀 있었다. "현재로서는 조건에 맞는 방이 이보다 위층에는 없습니다."

"그 방이면 됐어요." 아즈사가 말했다. "지금 바로 키를 준비해주세요."

네, 라고 말하고 야스오카는 다시 나갔다.

"어떻게 하실 건가요?" 나오미가 물었다.

"아까 말했는데? 방 안을 살펴봐야 한다고." 어느새 존대는 생략한 말투였다.

"실례지만 어떤 목적인지 여쭤봐도 될까요? 하우스키퍼로 위장한 형사님이 청소 때 입회할 거라는 얘기는 들었습니다. 하지만 그건 이변이 있는지 확인하는 것뿐이고, 이를테면 고객님의 짐에 손을 대는 등의 일은 절대 금하는 것으로 알고 있습니다. 아직 고객님이 입실하지 않은 방에서 대체 뭘 살펴본다는 말씀일까요?"

"그걸 댁이 알 필요는 없어요. 우리 지시대로 따라주시면 됩니다." 아즈사의 빠른 말투에는 명백히 짜증이 섞여 있었다.

아즈사가 노리는 게 뭔지는 모르지만 아무래도 문제의 소지가 다분하다고 나오미는 감지했다. 이런 일을 쉽게 승낙해서는 안 된다.

한 호흡 멈췄다가 나오미는 입을 열었다.

"잠입 수사에 관해서는 닛타 경감이 지휘한다고 들었습니다. 이건 그분도 알고 계시는 일일까요?"

그러자 아즈사는 눈을 크게 뜨고 턱을 치켜들었다.

"나는 닛타 경감 밑에서 일하는 게 아니라 독자적인 판단에 따라 움직입니다. 일단 말해두겠는데, 나도 경감이에요. 지금은 내 지시를 따라주세요."

"죄송하지만 그럴 수는 없습니다. 용의자라고 해도 아직 혐의 단계일 뿐이지요? 즉 저희로서는 다른 고객님들과 똑같은 분입니다. 그 고객님이 쓰시게 될 방에 스태프 이외의 사람을 먼저 들일 수는 없어요. 꼭 들어가시겠다면 목적을 분명하게 말씀해주셨으면 합니다."

아즈사는 입을 한일자로 꾹 다물고 날카로운 시선을 던져왔다. 나오미는 그 시선을 피하지 않고 정면으로 맞받았다.

야스오카가 돌아와 "키를 준비했습니다"라면서 카드를 내밀었다.

아즈사는 차가운 얼굴로 그 카드키에 시선을 던졌지만 손을 내밀지는 않았다.

"그 1105호실, 마에지마 다카아키를 위해 따로 챙겨두세요. 절대로 다른 손님에게 내주면 안 돼요. 아시겠어요?"

"방에는 가보지 않아도 괜찮겠지요?" 나오미는 확인하듯이 물었다.

"안 된다는데 어쩔 수 없잖아요? 일반인에게 수사 내용을 밝힐 수도 없고." 툭 던지듯이 말하고 아즈사는 출입구로 다가가 문을 열었다. 하지만 나가기 전에 뒤를 돌아보았다. "명심하세요. 수사에 참견 말고 조용히 협조하셔야지, 안 그러면 나중에 크게 후회할 거예요."

"협력은 하겠습니다. 다만 모든 고객님이 쾌적하게 지내시도록 한다는 것을 전제로⋯⋯."

나오미의 말이 채 끝나기도 전에 쾅 하고 문이 닫혔다.

12

손목시계의 바늘이 오후 1시를 가리키는 것을 보고 닛타는 자리에서 일어나 회의실을 나왔다. 프런트에 나가기 전에 얼굴과 옷매무새를 단정히 가다듬어야겠다고 생각한 것이다.

화장실 거울 앞에서 넥타이를 고쳐 매면서 영 마음에 걸리는 것을 되짚었다. 조금 전 아즈사가 돌아와 이나가키에게 뭔가 귀엣말을 했던 것이다. 얼굴 표정이 험상궂은 게 명백히 기분이 상한 것 같았다. 무슨 일이 있었던 건가.

넥타이 위치를 가다듬으면서 이런, 하고 고개를 저었다. 드디어 본격 작전에 돌입하는 참에 이렇게 내부 인물에게 휘둘려서야 결과가 좋을 리 없다. 우선은 내가 맡은 일에 최대한 집중하도록 해야 한다.

그나저나 나오미 씨가 와줘서 다행이다……. 닛타는 야마기시 나오미의 얼굴을 떠올렸다. 로스앤젤레스 호텔에서 근무 중인 그녀가 돌아올 리는 없다고 내심 마음을 접고 기대조차 하지 않았던 것이다. 경찰의 일처리 방식에 익숙한 사람이 호텔 측에 있는 것과 없는 것은 수사 효율 면에서 크게 차이가 난다. 이나가키에게 보고했더니 "오, 좋은 소식이네"라고 만족하는 기색이었다.

거울에 비친 자신의 모습을 바라보며 프런트 클러크로서 별 문제가 없다고 확인하고 화장실을 나와 회의실로 돌아왔다. 몇 가지 자료를 확인한 뒤, 외부에 나간 휘하 형사에게 지시를 내리려고 스마트폰을 집어든 참에 닛타, 라고 이나가키가 불렀다. "잠깐 이리 와봐."

닛타는 이나가키 쪽으로 다가가면서 죄송합니다, 라고 양해를 구했다.

"호텔에서 대기 중인 부하에게 지시할 게 있는데, 그것부터 해도 괜찮겠습니까."

"하우스키퍼 건인가?"

"네, 그렇습니다."

"그 얘기를 하려던 참이야."

이나가키의 말에 닛타는 스마트폰을 들고 있던 손을 내렸다. "무슨 말씀이십니까?" 어쩐지 안 좋은 예감이 들었다.

"현재 가미야 요시미와 모리모토 마사시는 각자 다른 자리에서 점심 식사를 하는 중이야. 즉 방 청소를 할 수 있는 기회라는 얘기야."

"알고 있습니다. 그래서 지시하려는 겁니다."

하우스키핑에 입회하기로 정해둔 수사관은 닛타 팀의 이와세라는 여자 형사였다.

"그거, 다른 팀 수사관으로 교체해." 이나가키가 무뚝뚝하게 말했다.

"예? 교체라니, 무슨 말씀이신지……."

"하우스키핑에 입회할 수사관을 바꾸라는 얘기야. 자네 부하는 다시 불러들여."

"잠깐만요, 왜 갑자기 일이 그렇게……. 누구로 교체하라는 겁니까?" 닛타가 그렇게 말하는 참에 스마트폰이 울렸다. 표시를 보니 이와세에게서 온 것이었다.

잠깐 실례합니다, 라고 이나가키에게 양해를 구하고 전화를 받았다. "닛타야. 무슨 일이지?"

"팀장님, 실은 지금 7팀의 경사가 와서……."

청소 때의 입회를 자신이 맡겠다고 한다, 누구 지시냐고 물어보니 관리관이라고 대답했다는 얘기였다.

"알았어. 거기서 대기하고 있어. 내가 다시 연락할게." 닛타는 전화를 끊고 이나가키를 내려다보았다. "교체는 아즈사 경감이 제안한 겁니까?"

"결정한 건 나야."

"왜요? 우리 팀 형사는 미덥지 않습니까?"

"그런 말은 한 적 없어."

"그렇다면 어째서 이런 결정을? 7팀 형사는 뭔가 특별한 작전이라도……." 거기까지 말한 참에 닛타는 흠칫했다. 머릿속에 퍼뜩 떠오르는 게 있었다. "관리관님, 혹시?"

"아니, 질문은 안 받을 거야."

닛타는 허리를 숙여 이나가키에게 얼굴을 들이밀었다.

"단순한 입회가 아니라 가미야 요시미와 모리모토 마사시의 가방을 수색할 생각이군요? 하우스키퍼의 눈을 피해서."

"내 쪽에서 그런 지시는 내린 적 없어." 이나가키는 부루퉁하게 내뱉었다.

"지시는 내리지 않았지만 손님 가방에 손대지 말라는 주의도 하지 않았다……. 그렇죠?"

이나가키는 피곤하다는 듯이 입가를 삐뚜름하게 틀었다.

"수사 방식은 아즈사 경감에게 전적으로 맡긴다고 했을 뿐이야."

닛타는 저도 모르게 혀를 찰 뻔했지만 가까스로 꾹 참았다.

"잊으셨습니까? 지난번 사건 때 모토미야 씨가 그런 일을 했다가 총지배인에게 엄청난 항의를 받았잖아요."

"그걸 잊지 않았기 때문에 아즈사 팀에 맡긴 거야. 자네 팀 형사라면 여차할 때 변명할 수도 없을 테니까. 혹시 호텔 측에서 항의하더라도 자네는 전혀 몰랐던 일이라고 하면 돼. 아즈사가 독단으로 결정한 일로 하자고."

"저는 책임을 모면하려는 게 아니라……."

"자네가 하고 싶은 말이 뭔지 나도 알아. 하지만 닛타, 지금은 촌각을 다투는 상황이야. 어떻게든 그자들의 꼬리를 잡아야 할 거 아냐. 입바른 소리를 하고 있을 때가 아니라고."

"그건 저도 알지만……."

"하우스키퍼 맡기로 했던 수사관에게 전화해." 이나가키는 닛타가 손에 든 스마트폰을 가리키며 말했다. "시간이 없어. 어물거리다가는 가미야와 모리모토가 방에 돌아올 거야. 이건 명령이야. 얼른 연락해."

닛타는 스마트폰을 움켜쥐고 한차례 호흡을 가다듬은 뒤, 이와세에게 전화했다. 내내 기다렸는지 단 한 번의 신호음에 연결되었다.

"닛타야. 관리관에게 확인했다. 그 일, 7팀 수사관에게 넘겨. 옷 갈아입고 도미나가 쪽에 합류하도록 하고."

알겠습니다, 라는 대답을 듣고 전화를 끊었다. 이나가키를 보니 누군가와 한창 통화 중이었다. 이 얘기는 이걸로 끝이라고 그 등이 말하고 있었다.

닛타는 고개를 저으며 그 자리를 뜰 수밖에 없었다. 더 이상의 말씨름은 무의미하다. 아무리 말해도 이나가키는 뜻을 굽히지 않을 것이다. 시간이 없는 것도 사실이었다.

회의실 앞의 계단을 지나 사무동을 나선 참에 등 뒤에서 "이봐, 닛타"라고 부르는 소리가 들렸다. 모토미야였다. 곁으로 바짝 붙어서더니 그가 입을 열었다.

"자네 심정은 잘 알지만, 이번에는 참아. 관리관도 좋아서 저러는 게 아니잖아."

아무래도 아까 나눈 대화가 귀에 들어간 모양이다.

"그건 저도 알죠. 그래서 지시대로 따랐습니다."

"하지만 마음속으로는 받아들이지 못했지? 그게 걱정이야. 다음에 또 무슨 일이 있더라도 괜히 속 끓이지 마. 자네는 경찰 측 사람이야."

뭔가 거슬리는 그 말에 닛타는 모토미야를 마주보았다.

"다음에 또? 뭡니까, 또 다른 게 있어요?"

"있을지 없을지는 모르지만, 미리 못을 박아두려고 하는 말이야. 잘 들어, 절대로 폭주하면 안 돼."

"폭주하는 건 아즈사 경감 쪽이죠."

"아니, 아즈사 경감은 냉철해. 그러니 그런 일도 할 수 있지. 아무튼 어깃장 놓을 생각은 접는 게 좋아. 이건 자네 팀만의 사건이 아니잖아. 아무리 일하는 방식이 마음에 안 들어도 서로 힘을 합치는 수밖에 없어. 알았지?"

닛타는 짧게 고개를 끄덕였다. "네, 명심하겠습니다."

"부탁한다." 모토미야는 손등으로 닛타의 가슴을 툭 치고 사무동으로 돌아갔다.

호텔로 향하면서 도미나가에게 전화해 이와세를 그쪽에 합류시키라고 지시했다.

"이와세는 하우스키퍼 아니었어요?"

"상황이 바뀌었어. 이와세에게 여성 손님으로 위장하라고 전해줘."

"알겠습니다."

"가미야 요시미와 모리모토 마사시는 어떻게 하고 있지?"

"둘 다 1층 레스토랑에서 점심 식사 중이에요. 지금 니시자키가 감시 중인데 타이밍을 봐서 이와세와 교대하도록 할까요?"

"응, 그렇게 해." 닛타는 전화를 끊고 스마트폰을 호주머니에 넣으면서 호텔 직원용 통로로 나갔다.

로비는 사람들로 북적이고 있었다. 토요일이라서 아이들을 데리고 나온 가족도 여기저기 눈에 띄었다. 크리스마스 관련 행사가 많아 숙박 이외의 목적으로 찾아온 사람들도 많을 것이다.

프런트를 향해 로비를 건너가면서 레스토랑 안을 슬쩍 살펴보았다. 가미야 요시미는 아침과는 다른 자리에 앉았다. 오렌지주스가 든 유리잔만 테이블에 놓여 있었다. 점심 식사는 끝났는지도 모른다.

모리모토 마사시는 가미야 요시미 쪽에서 한참 떨어진 자리에 앉아 커피 잔을 기울이고 있었다. 살펴본 바로는 역시 서로의 존재를 의식하는 것 같지 않았다.

그때, 가미야 요시미가 자리에서 일어섰다. 계산서를 집어들고 카운터로 향하고 있었다. 방에 돌아가려는 모양이다.

그녀가 계산을 끝내고 엘리베이터 홀로 사라지는 것을 지켜본 뒤에 닛타는 프런트로 향했다. 야마기시 나오미가 야스오카와 뭔가 얘기를 주고받는 참이었다.

닛타는 두 사람을 향해, 잘 부탁드립니다, 라고 새삼 인사를 건넸다. 저희야말로, 라고 그들도 공손하게 머리를 숙였다.

"가미야 고객님은 방으로 다시 올라가신 모양이네요." 야마기시 나오미가 말했다. 그녀도 가미야 요시미의 동태를 관찰했던 것이리라. 용의자라도 '가미야 고객님'이라고 하는 점이 역시나 호텔리어답다.

"객실 청소가 무사히 끝났는지 모르겠군요." 닛타는 단말기 모니터를 체크해보려고 했다.

"네, 끝났어요." 야마기시 나오미가 말했다. "방금 전에 연락이 왔거든요."

"연락?"

"실은 가미야 고객님과 모리모토 고객님의 객실 청소가 완료되면 얘기해달라고 하우스키퍼에게 미리 부탁했어요."

"네⋯⋯. 근데 그건 왜?"

닛타의 물음에 야마기시 나오미는 미묘한 웃음을 지었다. 옆에서 야스오카가 거북스러운 듯 몸을 숙였다.

"기분이 상하셨다면 미안해요." 야마기시 나오미가 말했다. "약속을 정확히 지켰는지 어떤지 확인해보기 위해서예요."

"약속?"

"객실 청소에 형사가 입회한다는 얘기는 들었어요. 실내 상황을 보여드리는 것까지는 총지배인도 허락하셨다더군요. 하지만 고객님의 짐에 손을 대는 건 절대 안 됩니다. 그 점은 이나가키 씨도 닛타 씨도 받아들이셨지요? 그 약속을 확인한 거예요."

"그래서 하우스키퍼는 뭐라던가요?"

야마기시 나오미는 고개를 끄덕였다.

"입회한 형사가 짐에 손끝 하나 대지 않았다던데요? 하우스키퍼들이 작업을 하면서도 결코 짐에서 눈을 떼지 않았기 때문에 틀림없답니다."

"그렇군요……."

미안합니다, 라고 야마기시 나오미는 재차 사과했다.

"닛타 씨를 못 믿는 건 아니지만, 혹시 독단으로 행동하는 형사가 있을지 모른다 싶어서요."

"그건 뭐, 형사 중에도 삐딱한 사람이 있다는 건 부정할 수 없죠. 그나저나 입회한 형사가 뭔가 이상한 행동은 하지 않았어요?"

"네, 그런 건 없었나 봐요."

"다행이네요." 대답을 하면서도 닛타는 뭔가 석연치 않았다. 그렇다면 왜 아즈사는 이나가키에게 직접 담판까지 해가면서 자기 팀 수사관을 보낸 것인가.

"어쨌든 우격다짐인 형사분도 계시더라고요. 남성뿐만 아니라 여성 형사 중에도."

"여성 형사?"

"한 시간쯤 전에 아즈사 경감이라는 분이 적잖이 무리한 요구를 하셨어요. 정중히 거절했는데 기분이 상하신 것 같더라고요."

"아즈사 경감이 어떤 요구를?"

"오늘 체크인 예정인 마에지마 고객님의 방을 얼른 정하라고 해서 어젯밤에 쓰지 않은 방을 준비했는데 즉시 그 방을 살펴보겠다고 하시더라고요. 그런데 목적을 물어봐도 대답을 해주지 않았습니다."

"아직 마에지마가 들어가지 않은 방을 살펴보겠다고?"

"물론 수사를 위한 일이겠지만, 구체적인 목적을 알지 못하고서는 저희도 거절할 수밖에 없어요. 경찰에게는 용의자인지 모르지만 호텔로서는 아직까지 소중한 고객님일 뿐이에요."

나오미라면 당연히 그렇게 대응했을 거라고 닛타는 이미 알고 있었다. 수많은 스태프 중에서도 특히 성실한 모범 호텔리어인 것이다.

엇, 하고 야스오카가 작은 소리를 냈다. "저 사람……." 레스토랑 쪽을 보고 있었다.

모리모토 마사시가 계산을 마치고 레스토랑에서 나오는 참이었다. 그리고 곧장 엘리베이터 홀로 향했다. 방으로 돌아가는 것이다.

"모리모토 고객님 방도 청소는 끝났어요." 야마기시 나오미가 말했다. "그쪽도 하우스키퍼에게 확인했는데 형사님이 짐에 손을 대는 일은 없었대요."

"그렇습니까……."

닛타는 생각에 잠겼다. 역시 아즈사가 뭘 노렸는지, 감이 잡히지 않았다. 마에지마가 들어갈 방을 살펴보겠다고 한 것과 뭔가 관계가 있나…….

돌연 한 가지 가능성이 떠올랐다. 닛타는 숨을 헉 삼켰다.

"야마기시 씨, 마에지마의 방으로 정해진 게 몇 호실이죠?"

"1105호실인데요."

"1105……. 11층이군요. 아, 미안하지만 잠깐 실례할게요."

닛타는 뒤쪽 문을 열고 사무실로 들어갔다. 그대로 빠져나가 복도 끝의 직원 전용 엘리베이터를 탔다.

내린 곳은 11층이었다. 복도에서 두 명의 하우스키퍼가 왜건을 마주하고 작업 중이었다. 잠시만요, 라고 말을 걸며 그쪽으로 다가갔다. 혹시나 해서 상의 안주머니에서 경찰수첩을 꺼냈다.

"여기 11층에 혹시 형사가 다녀갔습니까?"

닛타의 질문에 두 사람은 고개를 끄덕였다.

"이 하우스키퍼 유니폼을 입은 여자 형사가 왔다 갔어요." 나이 지긋한 여성 스태프가 자기 옷자락을 잡아 보여주면서 말했다.

"혹시 1105호실을 살펴보겠다고 하던가요?"

네, 라고 그녀는 대답했다.

"용의자가 쓰게 될 방이라서 어떤 경치가 보이는지 확인하겠다고 했어요."

"경치? 그래서 객실 안을 보여주셨군요."

"네, 보여드렸는데……." 여성 스태프의 얼굴에 불안한 기색이 스쳐갔다.

"확인한 건 경치뿐이었습니까?"

"침대 밑도 들여다봤어요. 물건을 감춰둘 만한 공간인지 확인한 거라던데."

"침대 밑을……. 그리고 그밖에는?"

"그것뿐이에요. 고맙다고 인사하고 금세 나갔어요."

"알겠습니다. 고맙습니다." 닛타는 인사를 건네고 빠른 걸음으로 엘리베이터 홀로 향했다.

불길한 예감은 확신으로 바뀌었다. 아즈사가 노린 게 무엇인지 짐작할 만했다. 야마기시 나오미가 거절하자 하우스키퍼에게 직접 문의한 것이다. 잠입 수사관이 하는 말이라면 의심

없이 받아줄 거라고 예상했을 것이다.

엘리베이터를 타고 14층으로 갔다. 큰 걸음으로 성큼성큼 향한 곳은 1406호실이다. 문 앞에서 벨을 눌렀다.

이쪽을 살펴보는 듯한 기척과 함께 문이 열렸다. 하우스키퍼 유니폼을 입은 여성이 서 있었다. 물론 진짜 호텔 스태프가 아니라 7팀의 수사관이다.

"아즈사 경감은?" 닛타가 물었다.

"잠깐만요." 그렇게 말하고 그녀는 일단 문을 닫았다.

10초쯤 지나 다시 문이 열렸다. 들어오세요, 라고 하우스키퍼 차림의 형사가 말했다.

닛타는 방 안으로 발을 내디뎠다. 두 개의 침대 외에 소파와 테이블, 데스크 등이 구비된 디럭스 트윈이었다.

아즈사는 소파에 다리를 꼬고 앉은 채였다. 옆에는 남자 형사가 있었다. 그는 앞에 검은색 기기를 놓고 거기에 연결된 헤드폰을 끼고 있었다.

데스크에도 다른 장치가 놓였고 그 앞에 형사가 서 있었다. 그 역시 헤드폰을 쓰고 있다.

"좀 더 일찍 오실 줄 알았는데요." 아즈사가 차가운 얼굴로 말했다.

"도청기는 침대 밑에 설치했어요?" 닛타는 여성 경감을 노려보며 말했다. "누군가 찾아내기라도 하면 걷잡을 수 없이 일이 커진다니까요."

"정확하게는 침대 뒤쪽에 붙였죠. 실제 하우스키퍼가 다시 청소하러 와도 아마 못 찾아낼걸요."

"아즈사 경감, 지금 무슨 짓을 하는지 알기나 해요?"

"위법 수사라고 떠들고 싶다면 좋으실 대로 하세요. 단 그건 사건이 해결된 뒤에 해주실래요? 지금 나한테 최우선 사항은 범인들의 계획을 저지하는 거예요. 혹시 닛타 경감은 그런 건 머릿속에 없나요?"

"이거, 관리관도 알고 있어요?"

"우리 팀을 청소에 입회하게 해주면 용의자들에 관한 정보를 최대한 입수할 아이디어가 있다는 말씀만 드렸어요. 전적으로 내가 책임지겠다는 말도 했고요."

도청이라는 단어는 꺼내지 않았다는 얘기다. 하지만 이나가키는 분명 짐작했을 것이다. 그리고 아마 모토미야도. "다음에 또 무슨 일이 있더라도 괜히 속 끓이지 마"라고 한 말은 지금 이 상황을 예상했기 때문일 것이다.

"닛타 경감이 여기 왔다는 건 내 마음속에만 담아두죠. 우리 팀원에게도 외부에 일절 발설하지 말라고 지시할게요. 그러니까 여기서 있었던 일에 대해서는 닛타 경감은 전혀 몰랐던 것으로 하셔도 됩니다."

"그런 걸 걱정하는 게 아닙니다."

"그럼 대체 뭐가 문제죠?" 아즈사가 냉소를 던졌다.

"도청을 중단할 생각은 없는 거네요."

"네, 전혀. 이 게임에 규칙은 없다는 게 제 생각이에요. 이기기 위해서라면 뭐든 할 거예요. 좀 더 확실하게 게임에 이길 수 있는 방법을 닛타 경감이 제시해주신다면 얘기가 달라지겠지만."

"그러기 위해서 우리가 잠입한 거 아닙니까."

"하지만 용의자 방에는 들어갈 수 없다면서요? 내가 보기에 잠입 수사는……." 잠깐 틈을 두었다가 아즈사가 다시 말했다. "별다른 성과도 없이 게임오버를 맞이할 가능성이 높아요."

옆에 앉은 형사의 입가에 피식 웃음이 번졌다. 헤드폰을 썼어도 대화 소리가 귀에 들어오는 건가.

닛타는 한숨을 내쉬었다.

"호텔 측에 절대로 들키지 않게 조심해야 합니다." 그렇게 말할 수밖에 없었다.

"물론이죠. 누군가 밀고하지 않는 한, 들킬 일은 없어요." 아즈사가 날카로운 시선을 던지며 말했다. 괜히 떠들고 다니지 말라는 경고인 모양이다.

그때 테이블에 놓인 스마트폰이 부르르 진동했다. 아즈사가 집어들고 귀에 댔다.

"아즈사입니다. ……언제쯤? ……응, 그래." 7팀의 형사가 뭔가 보고하는 것 같았다.

닛타는 발길을 돌려 문 쪽으로 갔다. 그러자 닛타 경감, 이라고 아즈사가 불렀다. 멈춰 서서 돌아보았다. "뭡니까."

"마에지마 다카아키를 미행하던 수사관의 연락이에요. 마에지마가 자택에서 출발했다는군요. 자기 차를 타고 나갔는데 방향으로 보아 이쪽으로 오는 게 틀림없다고 합니다."

"알았어요. 프런트에서 기다리죠. 그런데 노세 경위는 지금 어디 있습니까?"

"노세 경위는 다른 임무 중이에요. 그쪽도 중요한 일이죠." 퉁명스러운 대답이었다. 어떤 일인지 얘기해줄 생각은 없는 모양이다.

닛타는 말없이 고개를 끄덕이고 다시 문으로 향했다.

13

오후 2시가 가까워지자 데이 유즈와 얼리 체크인 숙박객이 하나둘 나타나기 시작했다. 하지만 아직 한꺼번에 몰리는 일은 없어서 일단 야스오카 혼자 대응하고 있었다. 나오미는 옆에서 내내 지켜봤지만 수상쩍은 손님은 보이지 않았다. 방금 전에 체크인을 한 여성 고객이 어딘지 안절부절못하는 기색이어서 신경이 쓰였지만, 데이 유즈로 스탠더드 더블을 이용한다는 것을 알고 마음이 놓였다. 아마도 남자와 밀회를 하려는 것이다. 그 여성 고객이 올라간 뒤에 야스오카에게 물어보니 "짐작하신 대로"라면서 한쪽 눈을 찡긋했다.

"다른 때는 조금 더 늦은 시간대에 왔는데 오늘은 일찍 나오셨네요."

그의 말에 따르면 한 달에 한 번 꼴로 나타난다고 한다. 남자 쪽은 지하 출입구를 통해 방으로 직행한다고 했다. 오늘은 세 시간 이용이니까 체크아웃은 5시쯤이 될 것이다. 토요일이고 더구나 크리스마스이브이기 때문에 집을 비울 수 없어 대낮에 만나는 건가. 나오미는 잠시 상상해보았다.

현재의 프런트 업무에 대해서는 야스오카에게 상세한 설명을 들었다. 시스템이 약간 새로워진 것을 빼고는 나오미가 일하던 때와 기본적으로 거의 바뀐 게 없어서 마음이 편했다.

다만 한 가지, 걱정거리가 있었다. 크리스마스이브만의 특별 서비스 행사다.

'산타 프레젠트'라는 이 행사는 인터넷으로 예약한 숙박객만을 위한 서비스로, 희망자에게 추첨을 통해 선물을 준다. 당첨 발표는 오늘 밤 10시, 당첨자에게는 문자 메시지를 보내게 된다. 특이한 점은 선물을 받는 방법이었다. 당첨자가 희망 시각을 문자로 답해주면 그 시각에 산타로 분장한 스태프가 객실로 찾아가 직접 전달하는 것이다. 전달 시간은 밤 11시부터 새벽 4시 사이로 정해졌다. 체크아웃 때 받는 것을 희망한 경우에는 답신을 하지 않아도 된다. 선물을 전달할 때 산타로 분장한 스태프와 기념 촬영도 할 수 있다. 재작년부터 시작한 서비스로, 이 행사를 노리고 숙박하는 가족 고객이 많다고 한다.

자녀를 동반하면 당첨 확률이 높다는 정보가 SNS를 통해 퍼졌기 때문이라는데, 딱히 헛소문이 아니라 실제로도 그렇다고 야스오카가 알려주었다.

얘기를 듣고 나오미는 복잡한 기분이었다. 별다른 일이 없을 때라면 즐겁고 흥미로운 기획 아이디어라고 태평하게 감탄했을지도 모른다. 하지만 지금 같은 상황에서는 얘기가 달라진다. 흉흉한 사건이 터질지도 모르는 날 밤이 아닌가, 특별한 행사는 되도록 없는 게 낫다는 생각만 들었다. 물론 이제 와서 중지할 수도 없다는 건 잘 알지만…….

엘리베이터 홀에서 닛타가 이쪽으로 걸어오는 게 보였다. 기분 탓인지도 모르지만, 어딘가 떨떠름한 표정으로 보였다.

"뭔가 달라진 건 없습니까?" 프런트 카운터에 들어온 닛타가 물었다.

"달라진 건 없는데, 알아두셔야 할 게 한 가지 있어요. 닛타 씨도 '산타 프레젠트' 행사 얘기, 들으셨던가요?"

"산타 프레젠트? 그게 뭐죠?"

역시 그런 것까지는 얘기하지 않은 모양이다. 설명하기가 번거로워서 나카조가 아예 입을 다물었는지도 모른다.

나오미는 오늘 밤에 있을 특별 서비스 행사를 설명해주었다. 예상대로 닛타의 얼굴이 흐려졌다.

"한마디로, 산타 차림을 한 스태프가 한밤중에 여기저기 돌아다니겠군요."

"선물을 전달하는 것뿐이긴 한데……."

"알겠습니다. 머릿속에 넣어두죠. 그밖에 또 뭔가 있습니까?"

다른 건 없다고 나오미가 대답하자 닛타는 알았다는 듯이 고개를 끄덕이더니 손목시계를 들여다보았다.

"세 번째 용의자 마에지마 다카아키가 자차로 호텔에 오는 중이랍니다. 그자가 나타나면 알려드릴 테니까 나오미 씨가 대응해주세요."

"알겠습니다." 나오미는 심호흡을 하고 두 손으로 뺨을 가볍게 톡톡 쳤다. 긴장으로 얼굴이 굳어서는 안 된다.

차로 온다면 호텔 지하 주차장에 세울 생각일 것이다. 그렇다면 마에지마 다카아키는 정면 현관이 아니라 지하에서 에스컬레이터를 타고 로비에 올라올 가능성이 높다.

"한 가지 궁금한 게 있어요." 나오미는 작은 소리로 닛타에게 말했다.

"뭔데요?"

"마에지마 다카아키라는 이름은 본명이지요? 다른 두 분도 그렇지만, 모두 본명으로 숙박을 하시네요. 이렇게 얘기하면 이상하겠지만 너무 대담한 거 아닌가요?"

"네, 그렇게 생각하시는 게 당연해요." 닛타는 여전히 떨떠름한 표정으로 말했다. "실은 저도 마음에 걸려요, 왜 다들 가명을 쓰지 않는지."

"그래요?"

"그 점에 대해 현재까지 내린 결론은, 경찰은 세 가지 사건의 관련성을 아직 모를 텐데 어설프게 가명을 썼다가 공연히 주목을 받는 것은 좋은 방법이 아니라고 판단한 것 같다는 거예요. 이 호텔에서 사건이 터지면 경찰은 틀림없이 숙박자 목록에 적힌 사람들은 샅샅이 조사할 것이고, 가명을 썼다는 게 밝혀지면 더욱더 철저히 재조사에 들어갈 테니까요."

닛타의 설명에 나오미는 이해했다는 듯이 고개를 끄덕였다.

"가명을 써도 의미가 없다는 거군요. 듣고 보니 정말 그렇겠네요. 잘 알겠습니다. 역시 저 같은 아마추어가 떠올리는 의문점 정도는 모두 검토가 끝난 사안이군요."

하지만 닛타의 표정은 밝지 않았다. 아뇨, 라고 고개를 갸우뚱했다.

"제대로 검토했는지 어떤지, 실은 저도 확신이 있는 건 아니에요. 아마 뭔가 다른 사정이 있는지도 모르죠. 아무튼 이번 사건은 수수께끼가 많아요. 어떤 것도 섣불리 단정할 수 없는 상황입니다."

그답지 않게 석연치 않은 말투여서 나오미는 위화감을 느꼈다. 이건 자신이 없다기보다 경찰로서 한 단계 성장해 신중함이 더해진 징표라고 생각하고 싶었다.

그런 생각을 더듬으며 나오미가 다시금 에스컬레이터 쪽을 지켜보고 있을 때, 어깨 폭이 넓은 한 남자가 올라왔다. 오픈

셔츠에 붉은색 재킷을 걸치고 연갈색 서류 가방을 손에 들고 있었다.

닛타가 나오미의 대각선 뒤쪽에 물러서면서 말했다. "마에지마 다카아키예요."

네, 라고 나오미는 앞을 향한 채 작은 소리로 대답했다. 물론 얼굴에는 미소를 잃지 않았다. 그 웃음을 프런트 카운터로 다가온 마에지마에게로 향했다.

"어서 오십시오. 숙박이십니까?"

"예, 마에지마라고 합니다. 좀 일찍 왔는데, 체크인할 수 있습니까?" 몸집이 큰 편치고는 목소리가 작았다. 긴장했는지 약간 컬컬한 음성이었다.

나오미는 단말기로 예약 정보를 확인했다. 이미 방은 정해져 있다.

"마에지마 고객님, 오늘부터 1박, 스탠더드 트윈, 1인 이용으로 괜찮으시겠습니까?"

"네, 좋아요."

"감사합니다. 방이 준비되었습니다. 실례지만, 이걸 작성해 주시겠습니까." 숙박표를 내밀었다.

볼펜으로 기입하고 있는 마에지마의 기색을 나오미는 몰래 지켜보았다. 희끗희끗 새치가 섞인 머리는 짧게 손질했고 코 밑에 기른 수염도 깔끔하게 다듬어 청결해 보였다. 직업이 뭘까. 평범한 회사원 분위기는 아니다.

숙박표 작성이 끝난 것 같아 나오미는 결제 방법을 물었다. 마에지마는 신용카드를 선택했다. 매뉴얼대로 카드 복사를 요청해 확인해봤지만 본인 명의의 카드였다.

미리 준비해둔 1105호실의 카드키를 건넸다.

"방까지 안내해드릴까요?"

"아니, 괜찮아요. 고맙습니다." 마에지마는 나오미에게 웃음을 건네고 프런트를 떠났다. 그 뒷모습에서 왠지 나오미는 눈을 뗄 수 없었다. 엘리베이터 홀로 사라질 때까지 내내 지켜보았다.

나오미 씨, 라고 닛타가 불렀다. "뭔가 마음에 걸리는 거라도 있어요?"

나오미는 고개를 저었다.

"아뇨, 아무것도 없었어요. 그냥 평범한 고객님으로 보이네요. 도저히……." 나오미는 재빨리 주위를 둘러보며 혹시라도 듣는 사람이 없는지 확인한 뒤에 말을 이었다. "도저히 살인을 저지를 사람 같지 않아요."

"그건 대부분의 범죄자가 다 그래요." 닛타는 말했다. "흉악 범죄 사건의 범인이 체포되었을 때, 뉴스에 자주 그런 말이 나오죠. 이웃 주민이나 평소에 범인을 알고 있던 사람들이 하나같이 얘기하잖아요. 도저히 그런 짓을 할 사람으로는 보이지 않았다, 항상 인사도 잘하는 예의 바른 사람이었다……."

"네, 그런 얘기는 저도 들었지만……."

"아직 이해하지 못한 얼굴인데요?" 닛타는 고개를 갸우뚱하더니 이내 뒤쪽 문을 가리켰다. "잠깐 볼까요? 정식으로 말씀드릴 게 있어요."

나오미는 시계를 보았다. 체크인 타임인 오후 2시까지 아직 조금 여유가 있었다. 네, 라고 고개를 끄덕였다.

"이번 사건은 아주 특이합니다." 사무실로 들어가자 닛타가 얘기를 시작했다. "뭐가 특이한가 하면 그 동기예요. 사랑하는 가족을 잃은 사람들이 서로 협력해 당사자 대신 복수를 해주고 있어요. 마에지마 다카아키는 그 사건으로 딸을 잃었습니다. 어떤 사건이었는지는 아까 얘기했지요?"

"리벤지 포르노 피해를 당하고 여중생이면 따님이 자살했다는……."

그렇습니다, 라고 닛타는 날카롭게 눈빛을 번뜩였다.

"범인에게 내려진 판결은 금고 3년에 집행유예 5년이었어요. 교도소에는 가지도 않았고, 최근까지 클럽에서 일했습니다. 희희낙락 놀아대면서 반성하는 태도라고는 털끝만큼도 없었다고 하네요. 어린 나이에 세상을 등진 딸의 부모는 어떤 심정이었겠습니까. 내 손으로 죽이고 말겠다고 마음먹는 것도 이상하지 않겠지요. 그런 범인이 얼마 전에 살해됐습니다. 하지만 직접 손을 댄 것은 마에지마가 아니라 그 이외의 누군가였을 거예요. 그래서 마에지마는 오늘 이곳에 왔습니다. 자신의 원한을 풀어준 데 대한 보답을 하기 위해. 하지만 사실은 살인을 저지르고 싶지는 않겠죠. 그래도 꼭 해야 한다고 생각한 겁니다. 마에지마는 지유가오카에서 식당을 경영하는 사람이에요. 크리스마스이브라면 한창 대목일 텐데 다른 종업원이 있다고 해도 아마 식당을 비우고 싶지는 않았을 거예요. 그런데도 이 호텔에 온 것은 그만큼 강한 사명감이 있었기 때문이죠. 어떤 의미에서는 매우 성실하고 진지한 사람이에요. 가미야 요시미와 모리모토 마사시도 아마 그런 사람일 겁니다. 그들 이외에도 협력자가 있다고 한다면 그 사람도 역시 마찬가지겠죠. 그러니까 나오미 씨, 명심하세요. 이번 사건의 범인은 지극히 평범한 사람들입니다. 물론 지금의 정신 상태는 평범하지 않을지도 모르지만, 적어도 겉모습만으로는 알 수 없다고 보는 게 좋아요."

담담하게 얘기하는 그의 말투는 거친 활기가 두드러지던 예전의 젊은 형사의 것이 아니었다. 세월과 함께 수많은 사건과 범죄자들을 대치해온 사람만이 가질 수 있는 생생한 긴박감이 있었다.

잘 알겠습니다, 라고 나오미는 대답했다. "평범하게 보이는 고객님일수록 더욱 주의해서 지켜봐야겠네요."

"부탁드립니다." 닛타는 만족스러운 듯 입가를 풀고 미소를 지었다.

옆의 문이 열리고 야스오카가 얼굴을 내밀었다. "프런트 좀 부탁드려도 될까요?"

체크인 시간이 가까워지면서 손님이 몰리자 혼자서는 힘에 부쳤던 것이다. 네, 라고 나오미는 대답했다.

프런트로 나와 보니 야스오카는 남자 손님을 상대하고 있었다. 그 뒤로 젊은 커플이 카운터 너머에 줄을 서 있었다. 둘 다 20대 중반 정도일까. 남자 쪽은 회색 니트 셔츠에 검은 가죽 재킷, 염색한 머리에 눈썹 끝에는 피어싱을 했다. 여자 쪽은 금빛으로 염색한 머리를 포니테일로 묶고 큼직한 선글라스를 헤어밴드처럼 얹고 있다. 상당한 미인이지만 유튜브에 나올 것 같은 풀 메이크업이라서 맨얼굴은 짐작이 되지 않았다. 게다가 컬러 콘택트렌즈를 꼈는지 눈동자가 보랏빛이었다. 입고 있는 원피스도 화려했다. 다만 결코 품위 없어 보이지는 않았다.

그들의 등 뒤에 벨보이가 대기 중이고 곁에는 여행 캐리어를 실은 왜건이 있었다. 이 커플의 짐인 것 같았다.

"오래 기다리셨습니다." 나오미는 그 커플에게 인사를 건넸다. "체크인이십니까?"

당연히 남자 쪽에서 수속할 거라고 생각했는데 여자가 나서서 "네, 사와자키예요"라고 말했다.

나오미는 단말기를 찍어 예약자 중에 해당하는 이름을 찾았다. 인터넷 예약이었다. '산타 프레젠트'는 희망이라고 체크되어 있었다.

"사와자키 유미에 고객님, 맞으십니까?"

"네." 여자는 살짝 오른손을 들었다.

나오미는 다시 단말기를 들여다보며 객실 타입을 확인했다. 나아가 비고란에 기재된 내용을 보고 내심 뜻밖이라는 생각이 들어 얼굴을 들었다.

"사와자키 고객님, 오늘부터 2인 1박, 코너 스위트를 이용하시는 것으로, 괜찮으시겠습니까?"

"아, 그거 말인데요." 사와자키 유미에가 카운터에 양쪽 팔꿈치를 얹었다. "제가 원래 원했던 방은 거기가 아니에요."

나오미는 다시 한번 단말기를 확인해보았다. 비고란에 '로열 스위트로 변경 희망'이라는 게 있었다. 예약 때 본인이 적어둔 모양이다.

"빈방이 나오면 로열 스위트를 희망하신다는 말씀이군요."

"네, 맞아요. 어때요, 가능해요?"

"잠시만 기다려주십시오."

나오미는 단말기를 두드려 빈 객실 상황을 확인했다. 로열 스위트 칸에는 '접수 불가'라고만 적혀 있었다. 오늘 밤은 쓸 수 없다는 뜻이다. 그 방을 급히 가동하려면 이래저래 스태프들의 부담이 가중되기 때문일 것이다. 평소라면 모르지만 오늘 밤은 크리스마스이브 날이다.

"기다리시게 해서 죄송합니다, 사와자키 고객님. 유감스럽게도 오늘은 로열 스위트에 빈방이 없습니다."

사와자키 유미에는 실망한 듯 미간을 찌푸렸다. "그럼 어쩔 수 없네요."

"죄송합니다." 나오미는 머리 숙여 사과하고 숙박표를 내밀었다. "작성을 부탁드려도 될까요?"

사와자키 유미에는 화려한 네일아트로 장식한 손으로 볼펜을 집어들면서 말했다. "이 호텔 예약 사이트, 뭔가 좀 이상하던데요?"

"무슨 불편한 점이라도 있으셨습니까?"

"아니, '객실 타입 선택'에서 로열 스위트를 예약하려니까 그 방은 애초에 선택 자체가 안 되더라고요. 객실 소개에는 이미지와 평면도도 다 실려 있는데."

"죄송합니다. 로열 스위트는 인터넷 예약에서 제외하고 있습니다."

"왜요?"

"로열 스위트는 방 수가 적고 일찌감치 전화 등으로 예약하시는 분이 많기 때문에 이미 만실인 경우가 대부분입니다. 인터넷으로 이용하시는 분들께서 괜한 수고를 하시지 않도록 예약 사이트에서는 제외하기로 방침을 정했습니다."

사실은 그보다 호텔 측의 약간 다른 이유, 즉 갑작스러운 VIP의 방문이나 믿을 만한 단골 고객에게만 제공한다는 이유가 있었지만, 그런 얘기를 여기서 일부러 밝힐 필요는 없다.

"칫, 그래요?" 사와자키 유미에는 못마땅하다는 표정으로 볼펜을 굴렸다. 로열 스위트에 여전히 미련이 남은 눈치였다.

나오미는 1610호실 카드키를 준비하고 사와자키의 숙박표 작성이 끝나기를 기다리면서 그녀의 뒤쪽에 서 있는 남자를 티 나지 않게 관찰했다.

남자는 뺨이 움푹하고 턱이 뾰족한 게 불건강하게 보였다. 자꾸 주위를 둘러보는데 눈두덩 안에서 번뜩이는 눈빛에 뭔가 다른 속셈이 있는 듯한 기척이 감돌았다.

다 썼어요, 라고 사와자키 유미에가 말했다.

"감사합니다. 그런데 사와자키 고객님, 결제는 어떻게 하시 겠습니까. 현금, 아니면 신용카드를 이용하실 건가요?"

"신용카드로."

"네, 그러면 죄송합니다만 신용카드를 복사해도 되겠습 니까?"

"복사? 지금요? 나중에 나갈 때가 아니고?"

"나가실 때 다른 결제 방법으로 변경하실 경우에는 카드 복 사본은 파기해드립니다."

"그렇구나, 하긴 손님이 도망치면 큰일이겠네요."

맞는 말씀, 이라고 답할 수는 없어서 나오미는 조용히 미소 만 지었다.

사와자키 유미에는 가슴에 엇갈리게 매고 있던 프라다 가방 에서 지갑을 꺼내더니 금빛 카드를 뽑아 여기요, 라면서 카운 터에 올려놓았다.

"잠시 복사하고 오겠습니다."

나오미는 신용카드를 들고 복사기로 향했다. 어느새 닛타가 곁에 다가와 그녀의 손끝을 지켜보았다. 카드 명의는 'YUMIE SAWAZAKI'로 되어 있었다. 아무래도 본명인 모양이다.

"감사합니다. 우선 카드부터 돌려드립니다." 나오미는 신용카드를 사와자키 유미에게 건네준 뒤, 카드키 한 장이 든 폴더를 내밀었다. "객실 키입니다. 이그제큐티브 룸을 이용하시는 고객님께는 몇 가지 특전이 있습니다. 자세한 내용을 적은 설명서를 폴더에 넣어두었으니 시간 나실 때 살펴보시기 바랍니다. 그리고 짐이 도착한 것 같은데요, 곧바로 저희 스태프가 방까지 올려드리겠습니다."

네, 라고 말하고 사와자키 유미에는 폴더를 받아갔다.

나오미는 벨보이를 손짓으로 불러 또 한 장의 카드키를 건넸다.

"그러면 사와자키 고객님, 즐거운 시간 되시기 바랍니다."

사와자키 유미에는 카운터에서 물러나 동행한 남자에게 "오래 기다렸지?"라고 말했다.

그러자 남자가 그녀의 귓가에 얼굴을 바짝 대고 뭔가 속닥거렸다.

"아차, 깜빡했네." 사와자키 유미에가 다시 카운터로 돌아왔다. "룸서비스, 지금 여기서 주문해도 되죠?"

"물론입니다. 어떤 룸서비스를 원하십니까?"

"우선은 샴페인. 돔 페리뇽 핑크로 한 병, 그리고 모둠과일에 캐비어."

너무도 상투적인 주문에 나오미는 쓴웃음을 지을 뻔했다. 모처럼 크리스마스이브를 호텔에서 보내니까 마음먹고 호사를 부리겠다는 건가. 하지만 표정을 바꾸는 일 없이 "지금 방으로 가져다드릴까요?"라고 물었다.

사와자키 유미에는 남자 쪽을 보았다. "어떻게 할 거야?"

"좋지, 빨리 마시고 싶으니까."

"그렇지? ……지금 보내주세요."

"네, 알겠습니다."

"그리고 여기서 나리타 공항까지 가는 리무진 버스가 있지요? 승차장이 어디예요?"

"정면 현관으로 나가시면 바로 왼편에 버스터미널이 있습니다."

"시각표 같은 거, 있나요?"

"저희 호텔에는 시각표가 없지만, 나리타 공항이라면 오전 5시 40분부터 15분 간격으로 운행 중입니다."

"와, 그렇구나."

고마워요, 라고 말하고 사와자키 유미에는 남자에게 돌아갔다. 벨보이가 여행 캐리어를 얹은 왜건을 밀면서 이동하기 시작했다. 그 뒤를 따라 커플도 나란히 걸음을 옮겼다. 엘리베이터 홀로 향하는 두 사람의 뒷모습은 즐거워 보였다.

나오미는 내선 전화로 룸서비스 부서를 연결해 주문 내용과 객실 번호를 전달했다. 옆에서는 닛타가 사와자키 유미에의 숙박표를 찬찬히 들여다보고 있었다.

전화 연락을 끝낸 뒤, 뭔가 이상한 게 있느냐고 나오미는 물었다.

"아니, 방금 그 두 사람, 어디서 왔나 해서요. 말투에 사투리는 없었지요?"

"네, 사투리는 쓰지 않았어요."

숙박표의 주소 칸은 기입한 게 없었다. 인터넷 예약 때의 주소를 보니 가나가와 현 미우라 시였다.

"인근에서 호텔에 숙박하러 오는 건 부자연스러운 일은 아니에요. 차림새 등으로 봐서는 신혼여행 아닐까요? 오늘 밤 여기서 묵고 내일 아침에 나리타 공항으로 출발하는 일정인 것 같은데."

하지만 닛타는 대답하지 않고 생각에 잠긴 얼굴이었다.

"로열 스위트가 얼마 정도였지요?"

"숙박료 말인가요? 계절이나 조건에 따라 다르긴 하지만 대략 35만 엔 정도예요."

"35만 엔? 만일 로열 스위트룸이 있었다면 저 여자는 그 이상도 지불할 생각이었을까요?"

"아까 보기에는 그런 것 같아요. 골드카드였으니까 한도액이 적지 않을 거고요."

"골드카드……." 닛타는 뭔가 석연치 않다는 얼굴로 스마트폰을 꺼내더니 전화를 걸기 시작했다. "모토미야 씨? ……숙박 객 목록에 사와자키 유미라는 이름이 있을 겁니다. 운전면 허증이 확인되는 대로 얼굴 사진 좀 보내주세요. 나이는 아마 20대……. 네, 전부 보내주세요. ……아뇨, 조금 마음에 걸리는 정도예요. ……네, 부탁드립니다."

닛타가 전화를 끊는 것을 보고 나오미는 입을 열었다.

"저 나이에 골드카드는 수상하다고 생각하시는 거라면 인식 을 바꾸는 게 좋을걸요. 부모가 재벌급인 경우가 아주 많아요."

"부유층이라는 건 틀림없겠네요. 옷차림만 봐도 알 수 있으 니까. 브랜드까지는 모르겠지만 값싼 옷은 아니던데요."

"펜디 제품이었어요." 나오미는 즉각 답했다. 저도 모르게 여 성 고객의 옷차림을 체크하는 것은 오래 전부터의 버릇이다. "그리고 가방은 프라다. 게다가 신상이었어요."

"그렇군요. 여자 쪽은 모든 게 진품. 하지만 다른 한쪽은 아 니었어요."

"다른 한쪽?"

"같이 온 남자. 그쪽은 가짜였어요." 닛타가 망설임 없이 말 했다.

"가짜요?"

재킷, 하고 말하며 닛타는 옷자락을 집어 보였다. "페이크 레 더였어요. 그 재킷이라면 비싸게 쳐줘도 2만 엔이 안 될걸요."

나오미는 눈을 깜박거렸다. "닛타 씨, 가죽이 진짜인지 페이크인지, 보기만 했는데도 아시는 거예요?"

"아버지가 가죽에는 유난히 까다로운 분이라서요. 페이크 레더 같은 걸 걸치고 다니면 가문에 먹칠을 하는 거라나, 그런 얘기를 자주 하셨어요."

"진품을 지향하시는군요."

"그냥 허세죠. 아무튼 방금 그 두 사람은 뭔가 수상해요. 신혼여행인 것 같다지만, 둘이 너무 어울리지 않는 느낌이랄까. 그래서 우선 여자 쪽 신원만이라도 알아볼 생각이에요. 그나저나 짐이 도착했다고 했죠? 그건 어디 있어요?"

"벨 데스크에 있을 텐데요."

"어떤 짐이지? 잠깐 구경 좀 해볼까."

닛타가 프런트를 나섰기 때문에 나오미도 뒤따라갔다.

벨 데스크에 가보니 큼직한 박스가 눈에 띄었다. 닛타가 쪼그리고 앉아 배달 송장을 살펴보았다. 곁에 서 있는 벨보이는 세키네라는 수사관이었다.

"보낸 사람이 그 여자 본인이군요. 주소는 가나가와 현 미우라 시……. 품목은 의류. 그런 큼직한 여행 캐리어를 들고 왔으면서 또 옷이 필요한가?"

"둘이 해외여행을 한다면 그 캐리어만으로는 오히려 적은 편이에요. 이 상자 안에는 별도의 캐리어가 들어 있는 게 아닐까요?"

닛타의 스마트폰이 뭔가를 수신했는지 전자음이 울렸다. 잽

싼 손놀림으로 화면을 켜고 몇 번인가 슬라이드를 반복했다. 나오미가 옆에서 들여다보니 화면에 여러 장의 여자 얼굴 사진이 떠 있었다.

"그 사진은?" 나오미가 물었다.

"사와자키 유미에와 동성동명이면서 운전면허증을 소지한 여성이 전국에 다수 있다는 거예요. 그래서 전원의 사진을 보내줬는데……." 닛타는 고개를 가로저으며 스마트폰을 안주머니에 넣었다. "모두 조금 전 여자와는 다른 얼굴이네요."

"그렇다면 그분은 운전면허증이 없다는 건가요?"

"아니면 가명을 썼을 수도 있죠. 카드 명의가 같아도 반드시 본인 이름이라고 할 수는 없으니까요."

닛타의 눈빛이 형사답게 번쩍였다. 세키네 형사를 곁으로 불러 지시를 내렸다. "이 짐은 자네가 1610호실에 가져가도록 해. 박스가 커서 방 안까지 들여줘야 할 거야. 그때 두 사람의 상태를 잘 관찰해봐. 경찰이라는 것을 눈치채지 못하게 조심하고."

14

오후 4시를 지났을 무렵, 사무동으로 건너오라는 이나가키의 연락이 들어왔다. 중대한 사안이 밝혀졌다는 것이었다. 지금 즉시 가겠습니다, 라고 닛타는 대답했다. 체크인하려는 숙박객이 카운터 앞에 줄을 서 있었지만, 우선 중요한 건 그쪽이다. 야마기시 나오미에게 사정을 얘기하고 프런트를 나왔다.

현재까지는 별반 수상쩍은 손님은 없었다. 굳이 말하자면 사와자키 유미에와 동행한 남자 정도였지만, 방으로 짐을 배달한 세키네의 말에 의하면 "별문제 없이 느긋하게 쉬고 있었다"라는 것이었다. 그야 그렇겠지, 하고 생각했다. 뭔가 다른 속셈이 있다고 해도 호텔 스태프 앞에서 드러나게 이상한 행동을 취할 리 없다.

회의실에 도착해보니 이나가키 옆에 아즈사와 노세가 나란히 앉아 있었다. 그들을 마주하고 앞쪽에 앉은 건 모토미야였다. 기다리시게 해서 죄송합니다, 라고 말하고 닛타는 모토미야 옆에 자리를 잡았다.

"7팀에서 중요한 정보를 알아냈어." 이나가키가 그렇게 말하며 옆을 향했다. "노세 경위, 닛타에게 설명 좀 부탁해."

네, 라고 대답하고 노세는 등을 꼿꼿이 세우더니 옆의 가방에서 문서를 꺼냈다. 여러 장을 스테이플러로 묶은 것 같았다. 그것을 닛타 쪽으로 내밀었다. "우선 첫 장부터 읽어봐요."

출력한 인쇄물은 아무래도 인터넷 블로그 글인 모양이었다. 제목은 〈불가해한 천칭(天秤)〉이었다.

"우선 앞부분부터 읽어봐."

이나가키의 재촉에 닛타는 대략 훑어보았다. 첫 페이지에는 블로그 개설의 동기가 적혀 있었다. 우선 눈에 띄는 주장은 '이 나라는 죄의 무게에 비해 처벌이 너무 적다'는 것이었다.

우리나라는 사람을 죽여도 사형이나 무기징역에 처하지 않고 형기가 20년 이하인 경우가 너무도 흔합니다. 살인 이외의 범죄는 당연히 그보다 더 낮아서 이를테면 업무상과실치사상의 경우는 5년 이하입니다. 절도범도 10년 이하로 정해져 있는데, 건물 위에서 물건을 떨어뜨려 행인이 사망했을 경우에도 과실이라고 주장하면 지갑을 훔친 경우보다 더 가벼운 처벌에 그칩니다. 그런 처벌을 유족이 과연 받아들일 수 있을까요. 나는 이 블로그를 통해 우리나라의 형벌 판정 시스템이 얼마나 불합리한지, 그로 인해 피해자 유족이 얼마나 큰 고통 속에 살아가는지 철저히 규명해보고자 합니다.

나름대로 정당한 의견이라고 내심 수긍하면서 개설자의 프로필을 보았다. 성별은 남성, 별자리는 처녀자리라고 적혀 있었다. 취미는 등산과 클래식 감상이었다. 개설 날짜는 지금부터 약 10년 전이다. 본명은 밝히지 않은 대신 닉네임이 나와 있었다.

"개설자 닉네임이 멀티밸런스? 꽤 그럴싸하네."

닛타의 중얼거림에 이나가키가 반응을 보였다. "뭐가 그럴싸하다는 거지?"

"제목이 '불가해한 천칭'이라고 했는데, 여기서 말하는 천칭은 그리스 신화의 여신 테미스가 들고 있는 천칭이겠죠. 법은 만인에게 평등하게 적용된다는, 법과 정의의 상징으로 통하는 여신입니다. 그리고 천칭은 영어로 밸런스예요. 즉 이 개설자는 일본에서 그 천칭의 일관성이 떨어지고 케이스 바이 케이스로 다른 기준이 적용된다, 천칭은 여러 개가 존재한다는 주장을 하려고 '멀티밸런스'라는 닉네임을 쓴 것 같습니다."

"역시나 닛타 씨, 박학다식이라니까."

노세가 추켜세웠지만 닛타는 "지식이랄 것도 없는데요, 뭘"이라고 받아넘기고, "그래서 이 블로그가 어떻다는 겁니까?"라고 물었다.

"2페이지도 읽어봐요."

노세의 말에 서류를 넘겼다. 다음 페이지에도 글씨가 빽빽하게 이어졌다. 소제목은 〈범인의 나이를 천칭에 얹을 수 있는가〉라는 것이었다.

이른바 소년법으로 대표되는 바와 같이 우리나라는 형벌을 결정할 때, 범인의 연령을 극단적으로 고려하는 경향이 있습니다. 나이가 어리다는 것만으로 어떤 무거운 죄를 범했더라도 장래에 성실한 인간이 될 가능성이 있다고 단정해버리는 모양입니다. 하지만 의도적으로 살인을 저지른 자가 약간의 징역살이로 갱생할 수는 없을 것입니다. 부과된 형벌 기간

172

이 지나면 다시 자유의 몸이 될 수 있으니 그동안만 조용히 지내다가 다시 내 멋대로 살겠다고 생각하지 않을까요? 외견상의 변화 따위, 어떻게 믿을 수 있겠습니까. 본인이 갱생한 척할 뿐이거나 관계자들이 갱생한 것으로 봐주는 것뿐이라는 게 현실일 것입니다.

문장에서 열기가 느껴졌다. 게다가 '예를 들어 과거에 이런 사건이 있었습니다'라고 전제한 뒤, 구체적인 사건에 대한 설명으로 이어졌다.

그 사건은 도쿄의 주택가에 자리한 단독주택에서 일어났다. 당시 중학교 3학년이던 장남이 귀가해보니 주방 쪽에 어머니가 쓰러져 있었다. 목이 졸려 죽은 것이었다. 집 안은 난장판이 되었고, 지갑이며 현금을 도난당했다.

범인은 그 얼마 뒤에 체포되었다. 갓 스무 살이 된 남자였다. 빈집인 줄 알고 침입했는데 사람이 있어서 크게 당황했다, 그 아주머니가 소리를 지를까봐 목을 졸라버렸다, 라고 진술했다.

피해자의 유족들은 사형을 원했다. 그런데 내려진 판결은 징역 18년이었다. 강도 살인죄는 사형 혹은 무기징역이라는 얘기를 들어왔던 터라서 유족들은 큰 충격에 빠졌다. 범인은 충분한 교육을 받을 기회가 없었고 정신적으로 미숙하며 그런 상황이 범행으로 이어졌을 가능성이 높다, 갱생의 기회를 주는 것이 옳다, 라고 판단한 모양이었다.

유족들이 납득할 수 있을 리 없었다. 범행 당시에 스무 살이었으니까 형기 18년이면 피고인이 교도소를 나올 때는 38세로 아직 충분히 인생을 다시 살 수 있다, 아니, 한껏 즐기면서 살지 않을까. 그런 어처구니없는 일이 있어도 되는가. 하지만 유족들이 항소를 해도 판결은 뒤집히지 않았다.

'이건 실제로 일어난 사건입니다'라고 '멀티밸런스'는 밝혔다. 이어서 '갱생이란 무엇일까요. 설령 범인이 갱생했다고 하더라도 죽은 사람이 살아 돌아오지는 못합니다. 살인자의 인생과 피해자 및 유족의 인생, 과연 어느 쪽이 더 존중되어야 한다고 생각하십니까?'라고 묻고 있었다.

닛타는 고개를 들어 모토미야를 보았다. "여기서 말한 이 사건은……."

모토미야가 크게 고개를 끄덕였다.

"우리 팀 사건에서 살해된 고사카 요시히로가 20년 전에 저지른 강도 살인이야. 틀림없어. 상황이나 살해 방법 등이 완전히 일치하고, 애초에 강도 살인으로 사형은커녕 무기징역도 안 나오는 케이스는 그리 많지 않아."

"닛타 씨, 그다음 페이지도 읽어봐요." 노세가 말했다.

페이지를 넘기자 〈허술한 점〉이라는 소제목의 글로, '며칠 전 직장 근처에서 화재가 났습니다'라는 문장으로 시작되고 있었다.

소방서와 경찰 당국이 화재 원인을 조사 중이라는데 아직 답을 내리지 못한 모양입니다. 만일 방화였다고 해도 이름을 밝히고 나선 자가 실수였다고 주장해버리면 그 주장을 뒤집을 수 없는 경우도 있지 않을까요? 마찬가지로 의도적으로 자동차로 사람을 치어 죽였다고 해도 졸음운전을 했다, 브레이크와 액셀을 착각했다는 식으로 주장해버리면 살인죄로 처벌할 수 없는 게 아닌가 하는 생각도 듭니다.

이 글에는 이미지가 첨부되어 있었다. 고층빌딩 창문 너머로 촬영했는지 길거리를 내려다보는 구도였다. 어떤 도로인지는 바로 알 수 있었다. 도쿄 도청이 찍혀 있었기 때문이다.

"신주쿠인 것 같네요."

"그렇지? 도청이 보이는 각도나 크기를 통해 어느 위치에서 찍었는지 특정할 수 있었어. 문서 4페이지에 지도가 있어."

닛타는 4페이지를 보았다. 신주쿠 지도가 나오고 그중 니시신주쿠 근처에 빨간색 X 표시가 있었다. 빌딩 이름도 확인되었다.

"그 빌딩에 모리모토 마사시가 근무하는 보험회사가 있어." 모토미야가 말했다. "그걸로 거의 확정된 셈이야. '멀티밸런스'라는 블로그 개설자의 정체는 모리모토 마사시였어."

닛타는 고개를 끄덕이며 노세를 보았다. "용케 찾아내셨네요."

베테랑 형사는 쓴웃음을 지었다. "내가 찾아낸 게 아니야."

"사이버범죄 전문가에게 걸리면 이 정도는 누워서 떡 먹기예요." 옆에서 아즈사가 의기양양하게 말했다.

노세에게 맡긴 중요한 임무라는 게 그쪽 전문가와의 연락 담당이었던 모양이다.

문서는 두 장이 더 있었다. 닛타는 그 5페이지를 읽어보았다. 역시 블로그 글로, 소제목은 〈천벌이 내려졌는가〉라는 것이었다.

잘 아시다시피 이 블로그에서는 부조리한 사건으로 사랑하는 사람을 잃은 이들의 억울한 사연에 대해 생각나는 대로 기록해왔습니다. 부조리한 사건이 천재(天災)라면 포기할 수도 있습니다. 혹은 사고였다고 해도 거기에 악의가 없었다면 언젠가는 마음을 돌릴 수 있을지도 모릅니다.

하지만 범죄라면 어떨까요. 누군가 의도적으로 사랑하는 이의 목숨을 앗아간 것이라면 그자를 원망하지 말라는 게 오히려 말이 안 되겠지요. 그러면 어떻게 보상해야 마음이 치유될까요. 징역? 개심? 갱생? 그런 것으로 정말 유족이 구원을 받을까요? 평정심을 얻을 수 있을까요?

나는 역시 '목숨에 대한 보상은 목숨으로'라는 생각이 들고 맙니다.

하지만 이 나라의 법률에서는 웬만해서는 사형이 채택되지 않습니다. 천칭의 한쪽 접시에 사형이라는 추를 얹을 경우, 다른 한쪽 접시에 사람 한 명을 살해한 죄를 얹어봤자 천칭은 꿈쩍도 안 합니다. 2인 이상을 살해한 경우에조차 꿈쩍도 안 하는 일도 있습니다.

그렇게 되니 이제 국가 이외의 것에 의지할 수밖에 없다는 생각이 듭니다. 그건 무엇일까요? 나 자신의 힘일까요? 내가 직접 손을 대는 수밖에 없는 것일까요?

그런데 최근에 뜻밖의 일이 일어났습니다. 국가가 사형에 처해주지 않았던 인물이 돌연 목숨을 잃은 것입니다.

이것을 어떻게 봐야 좋을지, 몹시 혼란스럽습니다.

천벌이라고 받아들여도 되는 것일까요. 아니면 그건 역시 불경한 생각일까요.

답을 내리지 못한 채 고민하고 있습니다.

닛타는 글이 올라온 날짜를 확인하고 헉 숨을 삼켰다. 바로 일주일 전이다.

"이 글에서 말하는 천벌이라는 게 고사카 요시히로가 살해된 사건이군요."

"아마 그렇겠지?" 이나가키가 말했다. "일부러 이런 글을 올려둔 것은 만에 하나 이 블로그를 경찰에서 알게 됐을 때, 자신이 사건에 관여하지 않았다는 반증이 된다고 생각했기 때문일 수도 있어."

"그렇게 생각하는 게 타당하겠지요. 실제로 모리모토 자신은 고사카 살해에는 가담하지 않았으니까요."

"닛타 씨, 마지막 장도 읽어봐." 노세가 옆에서 말했다.

6페이지에는 두 개의 글이 이어졌다. 첫 번째는 〈소년 범죄〉라는 것이었다.

이 블로그에서 여러 번 얘기했지만, 소년 범죄에 대한 가벼운 처벌을 보면 오히려 범죄를 부추기는 게 아닌가 하는 느낌까지 듭니다. 최근에도 매우 딱한 얘기를 해주신 분이 있었습니다. 그분의 아드님은 아무 잘못이 없었는데도 돌연 낯선 소년에게서 폭력을 당해 불행하게도 장기간에 걸쳐 의식불명 상태에 빠졌던 것입니다. 그런 가운데 범인 소년에 대한 재판이 진행되었는데 결과는 소년원 송치라는, 믿어지지 않을 만큼 경미한 것이었습니다. 중대한 후유증이 남았는데도 죄명은 단순한 상해죄였습니다. 그런데 1년 후에 피해자는 세상을 떠났습니다. 즉 상해치사, 아니, 생각하기에 따라서는 살인죄가 적용되어도 이상하지 않은 케이스였습니다. 이런 불합리한 일이 대체 언제까지 반복되는 것일까요.

또 다른 글의 제목은 〈비열한 범죄〉라는 것이었다.

재판에서는 결과의 중대성을 중시한다고 들은 적이 있습니다. 범죄에 이르게 된 경위보다 그 범행에 의해 어떤 결과가 빚어졌는지가 중요하다는 것이지요. 하지만 현실에서는 그 결과를 무시했다고 볼 수밖에 없는 사례가 눈에 띕니다. 한 중학생 소녀가 있었습니다. 그 소녀는 SNS에서 알게 된 남자와 교제를 시작해 육체관계를 갖게 됐습니다. 그런 사실을 알고 부모는 딸을 설득해 헤어지도록 했습니다. 그러자 상대 남자는 몰래 촬영해둔 동영상을 인터넷에 퍼뜨렸습니다. 이른바 리벤지 포르노입니다. 소녀는 충격을 받아 학교에 다닐 수 없었습니다. 그뿐만 아니라 정신에 이상이 생기고 이윽고 스스로 죽음을 택했습니다. 남자의 범죄는 소녀의 죽음이라는 결과를 초래한 것입니다. 그에 대한 처벌은 어떤 것이었는가. 금고 3년에 집행유예 5년입니다. 도무지 믿을 수 없는 일이지요. 이걸 받아들일 유족이 과연 있을까요?

닛타는 얼굴을 들어 노세를 보았다.

"가미야 요시미와 마에지마 다카아키의 연결고리를 발견했다는 얘기군요."

노세는 고개를 끄덕였다.

"피해자 유족으로서의 경력은 모리모토 마사시가 가장 오래 되었고 블로그를 개설한 것도 10년 전쯤이야. 아마도 가미야와 마에지마 등은 모리모토의 블로그 글에 공감해 자기들 쪽에서 모리모토에게 접촉한 것으로 추측하고 있어."

"그렇게 서로 의기투합해 이런저런 상담을 하고 정보도 교환하고, 한마디로 서로를 위로했다는 건 쉽게 상상이 되지." 이나가키가 말했다.

"그 결과, 자신들이 직접 천벌을 내릴 수 있을지, 고민하게 되었다……." 닛타는 상사의 말을 받아 뒤를 이었다. "그래서 생각해낸 게 로테이션 살인이라는 건가요?"

이나가키가 턱을 당기고 눈을 부릅떴다. "왜, 뭔가 모순되는 점이라도 있어?"

"아뇨, 없습니다. 타당한 추리예요. 나아가 한 가지 생각난 게 있습니다. 범인들이 이번 사건 현장으로 이 호텔을 선택한 이유입니다."

"말해봐."

"블로그 글을 읽으면서 느낀 건데, 그들은 자기들의 주장을 세상에 널리 알리고 싶은 것 같아요. 남의 목숨을 빼앗았는데도 그에 상응하는 처벌이 내려지지 않는 현실을 더 많은 사람들이 알아줬으면 하는 것이지요. 그런 점에서 로테이션 살인에 의한 복수라고 하면 어떻게 될까요. 개인적으로 처벌 욕구는 채울 수 있어도 사람들이 그 일을 모른다면 별 의미도 없겠죠. 그래서 어느 시점엔가 이번 계획을 드러내 밝히면서 문제제기를 하자고 생각했을 겁니다. 어떻게든 이 일이 세간의 주목을 받아야 한다, 그래서 이 호텔을 공개 무대의 하나로 선택한 게 아니겠습니까?"

그러네, 라고 무릎을 탁 내리친 것은 노세였다.

"만일 이번 범행에 성공하면 언론에서는 지난 사건들도 파헤칠 것이고, 그러면 주목도가 단숨에 높아진다는 얘기지."

"그렇습니다. 그 사람들, 어쩌면 체포될 각오까지 했는지도 모르겠어요. 최종적인 목적은 법정에서 자기들의 주장을 펼치는 것이겠죠."

"그렇게 생각하면 그들이 본명으로 이 호텔에 숙박한 것도 이해가 되네."

노세의 말에 고개를 끄덕여 답하고 닛타는 "어떻습니까, 이런 추리는?"이라고 이나가키에게 의견을 청했다.

관리관은 얼굴을 일그러뜨렸다. "불길하기 짝이 없는 추리잖아."

"잘못 짚었을까요?"

"잘못 짚기는? 그야말로 타당한 추리야. 아무리 두 번 거듭된 일은 세 번째도 있다지만, 이 호텔이 번번이 계획 살인의 무대로 선택된 것은 우연이라고 하기 어렵지. 그런데 만일 그 추리가 맞는다면 수사하기가 정말 힘들어져. 체포될 것을 각오한 이상, 어떤 막판 작전으로 치고 나올지 모른다고."

"말씀하신 대로 그럴 가능성을 더해 범행 계획을 예측할 필요가 있습니다."

"복잡하네, 복잡해. 그자들이 이번 계획에 대해 주고받은 대화가 인터넷상에 남아 있으면 좋겠는데 말이야."

"안타깝게도 그건 기대하기 어려울 겁니다." 닛타는 시선을 이나가키에서 아즈사에게로 옮겼다. "범행 계획을 짜는 과정을 일반 SNS에 남겼을 리 없으니까요. 다크웹을 사용했다면 그 흔적을 인터넷상에서 찾아내기는 거의 불가능……. 그렇죠, 아즈사 경감?"

네, 라고 아즈사는 차가운 얼굴로 응했다. "맞습니다."

"아즈사 경감은 뭔가 아이디어가 있습니까?"

그러자 아즈사는 옆을 보며 "노세 경위, 설명을"이라고 말했다. 노세가 노안경을 벗고 닛타 쪽을 향했다.

"이 '불가해한 천칭'이라는 제목의 블로그 개설자 '멀티밸런스'는 그밖에도 수많은 사건에 대한 개인적 주장을 글로 올렸습니다. 이번에 표적으로 삼은 인물이 저지른 사건도 그 속에 들어 있을 가능성이 지극히 높겠지요. 그래서 블로그에서 다룬 에피소드가 실제로 어떤 사건에 해당하는지, 최대한 속도를 내서 분석을 끝낼 예정입니다."

"그걸 찾아내면 그다음은 해당 사건의 피해자 유족과 범인의 근황을 철저히 조사할 거야." 이나가키가 뒤를 이었다. "숙박자 목록에 그 이름이 있다면 그야말로 정확히 맞힌 거지."

"어떤 목표를 설정하셨는지, 잘 알겠습니다." 닛타는 수긍하고 말했다. "하지만 거듭해서 말씀드리지만, 피해자 유족은 어찌 됐든 그들의 표적이 된 인물이 반드시 본명으로 숙박했다고는 할 수 없어요."

"알지. 그 점에 관해서는 좋은 소식이 있어. 통신사와 드디어 얘기가 됐어. 절대로 외부에 흘리지 않는다는 조건으로, 전화번호를 전달하면 그때마다 명의인을 알려주기로 했어. 이미 숙박 예약 때 등록된 번호에 대해서는 모든 데이터를 다 받았어."

"현재 숙박객 이름과 조회 중이야." 모토미야가 말했다. "번호와 명의가 일치하는 자가 대부분이지만, 일치하지 않는 건도 적지 않아. 그런 경우에는 병행해서 범죄 전과도 조사하고 있는데 아직까지 전과자는 발견되지 않았어."

"닛타, 이제부터는 자네 팀이 어떻게 움직여주느냐에 승패가 달렸어." 이나가키가 위압적인 시선을 닛타에게로 향했다. "전화번호와 명의인이 일치하지 않았다고 해서 숙박객 이름이 가짜라고는 할 수 없겠지. 하지만 거기에는 분명 뭔가 사정이 있을 거야. 우선 그런 자들을 철저히 마크하도록 해. 이제 남은 시간은 불과 몇 시간이야. 수단 방법을 가릴 여유가 없어!"

15

프런트 업무가 일단락된 참에 시각을 확인해보니 오후 5시였다. 나오미는 로비로 시선을 던졌다. 점점 더 손님이 밀려들고 있었다. 6시부터는 망년회와 크리스마스파티 예약도 있어서 본격적으로 붐비는 것은 이제부터다.

로비를 가로질러 닛타가 빠른 걸음으로 다가오는 게 보였다. 그 얼굴 표정이 심각했다. 뭔가 까다로운 문제라도 생긴 걸까.

"제가 자리 비운 사이에 특이사항은 없었습니까?"프런트 카운터 안쪽으로 들어온 닛타가 물었다.

"체크인한 고객님 중에는 딱히 수상한 사람은 없었어요."

"신용카드 명의와 예약명이 다른 경우는?"

"없었어요. 단지 현금 결제를 희망한 고객님이 한 분 계셨습니다. 70대 남자분이에요."그렇게 말하고 나오미는 카운터 밑에서 숙박표 한 장을 꺼내 닛타에게 내밀었다.

고마워요, 라면서 그는 표를 찬찬히 들여다보며 호텔 단말기를 두드리기 시작했다. 모니터에 표시된 것은 숙박표의 남성 고객에 관한 데이터였다.

"무슨 문제라도 있어요?"나오미는 물었다.

"여기 보세요."그렇게 말하고 닛타는 데이터의 비고란을 가리켰다. 그곳에는 '금연실 희망, 없으면 끽연실도 가능'이라는, 본인이 예약 담당자에게 전한 것으로 보이는 내용이 기록되어 있었다. 하지만 나오미의 눈이 멈춘 것은 그 아래쪽에 있는 '번호 명의 일치'라는 표시 글이었다.

"이건 뭐죠? 아까는 없었는데?"

"여기 이 번호라는 건 고객이 예약 때 연락처로 호텔 측에 밝힌 전화번호예요. 인터넷 예약 때도 등록하게 되어 있지요? '일치'라는 건 예약자 이름과 전화 명의가 일치한다는 뜻입니다. 조회가 끝난 사람부터 차례대로 호텔 단말기에 입력해달라고 했어요. 나오미 씨가 아까 확인했을 때는 이 고객은 아직 입력 작업이 덜 된 참이었겠지요."

"전화번호 명의를 경찰이 의뢰하면 통신사에서 곧장 알려주는 거예요?"

"곧장 알려주는 건 아니지만, 영장청구 등의 수속을 밟으면 가능해요. 다만 이렇게 많은 사람일 경우에는 그리 쉽게 해주지 않습니다. 이번 사건이 워낙 큰 사안이라 경찰 고위급에서 통신사에 강력히 요청했을 거예요."

닛타의 말투에는 변명 같은 여운이 있었다. 수속을 밟기만 하면 경찰에게는 개인의 프라이버시 따위는 없는 것이나 마찬가지인지도 모른다.

그 아즈사라는 여성 경감도 그런 식이겠구나, 라고 나오미는 생각했다. 수사를 위해서라면 개인의 프라이버시 같은 건 차후의 문제인 것이다.

"왜요?" 닛타가 물었다.

"아뇨, 아무것도 아니에요. 말하자면 체크인하는 고객님이 본명인지 아닌지, 이 표시로 확인할 수 있다는 말씀이군요."

"본명이 아니라고 단정하는 건 성급한 일이겠죠. 사정이 있어 타인 명의의 전화를 사용할 수도 있고, 연락처를 다른 사람으로 해둔 것일 수도 있어요. 다만 요주의 고객이라는 점만 유념하면 됩니다."

"알겠습니다. 하지만 조금 전에도 말했듯이 피해자 유족분들은 본명을 쓰시는 것 같던데요."

"그건 그렇지만 반드시 본명을 썼다고 단정할 근거는 아무것도 없어요. 게다가 표적은 가짜 이름을 쓸 가능성이 높아요."

"표적······."

닛타는 얼굴을 가까이 대고 작은 소리로 말했다.

"그들이 노리는 사람 얘기예요."

"아, 네. 잘 알겠습니다."

나오미가 로비로 시선을 향하자 선글라스를 쓴 정장 차림의 여성이 다가오는 참이었다. 야스오카는 다른 남성 고객을 상대하고 있었다.

"숙박이십니까?"

나오미가 묻자 여성은 고개를 끄덕이며 "미와라고 합니다"라고 말했다. 귓속에 울리는 맑은 목소리에서 여성스러운 성숙함이 느껴졌다. 나이는 40세 전후, 혹은 좀 더 많은지도 모른다.

단말기를 두드려 예약자 이름을 찾아냈다. '미와 하즈키(三輪葉月)'라고 나와 있었다. 멋진 이름이다. 비고란에 '전화 명의 일치'라는 표시가 있으니까 본명인 것이리라. '산타 프레젠트'는 희망하지 않음에 체크되어 있었다.

"미와 하즈키 고객님, 오늘부터 1박, 디럭스 더블, 1인 이용으로, 괜찮으시겠습니까?"

네, 라고 미와 하즈키는 대답했다.

"그러면 숙박표 작성을 부탁드립니다." 나오미는 표를 그녀 앞에 내밀었다.

고객이 기입하는 동안에 카드키를 준비했다. 방은 0821호실로 정했다.

"다 썼어요."

"감사합니다. 그런데 미와 고객님, 결제는 어떻게 해드릴까요? 현금으로, 아니면 신용카드로 하실까요?"

"카드로 할게요."

"알겠습니다. 죄송합니다만, 카드를 복사해도 될까요?"

그래요, 라면서 미와 하즈키는 핸드백을 열어 금빛 신용카드를 꺼냈다.

"감사합니다."

나오미가 카드를 복사하고 있는데 엇, 하고 미와 하즈키가 놀란 소리를 올렸다. "닛타 아니야?"

흠칫해서 돌아보았다. 미와 하즈키가 멍하니 닛타를 보고 있었다. 닛타도 놀란 듯 눈이 둥그레졌다.

"역시 닛타 맞네. 나야, 나." 미와 하즈키가 선글라스를 벗었다. "나, 야마시타 하즈키야. 잊어버렸어? 형법각론과 법사회학 수업, 항상 같이 들었잖아."

하아, 하는 느낌으로 닛타의 입이 헤벌어졌다. 아무래도 생각난 모양이다. 언제든 침착함을 잃지 않는 닛타의 눈빛이 웬일로 크게 흔들리고 있었다.

"아니, 그게…… 응, 오랜만이네." 이 또한 닛타답지 않게 어물어물하는 말투였다.

"닛타, 왜 이런 데 와 있어? 아버님의 반대를 무릅쓰고 경시청에 들어갔다는 얘기가 돌던데?" 미와 하즈키가 의아하다는 듯 미간을 좁혔다.

"응, 이래저래 사정이 좀 있어서……." 닛타는 얼굴을 묘하게 일그러뜨리며 말했다. 웃으려고 한 것인지도 모르지만, 명백히 당황하고 있었다.

미와 고객님, 이라고 나오미가 두 사람 사이에 끼어들었다.

"오래 기다리셨습니다. 신용카드부터 돌려드립니다. 그리고 이건 객실 카드키입니다."

고마워요, 라고 미와 하즈키가 받아들었다. 하지만 아직도 닛타가 마음에 걸리는지 그에게 시선이 못 박힌 채였다.

"고객님, 실례지만 닛타 씨와 아시는 사이입니까?"

"네, 아주 옛날이지만."

"그러시군요. 저희 호텔 스태프는 전직한 경우가 많습니다. 저도 예전에는 간호사로 근무했거든요."

"어머, 그렇구나. 전직을 한 거야?" 미와 하즈키의 눈에 납득한 기색은 떠오르지 않았다.

"미와 고객님, 체크인 수속은 끝났으니……." 닛타가 두 손바닥을 나란히 붙여 옆을 가리키며 머리를 숙였다. "즐거운 시간 되시기 바랍니다."

미와 하즈키는 여전히 석연치 않은 표정이었지만, "응, 그래"라고 고개를 끄덕이고 다시 선글라스를 꼈다. 그대로 엘리베이터 홀을 향해 걸음을 옮겼다. 하지만 홀 안으로 사라지기 전에 다시 한번 이쪽을 돌아보았다. 선글라스 너머의 눈은 닛타를 포착하고 있는 게 틀림없었다.

하필 이런 때에, 라는 닛타의 투덜거림이 나오미의 귀에 들어왔다.

"어떻게 아시는 분이에요?"

닛타가 콧잔등에 주름을 잡았다.

"대학 동창이에요. 깜빡 놓쳤네, 성씨가 달라져서 전혀 눈치를 못 챘어요. 게다가 선글라스까지 쓰고 있어서."

"방금 '야마시타'라고 하셨지요?"

"맞아요, 대학 때는 야마시타였어요. 결혼으로 성씨가 달라진 모양이죠. 하지만 저 친구, 결혼반지는 안 꼈던데……."

이번에는 나오미의 눈이 둥그레졌다. "반지? 그 틈에 잘도 보셨네요."

"설마 아는 사람인 줄은 생각도 못하고 그런 소소한 점을 체크하고 있었죠. 크리스마스이브에 여성 혼자 호텔에 숙박한다는 게 좀 이상하다 싶어서. 그 전에 얼굴부터 잘 봤어야 했는데." 닛타가 입술을 깨물었다.

"저분, 닛타 씨가 경시청에 들어간 것도 알고 계시던데요?"

"우리 과에서는 경찰에 들어온 친구가 워낙 적으니까 소문이 퍼진 모양이죠. 대학 졸업하고 저 친구는 어디로 풀렸는지 모르겠네. 검사 지망이라는 얘기는 들었던 것 같은데, 벌써 오래전 일이라 기억이 가물가물해요."

"졸업 후에는 만나신 적이 없군요?"

"못 만났죠. 동창회에도 전혀 참석한 적이 없어서."

"검사라면 업무상 마주칠 기회가 있지 않나요?"

닛타가 쓴웃음을 지었다. "우리나라에 검사가 얼마나 많은데요."

듣고 보니 맞는 말이었다.

"닛타 씨가 전직했다고 둘러댄 게 오히려 안 좋았는지도 모르겠네요."

"아니, 그건 마침 잘 얘기해줬어요. 저 친구가 믿느냐 마느냐가 문제지만."

"미심쩍어하는 눈치였어요."

"경찰관에서 호텔리어로 전직이라…….역시 드문 일인가." 닛타가 고개를 갸웃거렸다.

"그렇지도 않아요. 찾아보면 분명 어딘가 있을걸요. 단지 문제는 저분이 닛타 씨를 어떻게 보느냐는 거예요. 그런 식으로 전직을 할 만한 사람이라고 생각할지."

닛타는 찌푸린 얼굴로 턱을 쓱 내밀고 목덜미를 긁적였다.

"그렇게 생각하지 않을 것 같은데……."

"그런 버릇 나쁜 행동을 하시면 꼭 저분이 아니라도 가짜 호텔리어라는 거, 금세 눈치챌 것 같은데요." 나오미가 형사를 노려보며 말했다.

닛타는 급히 손을 내리고 자세를 바로잡았다.

"나오미 씨는 프런트 업무 중에 예전에 알던 사람을 덜컥 만난 적은 없었어요?"

"몇 번 있었죠."

전 남자 친구를 마주친 적도 있었지만 그런 것까지 털어놓을 필요는 없다.

"그런 때는 어떻게 대응하지요?"

"특별한 건 없어요. 다른 고객님을 대하는 것과 완전히 똑같죠. 상대가 말을 걸지 않으면 이쪽에서 먼저 언급하는 일은 없습니다."

"말을 걸어왔다면?"

"나름대로 대답은 해야죠. 오랜만이야라든가 소식이 뜸했네라든가."

"그걸로 끝?"

"대부분의 경우는 그걸로 끝이에요. 상대 쪽에서도 길게 옛날 얘기를 하고 싶은 건 아닐 테니까요. 다만 다른 속셈이 있거나 하면 얘기가 달라져요."

"다른 속셈이라는 건 어떤?"

"상대가 닛타 씨에게 특별한 마음을 품고 있을 경우 말이에요. 예전에 호감이 있었던 상대와 오랜만에 만난 거라면 가슴이 설레는 것도 이상하지는 않겠죠?"

닛타는 푸흣 웃음을 터뜨렸다.

"그건 괜찮아요. 야마시타의 경우, 그럴 걱정은 전혀 없으니까요."

작은 소리로 그런 얘기를 나누는 참에 프런트의 전화가 울렸다. 내선 전화였다. 나오미는 수화기에 손을 내밀다가 전화기 모니터를 보고 멈칫했다. '0821 미와 하즈키 님'이라고 표시되어 있었다.

"네, 미와 고객님, 프런트입니다. 무슨 일이신지요."

나오미가 통화하는 것을 듣고 닛타는 눈이 둥그레졌다

"잠깐 부탁할 게 있는데 닛타 씨 좀 바꿔줄 수 있어요?"

"닛타 씨 말씀이십니까." 나오미는 닛타를 보며 말했다. 그는 놀란 얼굴로 '저요?' 하듯이 자신의 콧등을 가리켰다. 이대로 전화를 바꿔주는 건 좋지 않다고 판단했다. "죄송합니다만 지금 닛타 씨는 자리에 없습니다. 돌아오는 대로 전화드리라고 전할까요?"

"전화보다 여기 방으로 직접 와달라고 얘기해주세요. 되도록 빨리."

"알겠습니다. 그렇게 전하겠습니다."

부탁해요, 라고 말하고 미와는 전화를 끊었다. 나오미는 수화기를 내려놓고 닛타에게 그녀의 말을 전했다. 닛타는 곤혹스러운 기색이었다.

"뭡니까, 왜 거절하지 않았어요?"

"거절하다니, 그건 안 되죠. 지명 호출을 받은 이상, 일단 방에 올라가보는 게 호텔리어로서 당연한 의무예요."

"나는 진짜 호텔리어도 아니고……."

"그러면 그렇다고 밝히시는 건 어때요? 잠입 수사 중이라는 사정을 솔직히 털어놓고 협조를 구하는 거예요. 대학 때 친구라면 거절하시지 않을 것 같은데."

"아니, 그건 안 되죠. 무슨 일이 있어도 제3자에게 수사상 비밀을 밝힐 수는 없어요." 닛타는 씁쓸한 얼굴로 팔짱을 꼈다. "그나저나 야마시타는 대체 나한테 무슨 볼일이 있다는 건지 모르겠네……."

"아까 제가 얘기했던 그런 거 아닐까요? 미와 고객님은 닛타 씨에게 특별한 마음을 품고 계시다는."

닛타는 의아한 눈빛을 던졌다. "그거, 진심으로 하는 말?"

"반쯤은 진심이에요."

닛타는 덜컥 무릎을 꺾는 시늉을 했다. "그리고 나머지 반은 농담?"

"다른 경우도 생각해볼 수 있다는 뜻이에요. 특별한 마음에도 여러 가지가 있죠. 달콤한 사랑만이 아니에요. 상대 입장에서 생각해보세요. 도쿄 고급 호텔에서 하룻밤 보내기로 했는데 우연히도 그곳에 대학 동창이 근무하고 있었다……. 이런 우연이라면 뭔가 활용해보려고 하는 건 오히려 일반적인 경향 아닐까요?"

아하, 하고 닛타는 알아들었다는 표정을 보였다.

"그러니까 지인 찬스를 이용해 특전이나 우대 조치를 원할지도 모른다는 얘기네요."

"네, 충분히 생각해볼 수 있죠."

"객실 업그레이드라든가?"

나오미는 고개를 갸우뚱했다.

"그것도 전혀 아니라고 할 수는 없지만, 그 정도라면 돈으로 해결하겠죠. 게다가 미와 고객님의 방은 디럭스 더블, 혼자 쓰기에 충분한 크기예요. 그보다는 통상 호텔 측에서 거절할 만한 것을 부탁하지 않을까요?"

"예를 들면 어떤 것을?"

"직접 겪은 일은 아니지만, 우리 스태프 한 명이 고교 동창에게 인기 아이돌의 숙박 날짜를 알려달라는 부탁을 받은 적이 있었어요. 그 아이돌이 우리 호텔을 자주 이용한다는 정보를 어디선가 입수했던 모양이에요."

"그래서 그 스태프는 어떻게 대응했지요?"

"물론 정중히 거절했죠. 하지만 단지 규칙이라서 안 된다고 밀쳐내면 원망을 살 수 있겠죠. 저 같은 말단 직원에게 극비

194

정보는 절대 알려주지 않는다고 둘러댔대요."

"그거, 아주 괜찮은 방법인데요? 저도 그런 식으로 둘러댈 수 있으면 좋겠네요. 야마시타가 대체 어떤 부탁을 할지……."

"저도 모르죠. 일단 얘기를 들어보는 수밖에요."

"터무니없는 얘기를 하면 일이 귀찮아지는데……."

"혹시 난감한 부탁이라면 그 자리에서 당장 답을 내리려 하지 마세요. 선처해보겠다, 검토해보겠다, 잠시 시간을 달라, 그 세 가지 중 하나를 쓰면 무사히 넘어갈 수 있거든요. 결코 입밖에 내서는 안 되는 건……."

나오미는 양손의 검지로 X표를 만들었다. "안 된다라는 말이에요. 다른 호텔은 어떤지 모르지만, 호텔 코르테시아도쿄에서는 절대 금지어니까요."

닛타는 어깨를 툭 떨구고 한숨을 내쉬었다. "미치겠네."

"피할 수 없는 일이니까 각오를 단단히 하셔야겠네요. 자신을 가짜가 아니라 진짜 호텔리어라고 생각하고 미와 고객님을 마주하시면 됩니다."

"알았어요. 뭐, 어떻게든 해봐야죠."

"넥타이, 삐뚤어졌어요."

"네네." 시무룩한 얼굴로 넥타이 위치를 바로잡으며 닛타는 카운터를 나섰다.

16

0821호실 문 앞에 도착해 한차례 심호흡을 한 뒤에 벨을 눌렀다. 곧바로 문이 열리고 미와 하즈키의 웃는 얼굴이 나타났다.

"미안해, 바쁜데 오라고 해서."

아닙니다, 라고 닛타는 표정을 바꾸지 않고 말했다. "무슨 일이신지요."

"아이, 일단 들어와." 미와 하즈키는 문을 활짝 열었다.

실례합니다, 하고 닛타는 안으로 들어갔다.

디럭스 더블이라 2인용 소파가 있었다. 미와 하즈키는 두 다리를 내던지듯이 소파에 앉더니 옆자리를 손바닥으로 툭툭 쳤다. "앉아."

"아니, 저는 여기서, 괜찮습니다." 닛타는 꼿꼿이 선 채로 머리를 숙였다.

"불안하잖아. 올려다보기도 목 아프고."

닛타는 한숨이 터지려는 것을 꾹 참고 허리를 숙여 바닥에 한쪽 무릎을 짚었다. "용건을 말씀해주시겠습니까?"

"그 딱딱한 말투 좀 그만둘래? 공과 사를 명확히 구분하려는 건 알겠는데 지금은 우리 둘뿐이잖아."

닛타는 애써 입꼬리를 올리며 웃는 얼굴로 "용건을……"이라고 되풀이했다.

"그 말투 안 바꾸면 나도 아무 말 안 할 거야." 그녀는 고개를 홱 돌리고 턱을 치켜들었다.

"아무리 그러셔도……."

"고객의 부탁을 들어주는 것도 호텔리어의 업무잖아?"

후유, 하고 닛타는 숨을 토해냈다. 연기하는 게 아니었다.
"대체 무슨 볼일이십니까."

미와 하즈키는 닛타에게 얼굴을 향하고 빙긋이 웃었다.

"아직 좀 딱딱하지만 뭐, 됐어. 닛타, 어째서 호텔리어야?"

"그건 뭐, 이래저래 사정이 있어서……."

"어떤 사정?"

"아뇨, 그리 재미있는 얘기도 아니고 사적인 일이니까 이쯤
에서 끝내주시죠. 그보다 어떤 볼일인지 말씀해주셨으면 합
니다."

"잠깐 잡담 정도는 나눠도 괜찮잖아, 이렇게 오랜만에 만났
는데. 닛타, 경시청에서는 어느 부서에 있었어? 공안? 아니면
교통? 의외로 조직범죄 대책본부였나?"

여기서 어설프게 거짓말을 해봤자 좋을 게 없을 것이다. 미
와 하즈키는 법조계 사람이라서 경찰에도 인맥이 있을 가능성
이 높다.

주로 형사부, 라고 사실대로 대답했다.

"오, 어떤 과?"

"수사 1과."

미와 하즈키의 얼굴이 환해졌다.

"경찰의 꽃이라는 수사 1과? 역시 닛타답다. 아참, 그러고 보니……." 따악 손뼉을 쳤다. "이 호텔이 바로 그 호텔이지?"

"바로 그 호텔, 이라니?"

"도쿄 지검에 있는 친구에게 얘기를 들은 적이 있어. 지금 세상에서 가장 안전한 호텔이 어딘가 하면 코르테시아도쿄 호텔이다, 라고 했거든."

무슨 말인지 알 수 없어서 닛타가 고개를 갸우뚱하자 미와 하즈키는 의미심장한 미소를 지었다.

"지난 10년 남짓한 사이에 두 번이나 살인 미수 사건이 일어났잖아. 두 번 다 수사 1과에서 막아준 덕분에 큰 사건으로 번지지 않고 미수에 그쳤다고 했어. 뭔가 특수한 극비 수사를 했다는데 그 친구도 자세한 것까지는 모르더라고. 닛타가 이 호텔로 전직한 거, 그 사건과 뭔가 관계가 있어?"

댓바람에 정곡을 찌르는 질문이 날아와서 닛타는 바짝 굳어버렸다. 하지만 얼굴 표정이 바뀔 겨를조차 없어서 오히려 다행이었는지도 모른다.

"나도 그런 얘기는 들었지만, 내 일하고는 관계없어. 이 호텔로 전직한 것은 전혀 다른 이유 때문이야. 야마시타, 아니, 미와 씨, 아무튼 그런 질문은 이 정도로 끝내줬으면 고맙겠다. 경찰 그만둘 때 서약서를 썼어. 거기서 알게 된 정보는 가족에게도 흘려서는 안 된다는 내용의 서약서."

흐응, 하고 미와는 반가운 듯 코를 울렸다. "드디어 평소 말투로 돌아왔네."

"용건을 말해줄래?"

"잠깐만 더 얘기하자. 고객이 좀 제멋대로여도 받아줘야지, 호텔리어 닛타 씨."

장난치는 듯한 태도에 닛타는 저도 모르게 쓰윽 노려보고 말았다.

헉 하고 미와 하즈키가 닛타의 얼굴을 가리켰다. "지금 그거, 형사의 눈빛!"

움찔해서 닛타는 급히 시선을 낮췄다. 다시 미소를 지으며 얼굴을 들었다. "실례했습니다."

"예전 버릇이 아직 남아 있는 모양이지?"

"아니, 그런 게 아니라……."

"어물쩍 넘어가려고 해도 소용없어. 전직 검사를 만만하게 보면 안 되지."

닛타는 상대의 얼굴을 마주보았다. "역시 검사 일을?"

"응, 5년 전까지는. 요코하마 지검에 있었어. 방금 '역시'라고 했지? 내가 어디 지망했는지 기억해줬구나. 와, 기쁘네."

닛타는 어떤 대답도 못 한 채 시선을 떨구었다. 이런 대화에 응해봤자 한이 없다.

"이번에는 묵비야? 그건 너무하지, 좀 더 얘기하고 싶은데."

"여기 말고도 업무가 많아서. 미안해."

"알았어. '미안해'라고 했으니까 봐줄게. 닛타를 부른 건 부탁할 게 있어서야." 미와 하즈키는 테이블에 놓인 스마트폰을 집어들고 터치하기 시작했다. "오늘 이 사람이 체크인할 거야. 어쩌면 벌써 했는지도 모르겠다." 그렇게 말하고 화면을 닛타 쪽으로 내보였다.

닛타는 저절로 표정이 바뀌려는 것을 가까스로 참았다. 화면에 뜬 사진은 조금 전에 체크인한 커플 중 남자 쪽, 즉 사와자키 유미에와 함께 온 남자였다. 눈썹 끝에 피어싱을 한 것이 무엇보다 확실한 증거다.

"이 사람을 왜?"

"벌써 체크인했어?"

닛타는 웃으면서 고개를 저었다.

"계속 프런트에 있었던 게 아니니까 나도 모르지. 게다가 혹시 알고 있더라도 그런 질문에는 대답할 수 없어."

"아이, 빡빡하게 굴지 마. 이 사람이 오늘 이 호텔에 온다는 건 이미 알고 있어. 그래서 닛타에게 협조를 요청하려고."

"어떤 걸?"

"이 남자의 동향을 알려달라는 거야. 동행이 있다면 상대는 어떤 여자인지, 어떤 방에 들어갔는지, 어떤 레스토랑에서 식사를 하고 어떤 방식으로 결제를 했는지……. 일부러 조사해달라는 게 아니야. 닛타가 알 수 있는 범위 내에서 뭐든 상관없어."

"말도 안 돼." 닛타는 얼굴 앞에서 손을 가로저었다. "그게 가능할 거 같아? 명백한 프라이버시 침해야."

"나도 알지. 근데 그걸 좀 봐달라는 거야. 부탁이야, 제발."
미와 하즈키가 두 손을 맞댔다. "나를 살려주는 셈치고, 응? 아
니, 아니지, 내 의뢰인을 살려주는 셈치고 좀 도와줘."

"의뢰인?"

"다음 재판에서 내가 변호를 맡은 의뢰인."

아, 하고 닛타는 새삼 옛 대학 동창의 얼굴을 지그시 바라보
았다. "지금은 변호사로 활동하는 거야?"

"응, 이른바 검사 출신 변호사야."

"그 검사 출신 변호사가 호텔리어에게 법률을 위반하면서까
지 숙박객의 동향을 알아내라고 부탁하는 이유가 대체 뭐지?"

"그걸 얘기하면 도와줄 거야?"

"내용에 따라 다르지."

"그건 안 돼. 도와준다고 약속부터 해야지."

닛타는 고민했다. 원래는 딱 잘라 거절하고 얘기를 끝내야
할 일이다. 하지만 사와자키 유미에와 함께 온 자에 대한 정보
는 어떻게든 듣고 싶었다. 퍼뜩 야마기시 나오미의 말이 생각
났다. 그 자리에서 당장 답을 내리려 하지 마라……

"그럼 이렇게 하는 건 어때?" 닛타는 검지를 바짝 세우며 말
했다. "얘기해주면 나도 어떤 식으로든 도와주도록 할게. 단 얼
마나 도와줄 수 있을지는 차차 검토해봐야 해."

"오, 그런 수법을 쓰시겠다?"

"나쁜 얘기는 아닌 것 같은데?"

미와 하즈키는 잠시 생각해보는 척하더니 짧게 고개를 끄덕였다.

"오케이, 그렇게 하자. 실은 내 의뢰인이 남성인데 결혼 사기로 소송을 당했어. 인터넷 만남 사이트에서 알게 된 여자와 사귀는 동안에 약 1,000만 엔을 편취했다는 거야. 본인도 돈을 받았다는 건 인정했어. 하지만 전혀 속일 생각은 없었다는 게 본인의 얘기야."

"어디선가 자주 듣던 변명이네. 언젠가 꼭 갚을 생각이었다, 진심으로 결혼할 생각이었다……."

"아니, 그런 게 아니야. 상대 여성이 순수한 호의로 자신을 후원해준다고 생각했대."

"호의로 후원을 해줘? 그 의뢰인, 호스트야?"

"호스트 일도 가능할 만큼 꽃미남이긴 한데, 실제 직업은 무명 배우야. 그래서 항상 경제적으로 힘든 상태였어. 연기 지도를 받아야 하는데 아르바이트 일에 쫓겨 학원에 나가기도 힘들다고 우연히 사정을 얘기했다, 그랬더니 여자 쪽에서 자진해서 도와줬다, 결혼하자는 말은 한 번도 한 적이 없다, 돈을 빌려달라고 부탁한 적도 없다고 얘기하고 있어."

"거짓말 아니고?"

"솔직히 말하면 매우 미심쩍은 얘기지. 결혼을 기대하게 할 만한 언동이 있었다는 증거를 검찰 측이 확보한 것 같아. 그래서 일단 그 점은 재판에서 솔직히 인정하고 반성하는 태도를 보이라고 조언할 거야. 하지만 돈을 편취하려는 명확한 의사 없이 잠깐 징징거렸더니만 인심도 좋게 용돈을 쥐여줬고, 그러다 보니 점점 액수가 커졌을 뿐이라고 주장할 계획이야."

"얘기를 들어보니 피해를 당한 여자가 상당히 부자였던 모양이네."

"40대 여성 사업가야. 스스로는 서른 살 전후로 보인다고 자부하는 모양이지만."

"사정은 알겠는데, 아까 그 남자와는 무슨 관련이 있지? 아, 그 사람 이름은?" 닛타는 메모지와 볼펜을 안주머니에서 꺼내며 물었다.

"이 남자?" 미와 하즈키는 스마트폰에 다시 사진을 띄웠다. "이름은 사야마 료."

"어떤 한자를 쓰지?"

"내가 적어줄게." 미와 하즈키가 오른손을 내밀며 말했다. 수첩과 볼펜을 달라는 뜻이다. 닛타는 빈 페이지를 떼어내 볼펜과 함께 건넸다.

그녀가 적어준 것을 보니 '사야마 료(佐山涼)'라는 이름이었다.

"피해 여성을 조사해보니까 예전에도 연하 남자를 사귀었던 적이 있어. 그게 바로 사야마 료야. 들은 바에 따르면 이 여성이 사야마와 사귈 때도 돈을 꽤 많이 쥐여줬다는 거야. 차를 사준 적도 있다던데?"

"오, 후원자 체질인가?"

"그렇지, 바로 그 점을 재판에서 강조하려고 해. 즉 피고인에게 죄가 있는 건 사실이지만, 피해자한테도 잘못이 있었던 게 아니냐, 약간 친해졌다고 결혼해줄 거라는 성급한 판단을 내리고 너무 쉽게 금전을 지원한 건 아니냐고 치고 들어갈 생각이야."

"어떤 목적인지는 알겠어. 근데 이 호텔에서 사야마가 뭘 하는지 알아야 할 이유는 뭐지?"

"말하자면 어떤 타입의 남자인지 알아보려는 거야. 피고인과 똑같은 타입이라면 이 피해자는 예전의 교제에서도 전혀 배운 게 없다는 얘기가 되잖아."

"그렇게 빙빙 도는 우회적인 방법을 쓰느니 사야마를 직접만나 인터뷰를 해보면 되잖아. 그게 얘기가 훨씬 빠르지."

"아니, 그런 걸로는 진짜 인간성을 알아내기 힘들어. 내 앞에서는 나름대로 괜찮은 사람인 척할 수 있거든. 가능하면 무방비 상태일 때의 모습을 알고 싶어. 하룻밤의 호텔 라이프를 분석해보면 다양한 걸 파악할 수 있겠지. 자, 이걸로 내 얘기는 끝. 어때, 도와줄 거지?"

"아까 내게 부탁한 정보를 모두 다 제공해줄 수는 없지만, 어떤 식으로든 도와준다는 건 약속할게. 그러니까 잠시 시간을 좀 줄래?"

"알았어." 미와 하즈키는 자신의 스마트폰을 내밀었다. "이걸로 네 스마트폰에 전화해."

번호를 교환하자는 얘기인 모양이다. 닛타는 스마트폰을 받아 자신의 번호에 걸고 상의 안주머니에서 진동을 확인한 뒤에 전화를 끊었다.

"30분쯤 뒤에 전화할게." 그렇게 말하고 스마트폰을 돌려주었다.

"응, 기다릴게. 잘 부탁해." 미와 하즈키는 만족스러운 듯 미소를 지었다.

"내가 어떻게 부르는 게 좋을까. 미와 씨라고 하면 되나?"

"그러면 돼."

닛타는 고개를 끄덕이고 다시 한번 그녀의 왼손에 시선을 던졌다. 역시 결혼반지는 끼고 있지 않았다. 하지만 굳이 그런 얘기는 꺼내지 않기로 했다.

"참, 아까 그 얘기 말인데, 이 호텔에서 과거에 두 번이나 살인 미수 사건이 일어났다는 소문이 꽤 널리 퍼진 모양이지?"

"글쎄, 일부 사람들 사이에서는 꽤 그럴싸하게 떠도는 얘기라고 들었는데."

"인터넷에 그런 글이 올라왔다거나?"

"그런 얘기는 못 들었지만, 여기저기 유출되었어도 이상하지 않지."

"그래?" 닛타는 한숨을 내쉬었다.

"나쁠 게 뭐 있어? 세상에서 가장 위험한 게 아니라 가장 안전한 호텔이라는 얘기인데."

"그야 그렇지."

또 보자, 라고 말하고 미와 하즈키는 손을 흔들었다.

방을 뒤로하고 프런트로 돌아왔다. 야마기시 나오미에게 눈짓으로 신호를 보내서 같이 사무실로 들어가 미와 하즈키와의 대화를 들려주었다.

"그런 걸 부탁했다고요?" 역시나 그녀도 놀란 기색이었다.

"난감하네요. 제가 지금 다른 데 신경 쓸 때가 아닌데."

"그래서 어떻게 하실 생각이에요?"

"뭐, 어떻게든 되겠죠. 그 전에 일단 확인해볼 게 있어요."

닛타는 단말기를 두드려 사와자키 유미에의 데이터를 띄웠다. 비고란에는 '번호 명의 일치'라고 표시되어 있었다. 즉 사와자키 유미에는 가명이 아니라는 뜻이다. 운전면허증이 없는 것은 단순히 취득하지 않았기 때문일 것이다.

이어서 스마트폰으로 모토미야에게 전화를 걸었다.

"닛타예요. 확인해주실 게 있어서요. 아까 사와자키 유미에라는 여성의 운전면허증을 보내주셨는데, 그 이름으로 전과 확인은 끝났습니까?"

"아, 잠깐……. 어디 보자, 응, 끝났어. 그 이름으로 중대 전과자는 없었어."

"그래요? 실은 그 여성과 동행한 자의 이름을 알았어요. 사야마 료라고 합니다. 아마 본명일 거예요. 이 사람도 좀 조사해 주세요."

"어지간히 그 두 사람이 마음에 걸리는 모양이지?"

"두 사람이라기보다 남자 쪽이 좀 미심쩍은 데가 있습니다."

"그나저나 어떻게 그자의 본명을 알아냈어?" 모토미야가 신기하다는 듯이 물었다.

"우연히 그렇게 됐어요. 자세한 건 나중에 얘기할게요."

"사야마 료……. 아이구, 흔한 이름이라 동성동명이 많을 것 같네."

"나이는 20대 중반에서 30대 사이예요."

"알았어. 해당하는 운전면허증 사진을 전부 보낼게. 얼굴이 일치하는지 어떤지, 그쪽에서 확인한 다음에 알려줘."

"네, 알겠습니다."

전화를 끊고 후우 숨을 토해냈다. 야마기시 나오미와 눈이 마주쳤다.

"미와 고객님의 부탁은 어떻게 하시려고……."

"모토미야 씨에게서 답이 어떻게 나오느냐에 따라 달라지겠죠. 사건과 관계가 없다는 게 밝혀지면 솔직히 사야마 료에게는 별 흥미가 없어요. 미와에게는 그자가 방에서 나올 기미도 없고 프런트에 전화한 적도 없어서 뭘 하는지 모르겠다고 둘러대야죠. 여자와 함께 왔다는 정도는 알려줘도 괜찮겠지만."

"방 번호는 절대 알려주시면 안 됩니다."

"물론이죠. 저도 쓸데없는 문젯거리는 만들고 싶지 않아요."

둘이서 프런트로 돌아왔다. 체크인하는 숙박객이 줄을 서 있었다. 닛타는 나오미와 야스오카의 뒤쪽에서 수속 때마다 단말기의 내용을 확인했다. 오늘 밤의 '산타 프레젠트' 행사를 신청한 사람이 상당히 많았다. 그중에서 예약자 이름과 전화번호 명의가 일치하지 않는 손님은 없었다.

닛타의 스마트폰이 진동했다. 슬쩍 꺼내 화면을 확인했다. 모토미야가 '사야마 료' 명의의 운전면허증 사진을 송신 중이었다. 예상했던 대로 줄줄이 사진이 이어졌다.

다행히 세 번째 운전면허증 사진이 사와자키 유미에와 동행한 남자의 것이었다. 닛타는 모토미야에게 전화를 걸었다. 연결이 되자마자 그가 먼저 말했다.

"주소가 마치다 시로 나온 사야마 료, 맞지? 와아, 닛타, 여전히 감이 예리하네."

"무슨 말씀입니까?"

"그 사야마 료는 전과가 있어. 2년 전이야."

"죄명은?"

"마약류 관리에 관한 법률 위반이야. 기소되었는지는 지금부터 조사해봐야지."

"잘 부탁드립니다. 저도 지금 바로 그쪽으로 갈게요."

마약이었다니, 이건 그냥 넘어갈 수 없다. 닛타는 주먹을 부르쥐었다.

"나오미 씨, 죄송한데 잠깐 자리 좀 비울게요. 전화 명의가 일치하지 않는 손님이 오면 어떤 인상이었는지, 간단한 메모라도 남겨주셨으면 합니다."

"알겠습니다. 그밖에도 부자연스러운 거동의 고객님이 눈에 띄면 체크해둘게요."

"고마워요."

닛타는 프런트를 나와 사무동으로 향했다. 걸음을 옮기면서 미와 하즈키에게 전화를 걸었다.

"닛타, 어떻게 됐어?" 전화가 연결되자마자 그녀 쪽에서 먼저 물었다.

"미안, 조금 더 시간을 줄 수 있을까?"

"괜찮긴 한데, 사야마 씨가 체크인은 했어?"

"했는지도 모르겠어."

"했는지도 모르겠다니, 그게 무슨 말이야? 기록을 보면 당장 알잖아."

"사야마 료라는 이름은 예약자 목록에는 없었어. 그런데 스태프에게 물어보니까 체크인한 여성과 동행한 자가 그 남자였을 가능성이 있어. 눈썹 끝에 피어싱을 하고 있었던 모양이야."

"맞아, 그 사람이야. 여자 쪽 이름은?"

"그건 말할 수 없지."

"왜 안 돼? 도와준다고 했잖아."

"그건 사야마 씨에 관해서만 해당되는 얘기야. 애초에 그 남자가 사야마 료라는 증거도 아직 없어. 그걸 확인하기 위해 시간이 필요하다는 거야. 다른 사람의 정보를 섣불리 내줄 수는 없잖아."

"아휴, 빡빡하게 굴기는."

"내 업무니까 어쩔 수 없어. 30분만 더 기다려줘."

못 말리겠네, 라면서 미와 하즈키는 전화를 끊었다.

17

닛타가 프런트를 떠나고 잠시 뒤, 부부인 듯한 나이 지긋한 남녀가 정면 현관을 통해 들어왔다. 남자가 자그마한 여행 가방을 로비의 소파에 내려놓자 여자는 그 옆에 자리를 잡았다. 짧게 몇 마디 나눈 뒤, 남자만 프런트로 다가왔다. 야스오카는 다른 손님을 상대하고 있었다. 나오미가 카운터에 섰다.

"어서 오십시오. 숙박이십니까?"

"예, 고바야시 사부로입니다." 남자가 이름을 밝혔다.

나오미는 단말기를 두드렸다. 예약자 목록에 '고바야시 사부로'라는 이름이 있었다. '산타 프레젠트'는 희망하지 않음에 체크했다. 비고란에 '전화번호 명의 불일치'라는 기재가 있는 것을 보고 저절로 입가가 굳을 뻔했다.

"고바야시 사부로 고객님, 디럭스 트윈, 오늘부터 2인 1박 이용으로, 괜찮으시겠습니까?"

예, 라고 남자는 고개를 끄덕였다.

"그러면 숙박표 작성을 부탁드립니다."

나오미는 표를 건네고 카드키를 준비하면서 그의 모습을 살펴보았다. 백발과 얼굴 주름으로 보면 나이는 60세 전후일까. 입고 있는 양복은 공들인 맞춤옷인지 탄탄한 체형에 꼭 들어맞았다.

다 됐어요, 라고 고바야시 사부로가 말했다. 나오미는 숙박표를 재빨리 훑어보았다. 주소는 '나가노 현 가루이자와마치'라고 적혀 있었다.

나오미가 결제 방법을 물어보자 고바야시 사부로는 예상대로 현금 결제를 희망했다. 그리고 자신이 먼저 "예치금이 필요하지요?"라면서 지갑을 꺼냈다. "10만 엔이면 되나?"

"네, 그렇습니다. 감사합니다." 망설임 없이 내밀어준 지폐를 나오미는 받아들었다.

이 노부부에게는 1501호실을 준비했다. 카드키를 예치금 수령 확인서와 함께 건넸다.

"오래 기다리셨습니다. 즐거운 시간 되시기 바랍니다."

"고마워요."

고바야시 사부로는 로비에서 기다리는 여자에게 돌아가 가방을 들고 다른 한쪽 팔을 내밀었다. 여자는 그 팔을 잡고 소파에서 일어섰다. 나이는 고바야시보다 약간 아래인 것 같았

다. 바짝 여위었고 표정도 어두웠다. 병약해 보이는 인상이
었다.

두 사람은 엘리베이터 홀을 향해 걸음을 옮겼다. 여자는 내
내 고바야시의 왼팔에 의지하고 있었다. 둘 다 주위의 시선에
신경을 쓰는 기척은 없었다. 적어도 나오미의 눈에는 불륜 관
계로는 보이지 않았다.

하지만…….

실제 부부가 호텔에 숙박하면서 굳이 가명을 쓰는 경우가
있을까.

18

닛타가 사무동 회의실에 도착했을 때, 모토미야와 이나가키
는 얼굴을 맞대고 얘기하는 중이었다.

"사야마 료는 기소된 자였어." 닛타를 향해 모토미야가 말했
다. "징역 3년인데 집행유예가 딸렸어. 아마 초범이었기 때문
일 거야."

"검거는 어디 경찰이었어요?"

"마치다 경찰서야. 방금 자세한 수사 내용을 보내달라고 연
락했어."

"닛타, 어떻게 사야마의 이름을 알아냈지?" 이나가키가 물

었다.

"그건 좀 복잡한 사정이 있었어요. 실은 예전 지인을 덜컥 마주쳤습니다."

닛타는 미와 하즈키와의 관계와 체크인한 뒤의 대화 등을 자세히 설명했다.

"이거야, 일이 복잡하게 얽혔네." 모토미야가 미간에 주름을 잡았다. "닛타, 정체를 들킨 건 아니지?"

"괜찮을 겁니다." 닛타는 두 손을 펼치며 말했다. "지금은 그런 말밖에 할 수가 없네요."

"들키지 않았다면 지금 상황을 최대한 활용해야지." 이나가키가 말했다. "그 미와 하즈키 변호사는 사야마에 대해 이미 많은 것을 조사했을 거야. 어쩌면 우리에게 도움이 되는 정보를 쥐고 있을 수도 있어. 도와주는 척하면서 자세히 알아봐."

"이번 사건에 대해 밝히면 안 되겠지요?"

"당연하지. 자네는 어디까지나 호텔리어로서 대해야 돼."

"알겠습니다. 그리고 또 한 가지, 미와 변호사에게서 중요한 얘기를 들었습니다."

닛타는 이 호텔에서 과거에 일어난 사건들을 미와 하즈키가 알고 있었다고 얘기했다.

"상세한 내용까지는 아니지만, 역시 정보가 새어나간 것 같습니다."

"그렇군." 이나가키가 씁쓸한 얼굴로 말했다. "그 정도라면 범인들도 알고 있을 가능성이 높다는 얘기야. 이봐, 모토미야, 용의자들 주변에 도쿄 지검과 뭐든 연결고리가 있는 자는 없는지, 7팀과 연대해서 조사해봐."

"알겠습니다."

"그밖에 또 뭔가 있나?"

"호텔의 크리스마스 행사에 관한 게 있습니다."

닛타는 야마기시 나오미에게서 들은 '산타 프레젠트' 행사에 대해 설명했다. 이나가키는 떨떠름한 얼굴이었다.

"한밤중에 여러 명의 산타가 호텔 안을 돌아다녀? 거참, 일을 번잡스럽게 만드는군."

"하지만 산타 분장을 하는 스태프는 몇 명인가로 정해져 있으니까요. 그 스태프들의 움직임만 파악하면 별 문제는 없을 겁니다."

"알았어. 그 행사에 관한 것은 자네가 맡아줘." 이나가키가 고개를 끄덕였다.

닛타는 사무동을 나와 호텔로 돌아가자마자 엘리베이터 홀로 향했다. 엘리베이터 안에서 8층 버튼을 눌렀다. 미와 하즈키에게는 전화 통화보다 직접 만나서 얘기하는 게 정보를 알아내는 데 유리할 것이다.

8층에서 내려 0821호실의 벨을 눌렀다. 네, 라는 대답 소리가 들렸다.

"닛타야."

곧바로 문이 열렸다.

"직접 와줬네?"

"아, 지금 상황이 안 좋으면 이따 다시 올게."

"아냐, 괜찮아. 들어와."

"실례합니다."

미와 하즈키는 아까와 똑같은 자세로 소파에 앉았다. 닛타는 그대로 서 있었지만, 그녀도 이번에는 별다른 잔소리를 하지 않았다.

"사야마 료는 한참 전에 객실로 올라갔어."

"틀림없어?"

"룸서비스를 주문했는데 스태프가 배달할 때 나도 동행해서 가까이에서 얼굴을 확인했어. 아까 미와가 보여준 사진 속 인물이었어."

"룸서비스로 뭘 주문했어?"

"돔 페리뇽과 캐비어, 그리고 모둠과일."

"체크인은 여자 쪽에서 했다면서? 얼굴은 봤어?"

"나는 못 봤어. 하지만 수속을 담당한 프런트 스태프 얘기로는 화려한 느낌의 젊은 여자였다던데."

"방은 몇 호?"

"그건 알려줄 수 없지. 게다가 알아봤자 미와가 직접 찾아갈 것도 아니잖아."

"그야 그렇지만……."

"그 대신 객실 타입은 알려줄게. 코너 스위트야."

"그 방은 하룻밤에 얼마 정도야?"

"10만 엔."

"그걸 그 여자가 낸 거네?"

"골드카드로 결제한다고 신청했어."

흐음, 하고 미와 하즈키는 고개를 끄덕였다.

"그렇구나, 새로운 후원자를 잡은 모양이네. 그 여자 이름, 알려줄 수 없다고 하겠지?"

"똑같은 얘기를 다시 하게 할래?"

"이번에는 젊은 여자를 물었네, 어디 재벌 집 따님인지."

말투로 봐서 사와자키 유미에에 관해서는 아는 게 없는 모양이다.

"현 시점에서 제공할 수 있는 정보는 그 정도야."

"고마워, 도움이 됐어."

"실은 나도 좀 상의할 게 있어."

"뭔데?"

"사야마 료는 어떤 사람이지?"

"뭐?" 미와 하즈키가 미간을 좁혔다. "무슨 소리야, 그걸 모르니까 닛타에게 정보 제공을 부탁했지."

"전혀 모르는 건 아닐 텐데? 오히려 사야마 료에 대해서는 사전 조사가 이미 끝난 거 아냐? 실제로 오늘 밤에 우리 호텔에 숙박한다는 것도 알고 있었잖아. 그래서 최종 체크를 위해

어떤 호텔 라이프를 보내는지 확인하려고 뒤따라왔고. 어때,
그렇지?"

미와 하즈키는 머리를 쓸어올렸다. "그야 뭐, 그렇긴 하지."

"경력이나 범죄 전과 같은 것도 파악했어?"

미와 하즈키는 경계하는 눈빛이 되었다. "그걸 알고 싶은 거
야? 왜?"

"아무래도 그 커플, 마음에 좀 걸려서. 아직 나이도 어린데
코너 스위트, 게다가 결제는 명품 브랜드로 휘감은 여자 쪽.
동행한 남자는 싸구려 페이크 레더 재킷에 눈썹에는 피어싱.
도착하자마자 돔 페리뇽에 캐비어와 모둠과일 주문. 이건 아
무리 봐도 수상하지. 뭔가 다른 속셈이 있는 건 아닌지 의심
스러워. 미와 덕분에 남자 이름은 밝혀졌지만, 여자 쪽이 가명
을 썼다면 우리는 아직도 정체를 파악하지 못했을 거야. 불미
스러운 일이 있어도 체크아웃 이후에 알아봤자 손쓸 방도가
없어."

"불미스러운 일이라니, 그게 뭐지? 호텔 비품을 가져간다든
가, 뭐 그런 거?"

"그런 것일 수도 있지. 배스로브 한 벌에 2만 엔, 두 벌이면
4만 엔이야. 그냥 넘길 수 없는 손실이지."

"쩨쩨하기는." 미와 하즈키는 그렇게 말하며 깔깔 웃더니 다
시 진지한 표정으로 돌아왔다. "사야마 료의 직업은 기타리스
트야. 내가 조사해본 바로는, 껄렁껄렁한 인물이지만 주위의

평판은 그리 나쁘지 않았어. 뭔가 나쁜 일을 저질렀다는 얘기도 못 들었고. 호텔 측에서 주의해서 지켜봐야 한다면 파티 정도일걸?"

"파티?"

미와 하즈키는 손가락 두 개를 세우며 담배 피우는 시늉을 했다. "마리화나 파티."

"아······."

"그걸로 구속된 적도 있어. 2년 전이었나?"

"그 파티에서 별다른 트러블은 없었어? 사망자나 부상자가 나왔다든가."

"그런 흉흉한 얘기는 없었어. 그냥 난장판을 만든 정도였어. 하지만 호텔 측으로서는 객실에서 그런 파티를 하는 건 별로 달갑지 않겠지?"

"당연하지."

"그러니까 주의하는 게 좋겠다는 거야."

"알았어, 잘 지켜봐야겠네. 얘기해줘서 고마워."

"혹시 무슨 일 있으면 나한테도 알려줄래? 어떤 작은 일이라도 좋으니까."

"그런 일이 있다면, 응, 그럴게."

그럼 이만, 이라고 인사를 건네고 닛타는 발길을 돌렸다.

예상대로 미와 하즈키는 사야마 료에 대해 많은 것을 알고 있는 눈치였다. 누군가 표적으로 노릴 만큼 사야마가 예전에 중대한 사건을 일으켰다면 분명 파악했을 터였다. 그 말투로 봐서는 그런 일을 감추려고 하는 것처럼은 느껴지지 않았다.

8층 엘리베이터 홀에서 이나가키에게 전화를 걸어 미와 하즈키와 나눈 얘기를 보고했다.

"여기도 마치다 경찰서에서 정보가 들어온 참이야. 지인들과 집단으로 대마초를 피우다가 일제 검거에 걸렸어. 사야마는 과거에 체포된 적이 없고 매매 루트도 없었던 모양이야. 그래서 집행유예가 나왔어. 그 파티에서 사망자나 부상자가 나온 사실은 없었어. 석방된 뒤에는 한동안 갱생 시설에 입소했다는 얘기도 있었어."

"그렇군요. 하지만 마약을 했다면 위험한 자들과 어울렸을 가능성이 있어요. 전과에는 남지 않았더라도 간접적으로 누군가의 죽음에 관여했을 수도 있으니까요."

"그 죽은 누군가의 유족이 사야마에게 원한을 품었을지도 모른다는 거지? 그래, 충분히 가능성이 있어."

"어쨌든 요주의 인물입니다. 우리 팀 수사관에게 감시하라고 지시하겠습니다."

"응, 그렇게 해줘."

엘리베이터로 1층에 내려가 프런트로 향했다. 나오미는 중년 여성 손님의 체크인 수속을 막 끝낸 참이었다.

닛타는 사야마 료의 범죄 전과에 대해 얘기해주었다.

"우리 쪽 사건과는 관계가 없는지도 모르지만, 객실에서 마리화나 파티 같은 건 못 하도록 조심하는 게 좋겠어요."

닛타의 말에 야마기시 나오미는 곤혹스러운 듯 미간을 찌푸렸다.

"그건 문제네요. 알겠습니다. 스태프들과 정보를 공유할게요."

"여기서는 뭔가 특이사항은?"

"딱 한 팀, 전화번호 명의 불일치 고객님이 계셨어요. 여자분과 동행한."

야마기시 나오미가 카운터 밑에 넣어둔 숙박표를 꺼내 내밀었다. '고바야시 사부로'라는 이름이 적혀 있었다.

"나이는?"

"예순 살 정도로 보였어요. 백발에 관록이 느껴지는 분이었습니다. 정장도 고급스러웠고."

닛타는 모토미야에게 전화를 걸었다.

"예약자 중에 고바야시 사부로라는 인물이 있는데, 전화번호 명의가 불일치라고요?"

"어디 보자……. 응, 그러네. 전화번호 명의는 '사와이 세이치'로 되어 있어."

"그 명의인의 신원은 확인됐습니까?"

"사와이 세이치라는 이름으로 여러 건의 운전면허증이 확인됐어. 그중에는 전과자도 있는 모양이야."

"고바야시 사부로 쪽은?"

"운전면허증이 있다는 건 확인했는데, 거기까지야. 동성동명이 500명이 넘어."

"500명……."

"어떻게 할까, 전부 출력하라고 할까?"

"우선은 괜찮습니다. 사와이 세이치의 운전면허증 사진만 보내주십쇼. 조금 전에 체크인을 했다니까 야마기시 나오미 씨에게 확인해달라고 하겠습니다."

"알았어."

닛타는 전화를 끊고 나오미를 보았다.

"여자분이 함께 왔다고 했지요? 젊은 분이었어요?"

"아니, 나이 드신 분이에요. 제가 보기에는 부부 같았어요. 하지만 진짜 부부라면 가명을 쓰지는 않을 텐데……."

"전화 명의가 다르다고 꼭 가명이라고 할 수는 없지만……. 결제는 카드였어요?"

"아뇨, 현금으로 하겠다고 했어요."

역시 그런가. 점점 더 수상쩍다. 닛타는 다시 숙박표를 집어 들었다.

"짐은 어느 정도나?"

"작은 여행 가방 하나를 들고 있었어요."

역시나 야마기시 나오미답다. 빈틈없이 관찰하고 있다.

숙박표에 의하면 주소는 나가노 현 가루이자와, 동과 번지 까지 적혀 있었다. 가명이라면 이것도 거짓일 가능성이 있지만, 전혀 관련이 없는 지명을 이만큼 상세하게 기입하는 건 간단한 일이 아니다. 실제 주소도 이 근처인 게 아닐까.

가방이 작았던 것은 도쿄에 오래 머물 생각이 아니었기 때문일 것이다. 즉 오늘 밤 이 호텔에서 1박을 하기 위해 일부러 나가노 현에서 도쿄까지 올라왔다는 얘기가 된다.

스마트폰에 메일이 들어왔다는 착신음이 울렸다. 모토미야가 보낸 것이었다. '사와이 세이치' 명의의 운전면허증 사진이었다. 열 장 정도다. 모두 야마기시 나오미에게 보여주었다.

그녀는 이미지 하나하나를 찬찬히 들여다봤지만 마지막 한 장을 넘긴 뒤, 고개를 가로저었다.

"고바야시 고객님은 없네요." 어두운 표정으로 말했다.

"그렇습니까……."

닛타는 생각에 잠겼다. 500명이 넘는다는 '고바야시 사부로' 명의의 운전면허증 전부를 출력해 야마기시 나오미에게 봐달라고 해야 하나.

그런 생각을 하는 참에 엇, 하고 야마기시 나오미가 작은 소리를 냈다. 그녀의 시선은 로비 쪽으로 향해 있었다. "저 두 분이에요."

시선 끝을 따라가보니 초로의 커플이 커피숍으로 가는 중이었다.

"저 사람이 고바야시 사부로 씨?"

"맞아요. 유난히 사이가 좋아 보이지요? 역시 불륜인 걸까요." 야마기시 나오미가 말했다.

"그런지도 모르죠. 오히려 그저 그런 정도의 사연 있는 커플이기를 빌 따름입니다." 닛타는 커피숍으로 들어가는 두 사람을 보며 진심에서 우러나온 말을 했다.

19

이제 곧 오후 6시가 된다. 닛타는 야마기시 나오미와 다른 호텔 스태프 뒤에서 내내 숙박객이 체크인하는 상황을 관찰했지만 딱히 의심스러운 손님은 나타나지 않았다. 모토미야에게서 숙박자 목록 중에 전과가 있는 이름이 발견되었다는 정보도 들어오지 않았다.

무심코 정면 현관으로 시선을 돌린 참에 남녀 세 명이 들어왔다. 남자 한 명에 여자 두 명이다. 나이는 모두 20대와 30대 초반으로 보였다. 옷차림은 화려하다 못해 요란했다. 다들 밝은 염색 머리였다. 이 호텔을 찾아온 게 처음인지 들어오자마자 호기심 가득한 눈빛으로 로비를 둘러보며 뭔가 신이 나 있었다.

체크인을 하려는 건가, 하고 지켜봤지만 그들은 뭔가를 찾듯이 둘레둘레 주위를 둘러보다가 곧장 엘리베이터 홀로 향했다.

그 바로 옆에 벨보이 차림의 세키네가 있었다. 역시 그 젊은 이들이 마음에 걸렸는지 찬찬히 지켜본 끝에 종종걸음으로 닛타 쪽으로 다가오더니 팀장님, 이라고 한껏 목소리를 낮춰 카운터 너머로 말을 건넸다.

닛타는 주위에 손님이 없는 것을 확인한 뒤에 무슨 일이냐고 물었다.

"1610호실, 요주의 객실 아닙니까?" 세키네가 말했다. 잠입한 수사관들에게는 주의해야 할 숙박객과 객실에 관한 정보가 수시로 전달되고 있다. 1610호실은 사야마 료와 사와자키 유미에가 쓰는 방이다.

"맞아. 왜, 뭔가 있었어?"

"방금 엘리베이터를 탄 일행 중 한 명이 얘기하더라고요. 방은 1610호실이니까 16층일 거라고."

"틀림없어?"

"네, 틀림없습니다. 똑똑히 들었어요."

"알았어."

닛타는 야마기시 나오미에게 다가가 그 얘기를 전했다. 그녀는 살짝 미간을 찌푸렸다.

"그렇군요. 코너 스위트니까 남녀 다섯 명이 사용해도 좁지는 않겠네요."

"객실을 그런 식으로 쓰는 건 규칙 위반이잖아요. 방 하나를 여러 명이 이용하는 거."

"물론 규칙 위반입니다. 원래 숙박객 이외에는 객실 층에 들어갈 수 없다는 게 원칙이니까요. 하지만 예외도 있어요. 예를 들어 이 호텔에서 결혼식을 올리는 커플이 객실을 이용할 때, 초대받은 손님이 인사를 하러 드나들기도 합니다. 그런 경우에 규칙 위반이니 객실에서 만나서는 안 된다는 야박한 말씀은 드릴 수 없어요."

"그건 그렇겠네요. 하지만 사야마 료는 그런 경우도 아니잖아요. 방금 찾아온 친구들, 공치사라도 반듯한 사람들이라고 하기는 어려웠어요. 마리화나 파티도 염려되고, 얼른 퇴실하도록 하는 게 좋지 않겠습니까?"

나오미는 잠시 고심하는 표정을 보였지만, 매니저와 상의하겠다면서 뒤쪽 사무실로 들어갔다.

5분쯤 지나 그녀가 돌아왔다.

"일단 상황을 지켜보기로 했어요. 단시간이라면 그렇게 깐깐하게 굴 필요는 없다고 하시네요. 하지만 룸서비스로 요리나 음료를 대량 주문할 경우에는 우리 스태프가 연락하기로 했습니다. 현재의 요금 플랜에는 여러 명의 객실 사용은 포함되지 않는다고 부드럽게 주의를 드릴 생각이에요. 문제는 추가 요금을 낼 테니 친구들과의 파티를 허락해달라고 요구하는 경우예요. 실제로 그런 서비스를 제공하기도 하니까 딱 잘라 거절할 수는 없습니다."

"그럼 그때는 어떻게 하지요?"

"임기응변으로 대응해야죠."

"이를테면?"

"고객님이 어떻게 말씀하시느냐에 따라 달라지겠죠. 걱정 마세요, 나름대로 비장의 방법이 있으니까."

나오미가 여유 있는 웃음을 지었을 때, 닛타의 스마트폰이 울렸다. 이나가키였다.

"7팀의 연락이야. 모리모토가 객실을 나와 외출했어. 미행은 모토미야 쪽 수사관에게 지시했으니까 자네는 모리모토의 방을 조사할 수 있게 호텔 측과 협상해줘. 그 방으로 이미 아즈 사 팀의 수사관이 올라갔어."

"잠깐만요, 외출했다가 금세 돌아올 수도 있잖습니까."

"그럴 걱정은 없어. 모리모토는 자택 근처에 갈 거야. 한동안 호텔에는 못 돌아와."

"그걸 어떻게……."

그걸 어떻게 알았느냐고 물어보려다가 퍼뜩 깨달았다. 아즈 사 팀에서 모리모토의 방을 도청한 것이다. 분명 거기서 얻어 낸 정보다.

닛타는 입가를 가리고 야마기시 나오미에게 등을 돌렸다. "호텔에는 뭐라고 설명하면 될까요?"

"그건 자네가 알아서 해. 어떻게든 둘러대봐." 이나가키는 내 던지듯이 그렇게 말하고 전화를 끊었다.

스마트폰을 손에 든 채 닛타는 잠시 멍해졌다.

"왜요?" 야마기시 나오미가 뒤에서 물었다.

닛타는 애써 머리를 굴려봤지만 뾰족한 방법을 찾지 못한 채 멀거니 로비를 바라보았다. 엘리베이터 홀 쪽에서 모리모토 마사시가 나오는 게 눈에 들어왔다. 체크인 때와 마찬가지로 비즈니스 백팩을 메고 있었다.

닛타는 현관으로 향하는 모리모토를 가리키며 말했다.

"방범카메라를 체크하는 수사관에게서 모리모토가 객실을 나왔다는 보고가 들어왔어요. 외출하는 모양이니까 지금 바로 그의 방을 조사해봐도 될까요? 물론 호텔 스태프 입회하에."

"고객이 잠깐 외출한 사이에 몰래 그 방에 들어간다고요?" 역시나 야마기시 나오미는 난색을 표했다.

"청소 때 수사관이 동행하는 건 허락했잖아요. 그것과 똑같아요. 부탁드립니다. 모리모토 마사시가 비즈니스 백팩을 메고 나간 걸 보면 지금 그 방에 다른 짐은 없을 거예요."

모리모토가 정면 현관 앞에서 택시를 잡는 게 보였다.

그래도, 라고 야마기시 나오미가 말했다.

"수사관이 그 방에 있을 때 자칫 모리모토 고객님이 돌아오시기라도 하면 정말 큰 문제가 돼요."

"아니, 그건 괜찮아요. 다른 수사관이 미행하고 있으니까요. 호텔로 돌아올 기미가 보이면 그 즉시 연락해줄 겁니다."

야마기시 나오미는 잠시 고민한 끝에 대답했다. "총지배인께 상의해본 다음에 결정해도 될까요?"

"물론 괜찮죠. 하지만 최대한 서둘러주셨으면 합니다."

"알겠습니다."

야마기시 나오미는 스마트폰을 꺼내 통화하기 시작했다.

닛타는 현관 쪽을 지켜보았다. 모리모토를 태운 택시가 출발했다. 미행을 맡은 수사관의 차량도 움직이기 시작했을 것이다.

야마기시 나오미가 전화를 끊었다.

"총지배인이 허락하셨습니다. 단 제가 입회할 거예요."

"나오미 씨가?"

"잠입 수사에 관해서는 제가 현장 책임자니까요. 왜요, 안 될 이유라도 있나요?"

"아뇨, 아닙니다. 저도 동석해도 될까요?"

"그렇게 해주시면 저야 한결 든든하죠. 모르는 형사분과 단 둘이면 역시 어색하니까요."

프런트를 다른 스태프에게 맡기고 둘이서 엘리베이터 홀로 향했다.

9층 복도 안으로 들어가자 0911호실 앞에 하우스키퍼 유니폼 차림의 여성 형사가 서 있었다. 아즈사 팀의 수사관이다. 닛타와 나오미를 보자 인사를 건넸다. 호텔 스태프의 인사가 아니라 모자를 쓰지 않았을 때의 경찰식 경례였다.

야마기시 나오미가 마스터키로 문을 열었다. 하지만 닛타 쪽을 향해 먼저 들어가라는 손짓을 했다. 손님보다 먼저 입실하는 것에 익숙하지 않은 것이다.

여성 형사에게 양보하고 닛타는 그 뒤를 따라 들어갔다. 모리모토 마사시는 짐을 들고 외출했다. 그녀가 뭘 조사하겠다는 것인지, 여간 마음에 걸리는 게 아니었다. 분명 아즈사가 뭔가 특별한 지시를 내렸을 것이다.

여성 형사는 손에 장갑을 끼고 데스크로 다가갔다. 그 위의 메모지를 집어들더니 한 장만 떼어내 호주머니에 챙겨넣었다. 야마기시 나오미가 숨을 헉 삼키는 기척이었지만 항의는 하지 않았다. 메모지는 호텔 비품일 뿐 숙박객의 소유물이 아니기 때문일 것이다. 게다가 떼어낸 것이 아무것도 적혀 있지 않은 백지였다.

닛타는 실내를 둘러보았다. 모리모토 마사시는 신변용품을 모두 비즈니스 백팩에 넣고 다니는지 다른 물건은 눈에 띄지 않았다. 여성 형사도 쓰레기통을 살펴보고 있었지만 딱히 별다른 건 없는 모양이었다.

닛타는 욕실을 확인해보기로 했다. 세면대와 변기와 욕조가 한 세트로 이어진 구조였다. 대강 둘러본 바로는 핸드타월을 한 장 사용했을 뿐 그밖에는 손을 댄 흔적이 없었다.

욕실 쓰레기통을 살펴보려고 했을 때였다. "그건 뭡니까!"라는 나오미의 날카로운 목소리가 들렸다.

급히 나가보니 창가에 선 나오미가 여성 형사를 노려보고 있었다.

"아무것도 아니에요. 그냥 쓰레기를 주웠을 뿐인데……." 여성 형사가 대답했다.

"잠깐 보여주세요." 나오미가 오른손을 내밀었다.

하지만 여성 형사는 움직이지 않았다. 말없이 고개만 숙이고 있었다.

"무슨 일이죠?" 닛타가 물었다.

"이분이 침대 밑에서 뭔가를 꺼냈어요. 제가 창밖을 내다보는 틈을 노린 모양인데 유리창에 다 비쳤어요."

침대 밑……. 어떤 사정인지 금세 알 수 있었다.

"어서 보여주세요. 그냥 쓰레기라면 못 보여줄 이유가 없잖아요." 나오미가 재차 추궁했다. 드물게도 매우 엄격한 말투였다. "아니면 뭔가 중요한 물건이라서 저한테 보여주실 수 없는 건가요?"

여성 형사는 침묵한 채였다. 오른손을 꽉 움켜쥐고 있었다.

결국 닛타가 나서서 말했다. "보여드리세요."

여성 형사는 얼굴을 들고 놀란 듯 둥그런 눈으로 닛타를 보았다.

얼른, 이라고 닛타는 다시 지시했다.

"그래도……."

"됐으니까, 어서!"

여성 형사는 못마땅한 기색으로 오른손을 들더니 천천히 손가락을 펼쳤다. 손바닥 안에 검은색의 납작하고 네모난 것이 있었다. 길게 안테나가 튀어나왔다.

"그건 뭐죠?" 나오미가 물었다.

여성 형사가 대꾸하지 않아서 닛타는 알려주라고 지시했다.

"음성 송신기예요." 여성 형사가 덤덤한 목소리로 답했다.

"음성 송신기라니, 혹시……." 나오미는 놀람과 실망이 뒤섞인 표정으로 닛타를 돌아보았다.

"간단히 말하면, 도청기입니다." 그렇게 말하고 닛타는 여성 형사 쪽을 향했다. "아즈사 경감이 이걸 회수해오라고 지시한 건가?"

"그게 아니라 위치를 바꾸라고……. 집음 상태가 별로 좋지 않아서요."

혀를 차고 싶은 심정이었다. 이런 짓까지 하다니.

"닛타 씨도 알고 계셨어요?" 나오미의 목소리가 파르르 떨렸다. 소리치고 싶은 것을 꾹 참고 있는 것이다.

후우 숨을 토해내고 고개를 끄덕였다. "네, 알고 있었어요."

"설마 이런 짓을……. 아무리 용의자라도 확실한 증거가 나올 때까지는 일반 고객님으로 봐달라는 것에 동의하지 않았던가요? 저를 속인 거예요?"

"미안해요. 마음이 편치는 않았지만 수사를 위해서는 어쩔 수 없다고 판단했습니다."

"다른 분…… 다른 두 고객님의 객실에도 도청기를?"

여기서 거짓말을 해봤자 아무 의미가 없다. 네, 라고 닛타는 대답했다.

"말도 안 돼." 야마기시 나오미는 눈빛에 강한 혐오감을 담아 여성 형사를 돌아보았다. "그거, 지금 당장 꺼주실래요? 그리고 저한테 주세요."

여성 형사가 당혹스러운 얼굴로 닛타를 보았다. 닛타는 한숨을 내쉬며 그녀에게 지시했다. "전원을 끄고 나오미 씨에게 내줘요."

여성 형사는 버튼 건전지를 빼내고 도청기를 나오미에게 내밀었다.

기기를 움켜쥐고 나오미는 닛타와 여성 형사를 노려보았다.

"두 분 다 나가주세요. 이곳은 고객님의 방입니다. 제가 다시 한번 점검해봐야겠어요. 또 뭔가 부착해둔 게 있으면 안 되니까요."

"아뇨, 다른 건 없는……."

"지금 그 말을 믿으라는 건가요?" 닛타의 말을 가로막으며 나오미가 소리쳤다. "당장 나가세요!"

닛타는 고개를 끄덕이고 여성 형사를 재촉해 문으로 향했다.

20

모리모토의 방에서 쫓겨나고 20여분 뒤, 닛타는 사무동 회의실에서 이나가키와 모토미야, 그리고 아즈사와 테이블을 마주하고 있었다. 중요한 것이 밝혀졌다고 이나가키가 호출한 것이다. 그때까지 닛타는 프런트에 서 있었지만 야마기시 나오미는 결국 돌아오지 않았다. 협력할 마음이 사라졌는지도 모른다고 닛타는 생각했다. 정말 그렇다면 어쩔 수 없이 받아들여야 한다. 더 이상은 안 된다고 거절한다 해도 불평할 수 없는 상황인 것이다.

아즈사가 도청한 녹음기를 테이블 한가운데 올려놓았다.

"18시 5분경에 모리모토 마사시의 스마트폰으로 전화가 왔습니다. 이건 그때의 대화 내용입니다."

―나야. 무슨 일이지?

녹음기에서 목소리가 들려왔다.

―뭐라고? 겐타가? ……어디서? ……대체 어떻게 된 거야, 어쩌다 그렇게 됐어? ……어쩔 수가 없네. 지금 바로 갈게. 장소는? ……아, 그럼 집 근처네. ……그건 내가 알아볼테니까 됐어. 그보다 사고 당사자 전화번호부터 알려줘. ……아, 잠깐만, 메모지 가져올게. ……응, 말해봐. ……응 ……응. 알았어. 그럼 이따 보자. ……응? ……아니, 아직 아무것도……. 찾아보고 있는데 영 눈에 안 띄네. ……모르겠어. 그건 그쪽 상황에 따라 다르니까. ……그래, 거기서 보자.

아즈사가 녹음기의 정지 버튼을 눌렀다.

"전화를 끊고 다급하게 방을 나가는 소리가 들려서 관리관께 보고했습니다."

그래서 모리모토의 행선지가 자택 근처라는 것을 알았구나, 라고 닛타는 이제야 깨달았다.

"7팀의 여성 수사관이 모리모토의 방에서 메모지를 회수하는 것 같던데요?"

닛타의 질문에 "응, 이거야"라면서 이나가키가 메모지 한 장을 테이블에 꺼내놓았다. 메모지 가운데 부분을 연필로 옅게 칠해서 하얀색으로 숫자가 떠올라 있었다. 080으로 시작되는 걸 보니 스마트폰 번호인 모양이다. 모리모토가 메모한 흔적이 아래쪽에 남은 것이다. 아즈사가 여성 수사관을 방에 보낸 가장 큰 목적은 이 메모지였을 것이다. 도청기의 위치를 바꾸라는 것은 기왕 들어간 김에, 라는 정도였으리라.

"통신사에 번호를 조회해보니 세타가야 구 거주자 명의의 스마트폰이었어. 운전면허증을 확인해봤는데 오늘 저녁나절에 교통사고를 냈더라고. 자전거와 접촉 사고였어."

"교통사고?"

"모토미야, 미행 팀에서 보고한 내용을 닛타에게 얘기해줘."

모토미야가 손에 든 서류를 들여다보며 말했다.

"아까 모리모토 마사시가 달려간 곳은 세타가야 구의 병원이야. 가족이 교통사고를 당해 구급차에 실려갔기 때문이었어. 방금 녹음에서 모리모토가 '겐타'라고 했지? 중학교 2학년 아들 이름이야. 그 아들이 자전거를 타고 가다가 자동차와 접촉 사고로 다친 모양이야."

"즉 모리모토에게 전화한 사람은 가족이었어. 아마 아내였겠지. 사고 소식을 듣고 모리모토는 급히 병원으로 달려갔다는 얘기야. 이 전화번호는……." 조금 전의 메모지를 집어들고 이나가키가 말했다. "접촉 사고를 낸 운전자의 번호야. 사고 후에 피해자 측에 번호를 알려줬겠지. 모리모토가 사고 당사자의 전화번호부터 알려달라고 했는데 그게 이거야."

"그렇다면 모리모토에게 전혀 예상치 못한 일이 일어난 셈이네요."

"그런 얘기지. 닛타, 어떻게 생각해?"

닛타는 손바닥으로 턱을 짚고 고개를 갸웃했다.

"문제는 모리모토가 앞으로 어떻게 나오느냐에 따라 달라지겠지요. 가미야 요시미나 마에지마 다카아키 등과 뭔가 계획을 세웠던 것이라면 당연히 호텔로 돌아올 겁니다. 아니면 계획을 급히 변경할 수도 있습니다."

"애초에 그들이 어떤 계획을 세웠느냐가 중요하겠네. 실제로 살인을 감행하는 자, 감시하는 자, 표적을 유인하는 자, 모리모토는 그중 어떤 역할을 맡았을까. 물론 경우에 따라서는 모든 계획을 중지할 가능성도 있어."

"중지할 경우, 다른 멤버들은 어떻게 할까?" 모토미야가 물었다. "계속 이 호텔에 남아 있을 의미가 없잖아. 다들 체크아웃하고 떠나는 거 아냐?"

"글쎄요, 딱히 서둘러 떠날 필요는 없을 테니까 오늘 밤은 여기서 보낼 것 같은데요."

닛타의 반론에 모토미야는 목을 움츠리며 말했다. "하긴 그렇겠다."

"아무튼 좀 더 상황을 지켜볼 수밖에 없어. 호텔 안의 두 사람은 지금까지처럼 철저히 감시하도록 한다!" 이나가키의 지시가 실내에 울렸다.

회의실을 나와 계단을 내려가는데 뒤에서 부르는 소리가 들렸다. 몸을 돌려 올려다보자 아즈사가 빠른 걸음으로 다가왔다. "잠깐 할 얘기가 있습니다."

"뭡니까?"

"어딘가 조용히 얘기할 수 있는 곳으로 가죠."

"알았어요."

1층으로 내려가 복도 끝으로 이동했다. 가까이에 사무실도 없고, 누군가 오는 기척이 들리면 대화를 중단하면 된다.

"할 얘기라는 건?"

닛타가 묻자 아즈사는 안주머니에서 뭔가를 꺼냈다. 아까 그 녹음기였다. 스위치를 켜서 왼손에 얹었다.

—아무리 용의자라도 확실한 증거가 나올 때까지는 일반 고객님으로 봐달라는 것에 동의하지 않았던가요? 나를 속인 거예요?

야마기시 나오미의 목소리였다.

—미안해요. 마음이 편치는 않았지만 수사를 위해서는 어

쩔 수 없다고 판단했습니다.

물론 이건 닛타 자신의 목소리다.

—다른 분…… 다른 두 고객님의 방에도 도청기를?

—네.

모리모토의 방에 설치한 도청기에서 여성 형사가 버튼 건전지를 빼내기 직전에 오고간 대화였다.

아즈사는 스위치를 끄고 녹음기를 다시 안주머니에 넣었다.

"왜 말하지 않았습니까? 7팀의 아즈사가 독단으로 처리한 일이라고."

닛타는 양팔을 펼치며 말했다.

"그런 얘기를 해봤자 무슨 의미가 있죠? 나는 도청기에 대해 알면서도 야마기시 나오미 씨에게 숨겼어요. 그러니 속인 거나 마찬가지예요."

"하지만 이 대화만 보면 마치 닛타 경감이 도청기를 설치하라고 지시한 것처럼 들리잖아요. 야마기시 나오미 씨라고 했던가요, 그분도 그렇게 생각했을 겁니다. 그런 오해는 풀어주시는 게 좋지 않나요?"

"무엇 때문에?"

"무엇 때문이냐니……." 아즈사의 시선이 좌우로 흔들렸다. "그야 이런 오해는 닛타 경감도 원치 않던 일이잖아요."

"아니, 나는 이게 오해라고 생각하지 않아요. 잠입 수사의 책임자는 나예요. 원했든 원치 않았든 이 호텔에서 하는 모든 수사에 대해 전적으로 책임질 각오로 임하고 있습니다. 그런 배려는 안 해도 돼요. 게다가 관리관과 모토미야 씨도 녹음기에 모리모토의 목소리가 담긴 것에 대해 아무 언급도 없었잖습니까. 언제 어떻게 녹음했는지 묻지도 않았어요. 은연중에 아즈사 경감이 일하는 방식에 찬성하시는 거겠죠."

아즈사는 코끝을 쓰윽 올리고 닛타를 바라보았다.

"닛타 경감은 어떠세요? 찬성하십니까?"

"아뇨, 찬성은 못 합니다. 하지만 몇 번이나 말했듯이 책임은 질 겁니다. 아즈사 경감이 게임 플레이어라면 나는 게임 매니저니까." 닛타는 손목시계를 들여다보았다. 7시 반이 되어가고 있었다. "시간이 급해서 이만 실례합니다." 아즈사에게 양해를 구하고 복도로 나갔다.

사무동을 벗어나 호텔에 들어선 참에 뒤에서 누군가 어깨를 툭 쳤다. 돌아보니 노세가 서 있었다. 얼굴에 장난기 가득한 웃음을 짓고 있었다.

"이번에는 노세 형사님이에요? 무슨 일이시죠?"

"잠깐 시간 좀 내줄 수 있어?" 노세는 엄지와 검지로 조그만 것을 집는 시늉을 해 보였다.

"뭐, 좋습니다."

닛타는 흘끗 프런트 쪽을 살펴보았다. 야마기시 나오미가 돌아와 손님을 상대하고 있었다. 이쪽은 못 본 것 같았다.

"조용한 위층으로 가죠."

에스컬레이터로 2층으로 올라갔다. 사람이 없는 예식 코너로 들어가 가장 가까운 테이블에 자리를 잡았다.

"우리 팀장, 대하기 껄끄러운 사람이지?"

노세의 그 말에 닛타는 흠칫 놀랐다.

"혹시 아까 한 얘기, 들으셨어요?"

"계단을 지나가다가 우연히 듣게 됐어. ……뭐, 믿지는 않겠지만." 노세가 혀를 쏙 내밀었다.

"엿들으신 거예요? 그거, 별로 좋은 취미 아닌데요."

"미안해. 아무래도 마음에 걸려서. 그래서, 어때?"

"아즈사 경감 말입니까?"

응, 하고 노세가 고개를 끄덕였다. 그 얼굴에 더 이상 장난스러운 기색은 없었다.

"같은 경찰이라도 저마다 생각하는 건 다를 수 있겠지요. 수사에 임하는 자세도 그렇습니다. 몰래 촬영이나 도청 같은 건 내 성격에는 전혀 안 맞지만, 어쨌든 모리모토의 동향을 파악하는 데는 큰 성과가 있었어요. 그건 높이 평가해야 한다고 생각합니다."

노세는 온화한 얼굴로 테이블 위에서 천천히 두 손을 깍지 꼈다.

"전에도 말했지만 아즈사 경감은 우수한 인재야. 근본부터 형사인 사람이지. 아즈사 경감 본인은 별로 밝히고 싶어 하지 않지만, 실은 아버님도 형사였어."

닛타는 등을 꼿꼿이 폈다. "엇, 진짜요?"

"진짜야. 게다가 그 아버님도 딸에게 경찰직을 추천했어. 우리 팀장 이름, 알아?"

"아즈사 경감의 이름? 그러고 보니 성씨 말고는 불러본 적이 없네요. 이름은 뭔데요?"

"마히로. 아즈사 마히로야."

"마히로……."

노세는 수첩을 꺼내 볼펜으로 쓱쓱 글자를 써서 닛타에게 내보였다. "한자로는 이거야."

거기에는 '진심(眞尋)'이라고 적혀 있었다.

"진실을 찾는다, 라는 뜻으로 지은 이름이래. 어때, 형사에게 딱 맞는 이름이지?"

"정말 그러네요."

"아버님은 아들을 원했는데 딸만 둘이었어. 장녀는 얌전하고 섬세한 성품이어서 둘째 딸 쪽에 기대를 걸었던 모양이야. 어릴 때부터 다양한 무예를 가르쳤고 특히 합기도는 상당한 수준의 실력이야."

"형사 영재교육을 시킨 거네요."

결혼 상대를 찾기가 어려울지 모른다는 걱정은 안 했을까. 닛타는 얼핏 쓸데없는 생각을 했다.

"내가 보기에는 아즈사 팀장이 그런 아버님의 기대에 훌륭하게 부응하고 있는 것 같아. 남자였으면 아마 훨씬 더 승진이

빨랐을걸? 우리 팀장은 그 장벽을 뛰어넘어 어떻게든 보란 듯이 성과를 내려는 야심이 있어. 그러자면 남자 형사와 똑같이 해서는 안 된다고 생각했겠지. 상사들이 차마 입 밖에 내지 못하는 위법에 가까운 수사 기법을 동원해 그동안 수많은 사건을 해결해왔어. 아, 하지만 꼭 승진을 바라고 그러는 건 아니야. 우리 팀장이 바라는 건 아주 단순 명쾌해. 정의를 관철한다, 내 손으로 악당을 잡아들인다, 그냥 그것뿐이야. 실은 닛타씨하고 밑바탕은 똑같다는 얘기야."

닛타는 노세의 둥근 얼굴을 지그시 바라보았다. 저절로 피식 웃음이 새어나왔다.

"뭐야, 내가 웃기는 얘기를 했나?"

아뇨, 아뇨, 라고 닛타는 손을 내저었다.

"노세 씨가 아즈사 경감 밑에서 성실히 일하시는 이유를 알겠네요. 정년퇴직까지의 시간을 이 사람에게라면 바칠 수 있겠다, 라는 것이죠?"

"바치다니, 에이, 그런 대단한 건 아니고." 노세는 얼굴 앞에서 손을 가로저었다. "게다가 이런 중늙은이의 남은 시간 따위, 무슨 도움이 되겠어. 그냥 나는 그렇게 생각한다는 얘기야. 마지막으로 모시게 된 상사가 출세에 목을 매는 인간이 아니라서 다행이지."

"네에……."

"그러니 닛타 씨가 좀 이해해줬으면 좋겠어."

"이해하고말고요. 정말 좋은 말씀이에요. 아즈사 경감도 노세 형사님에게는 마음을 열어준 모양인데요? 그러지 않고서야 이름의 의미를 가르쳐주지도 않았겠죠."

"글쎄, 그건 잘 모르겠네. 뭐, 그런 거라면 나도 참 흐뭇하지." 쑥스러운 듯이 노세는 실눈이 되어 빙그레 웃더니 "그런데 실은……"이라고 고개를 갸우뚱했다. "우수한 형사라는 건 분명한데 어쩐 좀 아슬아슬할 때가 있어. 옆에서 누가 무슨 말을 하건 자신이 옳다고 생각하는 대로 밀고 나가는 강한 의지력은 물론 훌륭하지. 하지만 자칫 거기에 집착한 나머지 폭주할 우려가 있어. 게다가 난감하게도 폭주하는 자신은 그걸 깨닫지 못한다니까. 그래서 나는 어떤가 하면, 이렇게 바꿔 말할 수도 있어. 늙은 경찰의 얼마 남지 않은 시간을 난폭한 망아지를 조련하는 데 쓰고 싶다……."

닛타는 크게 고개를 끄덕여 동의했다. "네, 그렇죠, 그게 더 노세 형사님답네요."

21

"기다리시게 해서 죄송합니다. 이건 객실 카드키와 이번 플랜에 포함된 서비스의 설명서입니다. 시간 나실 때 읽어보시기 바랍니다. 궁금한 점은 언제든지 저희에게 문의해주시고요.

오늘 저희 호텔을 이용해주셔서 감사합니다. 즐거운 시간 되시기 바랍니다."

지방에서 온 듯한 2인조 여성 고객의 체크인 수속이 끝나고 머리 숙여 배웅했다. 문득 시선을 먼 곳으로 향하자 에스컬레이터를 타고 닛타가 위로 올라가는 게 보였다. 동행한 통통한 남자도 아는 얼굴이었다. 노세라는 베테랑 형사다.

둘이 무슨 상의를 하려는 건가, 하고 신경이 쓰였다. 어쩌면 도청에 관련된 얘기인지도 모른다. 그렇게 생각하니 다시금 우울해졌다.

모리모토 마사시의 방에서 일어난 일이 머릿속을 떠나지 않았다. 닛타가 자신을 속였다는 게 믿어지지 않아 큰 충격을 받은 것이다. 그래서 곧장 프런트로 돌아오지 못하고 직원 전용 휴게실로 갔다. 한참 동안 거기서 마음을 가라앉히고 프런트에 나와 보니 닛타는 보이지 않았다.

멍하니 2층 쪽을 올려다보는데 누군가 "체크인 좀 부탁합시다"라고 하는 것 같았다. 퍼뜩 정신을 차리고 앞을 향하자 카운터 앞에 한 남자가 서 있었다. 얼굴이 구릿빛으로 그을린 40세 전후의 남자였다. 넥타이는 매지 않았지만 정장 양복이 고급스러워 보였다.

"실례했습니다. 체크인하시겠습니까."

"응, 빨리 좀 해줘요." 남자가 손목시계를 들여다보며 말했다. 금색 파텍 필립 시계였다.

"네, 알겠습니다. 성함을 여쭤봐도 될까요?"

남자는 불만스러운 듯 미간에 주름을 잡으며 말했다. "내 이름? 가사이라고 하는데."

나오미는 단말기를 두드려 이름을 찾았다.

"가사이 고객님, 오늘부터 1인 1박, 이그제큐티브 플로어의 디럭스 트윈을 이용하시는 것으로, 괜찮으시겠습니까?"

"그래요. 얼른 끝냅시다, 내가 시간이 없어."

"그러면 숙박표 작성, 부탁드립니다." 나오미는 표를 남자 앞으로 내밀었다.

하지만 왜 그런지 그는 볼펜을 잡는 대신 차가운 눈빛으로 나오미를 쳐다보았다.

옆에서 야스오카가 다가와 단말기 화면을 가렸다. 표시된 것을 보고 나오미는 움찔했다. '노 레지스터'라는 표시였다. 숙박표를 작성하지 않아도 된다는 뜻이다. 즉 이 남자는 단골 고객, 혹은 VIP다. 그래서 처음에 이름을 물어본 게 비위에 거슬렸던 것이리라. 이 호텔에서 일하면서 내 얼굴도 모르는가, 라고 말하고 싶었을 것이다. 나오미가 귀국한 지 얼마 안 되었다는 것을 당연히 상대방은 알지 못한다.

"대단히 실례했습니다. 숙박표는 기입하지 않으셔도 됩니다." 나오미는 카운터에서 숙박표를 거둬들였다.

서둘러 카드키를 준비해 폴더에 넣어서 내밀었다.

"기다리시게 해서 죄송합니다. 이번 객실의 카드키입니다."

"이거, 피트니스와 수영장도 사용 가능한 거 맞아요?" 남자가 물었다.

나오미는 깜짝 놀라 다시 단말기를 들여다보았다. '수영장, 피트니스센터 이용권'이라는 글자가 눈에 들어왔다. 원래 유료지만, 호텔 측이 제공하는 서비스로 항상 부가해주는 것이다.

"죄송합니다, 깜빡했습니다. 지금 즉시 준비하겠습니다."

카드키는 방을 열기 위한 열쇠일 뿐만 아니라 호텔 내의 다양한 서비스를 이용할 때 패스포트의 기능도 하게 된다. 하지만 그러기 위해서는 사전에 정보를 입력해줄 필요가 있다.

"다 됐습니다. 몇 번이나, 죄송합니다." 카드키를 양손으로 받쳐 들고 내밀었다.

남자는 카드키를 받으면서 "당신, 신입?"이라고 얕잡아보듯이 물었다. "그렇게는 안 보이는데?"

꽃 같은 신입 스태프가 아니라서 미안하네요, 라고 마음속으로 투덜거리면서도 "앞으로 조심하겠습니다"라고 깊숙이 머리를 숙였다.

남자는 비웃듯이 입 끝을 삐죽 올리고 대꾸 없이 자리를 떴다. 나오미는 어깨를 떨구고 후우 한숨을 내쉬었다.

"웬일이세요, 나오미 씨답지 않게." 야스오카가 다가와 말했다.

"잠깐 딴생각을 했어. 집중하지 않으니까 역시 실수가 많네." 나오미는 얼굴을 찌푸렸다.

그때 엘리베이터 홀에서 한 중년 여성이 나타났다. 가미야 요시미였다. 로비를 가로질러 오픈 스페이스의 레스토랑으로 향하고 있었다. 저녁 식사를 하러 가는 모양이다.

나오미의 머릿속에 한 가지 생각이 번쩍 떠올랐다. 망설이고 있을 여유 같은 건 없었다.

카운터 밑에 손을 넣어 각종 쿠폰권을 챙겼다. 호텔 봉투에 넣어 크리스마스 특별 스티커를 붙이고 볼펜으로 메시지를 써 넣었다.

"나오미 씨, 뭐하세요?" 야스오카가 곁에서 물었다.

"급한 볼일이 생겼어. 나, 잠깐 자리 좀 비워도 되지?"

"네, 알겠습니다."

"미안해. 얼른 다녀올게."

인사를 건네고 총총히 카운터를 나왔다. 빠른 걸음으로 로비를 지나 엘리베이터를 타고 7층으로 향했다.

호흡을 가다듬으며 유니폼 호주머니에서 작은 기기를 꺼냈다. 모리모토 마사시의 방에 설치되었던 도청기다. 닛타의 말에 따르면, 똑같은 기기를 가미야 요시미와 마에지마 다카아키의 방에도 달았을 것이다.

이 일은 아직 아무에게도 말하지 않았다. 후지키에게조차 보고하지 않았다.

호텔에서 누군가 살해될 우려가 있다면 그건 어떻게든 가로막지 않으면 안 된다. 그러기 위해 경찰에 최대한 협력할 것이고 약간은 강제적인 수사를 하더라도 눈감아줄 생각이었다.

하지만 이건 어떤가……. 나오미는 도청기를 들여다보며 생각했다.

만일 이런 게 있었다는 것도 알지 못한 채 나중에 범인이 체포된 뒤에야 사실은 객실에 몰래 달아둔 도청기 덕분에 사건을 해결했다는 얘기를 듣는다면 나는 그걸 어떻게 생각해야 할까. 수사를 위해서라면 어쩔 수 없는 일이었다, 사건이 해결되었으니 다행이다, 라고 받아들일 수 있을까.

나오미는 고개를 저으며 도청기를 다시 챙겨넣었다. 분명 그런 식으로 받아들일 수는 없을 것이다. 아무래도 그 반대의 경우만 자꾸 머릿속에 떠올랐다. 반대의 경우란, 그 고객들이 범인이 아닐 때의 일이다.

범인이 아니라면 도청한 내용은 즉각 처분할 것이고 본인에게 도청했다는 것을 밝힐 일도 없을 테니 전혀 문제될 게 없다, 라고 경찰 측에서는 주장할 게 틀림없다. 하지만 고객의 프라이버시가 침해되었다는 사실은 달라지지 않는다. 예를 들어 사건과는 아무 관계도 없는 지극히 흥미로운 사적인 대화가 객실 내에서 오고갔다면? 도청한 경찰이 그걸 어느 누구에게도 흘리지 않는다는 보증은 어디에도 없다.

엘리베이터가 7층에 도착했다. 숨을 고르며 복도를 건너 0707호실 앞에서 발을 멈췄다. 가미야 요시미가 그 방에 없다는 건 알지만 일단 벨을 눌렀다. 누군가 손님이 와 있는지도 모르기 때문이다.

하지만 한참을 기다려도 반응은 없었다. 혹시나 해서 노크도 해봤지만 마찬가지였다. 나오미는 마스터키로 문을 열고 안으로 들어갔다. 하지만 문을 완전히 닫지 않고 도어가드를 사이에 끼웠다. 객실에 들어갈 때의 습관이었다.

싱글룸이라 침대는 하나뿐이었다. 그쪽으로 다가가 허리를 굽혔다. 침대 밑바닥을 더듬어보자 곧바로 딱딱한 것이 손에 잡혔다. 양면테이프로 붙여둔 것 같았다. 떼어내 살펴보니 역시나 도청기였다.

호주머니에 집어넣고, 그 대신 호텔 쿠폰권 봉투를 테이블 위에 올려놓았다. 봉투 앞면에는 '가미야 요시미 고객님께. 연박 이용 고객님께 호텔에서 작은 크리스마스 선물을 드립니다'라는 메시지를 적어왔다. 무단으로 객실에 들어온 꺼림칙함을 보상하기 위한 이른바 자기만족이었다.

방을 나가려는 참에 라이팅 데스크에 올려놓은 사진 액자들이 눈에 띄었다. 액자는 네 개였다. 사진 속에는 각각 어린 사내아이, 축구 유니폼을 입은 중학생 소년, 티셔츠 차림의 대학생, 그리고 휠체어에 앉아 눈을 감고 있는 청년이 찍혀 있었다. 나이대는 다르지만 모두 동일인물인 것 같았다.

좀 더 찬찬히 보려고 얼굴을 가까이 댔을 때, 뒤에서 문이 열리는 기척이 있었다. 흠칫해서 입구를 보니 가미야 요시미가 서 있었다.

나오미는 꼿꼿이 선 자세를 취하며 실례했습니다, 라고 머리를 숙였다.

"가미야 고객님께 전해드릴 선물이 있는데 부재중이시라 여기 테이블 위에 챙겨드렸습니다."

봉투를 집어들고 가미야 요시미에게 다가갔다.

"숙박 우대권과 수영장, 피부 관리실, 피트니스의 쿠폰권입니다. 어젯밤부터 숙박 중이신 여성 고객님께 드리는 선물입니다. 유효기간은 1년이니 다음에 저희 호텔을 찾아주실 때 사용해주십시오."

"그래요? 일부러 이렇게 찾아줘서 고마워요." 가미야 요시미는 별반 의심하는 기색도 없이 봉투를 받아든 뒤, 데스크 쪽으로 시선을 던졌다. "저 사진, 궁금했던 모양이지요?"

"죄송합니다. 멋진 사진이라서 저도 모르게 들여다봤습니다. 아드님이십니까?"

가미야 요시미는 미소를 지으며 고개를 끄덕이더니 라이팅 데스크 앞으로 갔다.

"내 집이 아닌 곳에서도 이렇게 사진을 놔두지 않으면 어쩐지 불안해요. 아침에 눈을 뜨면 우리 애에게 잘 잤느냐는 인사부터 하고, 그걸로 겨우 하루가 시작되거든요."

"그러셨군요."

"벌써 6년이 됐어요, 세상 떠난 지."

"아······. 깊은 위로의 말씀 올립니다."

가미야 요시미는 미소와 함께 고개를 끄덕이고 티셔츠 차림의 대학생 사진을 손에 들었다.

"이게 가장 마음에 들어요. 제법 핸섬하지요? 남편을 처음 만났을 때의 모습을 꼭 닮았어요. 그 남편은 병으로 일찍 세상을 떠나버려서 이 아이가 커갈수록 더 그런 생각이 들더라고요, 어쩌면 우리 그이가 천국에서 이 아이로 환생한 건가……."

웃을 수 없는 그 한마디 한마디를 나오미는 조용히 마음속에 새겼다.

가미야 요시미는 또 다른 액자를 손에 들었다. 휠체어에 앉은 사진이다.

"그토록 건강하던 아이가 단 2년 만에 이렇게 됐어요. 얼굴이 부석부석해서 딴사람 같지요? 어떤 사건 때문에 모든 게 바뀌어버렸어요. 계속 잠이 든 채 누워 있었어요. 식물인간 상태라고 하던데 나는 그 말이 아무래도 마음에 들지 않더군요."

어떤 일이 있었느냐고 나오미는 묻지 않았다. 닛타에게서 이미 얘기를 들었기 때문이 아니었다. 상대가 청하지 않는 한, 호텔리어는 질문을 해서는 안 되는 것이다.

가미야 요시미는 사진을 들여다보며 다시 입을 열었다.

"언젠가는 깨어날 거라고 굳게 믿었어요. 잠든 것처럼 보일 뿐, 실은 내 목소리를 다 듣고 있다고 생각했죠. 그래서 항상 말을 건넸어요. 아침에는 잘 잤느냐고 인사하고, 좋은 일이 생기면 얼른 얘기해주고. 음악도 들려줬어요, 이 아이 스마트폰에 들어 있던 좋아하는 음악을. 그걸 듣고 있을 때는 몸을 흔드는 것처럼 보였으니까. 그냥 호흡을 하는 거라는 사람도 있었지만 나는 이 아이가 듣고 있다고 믿고 싶었어요. 그렇게 사는 하루하루를 힘들다고 생각한 적은 없었어요. 눈을 떠줄 날이 반드시 온다고 믿고 그날을 기대하며 살았으니까. 눈을 뜨고 엄마, 안녕? 하고 말해주기를 간절히 기다렸으니까. 하지만 그런 날은 결국 오지 않고…….”

가미야 요시미는 목이 메는 듯 액자를 품에 안고 바닥에 웅크리고 앉았다. 몸이 가늘게 떨리고 있었다.

“괜찮으세요?” 나오미는 달려가 가미야 요시미의 등을 쓰다듬었다.

“응, 괜찮아요……. 미안해요, 얘기를 하다 보니 갑자기 슬퍼져서.”

그녀가 침대에 걸터앉게 두 팔을 잡아주었다.

“고마워요. 이제 됐어요. 이거, 데스크에 다시 세워줄래요?”

나오미는 그녀가 내준 액자들을 라이팅 데스크에 나란히 올려놓았다.

“더 도와드릴 일은…….” 없으십니까, 라고 뒤를 이으려다가 나오미는 말문이 막혔다. 가미야 요시미의 뺨에 눈물이 흐르고 있었기 때문이었다.

그녀는 손등으로 눈가를 훔치며 조용히 물었다.

“누군가를 마음속 깊이 증오해본 적 있어요?”

"마음속 깊이…….."

"그래요, 가능하면 내 손으로 죽이고 싶을 만큼."

"글쎄요, 제 경우에는 기억에 없습니다만."

"그래요? 참 다행이네."

"죄송합니다…….."

"증오라는 건 인생에 아무런 보탬도 안 돼요. 오로지 무거운 짐일 뿐이지. 하루 빨리 내려놓고 싶은 짐 덩어리. 그 짐을 내려놓을 수 있는 방법은 한 가지밖에 없어요. 그런데 나는 그것도 놓쳐버리고 말았어요."

"가미야 고객님…….."

나오미의 중얼거림이 귀에 들어갔는지 가미야 요시미는 퍼뜩 정신을 차린 듯 눈물을 훔치며 빙긋이 웃음을 건넸다.

"내가 이상한 소리를 했네. 그냥 잊어버려요."

"마실 것이라도 가져올까요? 커피나 녹차라도."

가미야 요시미는 고개를 가로저었다.

"고마워요. 하지만 괜찮아요. 걱정하게 해서 미안해요."

"뭔가 필요한 게 있으시면 언제든지 전화해주세요."

"응, 필요하면 연락할게요. 쿠폰권, 다음에 꼭 써봐야겠네."

"네, 꼭 그렇게 해주세요. 그러면 저는 이만 실례하겠습니다."

나오미는 목례를 건네고 문으로 향했다.

방을 나와 복도를 걸어가는데 엘리베이터 홀 앞에 사람이

서 있었다. 스태프 유니폼을 입고 있지만 진짜가 아니라는 건 굳이 얼굴을 확인하지 않아도 알 수 있었다. 서 있는 자세가 전혀 다른 것이다.

상대는 기다렸다는 듯이 나오미 쪽으로 다가왔다. 가미야 요시미의 방에 도청기를 설치한 수사관에게서 보고를 받고 찾아온 게 틀림없었다.

"그렇게 버티고 서있는 호텔리어는 없습니다, 아즈사 경감님." 옆으로 다가온 형사에게 나오미는 말했다.

아즈사가 오른쪽 손바닥을 내밀었다.

"돌려주시죠. 그거, 경찰 비품이 아니라 내 개인 물품이거든요."

무슨 말인지 금세 알아들었다.

"아, 그러세요?" 나오미는 호주머니에서 도청기 두 개를 꺼냈다. "참고삼아 여쭙겠는데요, 이런 건 어디서 구입하십니까?"

아키하바라, 라고 대꾸하면서 아즈사는 도청기를 받아 버튼식 건전지를 뺐다. "원하시면 어느 가게인지 소개해드릴까요?"

"아뇨, 괜찮습니다. 남의 대화를 도청할 생각은 없으니까요."

"그래요? 하긴 이 기기만 구입해봤자 소용없어요. 수신기도 필요하니까." 아즈사가 엘리베이터의 내려가는 버튼을 눌렀다. "잠시 시간 좀 내줄 수 있어요? 얘기할 게 있는데."

"알겠습니다."

엘리베이터 문이 열렸다. 다행히 아무도 없었다. 둘이 나란히 안에 들어섰다.

"얘기는 어디서?" 나오미가 물었다.

"그쪽이 정해주시죠. 가능하면 남의 눈이 띄지 않는 곳으로."

"의자가 없어도 괜찮을까요?"

"괜찮아요. 그렇게 길게 얘기할 것도 아니니까."

그러시다면, 이라고 나오미는 2층 버튼을 눌렀다.

엘리베이터가 멈추자 로비가 내려다보이는 장소로 아즈사를 데려갔다.

"도청기는 내 개인 물품이라고 말씀드렸죠? 즉 도청 지시를 내린 건 닛타 경감이 아니에요." 아즈사가 말했다. "전적으로 내 개인의 판단에 따라 결정한 일입니다. 지난번에 말했었죠, 나는 닛타 경감 밑에서 일하는 사람이 아니라고."

"그랬나요? 하지만 나한테는 어느 쪽이건 마찬가지예요. 고객님에 대한 그런 비열한 행위를 그냥 못 본 척 넘어갈 수는 없습니다."

"비열하다?"

"아닙니까?"

아즈사는 난간에 팔꿈치를 얹으며 나오미를 쳐다보았다.

"그들은 살인자예요. 내일 아침이 되기 전에 이 호텔에서 누군가를 살해하려 하고 있어요. 그걸 가로막기 위해서는 지금 수단과 방법을 가릴 때가 아니죠. 그런 정도는 나오미 씨도 잘 아시잖아요?"

"범인으로 판명된 게 아니라 용의자 단계라고 들었는데요."

"증거는 없지만 확실해요. 그러니 어떻게든 체포해야죠, 살인 미수 현행범으로. 그런 점을 좀 이해해주시면 안 돼요?"

"그런 식으로 생각하신다는 건 잘 알겠어요. 하지만 저에게도 호텔리어의 자세라는 게 있습니다."

"호텔리어의 자세?" 아즈사는 이해할 수 없다는 듯이 얼굴을 갸우뚱했다. "그게 뭐죠?"

"호텔을 찾아주신 고객님은 하나같이 가면을 쓰고 계십니다. 그 가면을 지켜드리는 것이 우리 호텔리어의 역할이라고 생각해요. 그건 동시에 가면 뒤의 얼굴을 믿어드리는 일이기도 합니다. 설령 경찰에서 용의자로 단정했다고 해도 저희 고객님은 범인이 아니라는 전제하에 응대하지 않으면 안 됩니다. 그게 호텔리어의 자세예요."

"훌륭한 마음가짐이네요. 비꼬는 게 아니라 진심으로."

"그래서 말씀드리는데, 죄송하지만 남은 또 하나의 도청기도 어떻게든 회수할 생각이에요."

"그건 안 된다고 한다면?"

"총지배인에게 보고하겠습니다. 이 일은 아직 저만 알고 있지만, 총지배인이 아시게 되면 어떻게 될까요? 저 혼자 가슴속에 묻어두는 게 최대한의 양보라는 거, 이해해주세요."

아즈사는 입술 끝을 삐뚜름하게 틀었다. "어쩔 수 없네요. 좋으실 대로 하세요."

"그밖에 또 할 얘기가 없으시다면 저는 제자리로 돌아갔으면 합니다."

"네, 얘기 끝났어요."

"그럼 실례합니다."

목례를 건네고 계단을 향해 걸음을 뗐지만, "아, 한 가지만 더 얘기하죠"라는 아즈사의 목소리가 뒤에서 날아왔다. 나오미가 돌아보자 여성 경감은 말을 이어갔다. "도청 건, 닛타 경감은 반대했었어요. 내가 독단으로 설치한 것을 알고는 화를 냈죠."

"그렇습니까. 하지만 왜 그런 얘기를 저한테 하시죠?"

"나오미 씨는 알아두는 게 좋을 것 같아서요. 그게 아니면, 모르는 편이 나았을까요?"

어떻게 대답해야 할지 잠시 생각해본 끝에 솔직하게 말하자는 마음이 들었다.

고맙습니다, 라고 나오미는 대답했다.

22

스마트폰이 부르르 울렸다. 경비실에서 방범카메라 모니터를 감시 중인 도미나가에게서 온 것이었다. 닛타는 사무실로 걸어가면서 전화를 받았다.

그에 따르면 1610호실에 움직임이 있었다고 한다.

"여자 셋이 방을 나와 엘리베이터에 탔습니다."

"여자들만? 사야마 료는?"

"사야마 료는 아직 방에 있어요."

"가미야와 마에지마의 상황은 어떻지?"

"가미야는 다시 방을 나왔습니다. 중화요리 레스토랑에 들어간 걸 보면 저녁 식사예요. 마에지마는 아직 방에 있습니다."

"알았어. 감시를 계속해."

닛타가 전화를 끊었을 때, 사무실 문이 열리고 야마기시 나오미가 나타났다. 그녀는 일순 놀란 표정을 짓더니 이윽고 고개를 숙였다. "아까는 실례했습니다."

닛타는 뜻밖이라는 느낌이 들었다. 모리모토 마사시의 방에서 닛타와 여성 수사관을 내쫓을 때와는 다르게 상당히 부드러워진 표정이었기 때문이다.

"아, 그보다 가미야 요시미의 방에 몰래 들어갔다면서요?" 닛타는 말했다. "방범카메라 영상을 지켜본 부하가 보고하던데요."

"몰래 들어가다니, 듣기 사나운 말씀이시네요. 호텔에서 제공하는 크리스마스 선물 쿠폰권을 갖다드린 것뿐이에요."

"쿠폰권? 역시 대단하시네. 만에 하나 들켰을 때를 위해 그런 걸 준비했군요."

"그게 아니라 고객님이 부재중인 방에 들어가기가 미안했기 때문이에요."

"그게 대단하다는 거죠. 게다가 그런 배려가 큰 공을 세웠잖아요. 가미야 요시미가 예상치 못하게 일찍 돌아와서 당황하지는 않았어요?"

"뭐, 조금은……. 1층 레스토랑에서 식사 중이신 줄만 알았어요."

"가미야를 감시하던 수사관 얘기로는 레스토랑 앞까지 갔는데 밖에서 안을 둘러보기만 하고 다시 돌아갔다더라고요. 어쩌면 표적을 찾고 있었는지도 모르겠어요."

"표적……." 야마기시 나오미는 왠지 떨떠름한 표정이었다.

"도청기는 무사히 회수한 것 같던데요."

"네, 회수해서 아즈사 경감에게 돌려드렸어요."

"그것도 우리 팀 수사관에게서 보고받았어요. 아즈사 경감이 엘리베이터 홀에서 나오미 씨를 기다리고 있었다면서요. 아즈사 경감과는 어떤 얘기를 했어요?"

"도청을 중단해달라고 부탁했고, 남은 또 한 개의 도청기도 회수하겠다고 통보했어요. 그리고……." 야마기시 나오미는 잠시 망설이듯이 틈을 두었다가 뒤를 이었다. "아즈사 경감이 얘기하더라고요, 닛타 씨는 도청에 반대했었다고."

"그래요?" 닛타는 머리를 긁적였다. "결국 중단시키지는 못했잖아요. 나오미 씨에게 경멸당해도 당연하다고 생각합니다."

"경멸 같은 건 안 해요. 힘든 일이겠구나, 새삼 실감했죠."

"고맙습니다……." 닛타는 저도 모르게 뒷목을 비비며 말했다.

"그나저나 알아두셨으면 하는 게 있어요, 가미야 고객님에 대해서."

"뭐죠?"

"방에서 잠깐 아드님 얘기를 하셨어요."

야마기시 나오미는 가미야와 나눈 대화를 자세히 들려주었다. 그 신중한 말투에서는 과장이나 곡해 따위는 감지되지 않았다.

"증오라는 건 인생에 아무런 보탬도 안 된다……. 그런 생각을 가진 분이 원한을 풀겠다고 살인을 저지를까요? 저는 경찰측의 추리에 뭔가 근본적인 오류가 있는 게 아닐까, 자꾸 그런 느낌이 들어요."

"그 말이 본심에서 나온 거라면 그럴 수도 있겠죠. 하지만 꼭 본심이라고 하기는 어려워요. 나오미 씨를 속이기 위한 연기였을 수도 있으니까."

야마기시 나오미는 난감하다는 듯이 쓴웃음을 지었다. "네, 그렇게 말씀하실 줄 알았어요."

"가미야 요시미의 외동아들이 당한 상해사건은 정말 안타까운 경우였어요. 범인 소년이 자전거를 세워두면 안 되는 곳, 구체적으로 말하면 점자블록 위에 자전거를 세우니까 그 곁을 지나가다가 잠깐 주의를 줬을 뿐인데 그 애가 불끈해서 주먹을 휘두른 겁니다. 부친의 영향으로 권투에 흥미가 있었다는데 정식으로 배운 건 아니지만 평소에 자기 식대로 꾸준히 맹연습을 해온 아이였어요. 집에 직접 만든 샌드백이 있었다더라고요. 체포된 뒤에는 이렇게 진술했다는군요. 권투 연습의 성과를 시험해보고 싶었다, 기회가 생기면 누군가를 연습 대상으로 삼을 생각이었다, 길에서 잔소리를 하길래 마침 잘됐다고 생각했다, 일단 주먹을 들었으니 녹다운시켜야 된다고 생각했다, 일이 이렇게 될 줄은 예상 못 했다……. 그 진술은 가미야 요시미도 간접적으로 들었을 겁니다. 모친으로서 어떤 심정이 들었겠습니까."

"……분노로 온몸이 떨리셨을 것 같아요."

"증오라는 건 인생에 아무런 보탬도 안 된다……. 그야 그렇겠죠. 그런 감정을 품어서 좋을 일이 뭐가 있겠느냐, 그런 무거운 짐을 떠안게 된 게 한스럽다, 가미야 요시미가 하고 싶은 말은 그런 것이었겠지요."

"그 짐을 내려놓을 수 있는 방법은 한 가지밖에 없는데 그것도 놓쳐버리고 말았다는 건?"

"후회하는 걸까요, 복수를 남의 손에 맡긴 것을? 증오하던 상대가 죽으면 고통에서 풀려날 줄 알았는데 그렇지 않았다, 역시 내 손으로 죽였어야 한다, 그렇게 원통해하는지도 모르겠네. 가해자 이리에 유토가 살해된 날 밤에 가미야 요시미는 알리바이를 만들기 위해 친구와 요코하마에서 뮤지컬을 봤다는데, 아마 머릿속에는 뮤지컬이고 뭐고 없었을걸요."

야마기시 나오미는 고개를 갸우뚱했다. "저한테는 그런 식으로 들리지 않았는데……."

"미안해요, 의심하는 게 내 직업이라서."

그러자 야마기시 나오미는 어쩔 수 없다는 듯 쓴웃음을 흘렸다.

"닛타 씨 쪽 사람들의 그런 부분을 전면 부정할 수는 없겠지요. 예전에는 도무지 이해가 안 되어서 형사들이란 어쩌면 저렇게 마음이 뒤틀렸을까, 어이가 없을 때도 있었어요. 하지만 지금은 배울 점도 많다는 생각이 들어요. 이 호텔에서 예전에 일어났던 두 번의 사건에서는 모두 다 범인이 뜻밖의 인물이었잖아요. 나는 그 사람들을 전적으로 믿었고 감쪽같이 속아 넘어갔어요. 더구나 나 자신이 위험한 꼴을 당하기도 했고. 물렁했던 거라고 반성하고 있어요. 그래서 이번에 또 속아 넘어간 것인지도 모르겠어요."

닛타는 여성 호텔리어의 얼굴을 마주보았다.

"그런 말씀을 다 하시고, 나오미 씨답지 않은데요?"

"인간은 누구라도 변하게 마련이니까요. 하지만……." 야마기시 나오미는 일단 입을 한일자로 다물었다가 다시 말했다. "저도 조금쯤은 성장해서 사람을 보는 눈도 정확해졌다고 자부하고 있어요. 그래서 역시 저는 가미야 고객님을 믿어드리고 싶어요."

닛타는 고개를 위아래로 끄덕였다. "네, 나오미 씨는 그러시는 게 좋아요."

안주머니에서 스마트폰이 진동했다. 잠깐 실례, 라고 양해를 구하고 전화를 받았다. 도미나가였다. 마에지마가 방을 나왔다는 연락이었다. 어디에 가는지는 아직 알 수 없는 모양이다.

"수고했어. 계속 감시해줘."

전화를 끊었는데 곧바로 다시 착신이 있었다. 이번에는 이나가키에게서 온 것이었다.

"마에지마가 방을 나왔다는 얘기, 들었지?"

"네, 방금 보고받았습니다."

"일식 레스토랑에 갔어. 요리를 주문했다고 하니까 한참동안 그 방에 아무도 없을 거야."

이나가키가 무슨 말을 하려는 것인지 닛타는 알 수 있었다.

"알겠습니다. 방은 제가 확인하겠습니다. 그러는 게 호텔 측과 얘기하기도 편하니까요. 그러면 되겠지요?"

"그래, 자네가 맡아." 이나가키는 시원하게 답해주었다. 미리 닛타의 반응을 예상했던 모양이다.

전화를 끊고 야마기시 나오미에게 사정을 얘기했다.

"일이 그렇게 됐으니까 누구든 호텔 스태프가 동행해주셨으면 합니다."

"좋아요, 물론 제가 가야죠. 해야 할 일도 있으니까."

어떤 일인지는 굳이 물어볼 것도 없었다.

"도청기에 대한 거, 총지배인에게 보고하지 않아도 괜찮습니까?"

야마기시 나오미의 눈썹이 꿈틀 움직였다. "보고할까요?"

"아뇨, 그건 좀……."

닛타가 말끝을 흐리자 야마기시 나오미의 입 양쪽 끝이 올라갔다.

"소소한 문제들을 일일이 위에 보고했다가는 한이 없죠. 경찰도 그렇지 않나요?"

"네, 그야 당연히."

그녀는 검지를 바짝 세웠다. "닛타 씨, 저한테 한 번 빚지신 거예요."

닛타는 어깨를 움츠리며 말했다. "네, 기억해두겠습니다."

둘이서 사무실을 나와 로비를 가로질러 엘리베이터 홀로 향했다.

엘리베이터를 기다리고 있으려니 잠시 뒤에 문이 열렸다. 안에 여자 세 명이 타고 있었다. 사와자키 유미에와 나중에 찾아온 여자들이다. 사야마 료와 또 한 명의 남자는 보이지 않았다.

여자들이 내릴 기색이 없어서 "실례합니다"라고 닛타는 나오미와 함께 엘리베이터에 탔다.

야마기시 나오미가 11층 버튼을 눌렀다. 이미 최상층 버튼의 불이 켜져 있었다. 사와자키 유미에 일행이 누른 것이다.

"고양이 인형, 너무 귀여웠어." 사와자키 유미에가 말했다. "그런 걸 집 안에 꾸며두면 정말 힐링이 될 거야, 그치?"

"귀엽기야 하지. 근데 그런 걸 몇 만 엔씩이나 주고 사고 싶진 않던데?" 핑크색 머리의 여자가 말했다. "그럴 돈이 있으면 옷을 사거나 여행을 가야지."

"나도, 나도." 짧은 단발머리의 여자가 맞장구를 치며 사와자키 유미에를 돌아보았다. "유미에는 좋겠다. 명품 옷도 마음껏 사고 게다가 미국 여행도 하잖아."

"뭘, 나도 고양이 인형은 안 샀는데."

사와자키 유미에의 말에 그건 그렇다고 다른 두 사람이 키득키득 웃었다.

엘리베이터가 11층에 도착했다. 실례합니다, 라고 젊은 여자들에게 인사를 건네고 닛타는 야마기시 나오미와 함께 먼저 내렸다.

"아, 죄송한데 잠깐만요." 사와자키 유미에가 두 사람을 불러 세웠다. 버튼을 누르고 있는지 문은 열린 채였다.

"네, 무슨 일이십니까?" 야마기시 나오미가 물었다.

"로비 장식과 '산타 프레젠트' 외에 다른 크리스마스 이벤트는 없나요?"

"이벤트 말씀이십니까."

"네, 우리끼리 즐길 만한 데가 있으면 좋겠는데요."

"그러시면 특설 갤러리는 어떨까요? 2층에 있습니다. 크리스마스의 역사라는 테마로 각 시대별 크리스마스 관련 물품을 전시 중입니다. 특별 굿즈도 판매하니까 즐겁게 관람하실 수 있을 거예요."

"크리스마스의 역사? 와아, 좋은데요? 고맙습니다."

엘리베이터 문이 닫히는 것을 지켜본 뒤에 닛타는 말했다. "저 사람들, 대체 뭘 하는 건지 모르겠네."

"고양이 인형 얘기를 했죠? 아마 지하 명품숍을 둘러보고 오는 길일 거예요. 거기에 유럽풍의 잡화점이 있거든요."

"그러니까 지금 호텔 안을 탐험하는 중이군요. 이번 기회에 호텔 라이프를 마음껏 즐겨볼 생각인 모양이네. 그리고 이제는 최상층으로?"

"전망 코너에 갔을 거예요."

"아, 전망 코너가 있었구나. 어쨌든 참 대단하네요."

"뭐가요?"

"나오미 씨 말이에요. 오늘 아침에야 도착했는데도 행사며 명품숍을 죄다 파악하고 있잖아요. 공백이 전혀 느껴지지 않을 정도예요."

아, 하고 야마기시 나오미는 쑥스러운 미소를 지었다.

"경찰 측과의 연락 담당이라도 고객님에 대한 대응은 해야 하니까요. 그런 사항을 파악해두는 건 당연한 일이에요."

"그야 나오미 씨에게는 그러시겠지요. 그런데……." 닛타는 고개를 갸웃했다. "사야마 료가 보이지 않는 게 마음에 걸리네요. 그자는 방에서 뭘 하고 있지?"

"남자분이 한 명 더 있었잖아요. 둘이 술이라도 마시는 거 아닐까요?"

"그런 거라면 괜찮지만, 설마 벌써 마리화나 파티를 시작했나……"

야마기시 나오미의 얼굴이 핼쑥해지는 것을 보고 "앗, 농담이에요"라고 닛타는 말했다.

"아직 괜찮아요. 대마초라면 아주 독특한 냄새가 나거든요. 방금 그 여자들 옷에서 그런 냄새는 안 났어요."

야마기시 나오미는 안도의 한숨을 내쉬며 말했다. "썰렁한 농담은 삼가주시죠."

"어쨌든 숙박객도 아니면서 호텔 안을 휘젓고 다니는 게 영 거치적거리네요. 빨리 떠났으면 좋을 텐데 말이에요."

"최상층 레스토랑을 이용해주신다면 우리 호텔 측으로서는 중요한 고객님이에요. 그런 식으로 말씀하시면 안 됩니다."

닛타는 복도를 걸으면서 저도 모르게 쓴웃음을 지었다.

"나오미 씨는 여전하군요. 역시 프로예요."

"아뇨, 아직 한참 멀었어요. 로스앤젤레스에서 절실히 깨달았어요."

"어떤 일이 있었는데요?"

"그건 다음에 얘기할게요. 그럴 기회가 있다면."

그렇다면 일부러 기회를 만들어야겠다, 라고 생각했지만 입
밖에는 내지 않았다.

1105호실에 가보니 다시금 하우스키퍼 유니폼을 입은 그 여
성 수사관이 서 있었다. 닛타와 나오미를 보자 거북스러운 듯
머리를 숙였다.

"또 만났군. 이 방에 같이 입실하라는 아즈사 경감의 지시가
있었나?"

"아뇨, 그게 아니라 이걸 가져다드리라고 해서요." 수사관이
종이봉투를 내밀었다.

닛타는 봉투 안을 들여다보았다. 30센티미터 남짓한 막대
모양의 기기였다.

"뭐예요?" 옆에서 야마기시 나오미가 물었다.

"금속 탐지기예요." 닛타가 대답하며 여성 수사관을 쳐다보
았다. "이걸 쓰라는 건가?"

"필요하실지 모르니 전해드리라는 지시였습니다."

"알았어. 일단 받아두도록 하지."

"저는 이만 실례합니다. 수고하십시오." 수사관이 경례를 붙
이고 자리를 떴다.

"아즈사 경감은 이런 기기들을 좋아하시나 봐요." 야마기시
나오미가 종이봉투로 시선을 던지며 말했다. "그거, 사용하실
거예요?"

닛타는 코밑을 쓱쓱 비볐다. "일단 안에 들어갈까요."

야마기시 나오미는 불만스러운 듯한 얼굴로 마스터키를 꺼냈다.

방에 들어가자 둘이서 우선 침대 밑을 살펴보았다. 트윈룸이라서 침대가 두 개였다. 잠시 뒤에 야마기시 나오미가 말했다. "여기, 찾았어요!"

닛타는 그녀에게서 도청기를 받아 버튼식 건전지를 빼냈다. "서로 간에 이걸로 속이 후련해졌지요?"

"네, 후련하네요. 이대로 조용히 방을 나가주시면 그게 가장 좋을 텐데."

"저도 그러고 싶은 마음이 굴뚝같지만, 그랬다가는 월급만 축내는 민폐 형사가 됩니다."

닛타는 실내를 둘러보았다. 테이블이며 라이팅 데스크 위에 마에지마의 개인물품은 없었다. 쓰레기통도 텅 비어 있었다. 옷장은 사용한 흔적이 없었다.

문 옆의 러기지 랙에 연갈색 서류 가방이 놓여 있었다. 그걸 곁눈으로 살펴보며 일단 욕실 문부터 열었다. 변기 덮개에 '소독 완료' 띠가 그대로 남아 있었다. 즉 이쪽도 아직 사용하지 않은 것이다.

닛타는 바닥에 내려놓은 종이봉투에서 금속 탐지기를 꺼냈다.

도촬이나 도청이야 어쨌든, 이건 꽤 괜찮은 착안이다. 최근 세 건의 사건에서 범인이 사용한 흉기는 모두 칼이었다. 이번에도 그럴 계획이라면 분명 누군가는 칼을 준비했을 것이다.

서류 가방 앞에 섰더니 야마기시 나오미가 침울한 어조로 물었다. "역시 사용하실 거군요."

"금속탐지기가 반응하는지 점검해보는 것뿐이니까 프라이버시 침해는 아니에요. 콘서트장 입구나 공항 보안 검사장에서도 하니까요."

"하지만 본인에게 말도 없이 검사하지는 않아요."

"특별 경호 때는 수상쩍은 인물에 대해 경찰에서 반 강제적으로 실시하는 경우도 있어요. 그런 거나 마찬가지죠."

야마기시 나오미는 석연치 않은 기색이었지만 "정 그러시다면"이라고 말했다.

닛타는 금속탐지기의 스위치를 켜고 서류 가방에 가까이 댔다. 그 즉시 삐비빅 하는 전자음이 울렸다.

등 뒤에서 헉, 하고 놀라는 소리가 들렸다. 돌아보니 야마기시 나오미가 눈이 둥그레져 있었다.

닛타는 다시 금속 탐지기를 서류 가방에 대고 좌우로 흔들었다. 이번에도 전자음이 울렸다.

살펴보니 가방 자체에는 별다른 철제 장식이 없었다. 지퍼에 대한 반응도 아니다. 명백히 가방 안에 뭔가 금속류가 있는 것이다. 게다가 작은 물건이 아니다.

닛타는 금속 탐지기의 스위치를 끄고 서류 가방을 지그시 바라보았다.

"안 됩니다, 닛타 씨. 더 이상은 안 돼요." 야마기시 나오미가 급하게 만류하고 나섰다. "가방에는 손대지 마세요. 부탁드립니다." 애원하는 말투였다.

닛타는 금속 탐지기를 종이봉투에 넣고 그녀를 돌아보았다.

"호텔 측을 위해서만이 아니라 고객들을 위해서도 범행을 미연에 방지하는 게 무엇보다 중요하잖습니까."

"네, 저도 같은 생각이에요. 하지만 분명 다른 방법이 있을 거예요. 그 가방을 열어본다고 반드시 범행을 막을 수 있는 것도 아니잖아요."

"만일 이 가방에 흉기가 들어 있다면 앞으로 마에지마만 집중 감시하면 되니까 범행을 막을 가능성이 단연 높아져요."

"그런 흉기가 없다면? 그때는 무단으로 가방을 열어봤다는 사실만 남게 돼요."

"하지만 그 사실을 아는 건 우리 둘뿐이에요."

야마기시 나오미는 눈을 부릅떴다.

"그러니 나한테 입 다물라는 건가요? 중대한 규칙 위반인데도 못 본 척 넘어가라는 거예요?"

"수사에 협조해달라고 부탁하는 겁니다."

"호텔리어의 프라이드도 신념도 버리라는 말씀이네요." 그녀의 목소리가 떨렸다. 흥분하려는 것을 애써 억누르고 있는 것이다.

그 프라이드와 신념이 그토록 중요한 것인가, 라는 의문이 한

순간 닛타의 머릿속을 스쳤지만 금세 깨끗이 사라졌다. 중요한 것이다, 이 여성에게는. 그건 닛타가 누구보다 잘 알고 있었다.

"닛타 씨는 아직도 만만하게 보시는군요." 야마기시 나오미가 목소리 톤을 낮췄다. "우리 일에 대해."

"그건 아닙니다."

하지만 그녀는 천천히 고개를 저었다.

"호텔에는 다양한 고객님이 찾아오십니다. 그중에는 예민하고 의심 많은 분도 계세요. 자신이 방을 비운 사이에 종업원이 무단으로 들어와 짐을 뒤져볼까봐 외출 때마다 캐리어나 가방에 자물쇠를 채우는 분도 적지 않아요. 자물쇠 없는 가방일 때는 누군가 열어보면 흔적이 남겨지게 미리 손을 쓰는 경우도 있어요. 그래서 하우스키퍼들은 고객님의 짐에 최대한 접근하지 않고, 혹시 짐을 옮겨야 할 때도 지퍼나 잠금장치 등은 절대 만지지 않도록 주의합니다. 혹시라도 오해를 사는 일을 방지하기 위해서예요. 마에지마 씨가 그런 고객님이 아니라는 보증은 어디에도 없습니다. 닛타 씨가 가방을 열었다가 자칫 마에지마 고객님이 눈치채기라도 하면 어떻게 될까요? 실제 범인일 경우에도, 혹은 범인이 아닐 경우에도, 매우 곤란한 상황이 되겠죠. 호텔 측에도 경찰 측에도."

말투는 담담했지만 합당한 얘기고 설득력도 있었다. 닛타는 반론이 떠오르지 않았다. 굳이 말하자면 사건 해결을 위해서는 어찌 됐든 도박이라도 해봐야 한다는 것 정도일까. 하지만 그런 유치하고 거친 논리가 통할 만한 상대가 아니었다.

"제가 드릴 말씀은 여기까지예요." 야마기시 나오미는 말했다. "그다음은 닛타 씨의 판단에 맡기겠습니다."

엇, 하고 닛타는 그녀의 얼굴을 마주보았다. "맡기다니……."

"가방을 열어볼지 말지, 그 판단은 닛타 씨에게 맡기겠다는 얘기예요. 경찰은 경찰 나름의 생각이 있으실 테니까 저도 더 이상의 발언은 삼가겠습니다. 하지만 고객님의 가방을 무단으로 열어보는 자리에 동석하고 싶지는 않군요. 저는 이만 가보도록 할게요."

"나오미 씨……."

"실례합니다."

닛타를 향해 목례를 건네고 야마기시 나오미는 의연한 걸음으로 방을 나갔다.

문이 탁 닫히는 것을 지켜본 뒤에 닛타는 가방으로 시선을 돌렸다. 어떻게 해야 할지 망설이면서 바닥에 무릎을 짚고 앉아 지퍼 주위를 관찰했다. 열어보면 흔적이 남도록 뭔가 손을 써둔 것처럼은 보이지 않았다.

하지만 야마기시 나오미의 말에 따르면 이건 분명 그런 문제는 아닐 것이다. 무단으로 짐에 손을 댔다는 의심을 받지 않으려면 손을 대지 않는 게 가장 좋다는 얘기였다.

닛타는 몸을 일으켰다.

프런트에 돌아갔지만 야마기시 나오미는 보이지 않았다. 닛타는 카운터 안으로 들어가 스마트폰을 꺼내 이나가키에게 보고했다. 금속 탐지기가 서류 가방에 반응했다는 말을 듣고 이나가키는 끄응 신음 소리를 냈다.

"가방 속, 확인해봤지?"

"아뇨, 가방은 열지 않았습니다."

"뭐야? 왜?" 이나가키가 불만스러운 목소리를 냈다.

"가방 지퍼를 눈에 띄지 않게 가느다란 종이끈으로 묶어뒀더라고요. 섣불리 건드렸다가는 끊어질 것 같아 열지 못했습니다."

다시 이나가키의 낮은 신음소리가 들려왔다.

"일부러 그런 것까지 묶어뒀어? 이거야, 점점 더 수상하잖아."

"하지만 야마기시 나오미 씨 얘기로는, 부재중일 때 종업원이 가방을 열어볼까봐 그렇게 손을 써두는 손님이 적지 않답니다."

혀를 차는 소리가 들렸다. "어떻게든 열어볼 수 없었어?"

"노력은 해봤는데, 원래대로 해놓기 어려울 것 같아 포기했습니다. 열어본 것을 마에지마가 눈치채면 그것도 난처하잖습니까."

"그야 그렇지만……."

"관리관님, 모리모토는 아직 호텔에 안 돌아왔고, 체력이 부족한 가미야 요시미가 살인을 맡았을 리도 없어요. 직접 나서는 건 마에지마로 봐도 되지 않을까요? 그렇다면 이제 남은 건 또 다른 공범이 있느냐는 점이에요."

"그건 그렇지. 그쪽도 감시를 계속해야겠어."

"저희 팀은 수상한 손님이 없는지, 주의해서 지켜보겠습니다."

"그래, 수고해."

전화를 끊고 스마트폰을 안주머니에 넣었을 때, 등 뒤에서 인기척이 느껴졌다. 돌아보니 야마기시 나오미가 서 있었다.

"종이끈이라니, 잘도 생각해내셨네요."

"숀 코너리가 연기한 〈007〉에서 제임스 본드가 외출 전에 옷장 문짝 사이에 침을 발라 머리카락을 붙여두는 장면이 있었어요. 그런 줄 모르고 문을 열었다가는 머리카락이 떨어져 자신이 없는 사이에 누군가 침입했다는 걸 알게 되겠죠. 그 아이디어를 살짝 응용해봤어요. 종이끈으로 바꾼 건 머리카락보다 쨍쨍할 것 같아서."

"아주 좋은 아이디어였어요." 야마기시 나오미는 손가락으로 동그라미를 그려보였다. 그러고는 두 손을 몸 앞에서 맞대고 정중하게 머리를 숙였다. "고맙습니다."

"왜 나오미 씨가 인사를……."

"저는 그 자리를 떠났지만 고객님의 프라이버시가 침해당한다고 생각하니 가슴이 아팠어요. 하지만 그걸 피해주셨으니 감사 인사를 하는 건 당연하죠."

"그럼 이걸로 아까 그 빚은 갚은 셈이지요?"

"이걸로? 왠지 손해나는 느낌이지만 뭐, 좋아요." 야마기시 나오미의 입가에 미소가 번지면서 눈이 실눈이 되었다. 하지만 그 눈이 닛타의 뒤쪽으로 향한 순간, 다시 표정이 바짝 굳어버렸다.

그 시선을 따라가보니 아즈사가 로비를 지나 곧장 이쪽으로 오는 참이었다.

"닛타 경감, 잠깐 괜찮을까요?" 프런트 앞에서 아즈사가 말했다. "상의할 게 있어요."

"그래요? ……나오미 씨, 잠깐 자리 좀 비울게요."

네, 라고 그녀는 긴장한 표정으로 답했다.

23

노세와 얘기했던 때처럼 2층 예식 코너로 갔다. 밤에는 거의 사람이 없는 곳이다. 테이블을 끼고 마주 앉았다.

"우선 이거 돌려드립니다." 닛타는 마에지마의 방에서 회수해온 도청기와 금속탐지기가 든 종이봉투를 내밀었다.

아즈사는 차가운 표정으로 받아들더니 종이봉투 안을 들여다보았다.

"가방에서 금속 반응이 나왔다면서요. 그런데도 가방을 안 열어봤다는 거예요?"

"관리관에게서 얘기 못 들었어요? 열지 않은 게 아니라 열수가 없었어요."

"뭐, 그랬던 걸로 해두죠." 아즈사는 포기했다는 듯한 얼굴로 말하고는 종이봉투를 옆의 의자에 내려놓았다. "닛타 경감도 살인은 마에지마가 맡을 거라고 예상하셨다고 들었어요."

"가미야 요시미가 맡기에는 너무 힘에 부치는 일이니까요. 말씀하시는 걸 보니 아즈사 경감도 같은 의견인 모양이죠?"

네, 라고 아즈사는 고개를 끄덕였다.

"마에지마는 지유가오카에서 식당을 경영하는데, 특히 유명한 게 야생동물 요리예요."

"야생동물……."

식용 가능한 야생동물, 주로 사슴이나 멧돼지, 산토끼 등의 요리를 내놓는 식당이라는 얘기다.

"조사해보니 마에지마가 식품위생법을 위반했을 가능성이 있어요. 야생동물 고기는 전문 업자를 통해서만 매매해야 하는데 지인 엽사에게서 조달한 모양이에요. 그리고 마에지마 자신도 수렵 면허가 있어서 직접 잡아온 동물을 식당에서 쓴다는 얘기도 있어요."

"수렵 면허? 그러면 동물을 죽여본 경험이 있겠군요."

"게다가 칼을 다루는 데 능숙한 사람이죠. 조리할 때의 섬세한 움직임뿐만 아니라 단번에 고기를 가르는 능력도. 저는 최근의 살인 사건 대부분을 마에지마가 맡았을 거라고 생각해요. 어쩌면 로테이션 살인 계획을 세우고 다른 사람들에게 제안한 것도 마에지마일 수 있어요. 무라야마 신지 이외의 표적은 모두 자신이 처리할 테니 협력해달라, 그렇게 말했다면 다른 멤버들도 응하기가 쉬웠겠지요."

무라야마 신지는 마에지마의 중학생 딸의 리벤지 포르노를 유출한 자다.

대담하지만 설득력 있는 추리였다. 역시 머리 회전이 빠른 형사다, 라고 새삼 생각했다.

"마에지마 다카아키는 어떤 인물이었죠?" 닛타가 물었다. "직접 만나본 적이 있어요?"

"내가 직접 만난 적은 없지만, 탐문을 나갔던 수사관들에게서 보고는 받았어요. 그 보고서를 보시는 것도 괜찮지만, 우선 이걸 들어보시는 게 가장 빠를 거예요."

아즈사는 안주머니에서 다시 녹음기를 꺼내더니 재생 버튼을 눌러 테이블에 올려놓았다.

곧바로 작은 스피커에서 목소리가 흘러나왔다.

—그날이라면 종일 가게에 있었어요. 종업원에게 물어보셔도 되고 손님들에게 확인해보셔도 됩니다. 우리 식당은 예약이 필수라서 손님 연락처는 다 알아요.

말하는 사람은 마에지마 다카아키인 것 같았다. 수사관의 알리바이 질문에 대한 대답을 녹음한 것이다. 그의 말투는 침착하고 자연스러웠다.

─무라야마 신지가 사망한 것은 언제 알았습니까?

남자 목소리가 물었다. 수사관일 것이다.

─이틀 전입니다. 아침 뉴스에서 봤어요.

─그 소식을 듣고 어떻게 생각하셨어요?

─생각이고 뭐고, 우선 깜짝 놀랐어요. 그자와 이름이 똑같아서. 하지만 동명이인일 수도 있고, 종일 마음에 걸렸습니다.

─그자인지 아닌지 확인해볼 생각은 없었습니까?

─확인하고 싶은데 알아볼 방법이 없었어요. 텔레비전 뉴스에서는 음식점 점원이라는 것밖에는 안 나왔으니까요.

─동명이인이 아니라 그때 그 피고인이라는 것을 알고 지금은 어떤 심경이지요?

─심경이라…….

잠시 침묵의 시간이 흘렀다. 마에지마가 생각에 잠긴 모습이 선하게 떠오르는 것 같았다. 일련의 범행에 관여를 했든 안 했든 그는 무라야마 신지의 죽음에 대해 복잡한 감정이 들었을 터였다.

─천벌을 받았다고 생각하고 싶네요.

이윽고 마에지마가 말했다.

─인간의 도리에 벗어난 짓을 저질렀는데도 그에 상응하는 벌을 받지 않았고, 게다가 반성도 없이 태연히 살아가는 짐승 같은 자에게 하늘의 심판이 떨어졌다……. 그렇게 생각하고 싶습니다.

—꼴좋게 됐다, 라는 말씀인가요?

수사관의 물음에 대해 허헛 하는 소리가 들렸다. 웃은 모양이다.

—그런 감정은 없어요. 천벌이라고 생각하고 싶다는 것은 실제로는 그렇지 못했기 때문이에요. 천벌이 아니라 나 말고도 그자에게 원한을 가진 누군가에게 살해되었다, 그렇게 생각하면 솔직히 너무 분통이 터져요. 그자를 살려두는 것도 죽이는 것도 내 재량이라고 생각해왔으니까요. 내가 마음만 먹으면 언제든지 죽일 수 있다, 그 생각 하나로 지금까지 견뎌낼 수 있었어요. 근데 그것도 이제 끝이에요. 죽어버렸으니 끝이지요. 이제 어떻게도 할 수 없잖습니까. 이럴 줄 알았으면 좀 더 일찍 내 손으로 죽일걸 그랬다는 후회까지 들더라고요.

—그저 흘려들을 수 없는 말씀을 하시는군요.

—뭐, 나를 의심하신다면 원하는 만큼 얼마든지 조사해보세요. 그자를 죽인 게 아니냐는 의심을 받는 것에는 아무 불만도 없습니다.

아즈사가 팔을 뻗어 녹음기 스위치를 껐다. "어때요?"

"얘기를 잘 따냈군요. 마에지마의 인간적인 모습이 고스란히 느껴지는 인터뷰였어요."

"뒷부분의 녹음에는 그의 본심이 담긴 것 같지요? 무라야마 신지를 살려두는 것도 죽이는 것도 내 재량이라고 생각해왔다, 라는 건 아마 본심일 거예요. 자신이 아닌 다른 누군가의 손에 살해된 게 분통이 터진다든가 죽어버렸으니 끝이라는 말을 한 것은 로테이션 살인이라는 것을 감추기 위한 궤변이겠죠. 하지만 여기서 마에지마는 실수를 범했어요. 언제든지 죽일 수 있다는 생각 하나로 견뎌낼 수 있었다고 했잖아요. 언제든지 죽일 수 있다? 뉴스를 보고 동명이인일 수 있다고 생각했을 만큼 무라야마 신지에 관해서는 아는 게 없었는데 어떻게 그런 말을 할 수 있지요?"

닛타는 여성 경감의 얼굴을 마주보았다. 그녀가 말하려는 게 무엇인지 짐작이 되었다.

"사실은 무라야마 신지가 어디서 어떻게 살고 있는지 모조리 파악하고 항상 동향을 감시해왔다는?"

흡족하다는 듯이 아즈사는 턱을 크게 끄덕였다.

"그렇게 보는 게 타당하지 않겠어요?"

"일리 있는 얘기네요. 그리고 다른 용의자들, 가미야 요시미와 모리모토 마사시도 마찬가지로……."

"그렇죠, 각자 원한을 품은 자들의 동향을 수시로 파악하고 있었겠죠."

"한마디로, 각자 그 상대를 '언제든지 죽일 수 있는' 상황이었군요. 하지만 여태까지 직접 나서지 않은 걸 보면 마에지마가 말했던 대로 언제든지 죽일 수 있다는 생각 하나로 견뎌온 모양이네요. 그렇다면 왜 지금 이 시기에 보복을 시작했을까……. 몇 년씩이나 견뎌왔는데 왜 더 이상 견디지 못하게 됐을까요?"

"누군가 방아쇠 역할을 했겠지요. 이대로 계속 고통스럽게 견디느니 이참에 원한을 풀어버리자고 제안했다든가."

"그 누군가라는 게 마에지마였다는?"

"그렇다고 봐야죠. 특히 마에지마는 다른 피해자 유족들과는 상황이 달랐어요."

"어떻게 다른데요?"

아즈사는 녹음기를 챙겨 넣고 이번에는 스마트폰을 꺼내 들었다.

"피해가 현재진행형이라는 거예요. 다른 유족들도 모두 불합리하게 사랑하는 가족을 잃었지만 그건 과거의 일이에요. 하지만 마에지마가 잃은 것은 딸아이의 목숨만이 아니었어요. 우선 그 아이의 존엄을 앗아갔고, 그게 괴로워서 아이는 스스로 목숨을 끊었습니다. 그리고 그 아이의 존엄은 지금도 훼손되고 있어요."

아즈사는 스마트폰을 터치해 화면을 닛타 쪽으로 내보였다. 거기에 뜬 동영상을 보고 닛타는 저도 모르게 고개를 돌리지 않을 수 없었다. 소녀의 나체였다.

"잘 아시겠지만 인터넷에 뿌려진 데이터는 영원히 남아서 떠돌아요. 이른바 디지털 타투예요. 지워도 지워도 어디선가 계속 확산되죠. 최근에 마에지마가 우연히 이런 동영상을 봤던 게 아닐까요? 거기서 새삼 충격을 받았겠지요. 딸의 자살 원인이 된 동영상이 지금도 인터넷상에 남아서 떠돌고 있다…… 그걸 알고 아빠로서 어떤 심정이었을까요."

"……도저히 견디기 힘들었겠군요."

"한편으로 그런 영상을 뿌린 장본인은 어떻게 되었는가. 징역 3년에 집행유예 5년. 이건 아무 처벌도 안 받은 거나 마찬가지예요. 게다가 무라야마 신지는 아직도 이 끔찍한 데이터를 소지하고 있을 가능성이 높아요. 아마 이따금 들여다볼지도 모르죠. 그뿐만 아니라 또다시 뿌릴 우려도 있어요. 그런 생각을 했다면 당장이라도 죽이고 싶은 마음이 드는 건 부모라면 당연한 심리겠지요. 나라도 분명 그렇게 생각했을걸요."

마지막으로 내뱉은 말에 닛타는 적잖이 충격을 받았다.

"아즈사 경감은 마에지마에게 상당히 동정적이군요."

"그건 부정하지 못하겠어요. 하지만 그보다는 무라야마 신지에게 분노의 감정이 끓어오르는 느낌이에요. 조사하면 할수록 더 그렇더라고요. 만남 사이트에서 사건 소녀들을 꼬드겨 매춘 비슷한 짓을 시키고 성행위를 몰래 촬영한 동영상을 판매하기도 하고, 여태까지 발각되지 않았을 뿐이지 여죄가 한두 가지가 아니었어요. 반성이라는 것을 전혀 모르는 인간쓰레기예요. 살해되어도 당연한 놈이라는 얘기죠."

닛타는 흐읍, 숨을 들이쉬었다.

"살해되어도 당연한 인간이란 없다, 경찰학교에서 그렇게 배웠는데요."

아즈사는 고개를 가로저으며 스마트폰을 품속에 넣었다.

"그건 공식적인 말씀이고, 아무튼 나는 그렇게 생각했어요. 이번 피해자들은 하나같이 살해되어도 당연한 놈들이에요. 모리모토 마사시의 블로그 글의 주장은 전적으로 옳은 얘기였어요. 현재의 형사사법 시스템에는 분명 문제가 있습니다."

열기 띤 아즈사의 말에 닛타는 반론은 삼가기로 했다. 그녀에게는 그녀 나름의 신념이 있는 것이다. 죄와 벌에 관한 생각은 사람마다 제각기 다를 수 있다. 하지만 노세가 그녀에 대해 스스로는 폭주하는 것을 깨닫지 못한다, 라고 평했던 말이 머릿속을 스쳤다.

"아즈사 경감의 생각은 충분히 이해합니다. 그래서 나한테 상의한다는 건?"

"방금 말한 대로 저는 로테이션 살인의 실질적인 리더는 마에지마라고 생각해요. 최소한 이번에 직접 실행에 나서는 건 마에지마가 틀림없을 거예요. 금속 탐지기의 센서가 반응한 것은 가방에 흉기가 있었기 때문이에요. 그래서 제안을 하려고요. 제가 직접 마에지마와 대화할 수 있게 자리를 마련해주시면 좋겠어요. 가능하면 단둘이서."

닛타는 허를 찔린 심정이었다. 전혀 예상도 하지 못했던 요구였다.

"그 목적은?"

"그가 범행을 인정하도록 설득하려고요. 로테이션 살인을 우리 경찰에서 이미 알고 있다, 현재의 수사 체계가 이만큼이다, 라고 설명하면 분명 포기하고 다 털어놓을 거예요."

"털어놓지 않는다면?"

"털어놓습니다." 아즈사는 단언했다. "제가 그렇게 만들 자신이 있어요."

"진실을 찾는다는 이름은 역시 멋으로 붙인 게 아니었군요."

"예?"

"아즈사 마히로, 좋은 이름이에요."

아즈사는 못 말리겠다는 듯이 입가를 일그러뜨렸다. "노세 씨군요. 입이 가볍다니까."

"마에지마도 입이 가벼운 사람이라면 다행이지만, 꼭 그럴 거라는 보증은 없어요. 묵비로 일관하면 어떻게 할 겁니까?"

"그때는 소지품 검사를 할 거예요. 칼을 찾아내 총포법 위반으로 체포해야죠. 스마트폰을 압수해서 분석하면 뭐든 증거가 나올 테니까요."

법 위반으로 몰고 가겠다는 건가. 지난번 금속 탐지기에 그런 목적이 있었던 모양이다.

"칼이 나오지 않으면?"

"그럴 리는 없지만, 혹시라도 그럴 경우에는 식품위생법 위반으로 임의동행을 요구하면 되죠." 아즈사는 얼마든지 덤벼보라는 듯이 코끝을 치켜들었다.

"이런 얘기, 관리관에게는 했습니까?"

"아직 안 했어요. 얘기하면 분명 닛타 경감과 상의해보라고 하시겠죠. 그래서 먼저 말씀드리는 거예요."

"그건 다행이군요, 이런 어처구니없는 얘기가 관리관의 귀에 들어가지 않아서."

아즈사의 한쪽 눈썹이 쓰윽 올라갔다.

"어처구니없는 얘기? 제가 보기에는 지금의 잠입 수사가 더 난센스인데요."

"한 말씀 드리자면, 잠입 수사를 처음 제안한 분이 당시의 관리관, 현재 수사 1과의 오자키 과장님이에요. 게다가 두 번 다 보기 좋게 성공한 성과가 있습니다."

"프라이드에 상처를 입혔다면 사과드릴게요. 그야말로 난이도 높은 잠입 수사를 성공시킨 닛타 경감 팀에는 진심으로 경의를 표합니다. 하지만 용의자도 표적도 확실치 않았던 과거의 케이스와 이번 사건은 전혀 달라요."

"결정적 증거를 잡을 때까지 용의자를 자유롭게 풀어두는 것은 어떤 의미에서는 수사의 기본이에요. 우리는 아직 그들이 짠 계획의 전모를 파악하지 못했습니다. 로테이션 살인이라는 것도 추론일 뿐이에요. 어쩌면 계획은 훨씬 더 복잡하고 훨씬 더 많은 사람이 관련되었을 수도 있어요. 마에지마 한 사람만 체포해봤자 다른 공범들을 더 이상 추적할 수 없다면 아무 의미도 없잖습니까."

"마에지마가 반드시 실토하도록 할게요. 그러면 고구마 줄기처럼 줄줄이 전모를 파악할 수 있어요."

"그런 도박에 나설 수 없는 일이라서 내가 지금 이런 차림새까지 하고 있는 겁니다." 닛타는 목소리를 높이며 자신의 유니폼 자락을 잡고 아즈사를 노려보았다. "그쪽이 난센스라고 얕잡아보는 잠입 수사를 죽을 등 살 등 계속하고 있단 말입니다."

하지만 아즈사는 전혀 기가 죽는 기색 없이 닛타의 시선을 정면으로 맞받았다. 그 눈빛에는 강한 결의가 서려 있었다.

누군가 걸어오는 기척을 감지하고 닛타는 눈싸움을 중단했다. 조심스럽게 다가온 사람은 야마기시 나오미였다. "지금 잠깐, 괜찮을까요?"

"무슨 일입니까?" 닛타가 물었다.

"방금 모리모토 고객님에게서 전화가 왔어요."

"모리모토에게서? 어떤 전화예요?"

"호텔에 돌아올 수 없게 됐으니 체크아웃 수속을 해달라고 하셨어요."

"체크아웃……." 닛타는 아즈사와 얼굴을 마주보았다.

"모리모토 고객님은 신용카드를 복사해뒀기 때문에 정산에는 문제가 없었어요. 평소 절차대로 체크아웃 수속을 해드렸습니다."

야마기시 나오미의 보고에 닛타는 그렇습니까, 라고 응할 수밖에 없었다.

"모리모토는 오늘 밤 갑작스럽게 빠져도 문제가 없는 역할이었던 모양이죠." 아즈사가 말했다. "적어도 실행을 맡은 건 아니었어요."

닛타는 거기에는 대답하지 않고 스마트폰을 꺼내 이나가키에게 전화를 걸었다.

모리모토 마사시가 체크아웃했다는 얘기를 전하자 이나가키는 "역시 그렇군"이라고 말했다. "모토미야 팀의 수사관 얘기로는 모리모토가 아직 아들이 실려간 병원에서 나오지 않았다더라고. 호텔로 돌아오지 못한다는 건 사실일 거야."

"하지만 그들이 계획을 중단했다는 보증은 없습니다. 잠입수사는 이대로 속행하겠습니다."

"그야 물론이지. 그건 그렇고, 마침 잘됐네, 나도 전화하려던 참이었어. 지금 프런트에 있나?"

"아뇨, 아즈사 경감과 함께 다른 곳에 나와 있습니다."

"그럼 둘이 이쪽으로 건너와. 노세 경위가 새로운 정보를 물어왔어."

24

닛타와 아즈사가 사무동으로 향하는 것을 지켜보고 나오미는 프런트로 내려왔다.

그 두 사람은 무슨 얘기를 하고 있었을까. 상당히 심각한 분위기였다. 도청기 건도 그렇고, 수사 방침을 둘러싸고 서로 어긋나는 게 많은 것 같다. 아마추어가 참견하고 나설 일은 아니지만, 앞으로 어떤 끔찍한 사건이 일어날지 모르는 상황에서 형사들끼리 단합이 안 되는 것은 호텔 측으로서는 적잖이 불안한 일이다.

로비는 사람들로 북적거렸다. 거대한 크리스마스트리 앞에는 기념 촬영을 하려는 사람들이 길게 줄을 서 있었다. 이른 저녁 식사를 마치고 나온 사람, 본격적으로 크리스마스이브를 즐기려는 사람이 서로 스쳐가고, 도쿄를 마음껏 구경하고 온 관광객은 정면 현관을 통해 속속 들어왔다. 약속을 기다리는 이들도 많아서 소파는 거의 빈자리가 없었다. 물론 그중 몇 퍼센트쯤은 수사관일 것이다.

나오미가 카운터 안으로 들어가려고 했을 때, "잠깐 실례합니다"라고 누군가 말을 걸어왔다. 돌아보니 화려한 옷차림의 여자가 서 있었다. 그 얼굴은 본 기억이 있었다. 미와 하즈키였다.

"뭔가 필요하십니까, 미와 고객님." 웃는 얼굴로 물었다.

"아까부터 카운터 안을 지켜봤는데 닛타 씨가 없네요. 지금 어디 있죠?"

"죄송합니다. 닛타 씨는 지금 다른 고객님의 용건으로 자리를 비웠습니다. 저라도 괜찮으시다면 무슨 일인지 말씀해주시겠습니까."

"미안하지만 닛타 씨가 아니면 안 되는 일이라서. 아니, 그보다 닛타 씨가 아니면 받아주지도 않을 거예요."

아무래도 사야마 료에 관한 정보를 원하는 모양이다. 하지만 나오미는 무슨 사정인지 모르는 척하면서 다시 물었다. "어떤 일이십니까?"

"아니, 괜찮아요, 그냥 잊어버리세요. 그보다 한 가지 궁금한 게 있어요. 닛타 씨가 여기로 전직했다고 했지요? 이 호텔에 온 게 언제쯤이에요?"

"그건…… 잘 모르겠습니다. 같은 부서에서 일한 지 얼마 안 되어서 개인적인 얘기는 거의 해본 적이 없습니다."

"아, 그렇구나."

"답해드리지 못해 죄송합니다. 그밖에 다른 볼일이 없으시다면……."

"한 가지만 더 물어볼게요. 이 호텔에서 예전에 큰 사건이 두 번이나 일어났다면서요? 아니, 발뺌해도 소용없어요. 나한테 특별한 루트가 있어서 그런 정보는 정확히 들어오니까."

느닷없이 급소를 찌르는 질문에 역시나 나오미도 얼굴이 굳어버릴 뻔했다. 하지만 저절로 지어진 미소로 당황스러움을 봉인했다.

"자세한 것까지는 모르지만, 다행히 별 탈 없이 해결된 일이라고 들었습니다."

"경찰이 어떻게 해결했죠? 뭔가 들은 얘기 없어요?"

이 또한 예상 밖의 질문이었다. 다시금 대답할 말을 찾기가 어려웠다.

"자꾸 똑같은 답변이라 죄송합니다만, 저도 자세한 것까지는 알지 못합니다. 무엇보다 이쪽에 온 게 최근이라서요."

"그래요? 경험이 풍부해보이시는데." 미와 하즈키가 의심의 눈초리를 던졌다.

"겉으로만 그럴 뿐이고 아직 한참 부족합니다. 고객님, 이제 제 자리로 돌아가도 될까요?"

"네, 그럼요. 고마워요." 미와 하즈키는 턱을 툭 내밀며 말한 뒤에 몸을 돌려 걸음을 옮겼다. 그 뒷모습을 지켜보며 나오미는 가슴을 쓸어내렸다. 또다시 꼬치꼬치 캐물었다면 말실수를 했을지도 모른다.

그나저나 저 고객님은 왜 그런 걸 묻는 걸까. 닛타에 대한 것도 의심하는 기색이었다.

불길한 예감 속에 나오미는 프런트로 돌아왔다.

25

노세가 자리에서 일어나 화이트보드 앞으로 나갔다. 그를 올려다보며 앉아 있는 이들은 이나가키와 닛타를 비롯한 세 명의 팀장이었다.

"모리모토 마사시로 보이는 인물이 운영하는 '불가해한 천칭' 블로그에서 주목할 만한 글이 발견되어 보고합니다. 문제의 글은 이것입니다. 약간 길지만, 일단 읽어보시기 바랍니다."

미리 나눠준 A4 사이즈의 문서를 들여다보았다. 출력한 글의 제목은 〈형사책임능력이란?〉이었다.

참혹한 살인 사건이 뉴스에 나오면 우리는 어떤 인간이 범인일까, 생각합니다. 이윽고 범인이 체포되면 그 동기나 범행에 이른 경위가 궁금해집니다. 그런 내용을 알게 된 다음에는 과연 어떤 처벌이 내려질지를 상상합니다. 때로는 딱하게 여길 만한 동기도 있지만 명백히 정당방위로 인정되는 경우를 제외하고는 형벌이 내려집니다.

그런데 정당한 이유 없이 사람을 죽였는데도 아무 처벌도 받지 않는 일이 드물게나마 있습니다. 범인에게 형사책임능력이 없다, 라는 판정을 받은 경우입니다.

형사책임능력이란 일의 선악을 판단하고 그에 따라 행동하는 능력을 말합니다. 구체적으로는 심신상실로 인정된 자와 14세 미만인 자는 그런 능력을 갖추지 못한 것으로 봅니다. 여기서는 그중 심신상실의 경우에 대해 논의해보고자 합니다.

형법 제39조에는 '심신상실자의 행위는 벌하지 않는다. 심신모약자(心身耗弱者)의 행위는 그 형을 감경한다'라고 되어 있습니다. 심신상실 및 심신모약의 예로서는 병적 질환이나 정신장애, 혹은 약물중독, 음주에 의한 명정상태 등이 있고, 증상의 심각성에 따라 둘 중 하나로 나뉩니다.

상상을 해보십시오. 당신이 사랑하는 사람이 살해되었다고 합시다. 체포된 범인에게는 형사책임능력이 없기 때문에 처벌할 수 없다, 라고 한다면 어떤 느낌이 들까요?

나라면 받아들일 수 없습니다. 이를테면 범인이 태어나면서부터 정신에 장애가 있었다고 합시다. 그것 자체는 본인 탓이 아닌지도 모르지만 그의 상태를 주위(적어도 가족)에서 알지 못했을 리가 없는데도 그 위험성을 그대로 방치했다는 점을 용서할 수 없는 것입니다.

하지만 그런 경우는 그나마 운이 없었다고 포기할 수도 있겠지요. 인간에게는 저마다 다양한 사정이 있으니까요. 그런 범인을 원망해봤자 소용없다, 라고 받아들일 만한 여지는 있습니다.

문제는 심신상실이나 심신모약을 일으킨 원인이 본인에게 있는 경우입니다. 이를테면 각성제 등의 약물입니다. 그런 마약을 복용하면 정신에 이상이 초래된다는 것은 누구보다 본인이 잘 알고 있을 것입니다. 알코올도 마찬가지입니다. 대량 음주로 취해버리면 상궤를 벗어난 행동에 나설 우려가 있다는 것은 누구라도 알고 있습니다. 즉 의도적으로 심신상실 혹은 심신모약이 된 셈이고 그것에 의해 죄를 범했다면 형사책임능력이 없었다는 변명은 통하지 않습니다.

물론 재판에서는 그 점을 놓치는 일 없이 고의로 알코올의 대량 섭취나 약물(마약, 각성제 등) 등으로 심신상실, 심신모약에 빠진 경우에는 형법 제39조는 적용하지 않는다, 라는 판례가 있습니다.

그런데 거기에 해당하지 않는 사건이 있었습니다.

사건을 저지른 범인은 20세의 여자입니다. 이 여자는 교제하던 남자가 자신과 헤어지고 다른 여자를 사귀려 한다는 것을 알고 마음을 가라앉히기 위해 신경안정제를 대량으로 복용했습니다. 그 결과, 착란상태에 빠져 대화를 위해 찾아간 남성을 칼로 찔러 죽이고 말았습니다. 스스로도 죽을 생각이었는지 발견되었을 때는 왼쪽 손목이 피투성이가 되어 정신을 잃고 있었다고 합니다.

이윽고 의식을 되찾은 여자는 "무슨 일이 일어났는지 전혀 기억나지 않는다"라고 주장했습니다.

경찰은 이 여자를 살인혐의로 체포, 검찰에 송치했습니다. 검찰은 이 여자를 취조한 끝에 감정유치 결정을 내려 정신 감정을 받게 했습니다.

3개월이 넘는 감정을 통해 내려진 진단 결과는 '대량의 신경안정제 복용에 의해 범행 시에 급성약물중독의 심신상실 상태였다'라는 것이었습니다. 그 결과에 따라 도쿄 지검은 형사 책임은 물을 수 없다고 하여 여자를 불기소 처분했습니다. 사건 발생으로부터 약 반년 뒤의 일입니다. 참고로 이 여자는 재벌급 집안의 딸로, 아버지가 막대한 비용을 들여 여러 명의 변호사를 선임했다는 얘기도 있었습니다.

이 사건에 대해 여러분은 어떻게 생각하십니까. 나는 유족의 심경을 떠올릴 때마다 가슴이 미어집니다. 설령 합법적인 약이었다고 해도 잘못 복용하면 어떤 식으로든 사고가 발생한다는 건 충분히 예상할 수 있습니다. 그 여자에게 과실이 없었다고는 도저히 생각할 수 없는 것입니다.

형사책임능력이라는 것에 대해 사법부에서는 반드시 재고해야 할 것입니다.

"어떻습니까." 전원이 문서를 읽을 때까지 기다리던 노세가 물었다.

"이 사건, 뭔지 알아요." 아즈사가 말했다. "5년 전에 미나토구 시로가네에서 일어난 사건 아니에요?"

맞아요, 라고 노세가 대답했다. 그리고 손에 든 파일을 펼쳐 설명하기 시작했다.

"사건이 일어난 것은 5년 전 10월 6일입니다. 그날 오후 6시 18분, 구급센터에 119 신고가 들어왔습니다. 그런데 센터 직원이 질문을 해도 신고자는 아무 반응이 없었습니다. 화재가 아니라 신고자가 의식을 잃은 것으로 판단하고 즉각 구급대원이 출동했습니다. 전화가 연결된 상태여서 위치 확인이 가능했습니다. 현장에서 구급대원들이 목격한 것은 피투성이로 바닥에 쓰러진 남녀 두 명이었습니다. 남자는 가슴 부위의 대량 출혈로 이미 심정지 상태였습니다. 손에 스마트폰을 쥐고 있었기 때문에 이 남성이 신고한 것으로 보입니다. 여성 쪽은 왼팔에 무수한 절상이 있었으나 호흡은 있었습니다. 구급대원은 즉각 경찰에 신고하고 여자부터 근처 병원으로 옮겼습니다. 잠시 뒤 통신지령센터의 지시에 따라 관할서 경찰이 달려와 사체를 확인하고 살인 사건으로서 수사가 시작됐습니다."

"그런 상황이면 체포하는 데 별문제가 없었을 텐데?"

이나가키의 질문에 노세는 "맞습니다"라고 답하고 다시 파일에 시선을 떨구었다.

"피해자는 운전면허증을 소지하고 있어서 곧바로 신원이 판명되었습니다. 오하타 세이야라는 대학생이었습니다."

노세는 화이트보드에 '오하타 세이야'라고 썼다.

"공용 현관에 설치된 방범카메라 영상을 보면 피해자가 이 맨션에 도착한 것은 오후 6시 7분이었고, 그로부터 이동 시간을 감안하면 집 안에 들어간 직후에 칼에 찔렸다는 계산이 나옵니다. 칼 손잡이에 지문이 찍혔는데 집 안의 다른 부분에서 채취한 것과 일치했습니다. 그래서 범인은 이 집의 거주자, 즉 병원에 실려간 여성인 것으로 판단했습니다. 수사 책임자는 여성이 회복되는 대로 취조하려고 했지만 여기서 한 가지 문제가 발생했습니다. 담당 의사에 따르면 약물중독으로 인해

일시적인 정신 착란에 빠져 기억이 누락되었을 가능성이 있다는 것이었습니다. 실제로 취조관의 질문에 대해 여성은 아무것도 기억나지 않는다는 말만 되풀이했습니다. 또한 사건 현장에서 빈 약봉지가 다수 발견되어 약물을 과다 복용했다는 게 사실로 확인되었습니다. 그래서 결국 자백은 받지 못했어도 체포영장을 청구할 근거는 충분히 갖춰졌기 때문에 일단 체포와 검찰 송치는 가능했습니다."

"하지만 결국 불기소가 됐군요?" 닛타가 물었다.

"그렇습니다. 검찰 취조에서도 기억나지 않는다는 여성의 주장은 변함이 없었습니다. 그래서 감정유치를 결정했는데 끝내 사건 당시에 형사책임능력이 있었다는 증명은 얻지 못했습니다. 그 감정 평가를 받아들여 검찰은 불기소를 결정한 것으로 보입니다."

"이 블로그에서 얘기한 그대로야." 모토미야가 서류를 팔랑팔랑 흔들면서 말했다. "아주 까다로운 사건이었네. 그런 사건이 배당되면 다들 도망치고 싶을 거야."

아즈사 경감, 이라고 닛타는 오른편 자리를 돌아보며 입을 열었다.

"이 사건을 알고 있다고 했지요? 뭔가 직접적인 관련이라도 있었습니까?"

"경찰학교 동기가 해당 관할서 형사과 소속이라서 가해 여성을 취조하러 병원에 갔다는 얘기를 들었어요. 그 동기가 가게 된 것은 여성 경찰이었기 때문이었죠. 같은 여성이 찾아가면 털어놓기 쉬울 거라고 당시 수사 책임자가 판단했던 것 같아요."

"이 사건에 대해 그 동기는 뭐라고 했습니까?"

아즈사는 잠시 생각해본 뒤에 입을 열었다. "괴로웠다고 했어요."

"괴로웠다?"

"아무것도 기억나지 않는다는 여자에게 당신은 연인을 살해했다고 얘기해야 했으니까요. 괴롭지 않을 리가 없죠."

"그건 그렇겠네요."

노세 경위, 라고 이나가키가 질문에 나섰다.

"사건 피해자의 유족에 관한 정보는 파악했나?"

"부모의 이름은 알아냈습니다." 노세는 화이트보드에 '오하타 노부로, 오하타 다카코'라고 적었다. "당시의 주소도 밝혀졌습니다. 그래서 지금 운전면허증을 조회 중인데……. 아, 잠깐만요."

노세는 저쪽 자리에서 작업 중인 팀에게 다가가 두세 마디 나눈 뒤에 태블릿을 들고 돌아왔다.

"마침 조금 전에 운전면허증을 찾아냈네요. 주소는 사건이 일어난 당시 그대로예요. 나가노 현 가루이자와에서 거주하고 있습니다."

"가루이자와?" 닛타는 저절로 목소리가 커졌다. "얼굴 사진 좀 보여주세요."

여기, 라면서 노세가 화면을 닛타 쪽으로 내보였다.

숨을 헉 삼켰다. '오하타 노부로' 명의의 운전면허증 사진 속 인물은 그 수상쩍은 노부부의 남자 쪽, 즉 '고바야시 사부로'라고 했던 사람이 틀림없었다.

닛타의 말을 듣고 다들 얼굴빛이 홱 바뀌었다.

"부부로 보이는 그 두 사람도 로테이션 살인의 멤버였어?" 이나가키가 씁쓸한 얼굴로 신음하듯이 말했다. "역시 또 다른 공범이 있었다는 얘기네. 나가노 현경에 연락해서 오하타 부부에 관한 정보를 요청해야겠어."

닛타는 노세에게 다시 질문을 던졌다.

"그 가해자는 어디 있는지 알아냈습니까? 오하타 부부의 아들 세이야를 살해한 여성 말입니다. 현재 거주지의 주소라든가."

"그 점에 대해서는 아직 조사 중입니다. 사건 이후로 주소는 당연히 바뀐 것 같아요." 노세는 컬러복사 한 장을 꺼냈다. 젊은 여성의 상반신이 찍혔고 그 밑에 '하세베 나오'라는 이름이 적혀 있었다. 긴 머리에 화장을 안 한 탓인지 아직 어린 티가 남은 얼굴이었다. 10대라고 해도 통할 것 같았다 사건이 일어난 게 5년 전이라면 지금은 20대 중반이다.

"오하타 부부가 범행에 가담한 걸 보면 이 여성은 이번 사건의 표적은 아니라는 얘기야." 이나가키가 말했다. "하지만 머지 않아 이 여성의 목숨도 노리겠지. 이렇게 되면 공범이 앞으로도 더 많아질 수 있어."

"이게 뭐야, 숙박객의 신원을 한층 더 철저히 조사해봐야 한다는 얘기잖아. 허 참, 갈수록 태산이네." 모토미야가 머리를 부여잡았다. "노세 씨, 모리모토의 블로그에 또 다른 실제 사건 얘기도 있었어요?"

"계속 살펴보는 중인데 아직 실제 사건은 못 찾았어요. 다만 올라온 글이 아주 많으니까 앞으로 더 나올 수는 있겠지요."

"어휴, 갈수록 태산이야." 모토미야가 똑같은 말을 되풀이하며 긴 한숨을 내쉬었다.

닛타는 아즈사의 기척을 흘끔 살펴보았다. 그녀는 노세가 나눠준 서류를 들여다보고 있었다.

아무래도 마에지마와 단둘이 담판을 해보겠다는 얘기를 이나가키에게 할 생각은 없는 모양이다. 오하타 부부의 존재가 밝혀지고 그밖에도 더 많은 공범이 있을 가능성이 높아지자 마에지마를 리더로 단정하는 건 위험하다고 생각을 바꿨는지도 모른다.

닛타의 스마트폰 착신음이 울렸다. 도미나가에게서 온 것이었다.

"마에지마 다카아키가 식사 후 일식 레스토랑을 나왔는데 방으로 가지 않고 호텔 안을 이동 중입니다."

"어디로 가는 거지?"

"여기저기 돌아다니네요. 각 층마다 사람이 많아서 방범카메라로 확인하는 데 애를 먹고 있습니다."

"가미야 요시미 쪽은 어떻지?"

"방금 전에 중화요리 레스토랑을 나와 방으로 올라갔습니다."

"1610호실 일행은?"

"남자 둘이 나왔습니다. 어디로 가는지는 아직 모르겠어요. 여자들은 최상층에서 야경을 보며 한참 떠들다가 지금은 2층을 구경하는 중입니다. ……앗, 잠깐만요."

"왜 그래?"

"가미야 요시미가 다시 방에서 나왔어요. 엘리베이터 홀로 향하고 있습니다."

마에지마와 같은 타이밍으로 움직이고 있다. 우연이라고는 볼 수는 없었다.

"도미나가, 미안하지만 감시 대상이 추가됐어. 고바야시라는 노부부야. 새로 용의자 목록에 올렸어. 고바야시 사부로라는 건 가명이고 본명은 오하타 노부로. 방 번호는……." 닛타는 수첩을 펼쳐 1501호실이라고 알려주었다.

"또 나왔습니까……. 1501호실이라고요. 네, 알겠습니다, 분담해서 어떻게든 해보겠습니다."

"미안해, 잘 부탁한다."

전화를 끊고 닛타는 자리에서 일어섰다. 용의자들이 수상쩍은 움직임을 보이기 시작했다면 이런 곳에 느긋하게 앉아 있을 수는 없다.

26

나오미가 로스앤젤레스 공항 근처 숍에서 구입한 손목시계는 오후 8시 10분을 가리키고 있었다. 로비의 북적거림은 서서히 가라앉는 기미였다. 파티장과 레스토랑, 행사장, 객실 등 각자의 목적지로 흩어진 것이다. 찬찬히 살펴보니 아직도 로비에 남은 사람들은 대부분 잠입 수사관인 것 같았다.

그때 엘리베이터 홀에서 나타난 여성을 보고 나오미는 움찔했다. 가미야 요시미였다. 곧장 나오미와 스태프가 있는 프런트로 다가오고 있었다.

"뭔가 필요하십니까, 가미야 고객님." 나오미가 응대에 나섰다.

가미야 요시미는 들고 있던 스마트폰의 화면을 나오미 쪽으로 내보이며 물었다. "이건 어디서 하는 거예요?"

화면에 뜬 것은 호텔 코르테시아도쿄의 외관 사진이었지만 현재의 것이 아니라 개축하기 전의 모습이었다. 불을 밝힌 창문들이 크리스마스트리 모양을 그려내고 있었다. 오래전의 호텔 행사를 촬영한 사진이었다.

곧바로 알아보고 나오미는 고개를 끄덕였다.

"이건 2층 특설 갤러리에 걸린 저희 호텔 사진이군요. 크리스마스의 역사라는 테마로 사진 등을 전시하고 있거든요. 그중 한 장인 것으로 보입니다."

"2층 특설 갤러리? 아, 그러면……." 가미야 요시미는 둘레둘레 주위를 둘러보았다.

"가미야 고객님, 괜찮으시면 제가 안내해드릴까요?"

"어머, 그래도 되나?"

"물론입니다."

나오미는 야스오카에게 몇 마디 건넨 뒤 프런트를 나왔다. 이쪽입니다, 라고 가리키며 나란히 에스컬레이터로 향했다.

마침 잘됐다고 생각했다. 가미야 요시미와 조금 더 이야기해보고 싶었던 것이다. 나오미가 보기에는 도저히 살인에 가담할 만한 인물이 아니었기 때문이다. 하지만 어떤 식으로 이야기를 끌고 가야 할지, 아직은 감이 잡히지 않았다.

에스컬레이터에서 내려 복도 안으로 들어갔다.

특설 갤러리는 대성황이었다. 옛날 고도 성장기 때부터 현재까지 다양한 시대의 호텔 크리스마스 행사를 담은 사진들이 전시되었다. 당시 유행했던 굿즈를 실물 그대로 진열하기도 했다. 조금 전 가미야 요시미가 보여준 사진도 있었다. 거품경기 시절의 크리스마스, 라는 설명과 함께 디스코장에서 사용한 화려한 부채가 옆에 걸려 있었다. 그것을 바라보며 가미야 요시미가 "아, 그 시절이 그립네"라고 실눈을 뜨며 웃었다.

"벌써 30년이 지났어? 나도 그때는 한창 젊을 때라 매일같이 놀러다녔는데. 퇴근하자마자 디스코장에 가려고 아침에 화려한 옷을 챙겨들고 출근했다니까요."

"네, 풍족한 시절이었다고 들었습니다."

"나오미 씨 세대는 잘 모를 거예요. 풍족하다기보다 사회가 온통 들떠 있었어요. 남자들이 어찌나 잘해주는지, 나처럼 평범한 사람도 세상이 나를 중심으로 돌아간다고 생각했을 정도예요. 남편을 만난 것도 그 무렵인데……." 재미있게 얘기하던 옆얼굴에서 문득 웃음이 사라졌다.

거품경기 시절에 만난 사랑하는 남편은 이제 이 세상에 없다. 유일한 혈육이던 아들마저 잃고 말았다. 세상의 중심은커녕 가까스로 그 한 귀퉁이에 외롭게 붙어 있을 뿐이라는 현실을 새삼 실감한 표정으로 보였다.

"가미야 고객님, 이번에 저희 호텔을 이용해주셔서 정말 감사드립니다." 나오미는 일부러 환한 목소리를 내며 말했다. "즐거운 시간이 되셨는지 모르겠네요."

가미야 요시미가 나오미 쪽을 향하고 표정을 누그러뜨렸다.

"덕분에 잘 지냈죠. 나 혼자 보내는 크리스마스도 꽤 괜찮은데요?"

"나 홀로 여행 같은 느낌일까요?"

"응, 그런 거겠지요."

"여행은 자주 하셨던가요?"

가미야 요시미는 고개를 가로저었다.

"외박 자체가 너무 오랜만이에요. 아들을 돌보느라 몇 년째 그런 건 돌아볼 겨를도 없었으니까. 그래서 이번에는 꼭 즐거운 시간을 가져보자고 아주 마음먹고 나왔어요."

"정말 좋은 생각이십니다."

"지난번에는 10여 년 만에 뮤지컬도 보러 갔답니다. 티켓을 구하기가 어려워 인터넷 옥션에서 겨우 구했죠. 그런데 당장 그날 저녁 상연이라서 티켓을 공연장 앞에서 받기로 했지 뭐예요. 낙찰을 받고 급하게 친구에게 같이 가자고 연락했더니 대체 어떻게 된 거냐고 그 친구가 깜짝 놀라더라니까."

"당일에 인터넷 옥션으로……. 그러셨군요. 그래서 그 뮤지컬은 어떠셨어요?"

"뭐, 아주 멋있었죠. 그날 밤은 정말 즐거웠는데……." 뭔가 안 좋은 일이 생각났는지 돌연 표정이 흐려졌다. 눈은 허공을 응시하고 있었다.

"왜 그러세요?"

가미야 요시미는 손을 저으며 빙긋이 웃었다. 하지만 그 움직임은 어색했다.

"아무것도 아니에요. 미안해요, 내 수다를 들어주느라 수고했어요. 이제 나 혼자도 괜찮아요."

"그러십니까. 뭔가 필요하시면 언제든지 말씀해주세요."

"고마워요."

실례하겠습니다, 라고 목례를 건네고 가미야 요시미 곁을 떠나 에스컬레이터로 향했다. 마침 상행 에스컬레이터에서 내려 걸어오는 남자가 있었다. 그 얼굴을 보고 숨을 헉 삼켰다. 마에지마 다카아키였다. 그쪽은 나오미에게는 일별도 던지지 않았다. 분명 갤러리로 가는 길이다.

뒤를 이어 원피스 차림의 여자가 나타났다. 본 기억이 있었다. 계속 로비의 소파에 앉아 있었던 사람이다. 수사관일 거라고 짐작했는데 딱 맞힌 모양이다. 마에지마를 감시하라는 지시를 받은 게 틀림없었다.

나오미는 멈춰 서서 갤러리 쪽을 돌아보았다. 마에지마가 들어가자 여성 수사관도 뒤따라 들어갔다. 잠시 지켜봤지만 마에지마가 가미야에게 접근하는 기척은 없었다. 마찬가지로 가미야도 마에지마 쪽에 신경을 쓰는 기미는 전혀 보이지 않았다.

"뭐하고 있어요?" 느닷없이 뒤에서 말소리가 들려 움찔했다. 바로 뒤에 닛타가 서 있었다.

"사람 놀라게 하시네요. 닛타 씨야말로 왜 이런 곳에?"

"감시 대상 두 명이 같은 장소로 이동했으니 당연히 내 눈으로 확인해야지요." 닛타는 갤러리로 시선을 던졌다. "두 사람이 접선할 기척은 없는 것 같군요."

"우연히 두 분이 같은 장소에 있게 된 거 아닐까요? 식사 후에 혼자 호텔 안을 산책하기로 했다면 갈 만한 곳은 두세 군데 뿐이에요."

"범행을 계획한 사람이 태평하게 산책을? 그럴 리 없어요."

"그래서 말인데, 가미야 고객님에 관해 말씀드릴 게 있어요."

닛타는 뜻밖이라는 듯 눈을 깜박거리며 잠시 생각해보더니 이윽고 고개를 끄덕였다. "어디, 들어볼까요?"

둘이서 예식 코너로 갔다. 나오미는 가미야 요시미가 뮤지컬 티켓을 구입하게 된 경위를 얘기해주었다.

"당일에 인터넷 옥션에서 티켓을……." 닛타도 이상하다고 생각했는지 미간을 좁혔다.

"그게 사실이라면 가미야 고객님이 그날 밤 뮤지컬을 관람한 것은 우발적인 일이었다는 얘기예요. 알리바이를 만들 작정이었다면 좀 더 주도면밀하게 계획하지 않았겠어요?"

"가미야의 그 말이 반드시 사실이라고는 할 수 없어요."

"왜 나한테 그런 거짓말을? 가미야 고객님은 내가 경찰과 연결된 건 전혀 모르시는데요."

"알리바이를 따로 준비했지만 친구와 같이 가는 게 훨씬 더 확실하다고 생각해 변경한 것일 수도 있어요."

"그런 거라면 애초에 그 친구와 식사 약속이라도 해두는 게 훨씬 더 간단했겠죠. 그게 더 확실하고 강력한 알리바이가 됐을 걸요. 뮤지컬이 아주 멋있었다, 그날 밤 즐거웠다고 하신 가미야 고객님의 말은 거짓이 아닌 것 같아요. 그렇게 얘기하더니 갑작스레 얼굴이 어두워지셨어요. 그 뮤지컬을 관람하는 동안에 살인 사건이 일어났다는 게 떠올랐기 때문인 것 같았어요. 아드님을 죽인 범인이 살해된 그 사건."

반론이 생각나지 않는지 닛타는 잠시 침묵하다가 이윽고 나오미에게 물었다.

"네, 이건 확인해볼 필요가 있겠네요. 어떤 옥션 사이트였는지 혹시 얘기하던가요?"

"아뇨, 그것까지는……. 역시 가미야 고객님이 거짓말을 했다고 생각해요?"

"그럴 가능성이 전혀 없지는 않아요. 호텔에 오는 고객은 모두 가면을 쓰고 있다고 전에 말했지요?"

"가미야 고객님은 달라요. 그분은 반대였어요."

"반대?"

"평소에는 가면을 쓰고 고통스러운 속내를 남에게 내보이지 않았지만, 이 호텔에 있는 동안만은 그 가면에서 해방되고 싶다……. 저한테는 그렇게 느껴졌어요."

닛타는 뭔가 반론을 하려다 문득 입을 다물고 조용히 스마트폰을 꺼냈다.

"또 한 가지 말씀드릴 게 있어요. 미와 고객님에 대한 거."

닛타는 스마트폰을 터치하려던 손을 멈추고 얼굴을 들었다. "미와가 왜요?"

"닛타 씨의 전직에 대해, 그리고 예전에 호텔에서 일어난 사건에 대해 꼬치꼬치 물어보셨어요."

"나와 그 사건에 대해?"

나오미는 미와 하즈키가 캐물은 내용을 닛타에게 얘기했다.

"왜 그런 걸……."

"일단 조심하시는 게 좋겠어요. 그분, 어쩌면 닛타 씨의 정체를 눈치챘는지도 모르겠어요. 닛타 씨의 가면이야말로 위태로운 거 아니에요?"

나오미의 말에 닛타는 침묵했다. 그 눈빛에 험악함이 더해진 것처럼 보였다.

27

"모리모토 마사시의 알리바이?" 미야모토의 미간에 새겨진 주름이 한층 깊어졌다. "왜 지금 이 상황에 새삼스럽게 그런 걸 묻는 거야?"

"확인해보려고요. 사전에 계획한 일인지 아닌지. 모리모토 본인의 알리바이는 어떤 거였어요?"

"아마 출장이었을걸? 아, 잠깐만." 모토미야는 곁에 놓인 노트북 파일을 열었다. "응, 역시 그거야. 출장으로 가나자와에 갔어. 1박 2일이었고, 도쿄에 돌아온 것은 사건 다음 날 저녁때쯤이야. 가나자와에서 숙박한 비즈니스호텔, 그리고 거기서 만났던 사람들에게 모두 확인했어. 알리바이로서는 그야말로 완벽했지."

"그 출장은 위에서 지시한 거였어요? 날짜가 정해진 건 언제였죠?"

"거래처와 상의해서 일정을 정했다고 적혀 있네. 언제 정해졌는지는 확실치 않아."

"비즈니스호텔에 예약한 날짜도 알 수 있을까요?"

"아니, 그것까지는 확인을 못 했어."

"지금 즉시 호텔 측에 확인해보죠. 보통 출장 일정이 정해진 날에 예약할 테니까요."

"확인이야 할 수 있지."

"이봐, 닛타." 조금 떨어진 자리에서 대화를 듣고 있던 이나가키가 말을 건넸다. "대체 뭐 때문에 그러는 거야?"

실은, 이라고 말하려는 참에 부하 수사관 니시자키가 뛰어오는 게 언뜻 보였다. 이나가키에게 잠깐 실례하겠다고 양해를 구하고 성큼성큼 그 쪽으로 갔다.

"그거, 확인됐어?" 니시자키에게 물었다.

"네, 확인됐습니다. 가미야 요시미의 진술은 거짓이 아니었어요. 뮤지컬이 상연된 당일 오전에 티켓 두 장을 매물로 내놓은 옥션 사이트가 있었습니다. 극장 앞에서 직접 건네준다는 조건도 일치합니다."

"그쪽에도 알아봤어? 가미야 요시미와 함께 뮤지컬을 관람했다는 친구."

"네, 전화로 문의했습니다. 극장 앞에서 만났을 때, 가미야 요시미는 이미 티켓을 들고 있었다고 하더라고요. 그러고 보니 인터넷 옥션에서 구입했다고 한 것 같은데 정확히 기억나지는 않는다는 얘기였습니다."

"알았어. 고생했어. 담당 구역으로 가봐."

닛타는 다시 이나가키에게로 돌아왔다. 그리고 야마기시 나오미에게서 들은 얘기부터 들려주었다. 이리에 유토가 살해된 날의 가미야 요시미의 알리바이는 사전에 계획된 게 아니라 우연일 가능성이 높다는 점을 설명했다.

"니시자키의 반증 조사가 절대적인 건 아니지만, 가미야가 야마기시 나오미 씨에게 한 얘기가 거짓말은 아니었던 것으로 보입니다."

"흠, 얘기를 들어본 바로는 주도면밀하게 계획된 알리바이라고 하기 어렵네." 이나가키는 떨떠름한 얼굴로 팔짱을 꼈다.

모토미야가 자리를 떠나 어딘가에 전화를 걸기 시작했다. 모리모토 마사시의 알리바이에 관해 상세한 내용을 다시 알아보기 위한 것이다.

잠시 뒤 전화 통화를 끝내고 모토미야가 다가왔다.

"알아냈어. 모리모토가 호텔을 예약한 건 고사카 요시히로가 살해되기 이틀 전이야."

"이틀 전······. 너무 촉박하지 않아요? 그 출장 일정이 잡히지 않았다면 어떻게 할 생각이었을까요."

"회식을 일정에 넣어두지 않았을까? 그러다가 갑작스럽게 출장을 가게 되자 그 회식은 취소했다든가?" 모토미야가 의견을 제시했지만 그 말투에서 자신감은 느껴지지 않았다.

"아까 얘기로는 거래처와 상의해 일정을 정했다고 하셨지요? 미리 회식이 잡혀 있었다면 그날은 피했을 거예요."

"알리바이로서는 출장 쪽이 훨씬 더 확실하다고 판단했던 거 아닌가?"

"하지만 출장이 갑자기 중지되면 어떻게 합니까? 역시 확실한 쪽으로 하려는 게 당연한 심리일 텐데요."

이나가키가 옆에서 말을 끼웠다.

"닛타, 가미야와 마찬가지로 모리모토의 알리바이도 우연이었다는 얘기야?"

"모리모토는 영업직으로 잔뼈가 굵은 사람입니다. 평일 저녁에는 집에 있는 날이 오히려 드물 거예요. 즉 그의 출장은 가미야 요시미만큼 우연성이 높지는 않아요. 그와 마찬가지로 마에지마에게 알리바이가 있었던 것도 이상한 일이 아닙니다. 식당의 오너 셰프라면 가게에 있는 게 당연하니까요."

"이봐, 닛타, 이제 와서 그런 말을 하면 어떡해?" 모토미야가 입을 툭 내밀었다. "그러면 그건 어떻게 되는 거야, 로테이션 살인이라는 얘기. 한 명이 알리바이를 만드는 사이에 그자가 원한을 품은 표적을 다른 사람들이 살해해준 거 아니었어?"

"그 가설은 당연히 재검토할 필요가 있습니다." 닛타는 회의실 안을 둘러보았다. "아즈사 경감은 어디 있습니까?"

"호텔 방에 가 있을걸? 방금 전까지 그 노부부를 감시하고 있었어." 모토미야가 회의실 책상에 놓인 파일을 턱 끝으로 가리켰다. 노세가 가져온 '미나토 구 시로가네 맨션 남성 살해사건'의 수사 자료였다.

닛타는 그 파일을 집어들었다.

"실은 이 사건 얘기를 들었을 때부터 마음에 걸리는 게 있었어요. 거기에 분명 범인 여성의 사진이 있었는데……. 아, 여기 있네." 사진을 손에 들고 이나가키와 모토미야 쪽을 향했다. "이 사진을 보고 어떤 느낌이 들었지요?"

"어떤 느낌이냐고? 이런 젊은 여자가 사람을 죽이다니, 그저 놀라웠을 뿐이지." 이나가키가 고개를 돌려 모토미야에게 동의를 청했다. "그렇지?"

"네, 아무리 약을 남용해 정신이 나갔었다지만 정말 끔찍한 짓을 저질렀으니까요. 당사자도 제정신이 돌아온 뒤에 자신이 한 짓을 알고 엄청 놀랐을 겁니다."

"바로 그거예요, 모토미야 씨!"

"응? 바로 그거라니?"

"사람을 죽였는데도 정당한 처벌이 내려지지 않은 범인들을 피해자 유족들이 힘을 합쳐 심판했다……. 지금까지 일어난 세 건의 사건에 대해서라면 그 설명에 별다른 모순은 없습니다. 과거에 범인들이 저지른 범죄도 매우 악질적이어서 이번 실행범이 피해자 유족을 대신해 원한을 갚아주는 것에 전혀 망설임이 없었다고 해도 이상한 얘기는 아니겠죠. 하지만 이 여성의 경우는 어떻습니까." 닛타는 사진을 내보이며 말했다. "사람을 죽였는데도 형사책임을 면한 것은 부당하다, 그러니 유족을 대신해 우리가 힘을 합쳐 죽여버리자……. 과연 그런 결정을 쉽게 내릴 수 있었을까요?"

"이렇게 어리고 순진해 보이는, 게다가 아름다운 여성을 죽이려 하지는 않았을 것이다. 자네, 지금 그런 말을 하려는 거야?"

이나가키의 질문에 닛타는 "어떤 의미에서는 그렇습니다"라고 답하며 사진을 내려놓았다.

"그 블로그의 주장도 일리가 있습니다. 신경안정제를 대량 복용한 것은 명백히 이 여자 본인의 실수예요. 정신 착란 상태였다고 해서 연인을 살해했는데도 아무 처벌도 받지 않는 건 불합리하다는 의문에도 타당성이 있습니다. 하지만 형사책임을 물을 수 없다고 결정한 검찰의 판단에 동의한 사람도 분명 있었을 겁니다. 가미야 요시미, 모리모토 마사시, 그리고 마에지마 다카아키 등이 지금까지의 표적과 똑같이 이 여자도 죽여버리자는 데 전원이 동의하기는 어렵지 않았을까요?" 그렇게 말하고 닛타는 사진을 가리켰다.

"저도 그 의견에 동감입니다." 등 뒤에서 목소리가 들렸다.

누군지 알면서도 닛타는 뒤를 돌아보았다.

아즈사가 천천히 이쪽으로 다가왔다.

"그 사건을 담당했던 동기에게 연락해 자세한 얘기를 듣고 왔어요. 범인 하세베 나오는 동정할 만한 점이 적지 않았어요."

"어떤 점이죠?" 닛타가 물었다.

"하세베 나오가 대량의 신경안정제를 갖고 있었던 이유를 동기가 얘기해주더라고요. 교제하던 남자가 다른 여자와 친해진 걸 알면서도 아예 관계가 끊길까봐 계속 모르는 척했대요. 그런데 남자 쪽은 바람피운 것을 감추지도 않았을 뿐만 아니라 일부러 보란 듯이 다른 여자와 함께 다녔어요. 아마 하세베 나오가 먼저 헤어지자고 말해주기를 기다렸던 거겠죠. 하지만 하세베 나오는 보고도 못 본 척하면서 꾹꾹 참다가 그 스트레스 때문에 신경증에 걸렸고 병원에 찾아가 약을 처방받게 된 거였어요."

"무슨 그런 놈이 다 있어?" 그렇게 내뱉은 것은 모토미야였다. "그런 한심한 놈하고는 얼른 헤어졌으면 좋았잖아."

"그럴 수만 있다면야 무슨 문제겠어요. 아마 그 남자를 진심으로 좋아했던 모양이에요. 일시적으로 남자의 마음이 다른 여자에게 쏠렸더라도 언젠가는 자신에게 돌아온다고 굳게 믿었던 거예요. 이건 남자 쪽에서 좀 더 빨리 헤어지자는 말을 꺼냈어야 했어요. 그게 그녀에게는 오히려 약이 됐을 텐데……."

"아즈사 경감의 얘기는 잘 알겠는데, 그렇다고 사람을 죽여도 되는 건 아니지." 이나가키가 말했다. "유족 입장에서는 실연한 앙갚음으로 내 아들을 죽였다고 생각할 수밖에 없어."

"유족이야 그렇겠죠. 하지만 유족이 아닌 경우에는, 남자 쪽에도 잘못이 있었다, 헤어지자는 말이 나올까봐 약을 털어 넣은 여자의 심정에 공감한다, 라는 의견도 적지 않았을 거예요. 실제로 제가 그렇거든요. 리벤지 포르노로 중학생 소녀를 자살에 몰아넣은 놈에게 천벌을 내리는 것에는 동의할 수 있어도 하세베 나오에게 그런 천벌을 내리는 건 찬성할 수 없어요. 무엇보다 하세베 나오는 죄를 저지른 기억이 전혀 없었어요. 처벌해봤자 의미가 없는 거예요."

이나가키는 얼굴이 일그러진 채 뺨을 긁적였다. 아즈사의 의견이 합당하다고 본 것이다.

"그 블로그에 올린 사건의 범인을 다 죽여 없애려던 것은 아니었던 건가?" 모토미야가 이나가키를 보며 말했다. "하세베 나오라는 여자만은 그냥 살려주기로 결정했던 거 아닐까요?"

"아니, 그렇다면 오하타 부부가 이 호텔에 나타난 게 설명이 안 되지. 자기 아들을 죽인 범인은 그냥 살려주면서 다른 유족의 복수에 참여할 리가 없잖아."

이나가키의 말에 그건 그렇다는 듯이 모토미야는 얼굴이 일그러졌다.

이것 참, 이라고 이나가키가 중얼거렸다.

"알리바이 건도 그렇고, 로테이션 살인이라는 설은 아무래도 잘못 짚은 것 같네."

"알리바이 건이라니요?" 아즈사가 의아한 얼굴로 물었다.

닛타는 가미야와 모리모토의 알리바이는 계획적인 조작이 아닐 가능성이 높다고 설명하고, 나아가 마에지마의 알리바이는 오히려 당연한 일이라고 덧붙였다.

"로테이션 살인이 아니라는 거예요?" 아즈사는 완전히 받아들이지는 못한 얼굴이었다. 하지만 반론도 선뜻 생각나지 않는 눈치였다.

"그렇다면 그자들은 대체 무엇 때문에 오늘 밤 이 호텔에 모인 거냐고." 모토미야가 답답함이 담긴 목소리를 냈다. "설마 크리스마스이브를 즐기자고 우연히 한곳에 몰려온 것도 아닐 거잖아. 분명 뭔가 계획한 게 있을 텐데 말이야."

"아무튼 그들의 행동을 지켜보는 수밖에 없습니다." 닛타가 말했다. "내일 오전 체크아웃 때까지 이 호텔에서 무슨 일이 일어난다는 것만은 확실하니까요."

28

좀 한가해진 참에 나오미가 손목시계를 확인해보니 오후 9시를 막 지난 참이었다. 사무동에 간 닛타는 아직 돌아오지 않았다. 뭘 하고 있는 걸까.

그러는데 나오미 씨, 라고 부르는 소리가 들렸다. 돌아보니 나카조가 사무실 문을 열고 얼굴을 내밀었다. "잠깐 좀 볼까?"

네, 라고 대답하고 사무실로 들어갔다. "무슨 일이십니까."

나카조가 난처한 듯이 양쪽 눈썹 끝을 축 늘어뜨렸다.

"1610호실에 말썽 많은 고객이 있다고 했지?"

"사와자키 유미에 고객님 말씀이군요. 말썽이 많다기보다 동행한 분이 전과가 있었고, 체크인 없이 지인 세 명이 객실에 드나드는 정도예요. 무슨 문제라도 있었어요?"

"실은 방금 룸서비스 쪽에서 연락이 왔어. 돔 페리뇽 한 병에 화이트와인, 레드와인, 그리고 오르되브르와 요리 몇 가지를 한꺼번에 주문했대. 아무래도 크리스마스 파티를 시작할 생각인 것 같아."

"아, 그렇군요……."

"평소 같으면 까다롭게 굴 일도 아니지만, 지금은 상황도 이렇고 마약 얘기도 있어서 어떻게 해야 할지 모르겠네."

역시 이래저래 걱정스러운 일이었다. 그렇다고 룸서비스를 거절할 수도 없고 지인 세 명에게 지금 당장 돌아가라고 할 수도 없다.

"알겠습니다. 요리 배달할 때 제가 스태프와 동행할게요. 고객님의 의향을 확인하고 숙박은 어디까지나 두 분뿐이라고 설명하겠습니다."

"그렇게 해줄래? 아, 다행이다." 나카조는 안도의 미소를 보였다. "그럼 요리 준비가 끝나는 대로 프런트로 연락하라고 얘기할게."

"네, 저도 일 정리하고 기다릴게요." 대답하면서 나오미는 사무실 안을 들여다보았다. 스태프 몇 명이 뭔가 작업을 하고 있었다. "저쪽은 뭐하는 거예요?"

"산타 프레젠트 당선자를 선정하는 중이야. 대부분 랜덤으로 정해지지만 어린아이를 동반한 가족은 우선적으로 뽑아주기로 했어. 근데 그게 너무 뻔히 드러나면 별로 재미없잖아. 적당히 분배해야 하는데 그게 꽤 어려운 작업이지 뭐야." 난감하다는 말투와는 다르게 나카조는 즐거워 보였다.

사무실을 나와 보니 닛타가 프런트에 돌아와 진지한 표정으로 단말기를 들여다보고 있었다. 숙박객의 데이터를 확인하는 모양이었다.

"뭐예요?" 나오미가 옆에 다가가 물었다.

"힌트를 찾는 중입니다."

"힌트를?"

"그들이 왜 오늘 밤 이 호텔에 모였는가, 라는 수수께끼를 풀기 위한 힌트." 닛타가 한숨을 내쉬며 나오미를 돌아보았다. "나오미 씨의 의견도 일리가 있는 것 같아서 다시 처음부터 점검해보기로 했어요. 그 결과, 가미야뿐만 아니라 모리모토와 마에지마의 알리바이도 계획적인 게 아니라는 쪽으로 얘기가 됐습니다."

"그럼 로테이션 살인이라는 설은……."

닛타는 고개를 가로저었다. "잘못 짚은 것이었다고 할 수밖에 없겠죠."

"그래요?" 나오미는 자신의 가슴팍에 손을 얹었다. "아, 한결 마음이 놓이네요."

"왜요?"

"다른 분은 어떤지 모르지만 가미야 고객님이 살인에 관여했다는 건 도저히 믿어지지 않았거든요. 아니라는 걸 알게 돼서 다행이에요."

"나오미 씨는 일단 고객님을 신뢰하고 보는 측이니까요."

"닛타 씨네 측이 지나치게 의심이 많은 거예요."

"한마디 하자면 의심하지 않고서는 할 수 없는 게 우리 일입니다. 게다가 그들이 아무 속셈도 없다고 할 수는 없어요. 공통점을 가진 고객이 네 팀이나……." 닛타는 오른쪽 손가락 네 개를 세우며 말을 이어갔다. "똑같은 날에 똑같은 호텔에 숙박한다? 그건 결코 우연한 일로 넘겨버릴 수 없잖아요."

"네 팀?" 나오미는 고개를 갸우뚱했다. "세 팀 아닌가요?"

"또 한 팀 찾았거든요. 바로 고바야시 사부로 부부. 몇 년 전에 아들이 살해됐어요."

그 말을 들은 순간, 나오미는 오싹 소름이 돋았다. 노부부의 애수 어린 기척에는 역시 그런 아픈 사연이 있었던 것인가.

프런트의 전화가 울렸다. 내선 전화였다. 야스오카가 수화기를 들고 잠시 통화하더니 나오미 쪽을 쳐다보았다. "룸서비스 쪽에서 연락입니다. 지금 1610호실 요리, 나갈 거라는데요."

"알았어, 지금 간다고 전해줘."

야스오카가 고개를 끄덕이고 다시 수화기를 귀에 댔다.

"뭡니까, 룸서비스라는 게?" 닛타가 물었다.

실은, 이라고 나오미는 나카조와 했던 얘기를 들려주었다.

"그래요? 그렇다면 나도 같이 갈까요? 그자들의 상황을 직접 확인하고 싶은데."

"룸서비스 스태프 외에 두 명이나 따라가면 이상하게 생각하죠. 어떤 상황인지는 나중에 꼭 얘기해드릴 테니까 이번에는 참아주세요. 자칫 그쪽에서 경계하면 난처한 건 닛타 씨 쪽이잖아요."

닛타는 불만스러운 표정이었지만 곧바로 포기한 듯 고개를 끄덕였다.

"하긴 그렇겠네요. 그럼 잘 부탁합니다."

"잘 확인하고 올게요." 나오미는 사무실 문을 열었다.

직원 전용 복도를 지나 룸서비스 주방에 가보니 스태프가 왜건에 요리 접시를 올리는 참이었다.

"양이 상당하네요." 왜건을 바라보며 나오미는 말했다.

"오르되브르만 세 접시예요. 절대로 2인분은 아니죠?" 남자 스태프가 쓴웃음을 지었다.

직원용 엘리베이터를 타고 16층으로 향했다. 1610호실 앞에서 스태프가 벨을 눌렀다.

문이 열리고 젊은 여자가 얼굴을 내밀었다. 동시에 음악 소리가 왕왕 울렸다. 엄청난 음량이었다.

"주문하신 요리, 가져왔습니다." 스태프가 말했다.

"네에, 들어오세요."

스태프가 왜건을 밀며 방 안으로 들어갔다. 나오미도 그 뒤를 따랐다.

실내를 보고 흠칫 놀랐다. 파티용 가랜드와 리본 등의 크리스마스 장식이 벽 하나를 온통 뒤덮었기 때문이다. 한쪽에 크리스마스트리까지 서 있었다.

그리고 다섯 명의 남녀 모두가 산타 차림이었다. 여자 하나는 흰 수염까지 달았다.

방 한쪽을 보니 종이박스가 활짝 열려 있었다. 아무래도 그 박스 안에 크리스마스 장식이며 산타 분장 의상이 들어 있었던 모양이다.

"와아, 먹을 게 왔다!" 사야마 료가 아닌 다른 남자가 반색을 하며 소리쳤다.

"오, 예!" 산타 수염을 단 여자는 폭죽까지 터뜨리며 탄성을 올렸다. 테이블에는 맥주와 하이볼 캔이 줄줄이 놓여 있었다. 따로 사들고 온 것이다.

스태프가 음식 접시를 테이블로 옮기려고 했지만 사야마 료가 "아, 그냥 둬요"라고 말했다. "우리가 할 테니까."

"그러십니까. 그럼 여기에 사인 부탁드립니다."

스태프가 계산서를 내밀자 사와자키 유미에가 소파에서 일어났다.

그녀가 사인하는 것을 지켜본 뒤에 나오미는 "사와자키 고객님"이라고 말을 건넸다.

"즐거운 시간에 이런 말씀을 드리게 되어 대단히 죄송합니다만, 이 객실은 두 분만 이용하시는 것으로 알고 있습니다. 그런데 여기 계신 분들과 함께 지금부터 파티를 하시려는 건가요?"

"지금부터라기보다 아까부터 이미 시작했는데요? 아 참, 그렇구나, 추가 요금이 필요한 거죠? 그럼 정산할 때 같이 계산해주세요." 사와자키 유미에가 별문제도 아니라는 듯이 말했다.

"아뇨, 요금은 괜찮습니다만, 다른 분들은 몇 시쯤까지 여기에 계시게 될까요?"

"글쎄, 우리는 아직 아무것도 정한 게 없는데? 왜요, 그러면 안 돼요?"

"저희 호텔에서는 기본적으로 숙박 고객님 이외의 다른 분들께서 객실에 들어오시는 것은 금하고 있습니다. 예외적으로 방문객과 면회를 하시는 경우에도 오후 10시 이내로 부탁드리고 있습니다."

에이, 뭐야, 라는 소리가 주위에서 쏟아졌다.

"그럼 시간이 얼마 안 남았잖아요." 사와자키 유미에가 입을 툭 내밀었다. "주문한 걸 먹을 시간도 없어요."

"그러면 12시까지로 하시는 건 어떨까요. 자정 전에 방문객께서는 돌아가시는 것으로."

"12시까지? 알았어요. 다들, 그래도 괜찮지?"

오케이, 라는 목소리가 돌아왔다.

"그러면 그렇게 잘 부탁드립니다." 나오미는 머리를 숙이고 스태프와 함께 방을 나왔다.

프런트에 돌아와 1610호실에서의 일을 닛타에게 보고했다.

"12시까지요? 당장 내보내는 게 더 좋았을 텐데."

"그곳 상황을 보니 룸서비스로 음식도 술도 추가로 주문할 분위기였어요. 호텔 요리부 입장에서는 고마운 손님들이에요."

"나오미 씨는 역시 프로군요. 하지만 그들이 약속을 지켜줄까요? 다들 그 방에서 잠들어버리면 어떻게 하죠? 무전 숙박인데요."

"그런 경우에는 어쩔 수 없죠. 하지만 아마 그럴 일은 없을 거예요."

"어떻게 알아요?"

"만일 친구들도 여기서 재울 생각이었다면 방을 하나 더 잡았겠지요. 사와자키 고객님이라면 돈을 아끼지는 않을 거예요. 게다가 그분들은 이제 호텔 쪽에서 주시한다는 걸 알고 있어요. 언제 잔소리가 날아올지 모르는데 마냥 파티를 즐길 수는 없죠. 게다가 제 직감도 그리 나쁘지 않거든요."

"직감이라니……"

"그분들은 나쁜 사람들이 아니라는 직감."

"어디까지나 고객님을 믿는다는 건가요? 뭐, 좋아요. 저도 그 직감이 맞기를 빌겠습니다." 닛타는 그렇게 대답하고 단말기를 두드리다가 혼잣말을 중얼거렸다. "이건 뭐지?"

"왜요?"

"1610호실 데이터를 보니 비고란에 'W'라고 적혀 있는데요."

나오미는 옆에서 단말기 화면을 들여다보았다. 아닌 게 아니라 'W'라는 표시가 있었다. 뭔지 몰라서 야스오카를 불러 물어보았다.

"그건 산타 프레젠트 추첨 결과예요. 'WIN'의 약자입니다."

"그렇구나, 'WIN'이었어."

"사와자키 유미에가 행운의 당첨자였군요." 닛타가 말했다. "당첨 문자 메시지를 받으면 답신으로 프레젠트 배달 희망 시각을 적어 보낸다고 했지요? 주로 몇 시쯤을?"

"아이가 잠들기 전에 받으려는 분이 많습니다. 그래서 대부분 11시예요." 야스오카가 대답했다. "그다음은 12시를 희망하신 분도 많았어요. 그 시간에 스태프 여러 명이 분담해서 배달할 겁니다."

"자정에? 아휴, 힘들겠네." 닛타는 손끝으로 뺨을 긁적이더니 "잠깐 자리 좀 비울게요"라고 말하고 등 뒤의 문을 열었다.

"어디 가시려고요?"

"경비실에 갑니다. 여기 서 있어봤자 새로운 정보도 없을 것 같아서." 닛타가 문 너머로 사라졌다.

"저분이 더 힘드시겠어요." 야스오카가 말했다. "나오미 씨가 1610호실에 가있는 동안에도 내내 단말기를 확인하더라고요."

"경찰관으로서 정말 뛰어난 분이지. 닛타 씨가 있으면 어떤 사건이든 잘 해결될 거야. 근데 어쩌면……." 나오미는 닫힌 문을 지그시 바라보며 뒤를 이었다. "호텔리어로서도 아주 뛰어난 분인 것 같아."

29

경비실에는 네 대의 모니터가 줄줄이 설치되어 있었다. 한 대의 화면이 넷으로 분할되기 때문에 도합 열여섯 개의 영상을 볼 수 있다. 평소에는 경비원이 혼자서 관리하지만 지금은 도미나가 외 두 명의 수사관과 함께 닛타도 화면을 노려보고 있었다.

"별다른 움직임이 없는데요." 도미나가가 머리를 긁적이며 말했다. "가미야는 다시 방으로 들어갔고, 마에지마는 아직도 지하 바에 앉아 있어요. 오하타 부부만 호텔 안을 서성거리고 있는데 다른 두 사람과 접촉할 기미는 전혀 없습니다. 대체 어쩌려는 걸까요?"

"흠, 나도 모르겠네……." 닛타는 입술을 깨물며 시계를 확인했다. 경비실에 들어온 지 그새 30여 분이 지났다. 하지만 눈에 띄는 움직임은 없었다. 한밤중이 된 다음에나 행동에 나서려는 건가.

"엇, 마에지마가 바에서 나왔어요." 또 한 명의 수사관이 말했다.

닛타는 모니터를 응시했다. 바를 나온 마에지마는 엘리베이터 홀로 향하는 것 같았다.

도미나가가 화면 하나를 엘리베이터 내부로 바꿨다.

마에지마는 한 손으로 스마트폰을 터치하고 있었다. 뭘 보는지는 알 수 없었다. 손의 움직임으로 봐서는 메시지를 보내는 건 아닌 것 같았다.

엘리베이터가 11층에서 멈추고 마에지마가 내렸다. 틈을 놓치지 않고 도미나가가 재빨리 11층 복도 영상으로 바꿨지만, 마에지마는 자신의 방에 들어간 것뿐이었다.

닛타는 저절로 한숨이 흘러나왔다. "허탕인가……."

"진전이 없네요." 도미나가도 맥 빠진 목소리였다.

닛타는 16층 영상을 쳐다보다 그중 한 가지에 시선이 멎었다. 프런트의 대각선 뒤쪽에서 촬영한 것이라서 카운터에 다가온 손님의 모습을 확인할 수 있는 각도였다.

"그러고 보니 가미야 요시미 때는 못 봤어······."

"뭘요?" 도미나가가 돌아보며 물었다.

"체크인 장면 말이야. 내가 호텔에 왔을 때, 가미야 요시미는 이미 방에 올라간 뒤였어."

"아, 그랬네요."

"모리모토와 마에지마 때는 내가 프런트에 있었어. 어때, 가미야 요시미의 체크인 영상을 다시 볼 수 있을까?"

"뭔가 마음에 걸리는 것이라도?"

"그런 건 아니지만, 일단 확인해보려고."

알겠습니다, 라고 말하고 도미나가가 모니터의 키를 누르기 시작했다. 상당히 익숙한 손놀림이었다. 계속 이 자리에 있었기 때문일 것이다.

로비의 프런트 영상이 어제 날짜로 돌려졌다. 가미야 요시미가 카운터로 걸어오는 모습이 떴다. 타임스탬프 표시는 15시 02분이었다.

가미야의 짐은 여행 가방뿐이었다. 여성 프런트 클러크가 대응을 시작했다. 가미야는 숙박표를 작성하고 가방에서 지갑을 꺼내 신용카드를 프런트 클러크에게 건넸다. 프런트 클러크는 그 카드를 복사하고 다시 돌려주었다. 그다음에 객실 카드키가 담긴 폴더를 내주었다. 이어서 가미야가 카운터 앞을 떠나는 장면이다.

"딱히 이상한 점은 없네."

"한 번 더 보시겠습니까?"

"아니, 됐어. 그보다 그쪽도 확인해보자, 오하타 부부가 체크 인할 때의 영상. 그때도 나는 프런트에 없었어."

"오늘 몇 시쯤이었지요?"

"아마 오후 5시쯤이었을 거야."

도미나가가 영상을 되감아 재생했다. 타임스탬프는 16시를 지난 시각이었다. 거기서부터 4배속으로 돌리다가 17시 정각 이 되었을 때 재생 속도를 정상으로 했다.

"저기, 팀장님이네요." 도미나가가 말했다.

로비를 가로질러 닛타가 프런트로 돌아가는 모습이 찍혀 있 었다. 그리고 잠시 뒤에 한 여자 손님이 다가왔다. 미와 하즈키 다. 야마기시 나오미가 대응에 나섰지만 미와 하즈키는 중간 쯤부터 닛타 쪽을 보고 있었다. 낯익은 얼굴을 알아본 것이다.

"여기는 됐어. 배속으로 얼른 넘겨."

그러고 보니 미와 하즈키는 지금 뭘 하고 있을까. 사야마 료 에 관한 정보를 찾고 있을지도 모르지만, 그 사야마 료가 지인 들과 크리스마스 파티를 즐기는 중이라고 알려줄 이유도 여유 도 없었다. 게다가 야마기시 나오미의 말에 의하면 닛타를 의 심하는지도 모른다고 했다. 그쪽이 체크아웃할 때까지 마주치 지 않는 게 현명할 것이다.

"엇, 거기야." 닛타는 목소리를 높였다. 화면에 오하타 노부 로의 모습이 나타났기 때문이다.

오하타는 카운터에 서서 야마기시 나오미에게 말을 건네고 있었다. 숙박표를 작성하는 모습은 어딘지 어색했다. 가짜 이름을 적는 게 익숙하지 않은 탓이리라.

야마기시 나오미가 뭔가 묻자 지갑을 꺼냈다. 현금 결제라서 예치금이 필요한 것이다. 지갑에서 꺼낸 건 정확히 10만 엔인가.

그 뒤에도 정해진 절차대로 흘러갔다. 이윽고 오하타는 카드키를 받아들고 카운터를 떠났다. 하지만 엘리베이터 홀로 가기 전에 로비 소파로 다가갔다. 그곳에 앉아 있는 사람은 그의 아내였다. 오하타의 움직임만 지켜보느라 그쪽은 미처 살펴보지 못했다.

"한 번 더 처음부터 재생해보자, 오하타가 카운터로 가기 훨씬 전부터. 그래, 거기쯤이면 돼."

다시 영상이 움직였다. 오하타 부부가 나타나고 아내 쪽은 소파로 향한다. 오하타는 카운터로 걸어간다. 여기서부터는 조금 전의 영상과 똑같았다.

"아, 잠깐 스톱." 닛타는 영상을 정지시켰다. "영상을 확대할 수 있나?"

"가능합니다."

네 개로 분할된 영상 중 하나가 모니터 가득 확대되었다.

"좋아, 재생해봐."

동영상 재생이 시작되었다. 닛타의 눈은 오하타의 아내 쪽으로 향했다. 스톱, 이라고 다시 말했다. "저거, 뭘 하는 걸로 보여?" 아내의 모습을 가리키며 물었다.

"손목시계를 풀고 있는데요?" 도미나가 말했다. "스마트폰을 들여다보면서 시각을 맞추는 것 같아요."

"그렇지? 나도 그렇게 보여. 실은 아까 낮에 저것과 똑같이 하는 사람을 봤어." 야마기시 나오미 얘기다.

닛타는 스마트폰을 꺼내 이나가키에게 전화를 걸었다.

"오자키 과장님이 경찰청을 통해 직접 출입국관리소에 문의한 결과야." 이나가키가 말했다. "자네 짐작이 맞았어. 오하타 부부는 오늘 나리타 공항에 도착했어. 영국에서 온 거야."

"시차가 9시간이지요? 출국한 건 언제였습니까?"

"11월 20일. 약 한 달 전에 떠났어."

"그렇다면 이리에 유토가 살해되기 전이에요. 오하타 부부는 이번 세 건의 사건에는 직접적으로 관여하지 않았다는 얘기예요."

"그렇지."

"관리관님." 닛타는 책상에 두 손을 짚고 일어나 이나가키 쪽으로 몸을 내밀며 말했다. "이 상황에서는 도박에 나서야 하지 않겠습니까?"

이나가키가 쓰윽 노려보았다. "어떤 도박?"

"오하타 부부에게 직접 부딪쳐보는 겁니다. 오늘 밤, 그들이 뭔가 저지를 계획이라고 해도 그 두 사람만큼은 분명 처음 참여하는 거예요. 그 점을 치고 들어가면 틀림없이 넘어옵니다."

동감이에요, 라고 등 뒤에서 말을 건넨 것은 아즈사였다.

"이렇게 기다리기만 해서는 결판이 안 납니다. 이대로 가다가는 선수를 빼앗길 수도 있어요."

이나가키는 닛타와 아즈사를 번갈아 보았다. "잠입 수사를 밝히자는 거야?"

"네, 어쩔 수 없습니다." 닛타가 대답했다.

"오하타 부부가 입을 열지 않으면 어쩌지? 다른 공범들에게 연락해 범행을 잠정 중단할 수도 있어."

"입을 열기 전에는 풀어주지 않을 겁니다."

이나가키가 눈을 부릅떴다.

"구속하겠다고? 무슨 명목으로?"

"편법이라도 동원해야죠."

"편법?"

"관리관님." 닛타는 얼굴을 바짝 들이댔다. "오하타 부부의 아들을 살해한 여자는 아직 아무 일 없이 살아 있습니다. 그 노부부만 여태 원한을 풀지 못한 상태예요. 즉 어떤 사건에도 아직 관여한 적이 없으니까 지금이라도 또 다른 범행을 단념하기만 하면 중한 처벌은 면할 수 있겠죠. 그 점을 강조하면서 이번 살인 계획을 실토하도록 설득하는 건 어렵지 않을 겁니다."

이나가키는 눈을 꾹 감고 고개를 돌린 채 주먹으로 이마를 짚었다. 그 자세로 10초쯤 고민하더니 이윽고 닛타와 아즈사를 올려다보았다. "부부를 따로 심문할 건가?"

"당연합니다." 아즈사가 대답했다. "닛타 경감이 오하타 노부로 쪽을 심문해주시면 저는 아내 쪽을 맡겠습니다."

"그렇게 하죠." 닛타도 응했다.

"두 사람을 어떻게 떼어놓지? 갑작스럽게 객실로 찾아가 한 사람만 나오라고 해봤자 경계심만 커질 거야. 일단 문을 닫아 걸고 부부가 말을 맞출지도 모른다고."

"그건 맡겨주십쇼. 제게 생각이 있습니다."

닛타는 아즈사와 둘이 프런트로 내려가 야마기시 나오미에게 오하타 부부의 방에 전화해달라고 부탁했다. 나아가 통화할 때 어떤 얘기를 할지 상세히 설명했다.

야마기시 나오미는 메모를 하면서 고개를 갸우뚱했다.

"좀 묘한 얘기네요. 이상하게 생각하시지 않을까요?"

"그래서 나오미 씨에게 부탁하는 겁니다. 제가 전화하면 실제 분위기가 나지 않을 것 같아서."

"그건 알겠습니다만, 지금 전화하라는 건가요?"

부탁합니다, 라고 닛타가 머리를 숙였다. 옆에서 아즈사도 따라 했다.

야마기시 나오미가 수화기를 들고 버튼을 눌렀다. 잠시 뒤에 그 얼굴에 미소가 떠올랐다.

"고바야시 고객님, 밤늦게 죄송합니다. 프런트 클러크 야마기시 나오미입니다. 실은 방금 다른 객실 고객님의 전언이 들어왔어요. 고바야시 사부로 님께 0911호실로 와주시면 고맙겠다고 전해달라고 하시네요."

0911호실은 모리모토 마사시가 사용했던 방이다.

"네, 그렇습니다. 이름을 물어보면 멀티밸런스라고 하면 아실 거라고 하셨어요. ……네, 멀티밸런스. ……성함 말씀이십니까? 아뇨, 저희 스태프 쪽에서 그런 문의에 답해드리는 일은 없습니다. 고바야시 고객님의 성함은 그쪽에서 이미 알고 계셨어요. ……네, 그밖에 다른 말씀은 없었습니다. ……네, 그럼 이만 실례합니다. 편한 시간 되십시오." 야마기시 나오미는 전화를 끊고 수화기를 내려놓았다.

"남편 쪽이 받았어요?" 닛타가 물었다.

"네, 남편분이 받으셨어요."

"어떤 느낌이었어요?"

"미심쩍어하시는 것 같아요. 멀티밸런스라는 말에는 짐작되는 게 있는 느낌인데, 어떻게 고바야시 사부로 이름으로 숙박한 것을 알았느냐고 의아해하셨어요. 자신들을 호텔 안에서 보고 스태프에게 이름을 물어본 거냐고 하셔서 누구도 그런 문의에는 답해드리지 않는다고 말씀드렸죠."

"그야 미심쩍겠지요. 하지만 그런 만큼 먹이를 덥석 물어줄 겁니다." 닛타는 아즈사를 보며 말했다. "가시죠."

0911호실 카드키를 들고 닛타는 아즈사와 함께 엘리베이터를 탔다. 9층과 15층 버튼을 각각 눌렀다. 오하타 부부의 방은 1501호다.

"오하타가 방에서 나오면 닛타 경감에게 전화할게요." 아즈사가 말했다. "그가 엘리베이터에 타는 것을 지켜본 다음에 제가 1501호실에 들어갈 거예요. 이 유니폼 차림이니까 호텔 스태프라고 생각하고 부인도 문을 열어주겠죠."

"알았어요. 심문이 끝나는 대로 서로 연락하죠. 그때까지는 오하타의 발을 묶어두도록 할 테니까요."

"좋아요, 저도 연락이 올 때까지 부인 옆에 있을게요."

엘리베이터가 9층에 도착해 닛타만 먼저 내렸다. 어쩌면 이미 오하타 노부로가 방 앞에 와있을지도 모른다고 생각했지만 역시나 아직은 보이지 않았다. 그 대신 복도에 산타가 와 있었다. 등에 멘 흰색 자루에 선물이 들어 있을 것이다. 마주치는 참에 인사를 건넸더니 남성 스태프가 겸연쩍은 듯 웃음을 지었다.

닛타는 카드키를 문 센서에 대고 아무도 없는 0911호실에 들어갔다. 넥타이를 약간 느슨하게 풀었을 때, 스마트폰의 착신음이 울렸다. 아즈사였다.

"닛타예요. 오하타는?"

"제가 엘리베이터에서 내릴 때 그쪽은 탔습니다."

"알았어요."

닛타는 전화를 끊고 문 쪽을 향하고 섰다.

마침내 가면을 벗길 때가 왔다……

30

벨이 울렸다. 닛타는 한차례 심호흡을 하고 입구로 향했다. 문을 열자 오하타 노부로가 서있었다.

"안녕하십니까, 어서 오십시오."

오하타는 닛타를 보자 뜻밖이라는 듯 눈을 깜작거렸다. "당신이 모리모토 씨?"

그는 멀티밸런스의 본명을 알고 있었다. 하지만 만난 적은 없는 모양이다.

"아뇨, 아닙니다. 실은 좀 복잡한 사정이 있어서요. 우선 들어오시죠."

닛타는 밖으로 한 걸음 내밀며 팔을 오하타의 뒤로 돌려 살짝 등을 밀었다. 오하타는 별다른 저항 없이, 무슨 영문인지 모르겠다는 표정으로 방에 들어섰다. 실내를 둘러보며 그가 물었다. "모리모토 씨는?"

"지금 이 방에는 저와 둘뿐입니다." 혹시라도 도주할까봐 닛타는 문을 등지고 섰다. "죄송합니다. 이곳에 오시게 하려고 거짓말을 했습니다."

그 즉시 오하타의 눈에 경계하는 빛이 서렸다. "왜 호텔 직원이 나한테 거짓말을?"

"실례했습니다. 유니폼 차림이지만 저는 호텔 직원이 아닙니다. 실은 이런 사람입니다." 닛타는 안주머니에서 경찰수첩을 꺼내 보였다.

오하타의 얼굴에 명확한 동요가 번졌다. "경찰이……."

"사건 수사를 위해 스태프로 위장했습니다."

"그럼 역시 누군가 신고를 했군요?"

"신고? 무슨 말씀이시죠?"

"아니에요?"

닛타는 의자를 오하타 앞으로 옮겨왔다.

"일단 앉으십시오. 찬찬히 얘기를 나눠볼 필요가 있을 것 같군요. 이건 직무 질문이라고 생각해주십시오. 저희 경찰은 수상한 인물에 대해 다소 사적인 내용도 질문할 권한이 있습니다. 원치 않으면 대답하시지 않아도 괜찮지만, 그럴 경우에는 미심쩍은 점이 더 많아질 뿐이니 그런 줄 아시고요."

오하타는 불안한 듯 두리번거리며 의자에 앉았다.

"자, 첫 번째 질문입니다." 닛타는 오하타 앞에 서서 그의 가슴팍을 가리켰다. "고바야시 사부로라는 이름으로 체크인을 하셨는데 그건 본명입니까?"

오하타의 얼굴에서 한순간에 핏기가 사라졌다. 표정이 바짝 굳어버렸다.

"대답해주시죠. 본명입니까? 혹시나 해서 말씀드리는데, 부인께도 다른 경찰이 찾아가 얘기 중입니다. 거짓말을 하셔도 금세 드러나요. 서로를 위해 쓸데없는 시간 낭비는 줄이는 게 좋겠습니다."

오하타는 마음을 가라앉히듯이 눈을 감고 몇 차례 호흡을 거듭한 뒤, 천천히 고개를 끄덕이며 눈을 떴다.

"그 말이 맞아요. 본명이 아닙니다."

"실제 이름은?"

"오하타 노부로입니다."

"증명할 수 있는 것을 갖고 계십니까?"

오하타는 상의 안쪽에 손을 넣어 지갑을 꺼냈다. 운전면허증을 빼내 닛타 쪽으로 내밀었다. 사무동 회의실에서 노세가 보여준 것과 일치했다.

됐습니다, 라고 닛타는 말했다. 지금부터가 실전이다.

"그러면 오하타 씨, 다음 질문입니다. 오하타 씨 부부께서는 왜 오늘 밤 이 호텔에 오셨습니까?"

"그건……대답하고 싶지 않군요."

"왜죠?"

"미안합니다. 그것도 말할 수 없어요." 오하타는 깊숙이 고개를 숙였다.

닛타는 한 걸음 다가가 오하타를 내려다보았다.

"이러시면 곤란합니다. 이런 말씀은 드리고 싶지 않지만, 대답해주시지 않으면 이 방에서 보내드릴 수 없습니다."

오하타가 얼굴을 들었다. 놀란 표정이 떠올랐다.

"아까 원하지 않으면 대답하지 않아도 된다고……."

"그 시점에는 그랬습니다. 단순한 직무질문이었으니까요. 하지만 이제는 다릅니다. 오하타 씨는 가명으로 숙박했다고 자백하셨어요."

"그게 죄가 됩니까?"

"죄가 됩니다." 닛타는 딱 잘라 말했다. "여관업법 제6조 1항에 숙박 시설의 영업자는 숙박자의 씨명, 주소, 직업, 그 밖의 사항을 기재하는 명부를 구비해야 한다고 정해져 있습니다. 그리고 2항에는 숙박자는 영업자가 청할 경우에 그러한 사항을 알릴 의무가 있다고 되어 있어요. 만일 숙박자가 허위의 내용을 숙박표 등에 기입했을 경우, 구류 혹은 과태료에 처해집니다. 오하타 씨의 경우가 여기에 해당됩니다."

이나가키에게 말했던 '편법'이란 이것이었다. 단 해당 법 조항이 실제로 적용된 적은 거의 없었다.

뜻밖이었는지 오하타는 어쩔 줄 모르는 표정으로 고개를 저었다. 그 눈빛은 헤매고 있었다.

"어떻게 하시겠습니까. 아마 부인께서도 똑같은 질문을 받으셨을 텐데요, 부인은 벌써 얘기하셨는지도 모릅니다. 오하타 씨도 솔직히 얘기하시는 게 어떨까요. 아니면 모처럼 크리스마스이브인데 부부가 따로따로 보내시겠습니까?"

오하타는 두 손으로 머리를 부여잡았지만 이윽고 고개를 끄덕였다.

"알았어요, 얘기할게요. 아, 무슨 질문이었지요?"

"오늘 밤 이 호텔에 오신 이유입니다. 조금 전 신고라는 말을 하셨지요? 즉 오늘 밤 이 호텔에서 뭔가 안 좋은 일이 일어난다는 걸 알고 계셨어요?"

"아니, 알고 있었던 게 아니라 사람들의 대화를 읽어보고 나도 그럴 마음이 들어서⋯⋯."

"대화?"

"팬텀에서 오고간 대화 말이에요."

"팬텀? 그건 어떤 거죠? 좀 더 알아듣게 설명해주시면 좋겠는데요."

오하타는 굳은 표정으로 흰머리가 섞인 머리를 긁적였다.

"미안해요, 너무 뜻밖이라서 머릿속이 뒤죽박죽이군요. 갑작스럽게 설명하려니 어디서부터 어떻게 말해야 할지⋯⋯."

"그러면 맨 처음부터 얘기해볼까요?"

"맨 처음⋯⋯. 어디가 맨 처음인지."

"아드님이 살해된 사건이 발단이 아닌가 싶은데요."

오하타는 놀란 듯 닛타를 올려다봤지만 곧바로 고개를 끄덕였다.

"우리에 대해 모두 알고 있군요. 그래요, 그 사건입니다. 좀

더 정확히 말하면 사건이 끝난 뒤부터였어요. 범인이 불기소
된다는 소식을 들은 날부터 또 다른 고뇌가 시작됐어요."

"역시 검찰의 결정을 받아들이지 못하셨군요."

"그걸 받아들이라는 게 무리한 얘기 아닙니까." 오하타는 하
소연하듯이 말했다. "그야 우리 아들에게도 잘못이 있었겠지
요. 신경안정제가 필요할 만큼 연인의 마음에 상처를 입힌 것
은 도리를 벗어난 나쁜 짓이었어요. 하지만 그런 일로 목숨까
지 앗아가다니, 너무 심하지 않습니까."

"상대 여성은 전혀 기억나지 않는다고 주장했다던데요."

"그게 사실인지 아닌지, 어떻게 알지요? 정신 감정이라는 게
그렇게 절대적입니까?" 오하타는 뺨을 파르르 떨듯이 얼굴을
가로저었다. "나는 동의할 수 없어요."

"그래서 어떻게 하셨습니까?"

"어떻게도 다독이기 힘든 마음을 다른 사람들과 공유하자
싶어서 여기저기 알아봤어요. 그러다가 피해자 유족이 인터넷
상에서 서로 정보를 교환하는 사이트를 찾았어요. 그런 사이
트에는 살인자의 손에 가족이 희생당한 사람들의 괴로운 심정
이 많이 올라와 있더라고요. 고통 속에 힘들어하는 건 우리만
이 아니구나, 하고 조금쯤은 위로가 되는 느낌이었어요."

하지만, 이라고 오하타는 고개를 갸우뚱하며 말을 이어갔다.

"뭔가 좀 안 맞았어요. 그런 사이트에 올라온 괴로운 심정은
우리가 느끼는 것과는 미묘하게 다르더라고요. 어떻게 다른지

확실하게는 말할 수 없지만, 아무튼 뭔가 이질감이 느껴졌어요. 그러던 차에 한 블로그를 만나게 됐어요."

"어떤 이름의 블로그였지요?"

"불가해한 천칭이라는 블로그. 개설자는 멀티밸런스라는 사람입니다." 그렇게 말한 뒤, 뭔가 생각난 듯 오하타는 닛타를 올려다보았다. "그 블로그는 이미 알고 있지요? 그러니 나를 여기로 불러낼 때 멀티밸런스라는 이름을 썼겠지요."

"저희 쪽은 개의치 마시고, 이야기를 계속해주세요." 닛타는 재촉하듯이 오른손을 내밀었다.

오하타는 후우 숨을 내쉰 뒤 다시 이야기를 시작했다.

"이미 읽어봤겠지만 그 블로그에는 우리나라가 죄의 중대성에 비해 처벌이 너무 경미하다는 주장이 올라와 있었어요. 살인을 저질렀는데도 형기가 20년 이하, 게다가 소년범일 경우에는 아예 교도소에 안 보내는 경우도 있다, 중벌을 때리면 교도소 운영이 힘들어질까봐 일부러 해주는 게 아닌지 의심이 드는 경우도 아주 많다는 거예요. 그걸 보고 바로 이거다 싶더라고요. 우리가 원하던 게 이거다, 그야말로 우리 심정을 대변해주는 얘기다……. 그때부터 매일같이 그 블로그에 들어가게 됐죠."

"글을 읽기만 하셨던가요? 뭔가 행동에 나서지는 않았습니까?"

오하타는 고개를 끄덕이며 "나섰지요"라고 대답했다.

"블로그 운영자가 어떤 사람인지 궁금해서 우선 메일을 보내봤어요."

"어떤 내용으로?"

"항상 블로그를 잘 보고 있다, 참으로 공감할 만한 내용이었다, 그렇게 보냈어요. 그리고 내 아들이 당한 사건에 대해서도 상세히 적었죠. 물론 실명은 밝히지 않았지만."

"답장이 왔습니까?"

"곧바로 해주셨죠. 그 심정은 잘 안다, 같은 아픔을 가진 사람들을 위해 블로그를 운영하고 있다고 하더라고요. 그걸 계기로 그 뒤에도 수시로 메일을 주고받았어요. 나중에는 서로 본명도 밝혔습니다."

"그쪽의 본명은?"

"모리모토 마사시 씨예요."

퍼즐 조각이 맞춰지기 시작했다고 닛타는 비로소 실감했다.

"방금 전 상황으로 보면, 그 모리모토 씨를 직접 만나신 적은 없는 것 같던데요. 개인적인 메일만 주고받은 건가요?"

"그때만 해도 그랬죠."

"그러면 그 이후에는?"

"어느 날 모리모토 씨가 초대를 했어요. 같은 고민을 가진 사람들과 좀 더 깊은 얘기를 나누는 사이트를 운영하고 있으니 거기에 동참해보는 게 어떻겠느냐는 거예요. 가입하려면 특별한 앱이 필요하지만, 일반 앱과는 달리 프라이버시가 절대 보장되니까 어떤 얘기를 해도 괜찮다고 하더군요."

아즈사가 예측한 대로 다크웹을 이용한 모양이다.

"그래서 가입하셨군요."

"그렇죠. 혹시라도 불쾌하거나 뜻이 맞지 않을 때는 즉시 탈퇴해도 된다고 했으니까요."

"거기는 어떤 곳이었지요?"

닛타의 질문에 오하타는 끄응 신음하는 듯한 소리를 흘렸다.

"설명하기가 난감하군요. 순서대로 정리해서 말하는 건 도저히 못 하겠고, 그냥 내가 본 것이나 알게 된 것을 생각나는 대로 얘기해도 되겠어요?"

"네, 괜찮습니다. 부탁드립니다." 닛타는 품속에서 수첩과 볼펜을 꺼냈다.

오하타는 한차례 헛기침을 하고 이야기하기 시작했다. 기억이 확실한 부분은 말투가 명료했지만 애매한 대목에서는 생각에 잠긴 듯 말을 어물거렸다. 날짜가 틀리는 경우도 있고, 얘기하는 도중에 수정하는 일도 여러 번 있었다.

닛타는 이따금 질문을 해가면서 차츰차츰 상황을 이해했다. 대략 다음과 같은 내용이었다.

그 인터넷 사이트의 명칭은 '팬텀 모임'이었다. 그곳에는 다양한 사람들이 참가했다. 공통점이라면 불합리한 사건으로 사랑하는 가족을 잃고 그 사건을 일으킨 장본인은 경미한 처벌

로 끝나버린 참담함에 아직도 마음의 고통을 겪고 있다는 것
이었다.

놀랍게도 참가자 대부분은 자신의 정체가 드러난다는 것을
잘 알면서도 범인의 실명을 포함해 사건의 상세한 내용을 밝
혔다. 강도 살인범에게 어머니를 잃은 '멀티밸런스'의 본명이
모리모토 마사시라는 건 오하타도 이미 알고 있었지만, 한 소
년의 폭력으로 아들이 식물인간 상태에 빠졌다가 결국 세상을
떠나버린 닉네임 '원통한 엄마'는 가미야 요시미라는 여성이
고, 리벤지 포르노로 딸아이가 스스로 목숨을 끊는 참혹한 일
을 겪은 닉네임 '하트 요리인'이 마에지마 다카아키라는 건 사
이트를 한동안 둘러본 끝에 알게 된 것이다.

그리고 그들이 암암리에 정체를 밝힌 데는 이유가 있었다.
이를테면 오하타가 처음 참여했을 때는 이런 댓글이 있었다.

원통한 엄마 님 관련 내용입니다. 이리에 유토가 취직한 곳
을 알아냈습니다. 오타 구 다마가와 2번지의 기계 정비 공장
입니다. 며칠 전에 발견한 SNS 투고 사진에 회사 입구가 찍혀
있었습니다. 즉 그 계정은 이리에 유토 것이 틀림없습니다.

그 SNS에 올라온 구마모토 명물 요리 이자카야, 며칠 전에
잠깐 들러봤어요. 서민적인 식당이지만 말고기 코스 같은 고
급 메뉴도 있던데요. 이리에 유토, 아주 잘 지내는 모양입니다.

원통한 엄마입니다. 앞으로 그 계정은 이리에 유토의 것이라고 생각하고 체크해봐야겠네요. 여러분의 정보, 고맙습니다.

멀티밸런스 님과 관련된 내용. 고사카 요시히로의 근황. 고마에 시의 산업 폐기물 공장에 취직한 듯. 주소는 아직 모르겠네요.

고마에 시라면 제가 사는 동네예요. 꼭 확인해볼게요. 지인 중에 건축 관계자가 있거든요.

멀티밸런스입니다. 멤버님들, 감사합니다.

산업 폐기물 업자가 된 게 마음에 걸리는군요. 재활용 수거를 위해 각 가정을 방문하는 업무라면 못된 버릇이 나올 수도 있잖아요.

오하타는 한 편 두 편 읽어보는 사이에 '팬텀 모임'의 목적을 이해할 수 있었다.

단순히 서로 위로하고 위로받는 자리가 아니었다. 범죄 내용에 합당치 않은 가벼운 처벌만으로 자유를 얻은 범인들의 근황 정보를 멤버들이 힘을 합쳐 수집하고 교환하고 있었다. 처음에는 애매하고 불확실한 정보라도 여러 사람이 다양한 각도에서 검증하다 보면 점차 정확해지는 것이다.

특수한 앱을 이용하는 것도 당연했다. 이런 사이트가 경찰 당국의 눈에 띈다면 엄중한 주의를 받을 게 틀림없다.

하지만 멤버들은 각각의 범인에 대해 뭔가 실제적인 행동에 나서는 건 아니었다. 오로지 어떤 식으로 살아가는지 열심히 찾아보고 그 정보를 교환하는 것뿐이었다.

그래 봤자 뭐가 해결되는가, 라는 사람도 있을 것이다. 하지만 오하타는 그들의 심정이 아플 만큼 이해가 되었다.

공식적으로는 이 범인들은 갱생한 것으로 되어 있었다. 하지만 '팬텀 모임' 멤버 중에 그것을 사실로 받아들이는 자는 없었다. 인간성은 전혀 변하지 않았다, 사법 판단은 잘못되었다, 라는 의심을 품고 그것을 어떻게든 증명해보려는 것이다.

몇 번 참여하는 사이에 오하타도 아들 사건을 상세히 털어놓고 싶었다. 그 무렵에는 아내도 이 사이트를 알게 되어 둘이 상의해 글을 올려보았다. 그때까지는 아들을 죽인 범인이 형사책임능력이 없다는 이유로 불기소처분을 받았다는 정도만 얘기했지만, 이번에는 날짜와 사건 경위까지 자세한 내용을 올렸다. 다른 멤버의 예를 따라 범인의 이름이 '하세베 나오'라는 것도 밝혔다.

그 즉시 반응이 있었다. 몇 가지 키워드를 힌트로 인터넷을 검색해 어떤 사건인지 알아본 끝에 거짓이 아니라고 확인했던 것이리라. 모두가 안타까워해주었다.

그런 황당한 일이 있다니, 선뜻 믿어지지 않았는데 실제로 일어났던 일이군요. 살인을 저지르고도 전혀 처벌받지 않는다는 건 절대로 있어서는 안 될 일이라고 생각합니다.

예전에 다중인격으로 위장해 살인죄를 면했던 자의 얘기를 영화에서 봤어요. 사병詐病이라는 단어를 사용했던 것으로 기억합니다. 그 영화에서는 연기라는 게 들통이 났지만 정신 감정이 반드시 사병을 밝혀낸다는 보증은 없습니다.

리틀맨 님의 심정에 깊이 공감합니다. 아드님이 살해되었는데 범인은 처벌을 받지 않았다니, 상상만 해도 미칠 것 같네요. 범행 때의 기억이 없다고? 분명 거짓말이에요. 그 여자의 동향을 철저히 지켜보면서 거짓이라는 것을 증명해야 합니다.

그런 하나하나의 글이 큰 격려가 되었다. 이 모임 안에서라면 우리는 고독하지 않다고 생각했다.

자신도 범인의 근황을 알고 싶다고 글을 올리자 도와드리겠다는 반응이 줄줄이 이어졌다. 반갑고 든든했다. 그들은 '리틀맨'이라는 닉네임의 인물이 오하타 노부로라는 것을 이미 알고 있을 터였다.

그러던 차에 우연히 한 사람을 만났다. 일요일에 가루이자와 집 근처 교회에 예배를 보러 갔을 때, 우연히 옆자리에 앉은 여성이었다. 낯선 얼굴이라고 생각하는 참에 그 여자 쪽에서 먼저 말을 걸어왔다. 예배에 참석한 것은 처음이라고 했다.

"기독교와는 여태까지 전혀 인연이 없었어요. 그런데 요즘 힘든 일로 도무지 마음이 잡히지 않아 잠깐 들여다볼까 하고 찾아왔어요."

"가족 간에 무슨 안 좋은 일이라도?"

네, 라고 여성은 고개를 끄덕였다. "얼마 전에 딸이 세상을 떠났습니다."

"저런, 그랬군요, 따님이……. 병으로?"

"아뇨, 뭐라고 할까…… 사건에 휘말렸어요."

아, 하는 탄식을 내비쳤을 뿐 선뜻 말이 나오지 않았다. 죄송합니다, 라고 그 여자는 작은 소리로 사과했다.

대화는 그걸로 끊겼지만 예배가 끝나고 교회를 나온 뒤, 어쩌다 보니 함께 역 쪽으로 향하게 되었다.

걸음을 옮기면서 여자는 다시 죄송하다고 사과했다.

"갑작스럽게 그런 얘기를 듣고 언짢으셨지요? 그냥 잊어주세요."

"아니, 괜찮아요. 나도 비슷한 처지니까요."

"비슷한 처지라고요?"

"우리도 아들이 뜻하지 않은 일로 목숨을 잃었어요. 벌써 몇 년 전 일이죠."

"아드님이……." 여자는 어떤 말을 해야 할지, 안타까워하는 얼굴이었다.

그렇게 둘이서 커피숍에 들어갔다.

그 여자는 오가타 미치요라고 자신의 이름을 밝혔다. 얘기를 들어보니 딸이 사망한 경위도 참으로 딱한 것이었다. 초등학교 귀갓길에 오토바이에 치여 심한 전신 타박상으로 사망했던 것이다. 게다가 오토바이는 현장에서 도주해버렸다. 나중에 체포했지만 오토바이를 운전한 자는 무면허의 17세 소년이었다. 순찰차에 쫓기던 중에 일어난 사건이었다고 한다.

"그 애, 보호처분으로 소년원에 보내졌어요. 하지만 거기는 금세 나올 수 있다더라고요. 딸아이가 세상을 떠나 슬픈 것도 있지만 그 소년범에 대한 처분을 도저히 받아들일 수 없어 혼자 속을 끓이고 있어요."

얼마나 억울한 심정일지 충분히 공감이 갔다. 그렇게 말해주었더니 얘기를 들어주신 것만으로도 감사하다면서 얼마간 마음이 풀린 듯한 표정을 보였다.

오하타도 아들을 잃은 사건을 얘기했다. 살인범에게 형사책임을 물을 수 없다니, 도저히 받아들이지 못하겠다, 내 아들이 개죽음을 당했다는 생각밖에 들지 않는다, 사형까지는 아니어도 어떤 형태로든 속죄하도록 하는 게 당연하다고 생각하는 우리가 비정상인가, 하고 고뇌하며 하루하루를 살고 있다고 솔직하게 털어놓았다.

"그 심정이야 저도 잘 알지요." 오가타 미치요는 몇 번이나 고개를 끄덕였다.

그녀는 도쿄에서 살고 있고 이번에 일 때문에 가루이자와에 잠깐 왔지만 평소에는 거의 올 일이 없다고 말했다. 그렇다면, 하고 서로 연락처를 교환했다.

그날 이후, 이따금 메일을 주고받았다. 어느 날 '팬텀 모임'에 대해 얘기했더니 자신도 꼭 참여하고 싶다고 했다. 그 즉시 가입 수속을 했다.

상세한 내용까지는 사전에 설명해주지 않았기 때문에 처음 참여한 오가타 미치요는 상당히 놀란 모양이었다. 그런 깊은 얘기를 주고받는 자리인 줄은 몰랐다, 라는 메일이 날아왔다.

오가타 씨도 따님 사건을 털어놓으면 소년원에서 나온 범인의 근황을 알 수 있을 것이라는 내용의 메일을 보냈더니, 생각해보겠습니다, 라는 답이 돌아왔다.

채팅룸에서 오가타 미치요는 '데스마스크'라는 닉네임을 썼다. 그녀의 절망감이 전해져오는 이름이라고 생각했다.

'데스마스크'는 발언은 그리 많지 않았지만, 어느 날 이런 글을 올렸다.

리틀맨 님과 관련된 것입니다. 하세베 나오로 보이는 SNS 계정을 발견했어요. 나이와 출신지, 학력 등이 일치합니다. 대학은 사정이 있어 2학년 때 중퇴한 것으로 나와 있네요.

갑작스러운 일이라서 깜짝 놀랐다. 어떻게 알아냈는지 물어보았다.

하세베 나오의 고교 동창을 한 명 한 명 SNS에서 검색해봤더니 '나오'라는 인물이 올린 댓글이 있었어요. 거기서부터 추적해서 찾아냈습니다.

간단한 일처럼 적혀 있지만 분명 여간 까다로운 작업이 아니었을 것이다. 오가타 미치요가 그런 일을 해주리라고는 생각도 못 했다.

오하타는 즉시 '나오'라는 인물의 SNS를 확인해보았다. 당장 눈에 들어온 것은 화려한 옷을 차려입고 엄청난 크기의 파르페를 먹고 있는 사진이었다. '대박 사이즈, 오리지널 파르페 완성! 다음에 레시피 올릴게요!'라는 글과 함께 핑크색 하트 이모티콘이 줄줄이 달렸다. 하세베 나오의 사진이라면 세상 떠난 아들 세이야의 스마트폰에 많이 남아 있어서 지겨울 만큼 봤다. 그때는 오히려 수더분한 인상이었다. 그래서 한순간 다른 사람인가 했지만, 찬찬히 얼굴을 들여다보니 분명 동일 인물이었다.

다른 게시물도 살펴봤더니 고양이와 놀고 스케이트보드를 타고, 모두 신이 난 것들뿐이었다.

그 모습을 마주하고 오하타는 처량한 기분이 들었다.

이 상황을 어떻게 받아들여야 한단 말인가. SNS에 올린 글과 사진만 보면 하세베 나오는 과거에 자신이 저지른 사건은 까맣게 잊어버린 것 같았다. 전혀 아무 거리낌도 없이 청춘을 즐기고 있는 것이다.

범행이 기억나지 않는다니까 당연한 일이라고 포기해야 하는가.

오히려 한 젊은이가 끔찍한 과거에서 해방되어 다행이라고 기뻐해야 하는가.

오하타는 받아들일 수 없었다. 나는 그런 성인군자가 아니다. 그런 심경을 '팬텀 모임'에 토로하자 동조하는 목소리가 줄을 이었다.

리틀맨 님, 그런 감정이 드는 게 정상이에요. 내 아들을 죽인 자가 웃고 떠들며 살아가는 모습을 어떻게 평온한 마음으로 바라볼 수 있겠어요. 설령 기억은 안 나더라도 자신이 저지른 죄에 대해 경찰이나 검찰을 통해 모두 다 들었을 텐데 그걸 속죄하는 모습을 보이지 않는 것은 그야말로 불성실한 태도지요. 용서할 수 없습니다.

그 여자의 부모는 대체 무슨 생각을 하고 사는 걸까요. 내가 부모라면 그런 식으로 놀아나는 건 결코 허락하지 않을 것이고 SNS에 올리지도 못하게 할 거예요. 진짜 어처구니없는 일

이네요. 리틀맨 님, 그 여자를 개심시킬 방법을 함께 생각해봐
야 할 것 같아요.

그런 공감의 글들이 오하타 부부의 마음을 조금은 풀어주었
다. 가슴속에 앙심을 품는 것도 그리 큰 잘못은 아니라고 생각
할 수 있었다.

"그 뒤에도 정기적으로 팬텀 모임에 참여했어요. 이런저런
이야기를 나누고 정보도 교환했습니다. 나는 다른 멤버들처럼
정보 제공까지는 못했지만 하세베 나오의 SNS를 본 느낌 등
을 올리고 착잡한 속내를 털어놨어요. 그런데 그 얼마 뒤에 생
각지도 못한 일이 일어났습니다."

"어떤 일이지요?" 닛타는 물었다.

"다름 아니라 이리에 유토가 살해된 거예요." 눈을 둥그렇게
뜨고 오하타는 말했다. "팬텀 모임 멤버라면 다들 놀라지 않을
수가 없지요. 긴급하게 인터넷 회의가 열렸습니다."

거기서 우선 '원통한 엄마'의 발언이 있었다.

그녀의 말에 따르면 사건 직후 형사가 찾아와 알리바이를
확인했다는 것이었다.

다행히 확실한 알리바이를 증명할 수 있어서 혐의가 풀렸지
만, 안 그랬으면 아직도 용의자 취급을 당했을 거예요.

범인은 아직 잡히지 않은 모양이었다. 다른 멤버가 '원통한 엄마'에게 지금 어떤 심정이냐고 물었다. 복잡한 마음이라는 게 그녀의 대답이었다.

이리에 유토를 미워하지 않았다고 하면 거짓말이겠지요. 그러면 죽기를 바랐느냐고 묻는다면 그것도 대답하기가 어렵네요. 나는 그가 속죄하기를 바랐습니다. 그의 근황을 파악한 이후로 항상 속죄하는 자세가 있는지 없는지, 그걸 알아보려고 해왔어요. 그런데 결국 알지 못한 채 끝이 나버렸네요. 이제는 고통에서 해방될지도 모른다고 생각하는 한편, 뭔가 석연치 않은 마음도 드는군요.

오하타는 그 글에 크게 동요했다. '원통한 엄마'의 심경은 충분히 이해할 수 있었다. 범죄자들은 형기를 마치면 사건에서 해방될지도 모르지만 피해자나 유족들에게는 영구적인 마음의 상처로 남는 것이다.

다른 멤버들에게서도 동조하는 의견이 뒤를 이었다. 고생하셨습니다, 이제 마음 편히 쉬세요, 라고 위로의 글을 올린 이도 있었다.

그 시점에는 이리에 유토가 살해된 것과 '팬텀 모임' 멤버들은 관계가 없다고 생각했었다. 사정이 달라진 것은 그로부터 약 2주 뒤였다. 이번에는 고사카 요시히로가 살해되었다는 것이다. 고사카는 '멀티밸런스', 즉 모리모토 마사시의 모친을 죽인 범인이다.

다시 '팬텀 모임'의 인터넷 회의가 열렸다.

자신도 경찰의 용의선상에 올랐다고 '멀티밸런스'는 털어놓았다. 하지만 사건이 일어난 날에 출장으로 도쿄에 없었던 덕분에 혐의를 벗을 수 있었다는 것이다.

고사카가 살해된 것에 솔직히 딱하다는 마음은 전혀 없습니다. 죽는 게 당연한, 아니, 살해되는 게 당연한 인간이라고 생각했고 그건 지금도 변함이 없습니다. 다만 멤버 여러분도 마음에 걸리는 부분일 텐데, 이리에 유토가 살해되고 불과 2주 만에 또 살인 사건이 터졌어요. 이런 우연한 일이 있나, 하고 고개를 갸웃거릴 뿐입니다.

다른 멤버들의 발언도 '원통한 엄마' 때와는 미묘하게 분위기가 달라졌다. 과연 이게 단순한 우연인지 다들 의심에 사로잡힌 것 같았다. 천벌이라고 표현하는 멤버도 있었지만, 거기에 동의하는 댓글은 그리 많지 않았다.

그리고 그로부터 4일 뒤, 이번에는 무라야마 신지가 살해되었다. 이렇게 되자 '팬텀 모임'의 논의는 전혀 차원이 다른 것이 되었다.

이 모임의 운영자로서 맹세합니다. 저는 일련의 사건과 일절 관계가 없습니다. 우리 모임의 존재도 외부인에게는 철저히 비밀로 해왔습니다.

그렇게 단언한 것은 '멀티밸런스'였다. 그 뒤를 이어 '원통한 엄마'와 '하트 요리인'도 똑같은 선언을 했다.

하지만 아무리 생각해봐도 이번 살인 사건들이 '팬텀 모임'과 전혀 관계가 없다고 단언하기는 힘들었다. 어딘가에서 연결이 되지 않고서는 얘기가 이상한 것이다.

멤버 중에 범인이 있는 것인가. 그렇다면 그자는 왜 이런 일을 벌였는가. 저마다 증오하는 상대는 있어도 어느 누구도 죽여 달라고 부탁한 적은 없었다.

이래저래 얘기가 오고갔지만 진상 해명에는 한 걸음도 다가가지 못했다.

이윽고 앞으로도 누군가가 살해되는 게 아니냐, 라는 얘기가 나왔다.

'팬텀 모임'의 멤버는 고정적인 것이 아니었다. 새로 들어오는 멤버가 있는가 하면 이미 떠난 멤버도 있었다. 현재 주로 대화와 댓글에 참여하는 것은 일곱 명 정도인 것으로 파악되었다.

그러던 참에 오하타는 하세베 나오의 SNS를 확인하다가 깜짝 놀랄 글이 올라온 것을 보았다.

갑작스럽게 미국에 가게 됐어요. 1년쯤 안 돌아올 예정. 크리스마스 날에 떠나요. 그 전날인 크리스마스이브에는 최대한 호화롭게 호텔 라이프를 즐기려고요. 초일류 호텔 코르테시아 도쿄. 벌써부터 기대감으로 가슴이 두근두근.

소스라치게 놀랐다. 수수께끼의 암살자가 이 글을 보고 어떻게 생각할 것인가. '팬텀 모임'의 가해자들이 차례차례 매장되고 있다. 그다음 표적은 하세베 나오가 아닐까.

내 눈으로 확인해야 한다, 라고 생각했다.

"그래서 오늘 밤, 이 호텔에 온 거예요. 아내와 상의해보니 함께 가겠노라고 해서 체재하던 영국에서 둘이 급하게 귀국했습니다."

말을 마친 뒤, 오하타 노부로는 정면으로 닛타를 응시했다. 그 눈에 거짓된 빛은 없었다. 거짓말이 아니다, 라고 닛타는 직감했다. 놀랄 만한 얘기지만, 지어냈다고 하기에는 너무도 잘 만들어졌고 무엇보다 모든 얘기의 아귀가 맞아떨어진다.

"호텔 숙박표에는 왜 가명을 쓰셨지요?"

"그건 혹시라도 사건이 터졌을 때, 숙박자 목록에 우리 이름이 그대로 드러나면 난처해지기 때문이에요. 당장 범인으로 의심을 받을 수 있잖아요."

"예약 때 등록하신 전화번호는? 오하타 씨 번호가 아니었지요?"

"그 번호는 엉터리로 적었어요. 혹시 호텔에서 오는 연락을 못 받아 숙박이 안 되더라도 그건 어쩔 수 없다고 생각했죠."

닛타는 맥이 빠지면서도 그럴 만도 하다고 수긍했다. 오하타 부부는 반드시 숙박을 해야 하는 건 아니었던 것이다.

닛타의 스마트폰이 부르르 울렸다. 아즈사에게서 온 것이었다. 잠깐 실례하겠다고 오하타에게 양해를 구하고 전화를 받았다.

"예, 닛타입니다."

"아즈사예요. 부인에 대한 조사가 끝났어요. 수확이 아주 많아요."

"그렇겠죠. 이쪽도 곧 끝납니다." 전화를 끊고 다시 오하타의 얼굴을 보았다. "이 호텔에 오신다는 거, '팬텀 모임' 멤버들에게 알렸습니까?"

"아뇨, 알리지 않았어요. 다른 멤버들이 어떻게 했는지는 나도 모릅니다. 하지만 다들 국내에 있으니까 호텔에 와서 하룻밤 지켜보려는 사람도 있었을 것 같아요. 어쩌면 경찰에 신고한 사람이 있었는지도 모르지요."

조금 전의 신고라는 말은 그 얘기였던 모양이다. 모리모토 마사시가 만나자고 했다는 전언을 듣고 의심 없이 이 방으로 건너온 것도 해명이 된다.

하지만 그가 들려준 얘기 속에 범인을 찾아낼 만한 단서는 없었다.

"부인과 함께 호텔 안을 돌아다니셨지요? 뭘 하신 건가요?"

"그러니까 그건…… 찾고 있었어요."

"찾고 있었다? 뭘요?"

"하세베 나오를 찾아다녔죠. SNS에 이 호텔에서 찍은 사진들이 올라오길래 거기로 가보면 찾을 수 있겠다 싶어서. 찾아낸다 한들 뭘 어떻게 하겠다는 작정도 없이……."

그랬구나, 하고 닛타는 이제야 이해했다. 아마 다른 멤버들도 마찬가지였을 것이다. 그래서 똑같은 자리를 다들 오락가락했던 것이다.

"하세베 나오의 SNS, 알려주실 수 있지요?"

"그럽시다." 오하타가 스마트폰을 꺼냈다. 항상 들여다봤기 때문이리라, 익숙한 손놀림으로 터치해 화면을 닛타 쪽으로 내보였다. "이거예요."

"잠깐 봐도 될까요." 닛타는 스마트폰을 받아 화면에 나온 하세베 나오의 얼굴을 확대했다.

흠칫 놀랐다. 잘 아는 얼굴이었기 때문이다.

사야마 료와 함께 왔던 여자, 사와자키 유미에가 틀림없었다. 그러고 보니 그들은 여행 캐리어를 들고 있었고, 나리타 공항에 가는 리무진 버스 승차장을 문의했다. 엘리베이터 안에서는 친구들이 그녀의 미국행을 부러워하기도 했다. 범행 당시 수수한 인상의 얼굴 사진과는 크게 달라진 모습이었기 때문에 미처 알아채지 못했다.

이건 큰 단서였다. 표적을 특정할 수 있다면 범행을 저지하기가 훨씬 수월해진다.

"이 호텔에 온 뒤에 '팬텀 모임' 멤버들과 뭔가 연락을 주고받았습니까?" 스마트폰을 돌려주며 닛타는 물었다.

"아뇨, 연락은 못 했어요. 사적으로 메시지를 보내는 일은 없으니까."

"그렇다면 어떤 멤버가 이곳에 왔는지, 전혀 모르시겠군요."

"네, 모르죠. 하지만 딱 한 사람, 보긴 했어요."

"보셨다고요? 어디서요?"

"최상층 전망 코너에서였어요. 그런데 목례만 건넸을 뿐, 대화는 없었어요. 어쩐지 어색해서 말을 못 걸었죠. 아마 그쪽도 그랬을 거예요."

"잠깐만요, 어떻게 그 사람이 멤버인 줄 아셨지요? 얼굴을 알고 있었어요?"

"그 사람만은 알고 있었죠. 다름 아닌 오가타 씨였으니까요."

"오가타 씨? 가루이자와의 교회에서 만났다는?"

"맞아요. 오가타 미치요 씨예요."

제5의 인물이었다. 마크해야 할 사람이 다시 늘어난 셈이다.

"그게 몇 시쯤이었지요?"

"어디 보자, 지금부터 한 시간 전쯤이었네요."

닛타는 시계를 보았다. 오후 11시 30분이었다.

"오하타 씨, 지금 방에 돌아가시면 체크아웃 때까지 나오시

지 않는 게 좋겠습니다. 이건 강제 사항은 아니지만, 부디 수사
에 협조 부탁드립니다."

"네⋯⋯. 알겠습니다."

"상황이 급해서 저는 먼저 실례합니다." 그런 말을 남기고
닛타는 방을 뛰쳐나왔다.

총총걸음으로 직원용 엘리베이터 홀로 향하면서 아즈사에
게 전화를 걸었다. 기다리고 있었는지 곧바로 응답이 있었다.

"닛타예요. 이쪽도 끝났어요."

"그럼 저도 지금 나갈게요. 닛타 경감도 오가타 미치요에 대
한 얘기, 들으셨죠?"

"들었어요. 오하타 부부가 전망 코너에서 만났다고 하던데."

"관리관에게 오늘 밤 숙박자 목록 확인을 부탁했는데 그런
이름의 여성은 없었대요."

"즉 가명을 썼다는 얘기네요."

"그렇다면 우리가 가봐야 할 곳은 한군데뿐이에요."

"좋아요." 닛타는 대답했다. "경비실에서 봅시다."

일단 전화를 끊고 엘리베이터를 타기 전에 이나가키에게 연
락했다.

전화가 연결되자마자 그 쪽에서 먼저 말했다. "아즈사 경감
에게서 얘기 들었어. 수상한 인물이 새로 발견되었다면서?"

"네, 즉시 경비실 모니터로 확인하겠습니다. 그리고 오늘 밤
의 표적이 밝혀졌어요. 사야마 료와 함께 온 여성입니다. 숙박

표에 사와자키 유미에라고 썼지만 본명은 하세베 나오예요. 오하타 부부의 아들을 죽인 범인입니다."

"뭐야?" 이나가키가 목소리를 높였다. "틀림없나?"

"제 눈으로 확인했습니다. 틀림없어요."

"대체 어떻게 된 거야?"

"그건 이따 자세히 보고하겠습니다."

지금은 그런 얘기를 세세하게 설명하고 있을 여유가 없다. 전화를 끊었다.

직원 전용 엘리베이터의 문이 열렸다. 안에 세 명의 산타가 타고 있었다. 어쩐지 민망한 분위기 속에 닛타는 안으로 들어가 지하 1층 버튼을 눌렀다. 경비실은 지하 1층이다. 산타들은 각각 다른 층에서 한 명씩 내렸다.

경비실에 가보니 아즈사는 벌써 도착했다. 방범카메라의 모니터를 지켜보는 도미나가 뒤에 서 있었다.

"전망 코너 영상을 찾고 있죠?" 닛타가 물었다.

"그렇습니다."

"오하타 부인과의 대화는 별문제 없이 진행됐어요?"

"예상했던 것보다 수월했어요. 도박에 나서기를 잘했죠." 그렇게 말하고 아즈사는 휴우 한숨을 내쉬었다. "팬텀 모임 얘기에는 깜짝 놀랐어요."

"누가 아니랍니까. 그리고 한 가지, 중요한 게 밝혀졌어요."

닛타는 사와자키 유미에 이름으로 숙박한 젊은 여자가 하세베 나오라는 것을 전했다.

"그 여자는 지금 어디 있죠?" 아즈사가 물었다.

"객실에서 파티 중일 거예요. 혼자가 아니니까 방 안에 있는 동안은 괜찮을 겁니다."

"말씀하신 두 사람, 찾았습니다." 도미나가가 말했다. "저기 저 사람들, 맞지요?"

닛타는 모니터를 보았다. 정지 화면 속에서 나이든 남녀가 야경을 내다보며 서로 부축하듯이 서 있었다. 뒷모습이지만 상의 색상을 보니 남자 쪽은 오하타 노부로가 틀림없었다.

아즈사도 여자 쪽을 가리키며 말했다. "오하타 부인이에요."

"영상을 돌려봐." 닛타가 지시했다.

동영상의 재생이 시작되었다. 오하타 부부는 야경을 내다보다가 이따금 주위를 두리번거렸다. 잠시 뒤 창유리 앞에서 물러섰지만 문득 오하타 노부로가 발을 멈췄다. 그러고는 잠깐 머리를 숙인 뒤 아내와 함께 화면에서 사라졌다. 다음 순간, 한 여성이 나타났다. 방향으로 봐서 오하타 부부와 마주친 사람이다. 즉 이 인물이 오가타 미치요라는 얘기다.

그렇구나, 라고 닛타는 혼잣말처럼 중얼거렸다. "그렇게 된 거였어……."

"뭡니까, 닛타 경감."

"저 여성은 이번 일련의 사건의 범인이거나 혹은 중요한 열쇠를 쥔 인물이에요. 가명으로 숙박한 게 아니라 오가타 미치요라는 게 가명이었어요. 본명은 미와 하즈키."

"닛타 경감의 대학 동창이라는 그 여자가?"

"왜 이상한 부탁을 했는지 이제야 알겠네. 사야마 료의 동향을 알아봐달라고 했지만 실제로는 하세베 나오에 대한 정보를 원했던 거예요."

닛타는 스마트폰을 꺼내 미와 하즈키의 번호를 눌렀다. 전화는 곧장 연결되었다.

"이 시간에 웬일이야? 사야마 료에게 무슨 일 있었어?" 미와 하즈키가 물었다.

"알려줄 게 있어. 지금 어디 있지?"

"내 방이야. 근데 무슨 일이야?"

"전화로는 설명하기 힘들어. 지금 방으로 갈게." 대답은 기다릴 것도 없이 전화를 끊었다.

"어떻게 하려고요?" 아즈사가 물었다.

"이렇게 된 마당에 작전 따위는 필요 없어요. 내 정체를 밝히고 추궁해야죠."

"그렇다면 저도 동석할게요."

"아니, 이건 나한테 맡겨요. 단둘이 얘기하는 게 실토하기 편할 테니까. 아즈사 경감은 관리관에게 상황을 설명하고, 혹시라도 미와 하즈키가 저항하거나 도주를 꾀할 경우를 대비하는 게 좋아요."

아즈사는 한순간 불만스러운 표정을 보였지만 곧바로 고개를 끄덕이고 한 걸음 쓱 다가오더니 닛타의 상의 앞깃을 여며 단추를 채워주고는 빙긋이 웃었다.

"닛타 경감의 호텔리어 모습도 이제 못 볼 것 같군요."

그녀답지 않은 행동에 닛타는 적잖이 당황스러웠다.

"섭섭해 하는 건 아직 일러요, 아즈사 경감."

"하긴 그렇죠?" 뒤로 물러서며 아즈사는 엄격한 표정으로 돌아왔다. "그럼 잘 부탁드립니다."

"알겠습니다." 닛타는 발길을 돌려 문으로 향했다.

31

벨을 누르자 잠시 뒤에 문이 열리고 미와 하즈키가 얼굴을 내밀었다. "어서 와."

실례합니다, 하고 닛타는 안으로 들어갔다.

아까 만났을 때처럼 미와 하즈키는 소파에 앉았다. "그래서 알려주겠다는 게 뭐지? 사야마 료가 무슨 일이라도 저질렀어?" 입가에 웃음이 번졌지만 반대로 눈에는 경계하는 빛이 서려 있었다.

"그 두 사람은 지금 방에서 친구들과 파티를 즐기고 있어. 다행히 마약 파티는 아닌 것 같아."

"그래, 잘됐네. 그런데?"

"친구들은 자정 전에 돌아가기로 했지만, 사야마 료는 어떻게 내쫓을 계획이지? 그게 아니면 사야마 료도 공범인가?"

"뭐?" 미와 하즈키가 미간을 찌푸렸다. "무슨 말이야?"

"네가 노리는 건 하세베 나오야. 그렇지?"

그 즉시 미간에서 주름이 사라지고 화장을 한 눈이 한층 더 큼직해졌다. "닛타가 어떻게 그 이름을 알고 있어?"

"우리 수사 대상이거든."

"수사라고?"

닛타는 경찰수첩을 꺼내 신분증을 제시했다. 그게 무엇인지 미와 하즈키가 깨닫기까지 몇 초가 필요했다. 그녀는 입을 헤벌린 채 신분증과 닛타의 얼굴을 번갈아보더니 이게 뭐야, 라고 갈라진 목소리로 말했다. "거짓말이지? 지금 나 놀리는 거지?"

닛타는 그녀에게 다가가 테이블에 수첩을 내려놓았다.

"전직 검사니까 경찰수첩은 많이 봤지? 속이 시원할 때까지 살펴봐."

하지만 미와 하즈키는 경찰수첩에는 손도 대지 않고 닛타의 얼굴만 멍하니 쳐다보았다. "믿을 수가 없네. 정말로 현역인 거야?"

"글쎄 의심스러우면 수첩을 확인해보라니까."

"아, 잠깐, 잠깐. 그러니까 이런 거야? 현역 경찰인데 호텔리어로 위장했다, 위장한 것뿐만 아니라 실무도 맡았다?"

"맞아."

"이럴 수가. 닛타에게 그런 재능이 있었다니."

"나를 의심했던 거 아니야? 호텔 여성 스태프에게 꼬치꼬치 캐물었다던데."

"닛타가 호텔에 전직한 것 자체는 전혀 의심하지 못했어. 아니, 진짜 완벽한 호텔리어로 보이잖아. 내가 궁금했던 건 이 호텔과 경찰의 관련이었어. 뭔가 특수한 파이프라인이라도 있는 게 아닌가 했는데."

"왜 그런 게 궁금하지?"

"사건이 터졌을 때 즉각 대응해주기를 바랐으니까."

"사건이라니, 무슨 사건?"

"모르지. 아무튼 나오가 걱정이었어."

"하세베 나오?"

"그나저나 닛타는 대체 왜 그런 차림이야? 역시 이 호텔에서 무슨 일 있었어?"

닛타는 답하지 않고 테이블에 내려놓은 경찰수첩을 집어 미와 하즈키의 얼굴을 쳐다보며 안주머니에 챙겨넣었다. 그녀의 표정에서 연기하는 기색은 느껴지지 않았다.

"질문은 내가 할 거야. 우선 하세베 나오와의 관계부터 얘기해봐."

미와 하즈키는 난감하다는 듯이 입을 꾹 다물고 시선을 떨구더니 몇 차례 호흡을 거듭한 뒤에 얼굴을 들었다. "같은 시설에서 공동생활을 했어."

"시설?"

"정신 장애가 있는 사람들을 대상으로 자립할 수 있게 서포트해주는 개인형 그룹홈……. 내가 읽은 팸플릿에는 그런 식으로 적혀 있었어. 장소는 가나가와 현 미우라 시."

"미와도 그 시설에 입소했다는 거야?"

"응, 맞아." 미와 하즈키는 아무 일도 아닌 것처럼 답했다. "그 시설에는 나 같은 우울증 환자가 대부분이야."

"우울증……. 네가?"

"입소한 뒤로 많이 좋아졌지만 그 전에는 며칠씩 침대 밖에 나오지도 못했어. 사는 게 싫어져서. 이혼한 것도 그게 원인이었어."

미와는 환한 말투로 그렇게 설명했다. 그게 더욱더 그녀의 괴로운 마음속을 보여주는 것 같았다.

"하세베 나오도 그 시설에 있었고?"

"응, 나오처럼 특이한 정신 질환을 가진 사람도 꽤 많았어. 나오도 처음 입소했을 때는 한마디도 말을 안 했지만 그대로 두면 안 좋겠다 싶어서 내가 먼저 다가갔지. 귀찮은 아줌마쯤으로 생각하는 눈치였는데 차츰차츰 마음을 열어주더라. 그러다가 서서히 자기 얘기도 꺼내고 어느 날 털어놓는 거야, 연인을 죽였다고."

"사건의 상세한 내용은?"

"다 들었어. 닛타도 당연히 알고 있지?"

응, 하고 닛타는 고개를 끄덕였다.

"참혹하고 안타까운 사건이야. 죽은 남자는 정말 딱하게 됐어. 연인이 있는데 다른 여자에게로 마음이 떠나는 일이 드문 것도 아니고, 무턱대고 나무랄 수는 없잖아. 나오도 그건 잘 알고 있었어. 그래서 더 괴로워했고."

"괴로워했다……. 어떤 식으로?"

"늘 죄의식에 시달렸지. 하지만 실제로는 훨씬 더 복잡해. 왜냐면 기억이 나질 않는다잖아. 어느 날 정신을 차려보니 연인이 죽었고, 죽인 건 자신이라는 얘기를 들은 거야. 참회나 반성을 하려고 해도 뭘 어떻게 해야 좋을지 모르는 거야. 죄의식이 없다는 것 자체가 죄라는 생각까지 하고 있었어."

닛타는 머리를 끄덕였다. "아닌 게 아니라 복잡하네."

"나오는 유족에 대한 걱정도 했어."

"유족이라면 살해된 연인의 부모님?"

"물론 그렇지."

오하타 부부라는 얘기다. "어떤 식으로?"

"그의 부모님은 요즘 어떻게 지내실까. 사건에 대해, 아들을 죽인 여자에 대해, 어떻게 생각하실까. 물론 미워하고 있을 게 틀림없지만 그 미움은 어느 정도일까. 아는 건 두렵지만, 알지 못한 채 멍하니 있는 것도 큰 죄인 것 같다……. 그런 얘기를 했어."

"그런 마음은 어쩐지 알 것도 같지만……."

좋은 얘기는 있을 리 없다는 걸 잘 알면서도 '에고 서핑(ego surfing)'을 하고 싶어지는 심리라고 하면 적절한 비유가 될까.

"그래서 말했어, 내가 알아봐주겠다고."

"미와가?"

"이래 봬도 전직 검사잖아. 조사 노하우도 있고, 각 방면에 나름대로 커넥션도 있으니까 그리 어려운 일이 아니었어. 물론 나오의 이름은 절대로 밝히지 않겠다고 했어."

"그래서 하세베 나오는 어떤 반응을?"

"한참 망설이더니 결국 알아봐달라고 하더라고."

"그래서 조사해봤구나."

"조사했지. 살해된 남자의 부모님은 가루이자와에 살고 있었어. 그래서 일부러 가루이자와까지 찾아갔어. 거짓 프로필과 가명을 준비해서."

"그 가명은 어떤 이름이지?"

"오가타 미치요. 어떤 한자를 쓰느냐면……."

"아, 그런 건 나중에." 닛타는 오른손을 내밀어 제지했다. "얘기부터 듣자."

미와 하즈키는 닛타를 지그시 쳐다보다 고개를 끄덕였다. 어느 정도 사정을 파악한 상태에서 질문하는 것이라고 짐작한 얼굴이었다.

"처음 접근한 것은 살해된 남자의 부친 쪽이야. 이미 알고 있겠지만 이름은 오하타 노부로 씨. 사전 조사로 매주 일요일에 교회에 간다는 걸 알았고, 그래서 그 교회로 찾아갔어."

오하타 노부로에게 먼저 말을 건넸다. 어처구니없는 사건으로 딸을 잃은 가엾은 엄마를 연기해서 서로 의기투합한 과정을 미와 하즈키는 간결하게 설명했다. 그 내용은 오하타 노부로에게서 들은 얘기와 일치했다.

"오하타 부부가 하세베 나오를 어떻게 생각하는지, 나오 본인에게 전해줬어?"

"물론이지, 그러려고 조사한 건데. 나오도 알고 싶다고 했고. 어떻게 전할지 망설이긴 했는데 듣기 좋게 포장하는 것도 별 의미가 없다 싶어서 사실대로 다 얘기했어."

"하세베 나오의 반응은?"

"힘들어했지만 비교적 침착하게 받아들였어. 애초에 나오는 오하타 부부의 용서는 전혀 기대하지 않았어."

"그러고는?"

"내 역할은 거기까지야. 그다음은 나오에게 맡기기로 했어."

"맡긴다고? 무슨 얘기지?"

그러자 미와 하즈키는 소파 등받이에 기대며 다리를 바꿔 얹었다.

"닛타, 내가 왜 그렇게까지 했는지 알아? 기소되지 않은 살인 사건의 피해자 유족이 어디에 사는지 알아내고, 일부러 가루이자와까지 달려가 연극을 하고 오다니, 상당히 수고스러운 일이잖아. 이런 말은 좀 속물처럼 들리겠지만, 나름대로 돈도 꽤 많이 썼어."

"하세베 나오가 그만큼 마음에 들었기 때문인가?"

"단순히 마음에 든 정도로는 그렇게까지 하지 않지. 나는 답을 찾고 싶었어."

"무엇에 대한 답을?"

미와 하즈키는 고개를 갸우뚱하고 잠시 생각하는 모습을 보였다. 이윽고 스스로에게 묻듯이 말했다. "죄를 정면으로 마주하는 방법이랄까……." 그러고는 고개를 들어 닛타를 보았다. "너는 언제부터 경찰이 되기로 마음먹었어?"

"왜 그런 걸 묻는데?"

"됐어, 말하고 싶지 않은 모양이네. 나는 중학생 때부터 장래에 법조인이 되기로 결심했어. 마침내 검사가 되자 그때부터 악惡을 뒤쫓는 일에 몰두했고. 하지만 점차 의문이 커져가더라. 아무리 처벌해도 반성하지 않는 피고인이 너무 많았기 때문이야. 자신이 범한 죄를 정면으로 마주하지 않고서는 처벌이라는 건 아무 의미도 없어. 결국 피고인의 동반자가 된다는 점에서 변호사가 더 낫다는 생각에 검사직도 사퇴했어. 하지만 변호사도 무력하다는 걸 통감했을 뿐이야. 재판이란 죄의 경중을 놓고 검찰과 변호인 측이 게임을 하는 것에 지나지 않아. 죄를 저지른 인간의 내면 따위는 아무도 돌아보지 않더라고. 나는 이대로 괜찮은 건가. 이런 걸 위해 그토록 노력해왔

나. 그러면서 점점 고민이 깊어지고 건강에 적신호가 켜졌어. 그게 우울증의 시초였던 거야."

미와 하즈키의 얘기를 듣고 닛타 역시 동의할 만한 부분이 있었다. 지금까지 수많은 범죄자를 체포해왔다. 그들의 공판에서는 증언대에 선 적도 있었다. 하지만 피고인이 진심으로 반성한다고 생각했던 케이스는 손꼽을 정도밖에 없었다. 대부분은 변호사가 일러준 대로 반성하는 척 연기를 할 뿐이었다. 어쩌다 무릎을 꿇는 피고인도 있었지만 그것도 반성이나 참회보다는 형량 구걸에 가까웠다.

"나오의 고백을 듣고 관심이 갔어. 그녀는 말 그대로 자신의 죄를 정면으로 마주할 수 없었으니까. 아니, 마주할 방법이 없었다고 해야겠지. 그런 그녀가 피해자 유족과 연결되면 어떻게 될까, 어떻게 바뀔까, 그걸 알고 싶었어. 그래서 유족을 알아봐주기로 했던 거야. 그뿐만이 아니라 서로 교류할 수 있게 자리도 마련해줬어."

이건 흘려들을 수 없는 얘기다. "하세베 나오에게? 뭘 어떻게 해줬는데?"

"오하타 씨의 메일 주소, 그리고 내가 만든 가공의 인물 오가타 미치요의 메일 주소, 양쪽 다 적어줬어. 그 참에 오가타 미치요라는 여성의 상세한 프로필도 알려줬고. 만일 좀 더 깊이 오하타 씨 부부의 심정을 알고 싶다면 이 주소를 이용해 연락하면 되지 않겠느냐고 말했어."

"그거, 정말이야?"

"지금 이 상황에서 내가 왜 거짓말을 하겠어."

"그 뒤에 미와는 어떻게 했어? 오하타 씨에게는 더 이상 연락하지 않았어?"

"연락할 이유가 없지. 내가 나서는 건 거기까지였어."

"팬텀 모임은?"

"팬텀 모임이라니, 그게 뭐야?"

닛타는 체온이 단숨에 상승하는 것을 느꼈다. 심장의 두근거림도 빨라졌다.

오하타 노부로가 메일을 주고받은 사람은 미와 하즈키가 아니라 하세베 나오였다. 그리고 팬텀 모임에 참여해 가미야 요시미 등의 멤버들과 의견을 교환한 것도 하세베 나오 본인이었던 것이다.

"그러면 미와는 오늘 왜 이 호텔에 왔지? 하세베 나오가 걱정이라고 했던가? 뭘 걱정했던 거야?" 저절로 말이 빨라지는 것을 억누를 수 없었다.

"사야마한테 얘기를 들었기 때문이야, 크리스마스이브에 나오 일행과 파티를 한다는 얘기."

닛타는 눈이 둥그레졌다. "사야마 료도 아는 사이였어?"

"사야마도 한때 우리 시설에서 지냈어. 짧은 기간이었지만 서로 친해져서 이따금 만나 술을 마셨거든. 그때 오늘 저녁 파티 얘기를 들었어. 나오가 돈은 자신이 댈 테니 호텔에서 호화

판 크리스마스 파티를 하자고 초대했다는 거야. 게다가 다음 날 곧장 미국으로 떠난다고 한 모양이야. 뭔가 불길한 예감이 들더라고. 언제부턴가 갑작스럽게 금발 염색도 하고 행동도 유난히 명랑해지고, 아무래도 이상하다고 느끼던 참이었어. 틀림없이 뭔가 있구나, 너무 걱정이 되는 거야, 그래서 상황을 살펴보려고 나도 호텔에 왔지. 근데 닛타가 이 호텔에서 일하고 있길래 마침 잘됐다 하고 동창 인맥을 활용해볼 생각이었어. 수사 중이라는 건 꿈에도 생각을 못 했지 뭐야. 미안해, 속인 건 사과할게." 미와 하즈키는 꾸벅 머리를 숙였다. "얘기해봐, 어떤 사건의 수사야? 나오도 관계가 있어?"

그런 질문은 패스하고 닛타는 스마트폰부터 꺼냈다. 서둘러 경비실의 도미나가에게 연락했다.

"도미나가입니다. 마침 잘됐어요, 저도 지금 연락하려던 참입니다."

"무슨 일 있어?"

"방금 전 1610호실에서 사야마 료의 친구들이 나왔어요. 그 사람들, 미친 거 같아요. 산타 옷차림으로 나타났다니까요."

"친구 세 명만 방을 나왔다고?"

"그런 것 같아요."

"그런 것 같다니, 사람 수를 확인 안 했어?"

"아니, 시간차를 두고 한 명씩 나왔거든요. 게다가 선물 나눠주는 호텔 스태프 산타들이 각각 객실을 돌고 있어서 구분하기가 여간 어려운 게 아니에요. 지금 영상을 재생해서 확인 중입니다."

닛타는 손목시계를 들여다보았다. 밤 12시를 막 지난 참이었다. 선물 배달이 가장 많은 시간대라고 누군가 말했던 게 생각났다

죄송합니다, 라고 도미나가가 말했다. "놓친 사람이 있었네요. 방을 나온 건 네 명입니다."

"네 명이라고?"

즉 현재 그 방에 남은 사람은 한 명뿐이다.

닛타는 대답할 겨를도 없이 전화를 끊고 방을 뛰쳐나왔다. 뒤에서 미와 하즈키가 뭔가 큰 소리로 말했지만, 지금 그런 걸 돌아볼 때가 아니었다. 복도를 달려가면서 야마기시 나오미에게 전화했다.

"네, 야마기시 나오미입니다."

"닛타예요. 지금 즉시 마스터키를 들고 1610호실로 와주세요. 부탁합니다."

알겠습니다, 라고 말하고 그녀는 전화를 끊었다. 비상사태를 눈치챈 것이리라. 이유를 묻지 않는 점이 역시나 프로답다.

엘리베이터를 타고 16층으로 올라갔다. 문이 열리자마자 1610호실을 향해 복도를 내달렸다.

왜 그런지 그 앞에 선객이 있었다. 아즈사였다. 마치 닛타를 기다리는 것처럼 서 있었다.

"아즈사 경감, 관리관에게서 지시가 있었어요?"

아즈사는 진지한 눈빛으로 닛타를 올려다보았다.

"닛타 경감, 제안 하나 할게요. 5분만 기다리기로 하죠."

"기다려요? 뭘 기다린다는 겁니까?"

"그녀에게…… 하세베 나오에게 시간을 주자는 거예요."

"무슨 말입니까? 그 여자가 지금 뭘 하려는 건지, 알기나 해요?"목소리를 한껏 낮춰 말했다. 혹시라도 방 안의 하세베 나오에게 말소리가 들려서는 안 된다.

"알아요, 스스로 목숨을 끊으려 한다는 거. 그렇죠? 모든 사건의 범인은 하세베 나오였어요."아즈사도 작은 소리로 말했다. "오가타 미치요인 척하며 팬텀 모임에 참여하는 동안에 멤버들을 대신해 복수해주는 게 자신이 할 일이라고 생각한 거예요. 그리고 마지막에는 자신도 죽는다, 그게 진심으로 속죄하는 길이라는 신념으로……."

아즈사의 말에 닛타는 깜짝 놀랐다.

"어떻게 그런 것까지 알았어요? 미와 하즈키와 나눈 대화를 옆에서 들은 것처럼……." 거기까지 말한 참에 퍼뜩 깨닫고 닛타는 자신의 상의를 확인했다. 옷 안쪽에 검은색 기기가 붙어 있었다. 도청기다. 아까 아즈사가 옷깃을 잡았던 것이 생각났다.

"닛타 경감, 어차피 하세베 나오는 극형을 받을 거잖아요." 아즈사가 말했다. "본인도 잘 알 거예요, 이번에는 도망칠 길이 없다는 거. 그렇다면 원하는 대로 해주는 게 좋잖아요. 5분만 기다려주면 돼요. 5분 뒤에 방에 진입해서 아직 살아 있다면 체포하는 걸로, 어때요?"

"안 돼요, 얼른 비켜요."

"하세베 나오는 이미 충분히 벌을 받았어요. 어떻게든 속죄하려는 거라고요."

"비키라니까요."

하지만 아즈사는 앞을 가로막듯이 양팔을 펴고 고심하는 표정을 보였다.

"닛타 경감, 다시 생각해봐요. 하세베 나오를 궁지에 몰아넣은 게 누군지. 무엇이 그녀를 미쳐버리게 했는지. 교도소에 보내고 사형에 처하는 것만이 정의는 아니에요."

"정의? 그런 건 어찌 되든 상관없어요!" 닛타는 저도 모르게 큰 소리를 내고 말았다.

닛타 씨, 라고 뒤에서 목소리가 들렸다. 야마기시 나오미가 뛰어오는 참이었다.

"이 방, 얼른 열어요." 닛타가 1610호실 문을 가리켰다.

야마기시 나오미가 닛타와 아즈사 옆을 뚫고 문으로 다가갔다. 하지만 마스터키를 대려고 하자 아즈사가 센서를 손바닥으로 가리며 가로막았다.

"대체 뭐하는 겁니까!" 닛타는 아즈사의 어깨를 잡아채려고 했다.

다음 순간, 팔목이 비틀리는가 싶더니 몸이 붕 떴다. 정신을 차려보니 바닥에 엎어져 아즈사에게 깔린 채 양팔은 등 뒤로 붙잡혀 있었다.

닛타는 얼굴을 들었다. 야마기시 나오미가 문을 열고 방 안으로 들어가는 게 보였다. 아즈사가 앗 하는 소리를 냈다. 그 순간을 놓치지 않고 닛타는 반격에 나섰다. 잽싸게 몸을 일으켜 거꾸로 아즈사의 팔을 등 뒤로 돌려 바닥에 납작 엎드리게 했다.

그 직후, 아악 하는 비명이 안에서 들려왔다. 야마기시 나오미의 비명 소리였다.

닛타는 벌떡 일어섰다. 문은 완전히 닫히지 않고 도어가드가 끼워져 있었다. 야마기시 나오미가 순간적으로 끼워둔 것이다. 그 문을 걷어차고 뛰어들었다.

"가까이 오지 마!" 날카로운 여자 목소리가 공기를 갈랐다.

하얀 드레스를 입은 하세베 나오가 손에 칼을 들고 서있었다. 그 칼에 피가 묻은 것을 보고 흠칫했다.

옆에 야마기시 나오미가 쓰러져 있었다. 오른팔을 잡은 왼손 손가락 틈새로 피가 번졌다.

"칼을 버려요." 상대를 자극하지 않도록 닛타는 애써 부드러운 목소리로 말했다.

"나가요, 제발!" 하세베 나오가 가녀린 목소리로 부르짖었다. "제발 부탁이니까 나가라고요. 나 혼자 있게 해줘요."

"그런 짓을 해서는 안 돼요. 아무도 나오 씨가 죽기를 바라지 않아요."

"……당신, 누구예요?"

"목숨을 함부로 할 권리는 어느 누구에게도 없다고 생각하는 사람입니다."

닛타는 대답하면서 재빨리 하세베 나오의 손을 관찰했다. 칼날을 이쪽으로 향하고 있지만 공격해오는 일은 없을 것이다. 야마기시 나오미가 부상을 당한 것은 급한 김에 저도 모르게 휘두른 것으로 생각되었다. 칼날을 이쪽으로 향하고 있는한, 자신의 몸을 찌르는 건 어렵다.

"속죄하려는 거예요. 내 죄를 갚게 해줘요, 제발!"

"그렇다면 살아야죠. 살아서 갚아야 합니다. 지금 이러는 건속죄가 아니에요."

하세베 나오의 얼굴에 한순간 망설임이 떠오르는 것 같았다. 시선이 흔들리고 있었다.

"나오 씨를 소중하게 생각하는 사람도 있잖아요. 미와 하즈키씨도 그중 한 사람이에요. 나 역시 마찬가지예요. 바로 지금 나한테 소중한 사람이 됐습니다. 그러니까 그런 짓은 그만둬요."

하지만 그녀는 뭔가를 떨쳐내듯이 거칠게 고개를 내젓더니칼을 자기 쪽으로 바꿔 잡고 머리 위로 치켜 올렸다.

"나오 씨, 대체 뭘 안다고 이럽니까!"

닛타는 부르짖었다. 하세베 나오가 움직임을 멈추는 것을 보고 목소리를 낮춰 다시 뒤를 이었다.

"연인을 죽인 기억은 없는지도 모르지요. 하지만 지금은 어떻습니까, 세 사람을 살해한 기억은 분명하게 있잖아요. 과거에 어떤 나쁜 짓을 저질렀든 모두 살아갈 권리가 있었던 사람들이에요. 나오 씨가 한 일이 정말로 속죄였어요? 올바른 일이었어요? 누군가의 말에 따르면 나오 씨는 어차피 사형을 당할 거라더군요. 그러니 여기서 죽게 놔두자고 했어요. 하지만 나는 그렇게 생각하지 않아요. 나오 씨에게는 처벌이 아니라 시간이 필요합니다. 나오 씨가 속죄할 길이 실제로는 어디에 있는지, 그걸 생각할 시간이 필요해요. 부디 그런 시간을 통해 깨달았으면 합니다. 나오 씨를 구할 수 있는 건 나오 씨 자신뿐이라는 거."

하세베 나오는 칼을 쳐든 채 그대로 굳어버린 것처럼 꼼짝도 하지 않았다. 닛타는 천천히 걸음을 옮겨 다가갔다. 그녀의 눈은 허공을 보고 있었다. 그것을 확인해가며 닛타는 팔을 잡고 신중하게 칼을 빼냈다.

하세베 나오, 라고 닛타는 말했다.

"당신을 총도법 위반 현행범으로 체포합니다."

꼭두각시 인형의 실이 끊긴 것처럼 하세베 나오는 무너져 내렸다. 바닥에 몸을 웅크리고 엉엉 울기 시작했다.

기척을 느끼고 닛타는 입구 쪽을 보았다. 아즈사 마히로가 멍해진 얼굴로 서 있었다.

32

하세베 나오의 진술

운명처럼 그를 만난 것은 대학 2학년에 올라간 무렵이었습니다. 캠퍼스를 걸어가는데 한 남학생이 기타를 치며 노래를 하고 있었습니다. 처음 듣는 노래였지만 그 아름다운 멜로디가 마음을 사로잡았습니다. 나도 모르게 발을 멈추고 홀린 듯 듣고 있었습니다.

연주가 끝나자 그 쪽에서 먼저 말을 걸어왔습니다. "마음에 들어?"

네, 라고 대답하고 노래 제목을 물었는데, 제목은 아직 정하지 않았고 자신이 직접 쓴 곡이라고 해서 깜짝 놀랐습니다.

그 사람이 오하타 세이야 씨였습니다. 4학년이었지만 실은 두 번 낙제해서 나이는 나보다 네 살이 많았습니다. 졸업할 생각 따위는 없고, 앞으로 음악으로 먹고살 계획이라고 했습니다. 밴드도 결성한 모양이었습니다.

"지금 연습하러 갈 거야. 시간 괜찮으면 보러 올래?"

그의 초대에 나는 망설였지만 딱히 다른 일정도 없어서 가 보기로 했습니다.

그가 데려간 곳은 어딘가의 창고였습니다. 그곳에서 다른 멤버들도 만났습니다.

그들이 연습하는 모습을 보고 정말 놀랐습니다. 아주 능숙한 데다 독창성도 뛰어나 당장이라도 프로로 데뷔할 수 있을 듯한 느낌이었습니다.

그날 이후로 저는 열렬한 팬이 됐습니다. 라이브 공연에는 만사를 제쳐놓고 달려갔고 연습 날에는 최대한 곁을 지키면서 내가 할 수 있는 한 아낌없이 거들었습니다.

솔직히 말하면 밴드의 팬은 아니었습니다. 내가 바라본 것은 세이야 씨뿐이었습니다. 그의 노래를 들을 수 있다는 게 행복했습니다. 음악적 재능까지 포함해 그의 모든 것을 사랑했습니다. 이윽고 그 쪽에서도 내 마음을 알아주었고 우리는 교제를 시작했습니다. 연인이 생긴 것은 난생 처음이라 하루하루가 꿈만 같았습니다.

어느 날은 세이야 씨에게 물었습니다. 나의 어떤 점이 좋으냐고. 그의 대답은 자신을 남자가 아니라 아티스트로 봐주기 때문이라는 것이었습니다. 이전에 사귄 여자 친구는 자신과 음악 중 어느 쪽이 소중하냐고 끈질기게 확인하는 바람에 짜증이 났다고 했습니다. 그 말을 듣고 나는 가슴이 철렁했습니다. 실은 나도 그렇게 묻고 싶었던 적이 있었기 때문입니다. 하지만 "그런 질문, 짜증 나지"라고 동조하는 척했습니다.

그 뒤로 세이야 씨에게 너무 많은 것을 바라지 않도록 항상 조심했습니다. 오하타 세이야라는 재능 있는 음악인과 인연을 맺고 연인으로 대해주는 것만으로도 충분하다고 나 자신을 타일렀습니다. 그가 음악 활동에 전념하는 것을 최우선으로 하고 내가 원하는 것은 애써 억눌렀습니다.

그런 노력에 부응하듯이 세이야 씨의 밴드는 점점 인기를 얻어 라이브하우스가 만석이 되곤 했습니다. 리더인 세이야 씨에게 접근하는 여자들도 많아졌고, 그 역시 거절하지 않고 항상 친절했습니다. 그게 너무 싫었지만 꾹꾹 참았습니다. 세이야 씨를 추궁하지도 않았습니다. 다른 여자와 무슨 일이 있었다고 해도 어차피 잠깐일 뿐, 나하고의 관계와는 다르다고 믿었습니다. 세이야 씨가 이따금 "나를 정말로 이해해주는 사람은 나오뿐이야"라고 속삭여주는 게 유일한 버팀목이었습니다.

하지만 나 자신을 내내 속였던 것이겠지요. 그 반동이 건강의 이상 신호로 나타났습니다. 언제부턴가 여기저기가 아프기 시작했습니다. 묘하게 몸이 무거워 자리에서 일어나기도 힘들고 식욕은 떨어지고 이명이 들리고 두통이 심해졌습니다. 불면증에 시달리면서도 침대를 벗어나지 못해 강의를 빠지는 날도 많았습니다.

병원에 갔더니 불안 장애라는 진단과 함께 신경안정제를 처방해주었습니다. 약을 복용하자 분명 증상이 완화되었습니다. 몸을 움직일 수 있게 되자마자 세이야 씨를 만나러 갔습니다. 빨리 만나지 않으면 그의 마음이 다른 여자에게 떠나버릴 것 같았기 때문입니다.

의사는 기분 전환을 권했습니다. 현재의 생활 어딘가에 원인이 있을 테니 지금까지와 다른 인간관계를 만들어나가고 생활 습관도 바꿔야 한다는 얘기였습니다.

하지만 나는 어떤 것도 바꿀 수 없었습니다. 내 생활의 중심은 세이야 씨였습니다. 그가 변하지 않는 한 나도 변하지 않는다. 그게 당연한 일이라고 생각했습니다.

세이야 씨는 예전 그대로였습니다. 자유분방하게 작곡을 하고 노래를 하고 사람들과 어울려 술을 마시고, 그리고 아마 많은 여자들과 관계를 가졌겠지요. 친구들은 내게 얘기하곤 했습니다. 나오가 곁에 있으니까 그 녀석이 자기 좋을 대로 하고 다닌다고.

그때마다 나도 알고 있다고 항상 여유로운 웃음으로 답했습니다. 그래야 한다고 생각했기 때문입니다.

한밤중에 깨어나면 온몸이 떨렸습니다. 길거리를 걷다가 갑자기 구역질이 나기도 했습니다. 그럴 때마다 신경안정제를 먹었지만 점점 약효가 떨어지는 게 느껴졌습니다. 한 병원에서 처방 가능한 약은 정해져 있어서 또 다른 병원에 찾아가 약을 타왔습니다. 안 된다고 생각하면서도 1회 복용량이 점점 불어났습니다. 머리는 멍해졌지만 마음은 편해졌으니까요.

마침 그 무렵부터 세이야 씨의 태도가 달라졌습니다. 어쩐지 남을 대하듯 했습니다. 단순히 내 생각 탓이기를 바랐지만 그게 아니라는 확증도 있었습니다. 그가 달라진 것은 어느 여자 보컬리스트 때문입니다. 라이브 공연장에서 두 사람이 함께 있는 모습을 목격한 순간, 단번에 알았습니다. 그녀를 바라보는 세이야 씨의 눈빛에는 내게 보여준 적이 없는 열정이 있었으니까요.

단순한 바람기라면 으레 있는 일이라고 그냥 넘어갔을지도 모릅니다. 하지만 이번만은 뭔가 달랐습니다. 세이야 씨는 그 여자의 인간성뿐만 아니라 재능에도 끌렸습니다. 나와는 공유할 수 없는 좀 더 높은 차원의 뭔가를 발견한 것이겠지요.

그때 솔직히 질투심을 드러냈더라면 좋았을 텐데, 이제야 그런 생각을 합니다. 억울한 마음을 세이야 씨에게 털어놓고 엉엉 울기라도 했다면 그때 끝이 났겠지요. 아마 지겹다고 매몰차게 나를 밀쳐냈겠지만, 그래도 그렇게 정리해야 했습니다.

하지만 나는 그러지 못했습니다. 계속 보고도 못 본 척했습니다. 세이야 씨의 마음이 변한 것을 알지 못한 척 연극을 했습니다. 그러기 위해 필요한 것이 약이었습니다. 내 신경을 둔하게 만들지 않고서는 견딜 수 없었습니다.

그런 때에 세이야 씨에게서 연락이 왔습니다. 중요한 얘기가 있으니 너희 집에 가도 되겠느냐고 하더군요. 괜찮다고 대답하면서도 실은 절망적인 기분이었습니다. 분명 그는 헤어지자는 말을 꺼낼 생각이었습니다.

추한 꼴을 보여서는 안 된다고 나 자신을 타일렀습니다. 헤어지는 건 괴롭지만 세이야 씨의 행복을 빌며 이별을 받아들이겠다고 차분한 태도로 대하면 다시 내게 돌아올지 모른다고 저 혼자 낙관적인 상상을 했습니다.

하지만 너무나 슬펐습니다. 지금까지 함께해온 즐거운 나날들은 이제 영원히 돌아오지 않는다고 생각하니 미칠 듯이 슬펐습니다. 엉엉 울면서 정신없이 서랍을 열고 평소보다 더 많은 약을 한꺼번에 삼켜버렸습니다. 평소에도 이미 정량을 초과했었는데 그보다 더 많은 양을.

그리고 의식을 잃었습니다. 아니, 의식을 잃었던 모양입니다. 눈을 떴을 때는 병원 침대에 있었으니까요.

죄송합니다, 잠시 쉬어도 될까요.

어디까지 얘기했지요? 아, 병원에서 눈을 떴다는 것까지. 그렇습니다, 아무것도 기억나지 않았습니다. 왜 내가 병원에 누워 있는지, 왜 왼쪽 팔에 붕대가 감겼는지, 하나도 알 수 없었습니다. 의사도 간호사도 사정을 알려주지 않았습니다.

이윽고 낯선 남자와 여자가 병실에 찾아왔습니다. 자기소개를 듣고는 깜짝 놀랐습니다. 둘 다 경찰이었기 때문입니다.

여성 경찰이 세이야 씨와 마지막으로 만난 게 언제였느냐고 물었습니다. 그래서 생각해보려고 했는데 머릿속이 뒤죽박죽이었습니다. 언제였는지 기억나지 않는 것입니다.

그러자 여성 경찰이 가방 속에서 스마트폰을 꺼내 이걸 확인해보면 생각나겠느냐고 물었습니다. 그건 내 스마트폰이었습니다.

왜 경찰이 갖고 있는지는 알 수 없었지만 그걸 받아들자마자 메시지부터 확인했습니다. 마지막에 들어온 게 세이야 씨의 메시지였습니다. 중요한 얘기가 있으니 너희 집에 가도 되겠느냐는 내용입니다. 그제야 그가 집에 오기로 했던 게 생각났습니다. 마음을 안정시키려고 약을 먹었던 것도.

그런데 그다음부터 기억이 뚝 끊겼습니다. 아무리 기억해내려고 해도 아무것도 떠오르지 않았습니다.

두 명의 경찰은 서로 얼굴을 마주보고 있었습니다. 둘 다 난처한 기색이었습니다.

이윽고 여성 경찰이 사진 한 장을 내밀며 이건 본 적이 있느냐고 물었습니다. 사진에 찍혀 있는 것은 작은 식칼이었습니다. 왜 그런 걸 보여주는지도 모르는 채 내가 쓰던 것과 비슷하다고 대답했습니다. 그랬더니 집 안 어디에 넣어두었느냐, 마지막에 사용한 건 언제였느냐고 연거푸 이상한 질문을 했습니다.

견디다 못한 나는 대체 무슨 일인지 말해달라고 두 경찰에게 부탁했습니다.

마침 그때 병실 문이 열리고 다른 남자가 들어와 여성 경찰에게 봉투를 건넸습니다. 그녀는 봉투에서 종이 한 장을 꺼내더니 하세베 마오 씨, 하고 정색한 말투로 내 이름을 불렀습니다. 그리고 이렇게 뒤를 이었습니다.

체포영장이 나왔습니다. 오하타 세이야 씨를 살해한 혐의로 체포합니다…….

죄송합니다, 잠시만 더 쉬었으면 합니다. 그리고…… 물 한
잔만 마셔도 될까요.

경찰서 취조실에서도 검사 앞에서도 똑같은 말을 되풀이할
수밖에 없었습니다. 아무것도 기억나지 않습니다, 라고 말하고
거듭 사과만 했습니다.

그날 무슨 일이 있었는지는 아버지가 선임한 변호사가 알려
주었습니다. 나를 배려해 최대한 에둘러 표현했지만 내 마음
을 나락으로 떨어뜨리기에 충분할 만큼 끔찍한 내용이었습니
다. 그걸 듣는 동안 몇 번이나 현기증이 났습니다.

도저히 믿어지지 않는 얘기였지만 엄연한 사실이겠지요. 그
렇다면 당연히 벌을 받아야 한다고 생각했고, 오히려 빨리 처
벌해주기를 바랐습니다. 사형이라도 상관없었습니다. 가능하
면 당장이라도 죽고 싶었으니까요. 죽지 못했던 것은 구치소
에서도 감정 유치 병원에서도 감시가 삼엄했기 때문입니다.

그래서 불기소로 석방된다는 말을 들었을 때는 머릿속이 하
얘졌습니다. 기쁜 마음 따위는 하나도 없었습니다. 왜, 왜, 하
는 의문만 머릿속을 맴돌았습니다.

부모님은 그나마 다행이라고 반겨주셨지만 나를 어떻게 대
해야 할지 난감해하는 모습이었습니다. 우선 두 분은 이혼하
기로 했습니다. 내 이름을 바꾸기 위해서였습니다. 나를 어머

니 호적에 올려서 이름이 사와자키 마오로 바뀌었습니다.

그리고 나를 가나가와 현의 시설에 보냈습니다. 정신 장애를 가진 사람들을 치료해주는 그룹 홈입니다.

가족은 멀리 이사했습니다. 불기소 처분이 내려졌다고 해도 장녀가 살인 사건을 저질렀으니 평소처럼 주변 사람들과 살아가기가 어려웠기 때문입니다. 너무도 죄송하고 얼굴을 마주할 염치가 없어서 면회는 안 오셔도 된다고 말씀드렸습니다. 그래도 이따금 찾아오십니다. 그때마다 서로 어색한 시간을 보낼 뿐이지만.

다행히 경제적인 어려움은 없었습니다. 생활비를 넉넉히 보내주셨고 어머니 명의의 신용카드도 있습니다. 스마트폰 명의도 어머니로 되어 있습니다. 하지만 별반 돈을 쓸 기회도 없었습니다.

시설에서는 공동생활이 기본이지만 다른 사람들과는 거리를 뒀습니다. 사람들과 교류하는 게 두려웠기 때문입니다.

하지만 이 세상에는 다양한 사람들이 있는 모양이지요. 그런 나에게 다가와준 분이 있었습니다. 미와 하즈키 씨입니다. 처음에는 개성이 강한 분이라고 생각했는데 점점 마음을 터놓게 되었습니다. 농담을 잘하셔서 대화가 재미있었습니다. 하지만 마음 한구석이 늘 불안했습니다. 내 과거를 알면 미와 씨도 분명 멀어져갈 테니까요. 그래서 어느 날 마음을 굳게 먹고 털어놓았습니다. 나는 사람을 죽였습니다, 라고.

하즈키 씨의 반응은 뜻밖이었습니다. 잠시 침묵했지만 표정을 바꾸지 않고 "그랬구나"라고 응해준 것입니다. 놀라지 않으셨느냐고 물었더니 "여기는 그런 사람들이 모인 곳이잖아. 다들 뭔가를 저질렀어. 정상이 아닌 뭔가를. 나도 그래"라고 말했습니다.

나는 사건에 대해 자세히 얘기했습니다. 하지만 기억나는 게 없었기 때문에 변호사들에게 들은 얘기를 전한 것뿐입니다. 하즈키 씨는 마지막까지 진지하게 귀를 기울여줬습니다.

그리고 이제는 어떻게 받아들이느냐고 물었습니다. 모두 다 털어낸 거냐고.

세이야 씨를 떠올리지 않은 날은 없다고 대답했습니다. 다시는 떠올리고 싶지 않은 마음과 언제까지나 잊지 않고 싶은 마음, 양쪽 다 있었습니다. 내가 죽였다는 사실을 인정하면서도 아직도 현실로 실감하지 못하는 마음도 있었습니다.

그의 가족에 대한 것도 마음에 걸렸습니다. 아들을 살해한 여자를 어떻게 생각하고 계실지…….

그러자 하즈키 씨가 생각지도 못한 말을 했습니다. 그렇다면 자신이 알아봐주겠다는 것입니다. 유족이 현재 어떤 심경인지 조사해보겠다고. 그런 게 가능하냐고 물었더니 하즈키 씨는 자신이 어떻게든 해보겠다고 했습니다.

그리고 2주쯤 지났을 때, 하즈키 씨가 내 방에 건너왔습니다. 놀랍게도 그녀는 세이야의 아버님 오하타 노부로 씨를 직접 만나고 온 길이었습니다. 대담하게 범죄 피해자 유족인 척 접근했다는 것입니다.

오하타 씨에게서 들은 얘기를 하즈키 씨가 자세히 들려주었습니다. 부모님은 아직도 불기소 처분을 받아들이지 못해 괴로워하고 계셨습니다. 예상했던 일이지만, 역시 가슴이 아팠습니다.

좀 더 자세히 알고 싶다면 써도 된다면서 하즈키 씨가 두 개의 메일 주소를 알려줬습니다. 하나는 오하타 노부로 씨의 메일, 또 하나는 하즈키 씨가 유족을 가장해 만든 '오가타 미치요'라는 여성의 메일 주소였습니다. 이쪽은 웹 메일인지 비밀번호가 옆에 적혀 있었습니다.

그렇게 생각지도 못한 정보가 내 손에 들어왔지만, 어떻게 해야 할지 막막했습니다. 일단 메일을 쓸 수 있게 스마트폰에 입력했더니 잠시 뒤에 수신이 있었습니다. 주소를 보고는 가슴이 철렁했습니다. 오하타 노부로 씨의 주소였기 때문입니다.

지난번 만났을 때는 고마웠습니다, 라는 인사로 시작한 메일은 피해자 유족의 억울한 심경을 공유해준 데 대한 감사의 말로 이어졌습니다. 그리고 만일 괜찮다면 앞으로도 얘기를 이어갈 수 있겠느냐는 것이었습니다.

놀랍기도 하고 당황스럽기도 했습니다. 오하타 노부로 씨는 설마 그 메일을 읽는 사람이 그토록 증오하는 여자인 줄은 꿈에도 생각하지 못할 테니까요.

어떻게 해야 할지, 온종일 고민했습니다. 하지만 그대로 무시할 수는 없었습니다. 그렇다고 사실대로 답장을 보낼 수도 없었습니다. 고민 끝에 오가타 미치요로서 답장을 하기로 했습니다. 하즈키 씨는 그 가공의 여성 프로필을 세세한 부분까지 정한 뒤에 오하타 씨를 만난 모양이라서 그런 내용을 내게 모두 알려주었습니다. 오가타 미치요라면 어떤 식으로 답할지 곰곰이 생각해본 끝에, 저도 오하타 씨를 만나서 즐거웠다, 앞으로도 메일을 주고받을 수 있다면 기쁘겠다, 라는 답장을 보냈습니다.

곧바로 반응이 있었습니다. 동의해줘서 다행이다, 같은 고민을 가진 사람들을 그밖에도 몇 명 알고 있으니 기회가 닿으면 소개해주겠다고 하는 내용이었습니다.

그날부터 메일을 주고받았습니다. 오하타 노부로 씨가 보내주시는 글에서는 단순한 슬픔이나 분노가 아니라 그것을 어떻게든 뛰어넘으려고 몸부림치는 모습이 고스란히 느껴졌습니다. 그런 글을 받을 때마다 너무도 고통스럽고 가슴이 찢어질 것 같았지만 시선을 돌려서는 안 된다고 나 자신을 타일렀습니다. 이건 내게 주어진 형벌이라고 생각했습니다.

몇 번인가 메일이 오갔을 때, 오하타 씨가 뜻밖의 제안을 했습니다. 다른 피해자 유족들과 인터넷상의 대화에 참여해보겠느냐고 초대해준 것입니다.

거절할 구실이 없었던 데다 그곳에서 어떤 대화를 하는지 알아보자는 마음도 있었습니다. 시험 삼아 참여해보고 뭔가 맞지 않을 때는 탈퇴하면 된다는 오하타 씨의 말씀에 의지해 일단 가입하기로 했습니다.

'팬텀 모임'에서 벌어지는 토론을 보고는 놀랐습니다. 매일같이 다양한 사건이 일어나지만, 그 피해자 유족들의 고통이 이토록 다양하리라고는 상상도 못 했습니다. 게다가 그 고통은 아무리 시간이 흘러도 치유되는 일 없이 유족들의 마음을 잔인할 만큼 파먹는다는 것을 통감했습니다.

가벼운 처벌만으로 풀려난 범인이 그 후 어떻게 살아가는지 낱낱이 지켜보려는 유족들의 심정은 충분히 이해할 수 있었습니다. 그 목적은 범인이 전혀 갱생하지 못했다는 것을 증명하려는 것입니다. 그리고 증오는 더욱더 증폭되었습니다. 그 증오가 삶을 지탱해주는 양식인 것처럼 느껴질 정도였습니다.

대화를 지켜보며 오로지 죄송한 마음뿐이었습니다. 나는 갱생한 것인지, 아무리 생각해봐도 쉽게 답을 내릴 수 없었습니다. 범행 때의 일을 기억하지 못해 반성도 할 수 없었기 때문입니다. 시설에서 조용히 살아간다고 해서 그게 죄를 갚는 일이 될 리는 없습니다.

그 생각이 떠오른 것은 몇 차례 '팬텀 모임'에 참여했을 때부터였습니다. 유족의 고통을 마주하다 보니 그들이 저주에서 풀려날 방법은 오로지 증오의 대상이 이 세상에서 사라지는 것뿐이었습니다. '멀티밸런스'라는 이름의 유족이 전형적인 사례입니다. 어머니를 살해한 강도 살인범이 사형에 처해지지 않은 것에 그는 20년이 지난 지금도 애통해하고 있었습니다. 사형을 받았다면 그 시점에 억울함도 풀렸을 텐데…….

그렇다면 내가 사형 집행인이 되자고 생각했습니다.

일단 머릿속에 싹튼 생각은 강한 의무감과 함께 점점 커져 갔습니다. 내가 할 수 있는 속죄가 있다면 단 한 가지, 그것뿐이었습니다. 죄인들을 심판한 뒤에는 나도 목숨을 끊을 작정이었습니다. 그 정도라면 용서받을 수 있지 않을까 생각했습니다.

팬텀 모임에 이리에 유토, 고사카 요시히로, 무라야마 신지의 이름과 주소지가 올라왔습니다. 모두 도쿄에 거주하고 있었습니다. 나는 거기에 또 한 명의 정보를 추가했습니다. 하세베 나오, 즉 내 정보입니다. SNS를 개설하고 그 계정을 '팬텀 모임'에 까발렸습니다. SNS에는 일부러 화려하고 신나는 글과 사진들을 올렸습니다. 천벌을 받아 마땅한 인간으로 만들어두는 게 좋을 것 같았기 때문입니다.

처형 방법에는 아무런 망설임도 없었습니다. 세이야 씨를 죽였을 때와 똑같은 방법을 쓰기로 했습니다. 정면에서 가슴에 칼을 꽂는 것입니다. 그때 일이 기억난 건 아닙니다. 어떻게 세이야 씨를 죽였는지, 형사와 검사와 변호사에게 얘기로만 들었을 뿐입니다. 나한테는 생판 타인이 저지른 일로만 느껴집니다. 하지만 그래서는 안 되겠지요. 내가 저지른 행위로서 분명하게 자각할 필요가 있었습니다. 그래서 똑같은 방법을 선택하기로 했던 것입니다.

우선 이리에 유토, 고사카 요시히로, 무라야마 신지의 동향을 내 눈으로 확인했습니다. 그리 어려운 작업은 아니었습니다. 팬텀 모임의 멤버들이 다양한 정보망을 구사해 그들이 살아가는 모습을 올려주었기 때문입니다. 이리에 유토가 어떤 길을 지나 출퇴근을 하는지, 고사카 요시히로가 일을 끝내고 어떤 식당에서 밥을 먹고 어떤 길로 귀가하는지, 그리고 무라야마 신지는 어디쯤에서 호객 일을 하는지, 모두 알 수 있었습니다.

상점가 카페에서 이리에 유토가 지나가기를 기다렸다가 미행을 시작했습니다. 몇 번 하다 보니 그의 원룸 주위에 인적이 거의 없다는 것을 알았습니다. 그 뒷모습을 지켜보며 첫 표적으로 정했습니다. 그의 나이가 세이야 씨와 비슷했기 때문입니다.

12월 1일 밤 9시경에 원룸 앞으로 갔습니다. 택배기사 같은 작업복과 모자를 쓰고 빈 박스를 준비했습니다.

벨을 누르고 택배입니다, 했더니 문이 열렸습니다. 이리에 유토는 전혀 경계하는 기색이 없었습니다. 무거운 물건이니 안에까지 배달해드리겠다고 말하고 박스를 두 팔로 안은 채 성큼 들어갔습니다. 현관 앞에 박스를 내려놓고 사인을 해달라고 배달 확인서와 볼펜을 내밀었습니다.

이리에 유토는 박스 위에 확인서를 놓고 사인을 했습니다. 그 틈에 나는 뒷주머니에 감춰둔 칼을 오른손으로 움켜쥐었습니다.

여기요, 라면서 이리에 유토가 전표를 내밀었습니다. 수없이 머릿속에서 시뮬레이션을 했던 상황이었습니다. 칼을 겨누고 온몸을 던지듯이 덮쳤습니다. 칼날은 예상보다 저항 없이 그의 가슴에 깊이 꽂혔습니다. 그 순간에 머릿속에 떠오른 건 공들여 숫돌에 갈아온 보람이 있다는 것이었습니다.

칼을 뽑아내자 이리에 유토는 가슴을 붙잡고 주저앉았습니다. 아무 소리도 내지 않았습니다. 나는 멍하니 그 모습을 지켜봤습니다. 이런 식이었구나 하고 생각했습니다. 그날 내가 이런 식으로 세이야 씨를 칼로 찔렀고 세이야 씨는 이런 모습으로 죽어갔구나⋯⋯.

죽지 않았다면 몇 번이고 찌르려고 했는데 이리에 유토는 잠시 뒤 전혀 움직임이 없었습니다. 나는 작업복을 벗고 박스를 챙겨 그 자리를 떠났습니다.

집에 돌아온 뒤에도 이상할 만큼 마음이 침착했습니다. 오히려 뭔가에서 해방된 듯한 충실함이 느껴졌습니다. 이제 드디어 실제로 죄인이 되었다고 생각했기 때문인지도 모르겠습니다.

고사카 요시히로는 귀갓길을 노렸습니다. 술에 취해 비틀거렸던 데다 내가 여자라고 안심했는지 칼에 찔리는 순간까지

도망치는 몸짓조차 보이지 않았습니다.

쓰러진 뒤에도 아직 움직이고 있었지만 누군가 나타날까봐 그대로 도망쳤습니다. 그 모습으로 봐서는 분명 숨을 거둘 거라고 생각했으니까요.

무라야마 신지는 훨씬 더 간단했습니다. 그쪽에서 먼저 수작을 걸어왔으니까요. 게다가 나를 으슥한 곳으로 데려갔습니다. 칼에 찔린 순간에도 무슨 일이 일어났는지 알지 못했을 겁니다.

그렇게 세 명에 대한 처형을 끝냈습니다. 팬텀 모임 멤버들이 크게 당황했다는 건 나도 알고 있었습니다. 그래서 마지막 처형의 시간과 장소를 알려주기로 마음먹었습니다. SNS에 미국에 간다, 그 전날 호텔 코르테시아도쿄에서 숙박한다, 라는 내용을 올린 것입니다. 어쩌면 멤버들이 크리스마스이브에 찾아올지도 모른다고 예상했습니다. 하세베 마오의 그 SNS는 이른바 초대장이었던 셈입니다.

호텔 코르테시아도쿄를 선택한 데는 이유가 있었습니다. 언젠가 하즈키 씨에게서 '세상에서 가장 안전한 호텔'이라는 말을 들었기 때문입니다. 과거에 두 번이나 살인 사건이 일어날 뻔했지만 경찰이 나서서 사전에 막아냈다고 했습니다. 그런 곳에서 살인이 벌어진다면 분명 큰 뉴스가 되겠지요. 그러면 살인 피해자들의 공통점도 밝혀지고, 범죄자에게 내려진 불합리한 처벌 때문에 평생 고통받는 피해자 유족들도 세간의 주목을 받을 거라고 생각했습니다.

하지만 크리스마스이브에 젊은 여자 혼자 호텔에 투숙하면 이상하게 생각할 수 있습니다. 그래서 사야마 료를 불렀습니다. 그는 하즈키 씨를 통해 친해진 사람입니다. 내가 돈을 댈 테니 크리스마스이브에 친구들을 불러 파티를 하자고 했더니 그는 흔쾌히 응했습니다. 그다음 날에 미국에 간다는 얘기도 별 의심 없이 믿어줬습니다.

중요한 건 자살이라는 게 알려지면 안 된다는 점이었습니다. 언젠가는 밝혀지겠지만 사건의 화제성을 높이려면 우선은 타살로 위장할 필요가 있습니다. 그래서 실제로 미국행 항공권도 구입했습니다. 여권도 준비했습니다. 여행 캐리어에는 그 플랜에 맞춰 짐도 채워 넣었습니다.

가장 어려운 문제는 사야마와 그 친구들을 어떻게 하느냐는 것이었습니다. 사체가 발견되면 가장 먼저 그들이 의심을 받겠지요. 그래서 얼굴을 알아볼 수 없게 분장한 뒤에 한 명씩 방에서 내보내기로 했습니다. 마침 호텔 측에서 크리스마스이브 행사로 선물을 전해주려고 스태프들이 산타 분장을 하고 각 방을 돌아다닌다는 걸 알았습니다. 그 행사를 이용하기로 했습니다. 사야마와 친구들에게 산타 옷 그대로 호텔을 떠나면 상금을 주는 게임을 제안했습니다. 그들은 재미있다면서 이 게임을 받아들였습니다.

물론 그런 트릭도 경찰에서 곧 밝혀내겠지요. 하지만 객실

밖을 돌아다닌 산타의 정체를 알아내려면 아무래도 며칠은 걸릴 거라고 예상했습니다. 그 정도면 충분합니다.

호텔에서는 즐거운 시간을 보냈습니다. 여기저기 구경하고 사진을 찍어 SNS에 올렸습니다. 그건 두 가지 목적이 있었습니다. 경찰 측에서 이렇게 웃고 떠들던 여자가 자살할 리 없다고 생각하게 하기 위해, 그리고 또 하나는 어쩌면 호텔에 찾아왔을 팬텀 모임 멤버들을 만나뵐 수 있을지도 모른다는 기대 때문이었습니다.

간밤에는 정말 행복한 기분이었습니다. 이제 몇 시간 뒤에는 이 세상에서 사라질 수 있다, 모든 고통에서 해방될 수 있다, 그렇게 생각하니 한껏 마음이 들떴습니다.

조금만 더 시간을 앞당겼더라면 조용히 떠날 수 있었는데…….

하얀 드레스도 갈아입었고, 그다음은 칼날을 가슴에 꽂기만 하면 될 일이었습니다.

아직도 잘 모르겠습니다. 그 여성 스태프는 왜 갑자기 객실에 뛰어들었을까요. 깜짝 놀라 나도 모르게 칼을 휘둘러 상처를 입힌 것은 너무 미안하지만…….

게다가 어떻게 경찰이 잠복하고 있었을까요. 그 호텔에서 내가 죽으려 한다는 것을 어떻게 알았을까요.

그냥 죽게 내버려두었으면 좋았을 텐데. 지금도 그 생각뿐입니다. 내가 죽으면 모든 게 끝났을 테니까요.

하지만 잘못된 생각이었을까요? 제가 살아 있을 의미, 제가 구원받을 길이라는 게 정말로 있을까요?

33

호텔 코르테시아도쿄의 예식 코너 안쪽에는 별도의 방이 있다. 결혼식과 피로연 일정을 잡은 커플과 좀 더 세밀한 회의를 하기 위한 공간이다. 프라이버시에 관한 자료를 테이블에 펼쳐놓기 때문에 주위와 격리할 필요가 있는 것이다.

오전 중에 경시청 본부에서 사와자키 나오의 취조를 끝내고 닛타는 다시 호텔로 돌아와 그 방에서 대기하고 있었다. 시각은 오후 1시를 지난 참이었다.

병원에 실려간 야마기시 나오미는 동행한 여성 수사관에 의하면 다행히 큰 부상은 아니라고 했다. 출혈에 비해 상처는 그리 깊지 않아서 팔을 쓰는 데도 별문제가 없다는 얘기였다. 하지만 당분간 업무에 복귀하기는 어려울 것이다. 닛타는 야마기시 나오미 본인에게는 물론이고 호텔 측에도 정식으로 사과할 생각이었다.

하지만 이건 사과만으로 끝날 일이 아니야…….

일반인을 수사에 끌어들인 데다 부상까지 입힌 것이다. 구급차에 실려가는 모습을 목격한 사람들도 있을 것이다. SNS로

뭐든 알려지는 시대 아닌가, 이번만은 조용히 넘어가기 어렵다. 잠입 수사 자체의 잘잘못을 따지고 들 우려도 있다. 분명 누군가는 책임을 져야 할 일이다.

거기까지 생각이 미쳤을 때, 노크 소리가 들렸다. 네, 하고 답하면서 자리에서 일어섰다.

문이 열리고 도미나가가 얼굴을 내밀었다. "모셔왔습니다."

"들어오시라고 해."

도미나가의 안내를 받으며 머뭇머뭇 얼굴을 내민 것은 가미야 요시미였다. 눈에 경계와 두려움의 빛이 떠 있었다.

닛타는 그런 요시미에게 부드러운 미소를 건넨 뒤, 도미나가를 향해 짧게 고개를 끄덕였다. 그는 방 앞에서 고개를 숙여 인사하고 문을 닫아주었다.

"여기로 앉으세요." 닛타는 소파를 권하고 그녀가 앉기를 기다려 맞은편에 자리를 잡았다. "갑작스럽게 형사가 나타나서 놀라셨지요?"

네, 라고 가미야 요시미는 가녀린 목소리로 대답했다.

"체크아웃을 하려는데 방금 나간 그분이 나를 부르더군요, 경찰인데 수사에 협조해달라면서. 뭘 하면 되느냐고 물었더니 잠깐 할 얘기가 있다고 했어요. 호텔에는 미리 말해뒀다고 하던데."

"제가 그렇게 지시했습니다." 닛타는 신분증을 꺼내 보여주었다. "경시청 수사 1과의 닛타 경감입니다."

가미야 요시미는 연거푸 눈을 깜작거렸다.

"경찰이었어요? 몇 번 마주쳤는데도 내내 호텔 직원인 줄만 알았어요."

"어제까지, 정확히 말하면 오늘 새벽까지 호텔 스태프 유니폼을 입고 있었으니까요. 여러분을 지근거리에서 감시하기 위해 호텔리어로 위장할 필요가 있었습니다."

"깜빡 속았지 뭐야." 가미야 요시미는 잠깐 웃음을 보이다가 곧바로 진지한 눈빛으로 돌아왔다. "감시했다는 걸 보니 여태 나를 의심했군요. 이리에 유토가 살해된 사건으로."

"죄송합니다." 닛타는 머리를 숙였다. "저희 수사관이 계속 부인의 동향을 감시했습니다, 자택에 계실 때부터."

가미야 요시미는 힘없는 웃음을 지었다.

"하긴 그럴 만도 하지요. 내가 경찰이었어도 가장 먼저 의심했을 거예요. 실제로 내가 오랫동안 미워하기도 했으니까요, 이리에 유토를. 그런데 믿어주셨으면 좋겠네요, 나는 그러지 않았어요."

"알고 있습니다." 닛타는 고개를 끄덕였다. "범인이 체포됐어요, 어젯밤 늦게 이 호텔에서."

가미야 요시미는 눈이 둥그레져서 흐읍 숨을 들이쉬었다.

"역시 그랬나요? 호텔 앞에 경찰차와 구급차가 창문 너머로 보여서 무슨 일이 있나 했어요."

"가미야 씨는 이 호텔에서 사건이 일어날 거라고 예상하셨습니까?"

"예상이라고 할 정도는 아니었어요. 하지만 뭔가 일이 생긴다면 여기밖에 없다고 생각했죠."

"크리스마스이브 다음날에 그 여자, 하세베 나오가 미국으로 떠난다고 했기 때문인가요?"

가미야 요시미는 흠칫 놀란 기색으로 입을 열었다. "어떻게 그걸?"

"아까 제가 말씀드렸지요, 여러분을 지근거리에서 감시하려고 호텔리어로 위장했다고. 가미야 씨 외에도 여러 명이었어요. 저희가 감시한 게 한 사람만은 아니라는 뜻입니다. 가미야 씨에게는 친구들이 있었죠, 고통을 서로 나누는 멤버들. 그들도 똑같이 감시할 필요가 있었습니다."

닛타의 설명에 가미야 요시미는 이제야 알겠다는 얼굴이었다.

"나 말고도 이 호텔에 온 사람이 있었군요. 그럴 거라고 짐작은 했는데……."

"그중 한 분에게서 이미 상세한 얘기를 들었습니다. 다른 분들과 함께 참여했던 인터넷 모임에 대해서도."

"그렇습니까." 가미야 요시미는 시선을 떨군 뒤, 뭔가 깨달은 듯 눈을 크게 떴다. "혹시 그분들이 범인이었어요? 설마 모리모토 씨? 아니면 마에지마 씨?"

닛타는 고개를 저었다.

"아뇨, 아닙니다. 가미야 씨의 친구 분들은 범인이 아니었어요. 안심하십시오."

"그렇습니까. 그러면…… 어젯밤에는 살해된 사람이 없는 거지요?"

"네, 저희가 사전에 막았습니다. 하세베 나오 씨는 목숨을 건졌어요."

다행이다, 하고 안도한 듯 중얼거리더니 가미야 요시미는 눈을 들어 닛타를 보았다. "범인은 대체 누구였어요?"

"그건 아직 말씀드릴 수 없습니다. 머지않아 뉴스 보도를 통해 알게 되실 거예요."

"어떤 사람인지도 알려줄 수 없어요? 동기라든가……."

"어떤 동기였다고 생각하시지요?"

"사람 목숨을 앗아간 자에게 정당한 처벌이 내려지지 않은 것에 의분을 느꼈다든가……."

"그렇군요. 당연히 그렇게 생각하셨을 거예요."

"아니었어요?" 가미야 요시미가 뜻밖이라는 표정으로 되물었다.

"가미야 씨와 친구 분들의 억울한 심정에 공감해서 일어난 일이라는 건 분명하겠죠. 다만 의분을 느꼈기 때문이라는 것과는 약간 다른 것 같아요."

가미야 요시미의 의아한 표정은 여전히 석연치 않다는 속내를 드러내고 있었다.

"제가 질문을 좀 할까요? 가미야 씨가 참여한 사이트는 이름이 뭐였지요?"

"그건 아직 못 들은 거예요?"

"아뇨, 확인 차 여쭤보는 겁니다. 가미야 씨께 직접 들었으면 해서요."

가미야 요시미는 심호흡을 한 뒤에 입을 열었다. "팬텀 모임이에요."

닛타는 고개를 끄덕였다. "가미야 씨가 그 모임에 참여하게 된 경위를 말씀해주시겠습니까?"

네, 라고 대답하고 가미야 요시미는 천천히 이야기했다. 그 내용은 오하타가 말했던 내용과 공통점이 많았다.

아들 후미카즈를 잃은 충격은 너무도 컸다. 몇 년이 지나도 그 사건을 잊을 수 없었고 이리에 유토에 대한 증오도 가시지 않아 항상 괴롭고 힘겨운 마음이었다. 그런 때에 모리모토의 블로그를 만나 큰 자극을 받았다. 이윽고 모리모토의 권유로 팬텀 모임에 가입했다. 그곳에서 마에지마와 오하타 등 다른 멤버들을 알게 되었다. 다만 어디까지나 인터넷상에서의 대화일 뿐 실제로 만난 적은 없었다.

"그곳에 가입하고 큰 위로를 받은 듯한 마음이 든 것도 사실이에요. 같은 고통을 가진 사람들이 내 심정을 이해해준다고 생각하면 마음이 편해지더라고요. 그리고 무엇보다 나 자신이 싫어지는 것도 훨씬 덜했어요."

"자신이 싫어졌다고요? 무슨 말씀이십니까."

가미야 요시미는 서글픈 듯 시선을 떨구며 힘없는 웃음을 지었다.

"누군가를 계속 미워한다는 거, 에너지가 필요한 일이에요. 게다가 거기서 새로운 뭔가가 생겨나는 것도 아니고 나 자신을 행복하게 해주는 것도 아니지요. 그걸 잘 알면서도 계속 미워하는 나 자신이 너무도 미련한 것 같아 점점 싫어지더라고요. 하지만 팬텀 모임을 통해 나만 그런 게 아니라 다들 같은 심정이라는 것을 알고 어쩐지 마음이 놓였어요. 미움이라는 건 약한 마음에서 생겨나지만 그 약함을 부끄러워할 필요는 없다고 생각하게 된 거예요."

"그러던 중에 이번 사건이 일어났군요."

가미야 요시미는 한숨을 내쉬었다. "네, 그래서 정말 깜짝 놀랐어요."

"이리에 유토가 살해된 것을 알았을 때는 어떤 심정이셨습니까."

"마음속이 복잡했어요. 증오를 들이댈 상대가 갑자기 사라졌으니 어리둥절하다고 할까 뭔가 빠져버린 것 같다고 할까, 아무튼 공중에 붕 떠버린 것처럼 허망했어요. 어쩌면 이제 나도 해방되고 모든 게 끝나려나 했는데 실제로는 그런 느낌은 없고 계속 마음속이 답답하더라고요."

"그렇게 죽을 줄 알았으면 차라리 내 손으로 죽이고 싶었다든가?"

가미야 요시미는 눈을 감고 상체가 기울 만큼 고개를 갸웃했다. 잠시 뒤에 원래 자세로 돌아와 조용히 눈을 떴다.

"내가 여자라서 그런지 내 손으로 죽이고 싶다고 생각한 적은 없어요. 오히려 이리에 유토를 살해한 범인이 누군지 궁금했지요. 대체 어떤 사람이 어떤 이유로 죽였을까. 왜냐면 혹시 우리 아들과 비슷한 일을 당한 사람이 있었고 그 유족이 복수를 한 거라면 참 서글픈 일이잖아요. 이리에 유토가 결국 전혀 반성하지 않고 또 나쁜 짓을 저질렀다가 살해됐다? 그러면 내 아들의 죽음은 그야말로 아무 쓸모가 없었던 게 되잖아요."

가미야 요시미의 진술에 거짓은 없어 보였다. 그 눈에 서린 진지한 빛에도 탁함은 전혀 없었다. 닛타는 가슴이 먹먹해지는 느낌이었다.

"하지만 그런 건 아니라고 얼마 뒤에 아셨겠네요. 팬텀 모임 멤버들에게 차례차례 똑같은 일이 일어났으니까요."

"그렇죠. 정말 당황스러웠어요. 얘기를 들었다니 이미 알겠지만, 무슨 일이 일어났는지 대체 누가 그러는지, 멤버들끼리 인터넷상에서 여러 얘기가 오갔어요. 그런데 아무도 실상을 알지 못했어요. 그런 참에 하세베 나오가 미국에 갈 예정이고 출국 전날에는 호텔 코르테시아도쿄에서 묵는다더라는 정보가 들어온 거예요."

"그래서 가미야 씨도 이 호텔에 와보기로 하셨군요."

"무슨 계획이 있어서 찾아온 건 아니에요. 이 호텔에 와봤자 내가 뭘 어떻게 할 수 있는 것도 아니고. 애초에 범인이 하세베 나오를 노린다는 확증도 없었어요. 하지만 혹시라도 범인을 만날지 모르잖아요. 내가 여기 오면 그걸 알고 범인 쪽에서 다가와줄 거라는 기대감도 있었어요."

"기대감……. 범인을 만나고 싶으셨어요?"

"만나고 싶었죠. 만나서 얘기하고 싶었어요."

"어떤 얘기를?"

"우선 이유를 알고 싶었어요. 왜 이런 일을 하는지. 그리고 우리를 딱하게 여겨서 한 일이라면 엄청난 착각이라고 말해주고 싶었어요."

"어떤 착각을?"

"그들을 살해하더라도 그건 형벌이 되지 않아요. 형벌에는 반드시 반성이 따라야 한다고 생각해요. 자신이 범한 죄를 정면으로 마주하느냐 아니냐가 중요한 것이지요. 이리에 유토에게서 그걸 꼭 확인하고 싶었는데 영원히 알 수 없게 되고 말았잖아요." 가미야 요시미의 목소리에 떨림이 섞였다. 그녀가 처음으로 내보인 강한 감정의 증거였다. 하지만 그것도 부끄러웠는지 금세 몸을 숙였다. "미안해요. 큰소리를 내버렸네."

닛타는 잠시 생각해본 뒤에 안주머니에서 스마트폰을 꺼냈다.

"이리에 유토의 사체가 발견된 뒤에 저희가 그의 평소 행동을 철저히 조사했습니다. 그 과정에서 한 가지 기묘한 사실이 밝혀졌어요. 스마트폰 위치 정보에 따르면 이리에는 매주 토요일 저녁마다 한참동안 시내를 돌아다녔습니다, 거의 두 시간을. 그 시간 동안 어딘가 가게에 들어간 것도 아니고 내내 걷기만 했어요. 하지만 워킹이라기에는 부자연스러운 점이 있었죠. 이따금 멈춰 서서 몇 분 동안 같은 자리에 머물렀으니까요. 산책한 게 아니냐는 의견도 있었지만 저는 아무래도 납득할 수가 없더군요. 스물네 살의 젊은이가 매주 토요일에 두 시간씩이나 시내를 산책할까요?"

가미야 요시미는 당혹스러운 표정으로 듣고 있었다. 닛타의 얘기가 어디로 향할지 짐작도 가지 않았기 때문일 것이다.

"최근에야 이리에의 그 행동에 어떤 의미가 있는지 알았습니다. 실제로 몇 번씩 같은 코스를 제 발로 걸어본 끝에 마침내 알게 됐어요. 이리에가 이따금 멈췄던 자리에는 공통점이 있었습니다. 인도에 이런 게 있었어요." 닛타는 스마트폰 화면을 가미야 요시미 쪽으로 내보였다.

멍하니 화면을 바라보던 그녀의 눈이 문득 둥그레졌다. 크게 숨을 들이쉬며 손바닥으로 입가를 가렸다.

"네, 보신 대로 점자 블록이에요. 이리에는 주변의 점자 블록을 찾아다닌 거였어요. 무엇 때문인가. 이윽고 목격자도 나왔습니다. 그 사람의 말에 따르면 점자 블록 위에 세워둔 자전거를 한 대 한 대 옮기는 젊은이가 있었다네요. 제가 얼굴 사진을 보여주고 확인도 했어요. 이리에 유토가 틀림없다고 했습니다."

"점자 블록에 세워둔 자전거를……."

"이제 아셨지요? 이리에 유토는 자신이 저지른 죄를 잊지 않았어요. 진심으로 후회했던 게 아닌가 싶습니다. 아드님 후미카즈 씨를 사망하게 한 것은 돌이킬 수 없다, 그러니 최소한 후미카즈 씨가 가르쳐준 것만이라도 잊지 말고 가슴에 새겨두자, 그렇게 생각했던 게 아니겠습니까. 후미카즈 씨가 보여준 정의를 존중하고 경의를 표한 거예요. 그래서 매주 토요일마다 그걸 실천했던 거라고 저는 생각합니다."

"그거, 좀 더 보여줄래요?"

네, 하고 닛타는 스마트폰을 건넸다. 가미야 요시미는 홀린 듯이 화면을 응시했다. 그 눈이 점점 붉게 물들었다.

"야마기시 나오미 씨에게 얘기 들었습니다. 증오라는 건 인생에 무거운 짐일 뿐이다, 그걸 내려놓을 방법은 하나밖에 없다, 그런데 그것도 잃고 말았다고 하셨다고요."

"야마기시 나오미 씨…… 아, 그때 그 직원? 네, 그런 얘기를 했었네요."

"무거운 짐을 내려놓을 방법이라는 게 용서하는 것이었군요. 가미야 씨는 이리에 유토를 용서할 날이 오기만을 기다리셨어요."

가미야 요시미는 얼굴을 들었다. 그 눈에 눈물이 가득 고였다.

"그렇답니다. 하지만 이렇게 스마트폰을 봤으니 나도 이제 앞을 향해 나아갈 수 있겠어요."

"다행입니다." 닛타는 가만히 손수건을 내밀었다.

34

사와자키 나오를 체포한 지도 벌써 한 달여가 지났다.

호텔 코르테시아도쿄의 로비를 둘러보며 닛타는 깊은 한숨을 내쉬었다. 추가 수사를 위해 팀의 수사관들을 몇 차례 이쪽에 파견했지만 닛타가 직접 찾아온 것은 가미야 요시미의 얘기를 들었던 날 이후로 처음이었다. 좀 더 빨리 오고 싶었으나 공사다망한 관계로 미루고 미루다 결국 오늘이 되고 말았다. 게다가 스스로 마음먹고 찾아온 게 아니었다.

닛타 씨, 하고 부르는 소리가 들렸다. 고개를 돌려보니 야마기시 나오미가 다가오는 참이었다. 오늘은 유니폼이 아니라 일반 정장 차림이었다.

"왜 나오미 씨가 여기 있어요?"

"총지배인의 지시가 있었어요. 닛타 씨가 오실 테니 로비에서 맞이하라고."

"그래요? 하지만 여기서 근무하는 거 아니잖아요."

"제 부서는 이 호텔이 아니니까 당연히 근무는 안 하죠. 마침 좋은 기회라서 장기 휴가를 쓰기로 했답니다. 그 기간 동안 여기서 호텔 라이프를 즐기라고 편의를 봐주셨어요."

"오, 좋은데요? 그나저나 나오미 씨……." 닛타는 상대의 오른팔을 보았다. "다친 데는 좀 어때요?"

"다 나았죠. 애초에 찰과상 정도였어요." 그녀는 오른손을 하늘하늘 흔들며 말했다.

"죄송합니다, 병문안도 못 가고."

"병문안은 무슨? 병원 입원은 첫날뿐이었어요. 게다가 반나절 만에 치료가 끝났는데요, 뭘."

"그래도 나오미 씨에게 또 큰 폐를 끼치고 말았습니다. 진심으로 사과드립니다." 닛타는 머리를 숙였다. 주위에 아무도 없었다면 무릎이라도 꿇고 싶은 심정이었다.

"아뇨, 사과는 제가 해야지요. 얘기 들었어요, 경찰을 그만두셨다던데요."

닛타는 얼굴을 들었다. "그런 얘기를 누구한테?"

"이틀 전에 이나가키 씨가 총지배인을 만나러 오셨거든요."

"관리관이?"

"호텔 측에 사과하러 오신 거였어요. 그때 닛타 씨가 사표를 냈다는 얘기도 들었죠."

"아, 그랬군요."

"저 때문이지요?" 야마기시 나오미는 서글픈 시선을 던졌다.

"제가 쓸데없는 짓으로 다치는 바람에 책임지고 물러나시는 거잖아요."

"아뇨, 아니에요."

"그래도……."

그때는, 이라고 닛타가 입을 열었다.

"나오미 씨가 그 방에 뛰어들지 않았으면 사와자키 나오는 자칫 사망했을 수도 있어요. 그럴 경우에도 나는 사표를 써야 했겠지요. 연속살인의 범인을 찾아내고도 체포 직전에 사망하게 했다면 수사 책임자로서 최대급 실수니까요. 나오미 씨 덕분에 그런 실수를 피할 수 있었어요."

"그렇게 말씀해주시니 마음이 좀 놓이지만……." 여전히 야마기시 나오미의 시무룩한 표정은 달라지지 않았다.

닛타는 화제를 바꾸기로 했다.

"그나저나 이미 관리관이 다녀가셨는데 총지배인이 왜 나를 호출하셨지요? 긴히 할 얘기가 있으니 와달라고 하셔서 나는 사과를 원하시는 거라고 생각했는데."

야마기시 나오미는 쓴웃음을 지으며 손을 내둘렀다.

"총지배인은 닛타 씨의 잘못이라는 생각은 전혀 없으실 거예요."

"그건 다행이네요. 그렇다면 무슨 일이지? 나오미 씨는 뭔가 들은 얘기 없어요?"

"아뇨, 별 말씀 없었는데? 여기서 마중하라는 지시만 하셨어요. 일단 총지배인께 닛타 씨가 도착했다고 보고해도 될까요."

"네, 부탁드립니다."

야마기시 나오미는 스마트폰으로 전화를 걸기 시작했다. 그 표정은 아직 굳어 있었다. 후지키 총지배인이 닛타를 호출한 이유가 자신의 부상 때문인가, 하고 내심 걱정하는지도 모른다.

사표를 던지는 것에 닛타는 전혀 아무런 망설임도 없었다. 사건 내용이 상세히 보도되고, 범행의 특이성 때문에 세간의 주목을 받으면서 경찰 수사 방식을 문제 삼는 목소리도 커져 갔다. 무엇보다 일반인을 수사에 끌어들여 부상을 입혔다는 게 가장 뼈아픈 대목이었다. 상부에서는 여론의 추이를 지켜 보자는 입장이었지만, 아무도 책임지는 사람 없이 넘어갈 일 이라고는 생각되지 않았다. 그리고 그 책임을 지는 게 자신의 역할이라고 닛타는 마음을 정했다. 수사 1과장은 물론이고 이 나가키 관리관도 그런 닛타를 만류하지 않았다. 닛타도 형사 로서의 프라이드를 존중해준 것이라고 감사히 받아들였다.

단 한 사람, 항의한 자가 있었다. 아즈사 마히로였다. 얘기할 게 있다면서 전화로 호출했다.

그녀는 얼굴을 마주하자마자 닛타 경감이 사표를 내는 건 이상하잖아요, 라고 말했다.

"누가 보건 잘못한 건 나였어요. 사와자키 나오에 대한 동정 심 때문에 한순간 망설이다가 크게 잘못된 판단을 내린 건 내

인생 최대의 실수였습니다. 그때 닛타 경감이 사와자키 나오에게 했던 말을 듣고 비로소 깨달았어요. 죄인을 어떻게 처벌하느냐는 것뿐만 아니라 구해내는 것에 대해서도 생각해야 한다고. 속죄하는 것과 스스로를 구하는 것은 똑같다고. 그걸 알지 못했던 어리석음, 아마 평생 후회할 거예요. 징계를 받아야 할 사람은 접니다. 관리관에게도 그렇게 말씀드렸는데……."

"그랬더니 관리관이 뭐라고 하셨지요?"

"쓸데없는 소리 말라고……."

"그러셨을 거예요. 내가 제출한 보고서에는 그때의 아즈사 경감 얘기는 없습니다. 그 자리에 아예 없었던 걸로 되어 있어요. 현장에 없었던 사람을 징계할 이유는 없습니다."

"하지만 그건……."

"아버님은 건강하시지요?" 아즈사의 말을 가로막으며 닛타는 물었다.

"예?"

"아버님 말이에요. 전에 형사로 일하셨다던데 요즘 어떻게 지내시는지."

"평온한 은퇴 생활을……."

"다행입니다." 흐뭇한 웃음이 번졌다. "아즈사 경감이 사표를 내더라도 실질적 수사 책임자였던 내가 징계를 피할 수는 없어요. 사직은 한 사람만 하면 됩니다. 아즈사 경감은 계속 경찰에서 뛰어주셔야죠. 아버님을 실망시켜서는 안 되잖아요. 그런 점에서 저희 아버지는 미국 기업의 탈법이나 도와주는 악덕 변호사라서 아들이 돈벌이도 시원찮은 형사로 험한 일 하는 거, 내내 못마땅하게 생각했어요. 사직했다고 하면 펄쩍 뛰며 좋아할 겁니다."

"닛타 경감……."

"여자에게 엎어치기를 당한 건 처음이었어요. 그 정도 합기도 실력이라면 틀림없이 어떤 어려운 일도 해낼 수 있습니다. 시민을 지켜주세요, 내 몫까지." 닛타는 악수를 청했다.

아즈사 마히로는 더 이상 반론을 하지 않았다. 결의가 담긴 눈빛으로 마주보더니 네, 라고 힘차게 대답하고 오른손을 내밀었다.

노세와도 이야기를 나눴다. 그는 닛타를 붙잡으려 하지 않았다. "설마 나보다 먼저 닛타 씨가 경시청을 떠날 줄은 꿈에도 몰랐어"라고 했을 뿐이다.

"둘 다 일반인이 되면 그때는 둘이서 한잔하러 가야죠?"

닛타의 말에 "응, 기다릴게"라고 노세는 껄껄 웃었다.

사와자키 나오에 대한 일도 머릿속에 떠올랐다. 그녀는 다시 감정 유치를 받았다. 하지만 이번에는 지난번 같은 판정은 나오지 않을 것이다. 즉 형사책임을 묻게 된다.

들리는 바에 따르면 가미야 요시미와 모리모토 마사시, 마에지마 다카아키, 그리고 오하타 부부까지 감형을 탄원했다고 한다. 하지만 판결이 어떻게 나올지는 알 수 없다.

그런 생각들을 하고 있으려니 닛타 씨, 라고 야마기시 나오미가 말을 건넸다.

"총지배인이 지금 바로 모셔오라고 하시네요."

"그러면 가볼까요."

둘이 나란히 걸음을 옮겼다.

"나오미 씨는 언제까지 여기 있을 예정이지요? 다시 로스앤젤레스로 돌아갈 거잖아요."

"아니, 다시 나가지 않을 것 같아요. 근무 기간이 거의 끝나서 어차피 곧 돌아올 예정이었거든요. 총지배인이 기왕 귀국한 김에 이걸로 마무리하는 게 어떠냐고 하시더라고요."

"그렇군요. 나오미 씨는 어떻게 할 생각이에요?"

"솔직히 망설이는 중이에요. 로스앤젤레스에서 할 일이 아직 남은 것 같기도 하고, 그쪽에서 단련한 스킬을 이쪽에서 발휘하고 싶기도 하고……"

"행복한 고민이네요. 둘 다 전향적이에요."

"닛타 씨는……" 거기서 야마기시 나오미가 말끝을 흐렸다. "아, 미안해요. 아무것도 아니에요."

그녀가 무슨 말을 하려고 했는지 닛타는 알고 있었다.

"나는 잠시 느긋하게 쉬려고요. 나오미 씨와 교대로 오랜만에 미국에 가는 것도 좋겠죠. 꼰대 아버지도 꽤 오래 못 봤으니까."

그런 얘기를 하다 보니 총지배인실 앞이었다. 나오미가 노크를 했다. 들어오세요, 라는 후지키의 목소리가 들렸다.

나오미는 문을 열고 실례합니다, 하고 목례를 했다.

"닛타 씨를 모셔왔습니다."

그녀의 안내를 받으며 낫타는 안으로 들어갔다.

후지키가 의자에서 일어섰다.

"닛타 씨, 바쁘실 텐데 오시라고 해서 미안하군요."

"아뇨, 전혀 바쁘지 않습니다. 이미 아시겠지만."

하하하 웃으면서 후지키가 소파를 권했다.

닛타는 의자에 앉기 전에 등을 반듯하게 세우고 정면으로 후지키를 마주했다.

"총지배인님, 인사가 늦어서 죄송합니다. 이번에 수사에 협조해주셔서 감사했습니다. 또한 직원 분들의 안전은 반드시 보장하기로 했던 약속을 지키지 못한 점, 진심으로 사과드립니다." 그리고 깊숙이 허리를 숙였다.

"아니, 아니, 그건 됐어요. 사과라면 이미 이나가키 씨에게서 충분히 받았어요. 나오미 씨도 그리 큰 부상은 아니었고, 그 얘기는 이쯤에서 끝내기로 하지요. 자자, 일단 앉으십시다."

네, 라고 대답하고 닛타는 자리에 앉았다.

"그럼 저는 이만." 나오미가 사무실을 나가려고 했지만 후지키는 "아니, 자네도 여기 있어"라고 말했다. "자네도 같이 들어야 할 얘기니까."

"알겠습니다." 나오미는 몇 걸음 물러나 뒤쪽에 섰다.

후지키가 닛타의 맞은편에 앉아 부드러운 웃음을 건넸다.

"이나가키 관리관에게 사직 얘기는 들었어요. 경시청은 우수한 인재 한 명을 잃었더군요."

닛타는 어깨를 움츠렸다. "우수한 인재였다면 사표를 낼 일도 없었겠지요."

"경찰도 어차피 관청이지요. 융통성 있게 규칙을 적용한다는 발상이 없다니까. 그런 점에서 호텔은 전혀 달라요. 무엇보다 규칙을 만드는 건 우리가 아닙니다."

"규칙을 만드는 건 고객님이라고 하셨던가요?"

"맞아요, 그렇습니다." 후지키는 만족스러운 듯 고개를 끄덕였다. "중요한 건 고객님을 얼마나 쾌적하게 지내시게 하느냐는 것이지요. 그러기 위해서는 한층 더 안전한 환경을 마련할 필요가 있어요. 이번 일로 새삼 통감했습니다. 그래서 고민 끝에 현재의 경비 체계를 보다 공고하게 정비하기로 했어요. 구체적으로 말하자면, 외부에만 의지하느니 우리 호텔에도 전문 경비팀을 신설하기로 했습니다."

"경비팀을……."

"네, 그래서 닛타 씨를 오시라고 했어요." 후지키는 얼굴을 쓱 내밀며 말을 이어갔다. "닛타 고스케 씨를 호텔 코르테시아 도쿄의 경비팀 매니저로 초빙하고 싶습니다만."

"예?" 닛타는 저도 모르게 얼빠진 소리를 내고 말았다. "제가요?"

"잘 못 들으셨나요? 닛타 씨가 앞으로 이 호텔을 지켜주셨으면 한다고 부탁드렸는데."

너무 뜻밖이라 선뜻 말이 나오지 않았다. 사고회로가 제대로 작동하지 않았다. 닛타는 도움을 청하듯이 나오미 쪽을 돌아보았다.

그러자 그녀는 최상의 미소를 지으며 말했다.

"닛타 씨, 잘 오셨습니다, 호텔 코르테시아도쿄에."

용서할 때를
기다렸다는 말의 무게

도쿄 각지에서 연달아 세 건의 살인 사건이 일어난다. 세 명의 피해자는 모두 예리한 칼로 정면에서 가슴을 찔려 현장에서 사망했다. 경시청 수사 1과 강력팀 팀장들이 각각 사건을 맡아 수사를 시작했으나 이윽고 또 다른 공통점이 발견된다. 피해자들이 예전에 무고한 사람을 죽음에 이르게 한 전과자였다는 것. 이나가키 관리관과 오자키 과장은 연쇄살인의 가능성이 높다고 판단하고 세 명의 팀장에게 공조수사를 지시한다. 닛타와 선배 형사 모토미야, 후배 아즈사 경감은 과거에 그들로 인해 사랑하는 가족을 잃은 범죄 피해 유가족을 수사선상에 올리고 그 동향을 파악한다. 그중 길가에서 벌어진 폭행으로 하나뿐인 아들을 잃은 어머니가 향한 곳은 호텔 코르테시아도쿄, 게다가 다른 두 명의 유족 이름까지 숙박 예약자 목록에 올라 있다. IT 쪽에 강한 아즈사 경감의 활약으로 인터넷상의 유족 모임 블로그를 찾아내고 그 내용을 분석해보니 이 호텔에서 네 번째, 아니, 몇 번째일지 모르는 이른바 '로테이션 살인'이 벌어질지 모른다는 것이 드러난다. 절체절명의 대사건, 반드시 저지해야 한다. 경시청 수사 1과 세 팀이 연합하여 호텔 코르테시아도쿄에서 다시금 잠입 수사가 펼쳐지는데…….

『매스커레이드 게임』은 시리즈의 네 번째 작품이다. 시종 흥미롭고 편안하게 읽히는 안정감이 좋다는 독자 평이 많았다. 명석한 두뇌와 패기 넘치던 신입 형사 시절의 닛타는 이제 신중한 중재력으로 팀을 이끄는 중간 관리직까지 승진했다. 선배와 후배 사이에서 때로는 충돌하고 때로는 인내하며 그만큼 막중한 책임을 져야 하는 자리다. 코르테시아 로스엔젤레스 호텔에서 구원투수로 다급히 호출된 야마기시 나오미도 사람 보는 눈이 성큼 자란 원숙한 모습이다.

이번 작품에 새롭게 등장한 여성 경감 아즈사의 신속한 결단은 중요한 고비마다 정확한 정보를 캐치해내는 원동력이 된다.

예전의 닛타를 보는 느낌이다. 하지만 노련한 노세 형사의 말처럼 열정이란 세월과 경험을 통해 '길들여져야 하는 것'인지도 모른다. 게임 플레이어는 오로지 사건 해결이라는 승리의 정의를 향해 폭주하지만 게임 매니저는 좀 더 높은 곳에서 전체를 부감하며 가장 바람직한 관용의 정의를 도출해내는 것이리라.

매스커레이드 시리즈는 사회인, 직장인으로서의 긍지와 자부심을 배울 수 있다는 점에서 좋은 스토리라는 생각이 든다. 호텔리어의 자세를 견지하려는 나오미와 형사로서 반드시 사건을 해결하려는 닛타나 아즈사의 신념이 부딪치지만 그들이 나아가는 방향성은 동일하다. 자신의 직업에 최선을 다하고 그에 따른 책임을 지는 태도가 인간으로서, 사회의 구성원으로서 건강한 흐름으로 알게 모르게 독자의 의식 속에 스며들 것 같다.

어느 날 길거리에서 17세 소년에게 폭행을 당해 식물인간이 되었다가 결국 사망한 외아들, 사법부가 내린 소년에게 처벌은 고작 소년원 생활 1년 3개월이었다. 어머니 가미야 요시미의 원한은 차마 말로 표현하기 힘들 것이다. 모리모토 마사시는 아직 중학생이던 20년 전, 집에 침입한 강도에게 어머니를 잃는다. '빈집인 줄 알고 들어왔다가 사람이 있자 당황해서 목을 졸랐다'라는 것. 범인은 강도 살인으로 징역 18년을 살고 출소한다. 그동안 모리모토가 짊어져야 했을 충격과 고통 또한 말로 표현할 수 없을 것이다. 마에지마 다카아키는 중학생 딸이 SNS에서 만난 20대 후반의 남자와 교제하는 것을 알고 설득해서 헤어지게 했다. 그러자 상대 남자는 인터넷에 소녀의 나체 동영상을 유포하고, 결국 딸아이는 1년 후 자살하고 만다. 정작 그자에게는 징역 3년에 집행유예 5년이 선고되어 교도소에조차 들어가는 일 없이 풀려난다.

도쿄에서 잇따라 일어난 세 건의 살인 사건으로 사망한 자들은 그런 범죄 전과자 3인이었다. 유족의 입장에서는 물론이고 일반인의 감정으로도 '죽어 마땅한 인간들'이라는 생각이 들지 않을까. 하지만 범죄자에 대한 사적인 보복은 국가의 사법 시스템을 부정하는 중대한 범법행위다. 게다가 유가족의 영원히 치유될 리 없는 상처에 합당한 보상이라는 게 과연 범죄자의 죽음인가, 라는 조심스럽고 복잡한 의문에 휩싸이게 된다.

어렵게 호텔에 잠입해 용의자들을 감시하고 방대한 양의 인터넷 정보를 분석하는 등, 각 팀의 형사들이 분투하고 이런저런 대립과 시행착오를 겪지만 그것이 바탕이 되어 사건은 서서히 해결되어간다. 마침내 밝혀진 범인, 그 정체는 깜짝 놀랄 만큼 대반전의 인물이다. 유가족이 진정으로 바라는 것이 무엇인지를 찾아나가기 위해 작가는 피해자뿐만 아니라 가해자, 즉 범죄자의 내면을 천착하는 장치를 통해 인간이 증오의 고통에서 해방되는 방법을 보여주고 있는지도 모른다. 진정한 속죄만이 유족도, 그리고 범죄자 자신도 구원해주는 길이리라. '용서할 때를 기다렸다'라는 가미야 요시미의 말의 무게가 참으로 묵직하게 다가오는 스토리였다.

이 시리즈의 첫 작품『매스커레이드 호텔』은 히가시노 게이고의 작가 생활 25주년 기념작으로 2012년(한국어판 2013년)에 발간되었다. 이번 작품은『매스커레이드 이브』『매스커레이드 나이트』에 이어 10년 만인 2022년(한국어판 2023년)에 선보이는 네 번째 작품이다. 출간과 함께 일본의〈다빈치 북 오브 더 이어 2022〉소설 부문 제1위에 올랐다. 시리즈 전체 판매는 누계 495만 부 돌파했다는 소식이다.

첫 권은 기무라 다쿠야 주연으로 영화로 만들어져 큰 반향을 불러 일으켰지만, 히가시노 게이고의 몇 가지 시리즈 중에서도 특히 영화화를 요청하는 독자가 많은 것도 큰 특징이라고 할 것이다. 결코 쉽지 않은 심각한 주제를 다루면서도 시종 재미있고 편안하게 읽히는 대중성을 놓치지 않는 작가의 저력 덕분이 아닌가 한다.

그리고 2023년 4월에는 1985년 데뷔로부터 38년, 마침내 그의 저작이 100권째를 기록했다는 소식도 들려왔다. 게다가 전 작품의 일본 내에서의 누계 발행부수가 1억 부를 돌파했다고 한다. 대단한 기록이 아닐 수 없다.

이 기회에 번역자도 그의 작품을 몇 권이나 우리말로 옮겼는지 헤아려보았다. 동화책 1권을 포함해 이번 작업이 마침 30권째였다.『나미야 잡화점의 기적』『악의』를 비롯해 그의 수

많은 스토리와 오랜 세월을 함께해 온 터라서 외람되나마 감회가 남다르다. 소설 마지막에는 주인공 닛타 형사에게 큰 변화가 일어난다. 다음에는 또 어떤 활약을 펼칠지 기대감도 그만큼 커졌다. 새로운 닛타를 기다리며, 이 책을 선택해 준 독자들께 감사의 말을 전하고 싶다.

'잘 오셨습니다, 히가시노 게이고 호텔에!'

매스커레이드 게임

지은이 히가시노 게이고
옮긴이 양윤옥
펴낸이 김영정

초판 1쇄 펴낸날 2023년 6월 23일

펴낸곳 (주)현대문학
등록번호 제1-452호
주소 06532 서울시 서초구 신반포로 321 (잠원동, 미래엔)
전화 02-2017-0280
팩스 02-516-5433
홈페이지 www.hdmh.co.kr

ISBN 979-11-6790-199-6 (03830)

* 책값은 뒤표지에 있습니다.